Le fiancé d'une reine

*

Une candidate trop parfaite

*

Alliances de désir

RACHAEL THOMAS

Le fiancé d'une reine

Traduction française de
ERWAN LARHER

AZUR

HARLEQUIN

Collection : Azur

Ce roman a déjà été publié en 2020

Titre original :
A SHOCKING PROPOSAL IN SICILY

HARPERCOLLINS FRANCE
83-85, boulevard Vincent-Auriol, 75646 PARIS CEDEX 13
Service Clients — www.harlequin.fr
ISBN 978-2-2805-1633-4 — ISSN 0993-4448

Édité par HarperCollins France.
Composition et mise en pages Nord Compo.
Imprimé en février 2025 par CPI Black Print (Barcelone)
en utilisant 100% d'électricité renouvelable.
Dépôt légal : mars 2025.

Prologue

Debout devant la porte du bureau de son père, Kaliana prit une grande inspiration. Elle avait goûté à la liberté. Pendant cinq ans. Cinq années durant lesquelles elle avait pu échapper aux traditions archaïques de son pays, Ardu Safra, un petit royaume situé en plein désert dans le nord-est de l'Afrique. Gouverné par son père. Et elle savait exactement pourquoi celui-ci lui avait ordonné de revenir de Londres, de quitter la vie qu'elle s'y était construite, d'abandonner son poste de directrice de campagne pour Charity Resources, de laisser derrière elle Claire, sa meilleure amie, qui savait tout d'elle et de ses origines et pourtant se comportait comme si elle était une fille « ordinaire ». Pourquoi ? Pour accomplir son devoir.

Elle s'exhorta au calme, malgré l'anxiété qui lui nouait le ventre. Elle ne pouvait pas laisser son père deviner à quel point elle était nerveuse.

Elle était différente de la jeune femme qui avait quitté Ardu Safra après la perte de l'homme qu'elle aimait. Depuis, elle était devenue indépendante et heureuse, même si elle avait mis de côté ses rêves d'amour-pour-toujours. Et elle n'était pas prête à renoncer sans combattre à une existence qui la comblait.

Le prince Ali Benhamed avait été un père sévère mais

juste. Allait-il la forcer à accepter pour mari un homme qu'il avait choisi pour elle ? Après tout ce qu'elle avait enduré ?

Kaliana ferma les yeux. Pourvu qu'elle trouve la force de résister... Elle aurait eu besoin du soutien de sa mère, mais celle-ci, douce et aimante, n'avait pas une vision de la vie beaucoup plus moderne que celle de son mari, hélas ! Jamais elle ne s'opposerait à lui, même pour défendre son unique enfant.

Elle rouvrit les yeux et fit signe aux gardes en faction devant la porte qu'elle était prête à entrer.

Les larges portes se refermèrent sans bruit derrière elle. Kaliana marcha jusqu'au bureau de son père, installé tout au fond de la vaste pièce au sol de marbre. Le prince leva enfin la tête et la fixa d'un regard intense. Pouvait-il voir combien elle avait changé ? Et pas seulement de coupe de cheveux – cela, il l'avait remarqué avec déplaisir, elle avait vu au léger froncement de ses sourcils qu'il n'approuvait pas le style moderne de la nouvelle Kaliana. Mais elle avait aussi changé à l'intérieur : elle était devenue forte, prête à se battre pour rester une femme libre.

— Kaliana, lâcha-t-il d'une voix distante, froide. Tu es finalement revenue dans ton pays.

On aurait dit qu'il s'adressait à l'un de ses assistants, pas à sa fille unique, héritière du royaume – et c'était bien là le cœur du problème !

— Vous ne m'avez pas laissé le choix, père. Votre message n'était pas une proposition mais bel et bien un ordre.

Recevoir un e-mail directement de son père avait été un choc, tout comme comprendre aussitôt que la vie qu'elle s'était bâtie était en danger. Elle avait vingt-cinq ans, et on attendait d'elle qu'elle se marie. Elle avait quitté le costume de Kaliana Benhamed, princesse d'Ardu Safra, pendant cinq ans, mais il était temps à présent de l'endosser de nouveau.

— Qu'est-ce que c'est que ces vêtements ? demanda-t-il avec dédain.

Il fixait d'un air vaguement dégoûté sa jupe bleu marine près du corps et sa blouse blanche. Son regard descendit jusqu'à ses talons aiguilles. Il n'approuvait de toute évidence pas son choix vestimentaire, et il en irait de même pour sa mère. Elle décevait ses parents de bien des manières décidément...

— Voilà qui je suis maintenant, père, affirma-t-elle, bravache, le menton relevé. Quoi que vous attendiez de moi, voilà qui je suis maintenant.

La fille qui jetterait l'opprobre sur lui, songea-t-elle. Sur le pays tout entier.

Le prince se leva soudain et se pencha par-dessus son bureau, les pupilles flamboyantes de colère.

— Ce que j'attends de toi, c'est que tu fasses ton devoir.

— Mon devoir ?

Elle se reprocha aussitôt d'avoir parlé d'une trop petite voix, une voix qui ne ressemblait pas à la sienne. Une erreur, car laisser deviner sa peur à son père donnerait à celui-ci l'ascendant sur elle ; alors que, durant cinq ans, elle s'était justement appliquée à gagner peu à peu son indépendance, à se prouver qu'elle pouvait réussir sans être la princesse héritière Kaliana d'Ardu Safra. Seule Claire savait la vérité. Pour ses collègues, ses amis, ses voisins, elle était seulement Kaliana.

— Te marier ! asséna-t-il. Ton devoir est de te marier. Ton devoir de princesse. Ton devoir en tant que fille et seule héritière.

Kaliana serra les poings si fort que ses ongles lui entrèrent dans les paumes.

— Pas dans la vie que je mène aujourd'hui, père.

— La vie que tu mènes ? répéta-t-il d'une voix qui débordait de déception. Je t'ai autorisé cette *fantaisie* bien assez longtemps.

Son père avait insisté avec une moue méprisante sur le mot « fantaisie ». Elle sentait bien que son attitude ne faisait qu'aggraver la colère paternelle, et donc compliquer sa propre situation. Sa frustration toutefois la rendait téméraire. Elle fit un pas en avant.

— Ce n'est pas une fantaisie, c'est mon existence. Celle que j'ai eu besoin de me forger par moi-même et pour moi-même.

Il soupira, et son expression s'adoucit légèrement. Il redevint alors l'espace d'une seconde le père qu'elle avait eu plus jeune, celui qui l'avait aimée même si elle n'était pas le fils qu'il avait appelé de ses vœux. Le père détendu qui lui avait été volé lorsqu'il avait reçu le fardeau de diriger un petit royaume financièrement exsangue.

— Je comprends pourquoi tu as eu besoin de partir, Kaliana. C'est pourquoi je ne t'ai pas retenue lorsque tu as tourné le dos au mode de vie que ta naissance aurait pu t'offrir.

— Alors vous comprendrez pourquoi je ne veux pas me marier.

— Ce n'est pas aussi simple. Notre royaume est en grand péril, et nos concitoyens aussi. Ton mariage est le seul moyen de nous en sortir.

Kaliana fronça les sourcils, secouée par la résignation qu'elle avait perçue dans sa voix. Elle n'avait plus en face d'elle un prince en colère mais le père qu'elle avait aimé lorsqu'elle n'était encore qu'une enfant insouciante. C'était cet homme-là qui venait de lui titiller la conscience.

— Et qui suis-je censée épouser, père ? Alif, l'homme que j'aimais et que vous étiez heureux d'accueillir comme gendre, est mort. Je suppose que vous vous en souvenez…

La douleur la traversa comme un coup de poignard au souvenir de la minute où elle avait appris la mort de son fiancé, tué dans un accident d'hélicoptère quelques semaines avant leur mariage.

— Nassif m'a demandé ta main.

Kaliana se figea, soudain de retour au présent. Avait-elle bien entendu ? Non, impossible… Son père ne pouvait tout de même pas imaginer qu'elle allait épouser Nassif !

— Nassif ? L'oncle d'Alif ? Cet homme cruel et malveillant ? Vous n'êtes pas sérieux, Père !

Sa voix s'étrangla dans sa gorge, sa gorge aussi sèche soudain que si elle avait marché toute la journée dans le désert sans une goutte d'eau. Au comble du désespoir, elle prit une profonde respiration avec l'intention de se ressaisir.

— Je ne peux pas, dit-elle en secouant la tête. Non, je ne peux vraiment pas.

— Grâce à Nassif, nos deux royaumes seront unis, exactement comme ils auraient dû l'être voici cinq ans si tu avais épousé Alif.

Son père se rassit derrière son bureau et redevint aussitôt un imposant chef d'État ; le père formidable de son enfance s'était évanoui de nouveau… Ou bien avait-elle seulement eu l'illusion qu'il avait refait surface derrière la carapace du monarque ? Comme une idiote, elle avait espéré qu'il serait content de la revoir après cinq ans d'absence.

Les jambes de Kaliana flageolèrent. Elle aurait voulu pouvoir se laisser tomber au sol, s'effondrer sous le coup des blessures et douleurs du passé qui s'ajoutaient à la panique provoquée par les desseins de son père.

— Mais Nassif est tellement plus vieux que moi ! lança-t-elle en désespoir de cause.

— C'est vrai mais, maintenant que sa femme est morte, il veut te prendre pour épouse.

Kaliana recula, chancelante. La tête lui tournait.

— Non. Je ne l'épouserai pas.

Elle commençait à transpirer, prise de nausée. Elle aurait voulu tourner les talons et s'enfuir. Impossible. Elle était paralysée. Quelque part au fond d'elle, sa mère lui avait implanté le sens du devoir dès son plus jeune âge. Et il l'empêchait de bouger. Elle se devait à sa famille. À son royaume.

Elle avait toujours pressenti que son père lui avait accordé ces cinq années de liberté pour recoudre son cœur déchiré, laisser le temps au chagrin de s'estomper. Son sursis s'achevait aujourd'hui. Elle devait accomplir le devoir auquel sa naissance la prédestinait.

Mais épouser Nassif…

Elle trembla, révulsée par cette perspective. Se marier lui coûterait déjà beaucoup, mais avec l'horrible oncle de son ex-fiancé ? Impensable !

Son père la dévisageait en silence, imperturbable. Il ne cilla même pas quand, après une grande inspiration qui faillit faire jaillir les larmes nichées au bord de ses paupières, elle ficha un regard implorant dans le sien. *Comprends-moi*, suppliait-elle. *Trouve-moi quelqu'un d'autre.*

Quelqu'un d'autre…

Les mots voletèrent autour d'elle comme des filaments de brume un matin d'automne, noyant toute autre pensée. Et si elle épousait *quelqu'un d'autre* ?

Aiguillonnée par cette idée, Kaliana avança vers le bureau.

— Je ne peux pas épouser Nassif, père.

— Ardu Safra est presque en faillite. La situation s'est aggravée pendant que tu étais à Londres.

— Pourquoi ne m'avez-vous rien dit ? s'écria-t-elle.

— C'est à moi de faire face. À l'époque, je comptais sur ton mariage avec Alif pour assainir les comptes.

Il avait prononcé ces paroles d'un ton tranchant, comme pour cacher sa panique. Kaliana se sentit aussitôt coupable d'avoir mené une vie libre et heureuse à Londres tandis que ses parents se débattaient ici dans les problèmes.

— Il y avait déjà des problèmes avant mon départ ?

— Oui. Et, maintenant, je dois te demander d'épouser Nassif. J'insiste.

Sa voix s'était durcie. Avait-il honte de ne pas avoir su gouverner son royaume de manière à éviter une banqueroute ? La peur et la culpabilité se mélangeaient en elle. Elle se sentait terriblement mal.

— Non, Père, réussit-elle à articuler. Pas Nassif.

— Il est très riche. Et désireux d'investir dans notre pays.

Kaliana avait à présent en face d'elle un homme abattu, brisé. Un homme qui dépendait d'elle. Son cœur se tordit. Elle secoua la tête en signe de protestation mais, à voir la ligne mince de ses lèvres, elle comprit que c'était en vain.

— Cette union apportera les fonds qu'aurait dû apporter ton mariage avec Alif, reprit-il.

Elle connaissait ce regard déterminé : son père atteindrait son objectif. D'une manière ou d'une autre. Mais cet objectif était de sauver Ardu Safra en la mariant à un homme riche. Qui pouvait ne pas être Nassif…

Une solution se fit jour dans son esprit. Son cœur se mit à battre sourdement dans sa poitrine. Oserait-elle en parler à son père ? Oserait-elle prendre le risque de provoquer sa colère ? Et, pire que tout, oserait-elle affronter sa désapprobation ?

— Non, désolée, je ne peux pas m'y résoudre.

— Imagines-tu la honte que ce serait pour ta mère ? tonna le prince.

Kaliana ne le laisserait pas exercer un tel chantage émotionnel sur elle. Pas question qu'il utilise contre elle la profonde affection qu'elle éprouvait pour sa mère. Plus jamais.

— Laissez maman en dehors de cette histoire, dit-elle, obstinée, galvanisée par le sentiment d'avoir trouvé une échappatoire. Cela ne la concerne pas.

— Et les habitants d'Ardu Safra ? Tu les laisserais s'appauvrir, mourir de faim pour certains, juste parce que tu ne veux pas faire ton devoir ? Parce que tu refuses un mariage qui apporterait la prospérité à notre royaume ?

Kaliana baissa la tête. Son père avait les cartes maîtresses en main. Et il les mettait sur table au meilleur moment, hélas…

Il se leva, comme s'il sentait qu'elle était sur le point d'accepter sa défaite et qu'il voulait lui administrer le coup de grâce.

— Tu travailles pour une organisation de bienfaisance, non ? Comment seras-tu regardée par tes collaborateurs, tes partenaires, tes actionnaires lorsqu'ils sauront que tu as tourné le dos à ta terre natale et à son peuple ?

— C'est un coup bas, père, marmonna-t-elle.

Comment pouvait-il menacer de révéler sa vraie identité,

qu'il l'avait pourtant aidée à garder secrète ? Mais, surtout, comment avait-elle pu penser qu'il serait fair-play alors que l'heure était si grave pour le royaume ?

— Tu dois épouser quelqu'un, Kaliana. Un homme très riche. Un homme capable de gouverner à tes côtés quand l'heure sera venue. C'est de ton pays qu'il s'agit. De ton peuple.

« Épouser quelqu'un », venait-il de dire. Ce qui la confortait dans son idée de plan B. Oui, elle allait trouver un mari. Et ce serait son propre choix.

La panique la gagna de nouveau. Elle était sur le point de perdre le contrôle qu'elle s'efforçait de garder sur ses émotions. Elle réussit néanmoins à parler d'une voix ferme :

— Alors je trouverai quelqu'un d'autre que Nassif. Un homme susceptible de renflouer les caisses d'Ardu Safra.

Son père la toisa, sourcils froncés. Elle s'attendait à ce qu'il explose et croisa les bras contre son torse. Rien ne vint. Il semblait aussi sidéré qu'elle. Enfin, il secoua la tête, l'air navré.

— Tu penses vraiment pouvoir trouver un homme plus riche que Nassif, qui serait d'accord pour t'épouser et devenir mari d'une princesse régnante ?

— Oui, affirma-t-elle.

Mais dans quoi te lances-tu, pauvre idiote ? lui cria une petite voix intérieure affolée.

— Très bien, dans ce cas. Je vais lancer les préparatifs. Le jour de tes vingt-six ans, tu seras mariée.

— Quoi ? laissa échapper Kaliana, estomaquée. Mais c'est...

Elle fit un rapide calcul mental.

— ... dans quatre mois ! Début octobre, c'est dans seulement quatre mois !

Il acquiesça, la mine solennelle. Elle s'apprêtait à

protester avec virulence quand elle nota un infime changement dans l'attitude de son père. Un petit quelque chose qui émanait de lui faisait vibrer sa corde sensible et lui laissait espérer de nouveau que derrière le masque impitoyable de l'homme d'État se tenait encore le père qu'elle avait tant aimé autrefois.

— Et si je n'ai pas trouvé le...

— Je te donne jusqu'à septembre, la coupa-t-il d'une voix grave. Trouve un mari acceptable, ou tu épouseras Nassif le jour de tes vingt-six ans.

1

Début du mois de juin

Accoudé au comptoir du bar d'un palace londonien, Raffaele but la dernière gorgée de son whisky. Il avait le plus grand mal à juguler sa frustration, que le vol retour jusqu'à Londres depuis la Sicile n'avait pas atténuée. Au contraire, elle se transformait en colère, à présent.

Son père, dangereusement calme malgré le cancer qui venait de lui être diagnostiqué, lui avait martelé la sombre réalité dans laquelle se débattait la famille Casella. Dont le nom pourrait s'éteindre. Et avec lui les terres et la fortune que les Casella se transmettaient de génération en génération. Et, coïncidence épouvantable, son jumeau Enzo avait admis ce même jour que son mariage avec Emma était en péril depuis qu'un test lui avait appris qu'il était stérile – donc incapable de donner un héritier à la lignée des Casella...

Leur père avait paniqué et posé sur les épaules de Rafe le fardeau de l'avenir familial. Il était de son devoir, avait-il dit, de perpétuer leur nom et de préserver les possessions de la famille.

Tout au long de la discussion entre Enzo, leur père et lui, Rafe s'était dominé pour ne pas laisser exploser sa colère. Il s'était répété que leur père était malade et qu'il ne devait plus penser au fait que, toute sa vie, il avait échoué à s'attirer ses faveurs, malgré ses incessantes tentatives. Enzo, le premier né des jumeaux, avait quant à lui toujours réussi dans cet exercice, même quand il avait trahi Rafe de la plus cruelle des façons, déchirant une famille pourtant déjà marquée au sceau du tragique.

Aujourd'hui, la crise la plus importante depuis au moins trois générations les menaçait. Si lui, l'héritier de rechange, le second choix, ne se mariait pas et n'avait pas d'enfants, c'en serait fini des Casella.

Rafe commanda un autre whisky.

Il n'avait jamais voulu se marier ni devenir père. Or il n'avait pas le choix. Son avenir lui échappait. Il était contraint de suivre la direction indiquée par de grosses lettres clignotantes qui l'aveuglaient de leur lumière crue et formaient le mot « famille ». Fonder une famille. Avoir un fils. Sinon, l'héritage familial reviendrait à leur cousine Serafina et à Giovanni, son horrible et avide mari, et ce serait la fin de la dynastie des Casella.

Impossible. Parce que, dans cet héritage, il y avait un lieu plus cher à son cœur que n'importe quoi d'autre au monde. Là où étaient ses racines maternelles. Là où Enzo et lui, avec leur ami d'enfance Franco, avaient été si heureux. Là où le souvenir de sa mère restait le plus vivace – et pourtant, Rafe chérissait chaque jour sa mémoire depuis sa mort, lorsqu'il n'était qu'un adolescent. Pietra Bianca… Rien que pour l'oliveraie qui y était plantée, il ferait n'importe quoi. Même se marier. Même devenir père. Pour lui, il n'était pas seulement question d'empêcher Pietra Bianca de tomber entre des mains étrangères à la famille : il était surtout question de garder vivant le souvenir de sa mère.

Rafe but d'un trait le verre que le serveur venait de lui apporter, histoire de chasser l'image de Giovanni se promenant en maître dans l'oliveraie. Même la douce mélodie du piano qui s'élevait dans le bar ne parvenait pas à chasser sa colère. Il reposa avec brusquerie le verre sur le comptoir. Durant les derniers échanges passionnés qu'il avait eus avec Enzo, ce dernier avait été très clair : malgré leurs différends, malgré tout ce qui les avait séparés, il attendait de lui qu'il se mouille, qu'il prenne ses responsabilités. Il attendait de lui qu'il préserve la fortune des Casella. Rafe n'avait pas eu besoin de ces discussions pour savoir que son jumeau n'était motivé que par l'argent, comme leur père.

— Va au diable, papa, marmonna-t-il entre ses dents serrées. Et toi aussi, Enzo, va au diable !

Il se passa les mains dans les cheveux. Que les deux autres Casella aillent au diable ou pas, Serafina et Giovanni avaient l'héritage familial à portée de main.

Non ! Jamais je ne laisserai cela arriver ! se promit-il en faisant signe au barman de lui remplir son verre. Puis il le leva avec un sourire en direction de son reflet dans le grand miroir situé derrière le bar.

— À notre avenir, dit-il à son double. Au mariage. À la paternité.

Le whisky était pourtant incapable de chasser le froid glacial qui l'avait saisi lorsqu'il avait compris ce que son père attendait de lui – à savoir ce qu'Enzo, le fils préféré, l'héritier, ne pouvait assurer : la descendance des Casella. Rafe avait toujours été un plan B aux yeux de leur père, que ce dernier se voyait forcé d'activer cependant à cause des déboires d'Enzo, dont le mariage n'allait sans doute pas résister.

Pauvre Emma, ne put-il s'empêcher de penser. Il entreprit

aussitôt de rejeter cette empathie malvenue. Emma avait été son premier amour, certes, mais elle était désormais sa belle-sœur. Et la trahison d'Enzo et d'Emma avait provoqué bien plus de dégâts que la fin de l'amour de Rafe pour elle.

Rafe fit tourner le liquide ambré dans son verre, les yeux fixés dessus comme s'il recelait la solution au cauchemar qu'il était en train de vivre. Il ne désirait pas se marier, n'avait aucune envie des complications émotionnelles que cela générerait. Et puis comment trouver une épouse digne de porter l'héritier des Casella et de faire de ce mariage une union prestigieuse ? Avait-il si peu de marge de manœuvre qu'il doive accepter un mariage arrangé par son père ? Allait-il devoir parader comme un étalon, une bête de concours ? Cette perspective heurtait sa fierté masculine au moins autant que le fait d'être l'héritier de secours.

— Une coupe de champagne !

La voix rauque de la femme qui venait de s'accouder au comptoir non loin de lui le tira de ses noires pensées.

Rafe étudia l'arrivante dans le miroir. La jeune femme était aussi attirante que sa voix. En dépit des soucis qui l'accablaient, il fut aussitôt captivé, comme il ne l'avait pas été depuis très longtemps. Elle avait une allure sophistiquée, et il émanait d'elle une confiance en soi qui l'attira encore plus. Il avait envie d'en savoir plus. De faire sa connaissance. En fait, elle était la femme la plus sexy qu'il avait jamais croisée…

Grande, svelte, l'inconnue portait une blouse moulante en soie couleur or pâle dont les manches étaient remontées au-dessus du coude. Ses cheveux noirs lui arrivaient aux épaules. Tirés en arrière, ils lui dégageaient le visage, ce qui faisait ressortir ses magnifiques yeux marron aux prunelles étincelantes. Ses lèvres pleines étaient pressées en une moue boudeuse mais sexy.

Cette apparition était tout simplement splendide !

La détailler ainsi n'aurait pas dû l'exciter, et pourtant... Le désir coula dans ses veines comme de la lave en fusion. Bon sang ! Depuis combien de temps ne s'était-il pas perdu entre les bras d'une femme ? Rafe songea aussitôt que cela ne pourrait plus arriver une fois qu'il serait marié : même s'il ne se mariait pas par amour, sa morale lui interdirait une trahison aussi vile que l'infidélité. Et puis il savait la douleur d'être trahi. Bien trop intimement.

Rafe adressa un signe de tête au barman, qui s'empressa d'apporter deux coupes et une bouteille de champagne dans un seau à glace, qu'il posa entre l'inconnue et lui. Il se félicita que l'employé ait choisi le meilleur cru de sa carte et s'approcha de la jeune femme.

— Je ne me souviens pas vous avoir invité à vous joindre à moi, lança-t-elle sans préambule en le fusillant du regard.

Le désir fusa de plus belle dans ses veines.

Il repoussa une image du genre de femme que son père jugerait une épouse acceptable – celle qui se tenait à côté de lui, impertinente et bravache, ne correspondrait jamais.

Il nota les longues jambes bronzées, la jupe moulante qui s'arrêtait juste au-dessus du genou et les pieds délicats aux ongles vernis de rouge que laissaient entrevoir ses sandales. Puis son regard remonta. Cette femme était forte. Indépendante. Et son corps promettait des nuits torrides... En aucun cas une telle créature de rêve n'accepterait un mariage arrangé. Elle devait travailler dur et ne pas se laisser marcher sur les pieds. Exactement le genre de femme qui l'attirait. Rafe savait d'instinct qu'elle lui correspondait à la perfection.

— C'est vous qui êtes invitée à vous joindre à moi, répliqua-t-il.

Une expression de déplaisir se peignit sur son visage, ce qui stimula Rafe. Son corps frémissait de désir, d'un besoin sauvage qu'il n'avait pas ressenti depuis tellement longtemps. Le genre de besoin qui, s'il le satisfaisait, reléguerait loin à l'arrière-plan ses soucis du moment.

— Comment puis-je accorder le moindre crédit à vos paroles alors que vous buviez du whisky quand je suis arrivée ? lui retourna-t-elle, piquante.

Elle pencha légèrement la tête sur le côté. Ses boucles d'oreilles en diamant scintillèrent, comme un appel. Rafe sourit. Ainsi, elle l'avait remarqué *avant*...

— C'est vrai.

— Et c'est moi qui ai commandé du champagne.

Son léger accent s'était renforcé. Était-elle troublée ? Il n'avait jamais rencontré une femme pareille. Ces six dernières années, il s'était appliqué à éviter toute complication qu'une compagnie féminine pouvait apporter. Il s'était investi dans son entreprise d'énergies alternatives, qu'il avait créée plutôt que de rejoindre son père et son frère dans l'entreprise familiale. Cela lui avait également permis de s'éloigner de la Sicile, où il avait trop de mauvais souvenirs. Ici, à Londres, ou à New York, son autre camp de base professionnel, il n'était pas assailli sans cesse par les brûlures du passé, un passé qui du fait de cet éloignement ne définissait plus l'homme qu'il était.

Mais tout avait changé avec la maladie de son père. Il avait été obligé de retourner en Sicile, obligé de réintégrer Enzo dans son existence, ce jumeau qui avait détruit ses projets d'avenir comme s'ils n'avaient été faits que de papier. Il avait perdu les deux femmes dont il avait été le plus proche : sa mère d'abord, puis Emma – la seconde par la faute de son propre frère. Et à présent, humiliation suprême, il n'avait d'autre choix que se soumettre à la volonté de celui-ci et de leur père.

Rafe secoua la tête. L'heure n'était pas à l'auto-apitoiement. Pas quand il s'apprêtait à faire la connaissance d'une apparition divine...

— Vous n'avez pas *commandé* du champagne, vous en avez *réclamé*.

Elle eut l'air si surprise d'être ainsi réprimandée que Rafe faillit éclater de rire. La soirée promettait d'être divertissante. Exactement ce dont il avait besoin. Ce soir, il voulait se perdre. Complètement, et avec cette femme. À sa manière de le regarder, avec un mélange d'agacement et d'intérêt, il comprit que ce n'était pas un simple fantasme. Une attirance sexuelle indéniable grésillait dans l'air entre eux. Et Rafe n'avait aucune intention de l'étouffer, mais bien au contraire de l'amplifier !

— Je n'ai rien fait de tel, protesta l'inconnue.

— Je n'ai pas entendu « s'il vous plaît », la taquina-t-il, faisant naître des étincelles furieuses dans ses grands yeux. Et j'attends toujours un merci..., ajouta-t-il en désignant le champagne d'un mouvement du menton.

Il constata que, malgré sa peau mate, elle avait la bonne grâce de rougir. Elle soupira, puis inspira profondément. Sa poitrine se souleva, tendit la soie de la blouse. Rafe en fut profondément troublé.

Ils gardèrent le silence tandis que le barman ouvrait la bouteille et remplissait leurs coupes. Puis il reposa la bouteille dans le seau à glace et s'éloigna pour servir d'autres clients. La jeune femme se saisit de sa coupe et, sans un mot de remerciement, se détourna légèrement, le regard perdu dans le vide.

— Désolée, je n'ai pas eu une journée facile, dit-elle enfin, le débit saccadé mais rapide. En fait, j'ai eu une mauvaise semaine. Non, deux semaines pourries.

Dans le miroir, Rafe la vit goûter le champagne. Puis elle reposa sa coupe et du bout du doigt en fit plusieurs fois le tour du bord, l'air absent. Loin de lui. Loin de ce bar.

— On est deux, alors, dit-il, laconique.

Leurs regards se rencontrèrent dans le miroir, se soudèrent l'un à l'autre, créant un lien puissant entre eux. Irrésistible. Et Rafe n'avait pas l'intention de résister. Cette sublime apparition dans son paysage dévasté était exactement ce dont il avait besoin pour oublier l'entrevue du matin même avec Enzo et leur père.

— Mais on dirait que les choses viennent de s'améliorer un peu, fit-elle sans rompre le contact visuel.

Elle flirtait avec lui, comprit Rafe. Champagne, diamants, qui était donc cette inconnue qui déboulait dans son univers ?

— Je vous propose que nous congédiions nos problèmes. Que nous vivions seulement l'instant présent. Vous, moi, ici et maintenant.

D'où lui venaient ces mots ? Il était la dernière personne susceptible de sacrifier son devoir à ses besoins personnels, à ses propres envies. Mais l'attitude provocante et élégante de cette femme, la confiance et le charme qui émanaient d'elle et la faisaient briller avec plus d'intensité que les diamants à ses oreilles, tout cela devait l'avoir affecté plus qu'il n'aurait cru.

— Je bois à votre proposition, lança-t-elle.

Elle leva sa coupe et fit le geste de trinquer avec le reflet de Rafe dans le miroir. Son regard l'hypnotisait. Il comprit qu'il était perdu. Ce soir, il appartenait corps et âme à cette fascinante créature…

2

Après son toast, Kaliana porta sa coupe à ses lèvres, s'efforçant d'oublier à quel point l'homme assis à côté d'elle était sexy.

Claire, sa colocataire et amie, l'avait incitée à se délester de son passé, à s'amuser, à être la femme qu'elle voulait vraiment être. Elle l'avait écoutée et était sortie, avec dans l'idée de retrouver ses amis une fois qu'ils auraient terminé leur journée de travail. Mais elle n'avait pas anticipé ceci. Pas simplement la rencontre d'un homme, mais le besoin incoercible d'être en compagnie d'un homme qu'elle ne connaissait même pas. Et d'une façon dont elle n'avait jamais fait l'expérience.

Il était la distraction dont elle avait besoin après l'appel de son père, qui lui avait rappelé que deux semaines s'étaient écoulées depuis qu'elle avait accepté de trouver un homme assez riche pour sauver leur royaume – et s'éviter un mariage avec une brute cruelle.

Peut-être Claire avait-elle raison : Kaliana avait besoin de se trouver elle-même avant de trouver un mari. Le destin avait-il placé cet homme superbe sur son chemin pour cette raison précise ? Sa chemise blanche était ouverte au col et dévoilait le haut de son torse bronzé ombré de poils noirs. Le même frisson sensuel que lorsqu'elle avait pour la première fois posé les yeux sur lui la traversa de nouveau. Cela ne lui ressemblait pas. Elle avait toujours évité ce genre de spécimen masculin dangereusement sexy. Le genre qui lui donnait envie de croire à l'impossible. Qui pourrait lui faire tout oublier. Or elle n'avait pas envie d'oublier Alif et l'amour pur et innocent qu'ils avaient partagé.

Pourtant, ce soir, elle en avait besoin. Elle avait envie de prendre ce que le présent lui offrait. Dès qu'elle avait aperçu le bel inconnu le nez plongé dans son verre de whisky, elle avait eu le pressentiment qu'il pourrait être un remède pour elle. Une échappatoire. Une distraction bienvenue. Oui, ce soir, elle voulait être une femme différente, se rebeller contre son destin tout tracé. Ce besoin la brûlait. L'aiguillonnait. Elle voulait avoir un avant-goût de ce qu'aurait pu être sa vie.

Tu veux cet homme, chantonna une petite voix triomphante sous son crâne. La jeune femme prude et propre sur elle qu'elle avait toujours été, toujours vierge de surcroît, désirait le dieu du Sexe que devait être cet homme. Après tout, pourquoi n'aurait-elle pas le droit de s'amuser un peu, de s'autoriser un léger flirt ? Personne n'en saurait jamais rien. Ici, à Londres, elle pouvait n'être que Kaliana, délestée du poids de son titre royal, une femme comme les autres.

L'excitation fusa dans ses veines. Pourquoi pas plus qu'un simple flirt… ? N'était-il pas temps pour elle de se défaire du poids du passé et de découvrir l'amour physique dans les bras d'un homme ? Et pas n'importe quel homme…

Elle leva les yeux vers son visage et y découvrit un lent sourire sexy qui étirait ses lèvres gourmandes. Elle rougit. Avait-il lu dans ses pensées ? Non, impossible, n'est-ce pas ?

Il leva sa coupe vers elle.

— À ce moment, murmura-t-il.

Kaliana déglutit, la gorge soudain sèche, la respiration saccadée. Son corps s'était enflammé, son cœur emballé. Elle aimait les sensations que leur puissante alchimie sexuelle provoquait en elle. Elle se sentait libre, puissante. Grâce à lui. Si elle contractait le mariage arrangé qui sauverait Ardu Safra de la ruine, elle ne goûterait plus à l'ivresse de la liberté de sitôt…

Penser à l'homme qu'elle serait forcée d'épouser si elle échouait dans sa quête éteignit presque l'incendie sensuel qui la ravageait. *Non*, se réprimanda-t-elle intérieurement. *Oublie cette histoire et profite de l'instant !*

— À ce moment, répéta-t-elle d'un ton assuré, espérant qu'elle n'avait pas l'air aussi gauche et inexpérimentée qu'elle l'était en réalité.

Elle n'avait jamais fait du gringue ainsi à un homme, jamais été aussi claire dans ses intentions – à part avec son ex-fiancé. Et voilà qu'elle se retrouvait dans ce bar, face à cet inconnu sexy en diable, avec le désir que le temps suspende son vol.

Elle but une gorgée de champagne. Ses yeux noir d'encre étaient posés sur elle. Il l'attirait comme on ne l'avait jamais attirée.

— Permettez-moi de me présenter, dit-il d'une voix grave qui renforça le trouble de Kaliana.

— Juste votre prénom, répondit-elle avec précipitation.

Il parut surpris par sa demande, puis un sourire complice lui vint aux lèvres, tandis qu'un désir sauvage brillait dans ses prunelles. Kaliana fut prise d'un léger vertige. La tête lui tournait soudain, mais ce n'était pas le champagne – auquel pourtant elle était peu habituée...

— Comme vous voudrez. Je m'appelle Rafe.

— Ana, fit-elle dans un souffle, incapable de juguler son excitation.

Elle était si puissante que Kaliana termina sa coupe d'un trait, sous le regard amusé de son compagnon. Celui-ci saisit la bouteille et, sans un mot, la resservit. Puis il reposa la bouteille dans le seau à glace. Ses gestes étaient sûrs. Kaliana se demanda si c'était son métier.

— Êtes-vous l'un des serveurs de ce bar ?

Peut-être venait-il de terminer son service... Elle crut qu'il allait recracher la gorgée de champagne qu'il venait de boire ou s'étrangler avec. Ses yeux s'étaient agrandis sous l'effet de la surprise. Elle l'avait visiblement choqué, voire offensé. Elle se rendit alors compte que sa chemise n'était pas seulement une banale chemise blanche mais un vêtement certainement fait sur mesure dans un tissu de qualité. Elle avait été tellement obsédée par lui qu'elle n'avait pas prêté attention à sa tenue.

— Non, je suis un client, affirma-t-il posément, de nouveau maître de lui-même. Vous aussi, je suppose ?

— Oui.

Un regain de détermination portait Kaliana. Elle avait plus que droit à cette nuit à venir. Elle avait perdu l'amour de sa vie et serait bientôt prisonnière d'un mariage arrangé. Alors ces instants lui appartenaient. À elle seule. Et elle avait bien l'intention d'en profiter pleinement. Elle était une femme avec des besoins, des désirs, une femme qu'en un seul sourire dévastateur cet inconnu sublime avait révélée à elle-même.

— Je suis honoré de passer cette soirée avec vous, reprit le mystérieux Rafe.

Il se servit une autre coupe de champagne. Fascinée, Kaliana ne pouvait détacher le regard de ses belles mains aux longs doigts fins. Si elles parcouraient son corps, que ressentirait-elle ? Si ces doigts la caressaient, lui donnaient du plaisir ?

Il posait à présent sur elle un regard d'une folle intensité, qui descendit de son visage jusqu'à sa poitrine, dont les pointes se raidirent aussitôt sous sa fine blouse de soie. Puis il s'arrêta sur son ventre, ses hanches, ses jambes.

Kaliana était en feu. Elle frissonnait de plaisir. D'anticipation. Il ne l'avait pas touchée et, pourtant, il l'avait déshabillée. Au bar d'un palace. Oui, sous son regard, elle se sentait nue – et elle aimait cela... Le percevait-il ? Devinait-il ce dont elle avait envie, là, tout de suite ?

— Pourquoi se limiter à la soirée ? demanda-t-elle, enhardie par la chaleur qu'il avait fait naître en elle. Pourquoi pas toute la nuit ?

Il cilla sous l'effet de la surprise, mais ses traits ciselés retrouvèrent instantanément leur expression décontractée et un sourire charmeur naquit sur ses lèvres.

— Vous voulez passer la nuit entière en ma compagnie ?

Kaliana se raidit, traversée par l'image d'Alif et par un flot de regrets. Aucun homme n'avait éveillé en elle le désir que celui-ci éveillait. Si elle n'avait pas tenu à arriver vierge au mariage, elle aurait satisfait ce désir. Or cet homme lui faisait de nouveau ressentir cet appétit sensuel. En une seconde, au premier regard, elle avait su qu'elle le voulait, qu'il était celui avec lequel elle voulait perdre son innocence. Et, cette fois, elle ne laisserait pas passer l'occasion.

— Oui, affirma-t-elle, le menton relevé, soutenant son regard, le mettant au défi de mettre fin à cet échange périlleux. Oui, je veux passer toute la nuit avec vous.

Et quel meilleur moyen de ne plus penser à son avenir et de se libérer de son passé que s'abandonner dans les bras de cet homme ?

Son compagnon plissa les yeux. Pensait-il soudain à la femme qui l'attendait chez lui ? Peut-être même avait-il des enfants ?

— Vous jouez un jeu dangereux, Ana…

Sa voix était comme une douce caresse. Apaisante. Excitante. Si elle pouvait la troubler de la sorte, que lui feraient ses baisers ? Elle le regarda par en dessous, les cils à demi baissés. Elle était surprise de flirter aussi naturellement, sans effort.

— Un jeu qu'il me plaît de jouer, répliqua-t-elle. Mais si vous ne voulez pas ou ne pouvez pas…

Elle marqua une pause et se rapprocha de son bel inconnu, aguicheuse comme jamais elle n'aurait imaginé pouvoir l'être. Mais, ce soir, tout était différent.

— … je partirai, conclut-elle.

Il lui passa un bras autour de la taille et l'attira tout contre lui, en douceur, les yeux rivés aux siens. Kaliana se laissa faire. Son corps avait repris vie. Elle n'avait jamais rien vécu de tel. C'était comme si des étincelles crépitaient entre eux.

— Nous allons jouer selon vos règles, chuchota-t-il. Pour l'instant…

Kaliana lui sourit. Elle avait perdu pied, mais avait dans le même temps le sentiment de contrôler la situation. Il émanait de Rafe une odeur délicieuse de citron et de bois exotique qui la grisait. La princesse Kaliana d'Ardu Safra avait laissé la place à Ana.

Et Ana allait passer la nuit avec cet homme viril et ensorcelant.

3

Le regard plongé dans celui de la mystérieuse Ana, Rafe avait le plus grand mal à maîtriser le désir qui fusait dans ses veines. Son masque d'homme d'affaires posé qui buvait son whisky seul au bar était en train de tomber. Lui-même était en train de tomber. Et il n'avait même pas embrassé cette femme !

Pas encore...

Son corps pressé contre le sien lui faisait perdre tout self-control. L'érection comprimée par son pantalon lui faisait presque mal tant elle était vigoureuse. Il avait désespérément besoin d'assouvir le désir qu'elle lui inspirait.

Ce désir était réciproque, il le lisait dans l'éclat trouble de ses prunelles. Et, comme si cela n'avait pas suffi, elle ondula des hanches et se frotta à son sexe tendu comme jamais. Il resserra sa prise autour d'elle.

— Vous voyez l'effet que vous me faites ? dit-il d'une voix rauque qu'il reconnut à peine.

— Je sens, dit-elle en souriant, mais je ne vois pas...

Elle ondula de plus belle, sans pitié. Rafe ne pouvait plus se retenir. Il avait besoin de la goûter, de sentir ses lèvres sous les siennes. Pouvait-il céder à la tentation ici ? Des images érotiques de leurs deux corps emmêlés défilaient dans son cerveau. Il inspira profondément.

— Pour cela, je crains qu'il ne nous faille gagner ma suite…

Rafe perçut une brève hésitation chez la jeune femme, dont le corps souple comme une liane contre le sien s'était raidi. Soudain, elle eut l'air vulnérable. Puis cette expression d'innocence craintive s'évanouit, et la sirène enjôleuse réapparut. Elle approcha les lèvres des siennes, tentatrice. Comment diable une femme qu'il venait juste de rencontrer pouvait-elle avoir un tel pouvoir sur lui ?

— Si vous faites cela, murmura-t-il, je vais devoir vous embrasser sans attendre.

— Pourquoi attendre ? susurra-t-elle.

Sa réponse effrontée l'excita au dernier degré. Ils allaient atteindre un point de non-retour.

— Embrassez-moi, insista-t-elle en approchant les lèvres, son souffle mêlé au sien.

Rafe ne put rien faire d'autre qu'obéir…

Elle avait les yeux grands ouverts, et Rafe y vit de nouveau briller une étincelle d'innocence. Elle ferma alors les yeux et lui rendit son baiser, exigeante. Cette réaction balaya ses doutes. Cette femme jouait avec le feu, maîtrisait ses pulsions. Elle était tout sauf innocente, et savait parfaitement ce qu'elle voulait. Lui.

Elle enroula les bras autour de son cou, et sa langue chercha la sienne. Elle plongea les doigts dans ses cheveux. Nom d'un chien ! Il devait se reprendre et l'emmener dans sa suite. Maintenant. Sinon, il ne répondrait plus de rien. Il était à deux doigts de déchirer sa petite blouse et de lui arracher sa jupe.

Rafe mit fin à leur baiser, étourdi.

— Votre suite…, murmura-t-elle, le rouge aux joues.

Ces deux mots dans un souffle portèrent son désir à incandescence. Il voulait cette femme comme jamais aucune avant elle. Il voulait se délecter de l'emprise qu'elle avait sur lui. Il voulait qu'elle le dompte, le domine, se perdre en elle.

Il s'efforça de prendre une voix posée pour demander :

— C'est vraiment ce que vous voulez ?

Avait-il vraiment besoin de poser la question ?

— Oui, affirma Kaliana d'une voix éraillée.

Elle comprit qu'il lui donnait une chance de renoncer, ce qu'elle interprétait comme une preuve qu'il la désirait autant qu'elle le désirait. Elle avait donc l'ascendant sur lui. Et cela la faisait se sentir terriblement vivante.

Elle effleura ses lèvres des siennes, désireuse de chasser d'un baiser l'emprise sur lui-même qu'il avait retrouvée. Elle le voulait à sa merci. Elle arrima le regard au sien et ajouta :

— Emmenez-moi dans votre suite.

Il hocha lentement la tête. L'espace d'une seconde, Kaliana se demanda si cet homme indéniablement expérimenté avec la gent féminine avait deviné qu'elle était vierge ; s'il jouait avec elle comme le chat avec la souris. Allait-il la laisser sur sa faim, ne pas lui faire connaître les vertiges du septième ciel ?

Elle avait besoin de cette nuit tissée des promesses de plaisirs inconnus. Besoin qu'Ana libère Kaliana des regrets du passé, de l'image qu'elle avait d'elle-même – une femme dont les premiers émois amoureux et sensuels s'étaient figés lorsque son fiancé était mort.

Elle se demanda si succomber au charme de Rafe et à ses propres désirs serait une insulte à la mémoire d'Alif, à la passion qu'ils auraient dû partager. Non, se dit-elle en le dévisageant. Une telle attirance, une passion aussi brûlante, cela ne pouvait être mal.

— Je te veux, murmura-t-elle, pleine à nouveau de l'allégresse que lui procurait son désir.

Cette nuit, elle allait devenir femme – révéler la femme qui sommeillait en elle.

— Moi aussi, je te veux.

Il la tutoyait en retour, renforçant leur intimité.

— Je veux que tu me fasses l'amour. Toute la nuit.

Kaliana en était certaine. Elle n'avait jamais rien voulu aussi fort. Ses baisers partout sur son corps, ses mains expertes sur sa peau... Elle s'était trop longtemps retranchée derrière les murailles du chagrin. Il était temps de s'en libérer. Surtout si elle n'entendait pas renoncer à une seconde chance, à la possibilité de rencontrer de nouveau l'amour – son rêve secret. Mais, en amour, existait-il une seconde chance ?

Son compagnon la prit alors par la main. Ils traversèrent le calme feutré du bar jusqu'aux ascenseurs. Lorsque les portes se refermèrent, le silence les enveloppa. L'air était saturé de tension. Aucun d'eux ne bougea pendant que la cabine montait. Même si elle avait toujours la main dans la sienne, Kaliana n'osait pas regarder Rafe, de peur de déclencher quelque chose de sauvage, d'incontrôlable entre eux avant même qu'ils aient atteint la suite. Elle percevait le corps raidi de son futur amant à côté du sien. Elle devinait les efforts qu'il déployait pour ne pas lui sauter dessus.

Les portes s'ouvrirent – enfin ! – sur la suite, qui semblait tellement vaste qu'elle occupait certainement l'étage entier. Cet homme devait être très riche, bien loin du serveur qu'elle l'avait imaginé être. Kaliana sourit en repensant à la réaction de Rafe lorsqu'elle lui avait fait part de son hypothèse. Elle nota le grand canapé gris pâle couvert de coussins et le bureau sur lequel trônait un ordinateur portable, à côté d'une pile de dossiers. Elle s'approcha des immenses baies vitrées qui offraient une vue à couper le souffle sur Londres illuminée et la pleine lune majestueuse.

Kaliana ferma les yeux lorsque Rafe se planta derrière elle et posa les mains sur ses épaules, qu'il caressa avec douceur tout en l'attirant à lui. Elle frissonna. Lorsqu'elle rouvrit les yeux, elle vit leur reflet dans la vitre, une image tout aussi érotique que dans le miroir du bar quelques minutes auparavant. Rafe se pencha pour l'embrasser dans le cou. Sa peau la picota avant même qu'il n'ait posé ses lèvres. Son pouls s'était affolé.

Elle pencha la tête en arrière et la posa contre son torse. Elle en voulait plus. Du bout des doigts, Rafe augmenta la délicieuse torture que lui faisaient subir ses lèvres. Il les glissa dans sa blouse. Dans son soutien-gorge. Le désir déroulait en elle sa langue de feu, l'embrasait de la pointe des seins – que Rafe effleurait de manière exquise – jusqu'au secret de sa féminité. Chaque cellule de son corps, chaque centimètre carré de sa peau appartenait à cet homme.

Elle se retourna entre ses bras pour lui faire face. Elle agrippa sa chemise et tira d'un coup sec. Les boutons volèrent et tintèrent sur le sol. Elle sortit les pans du pantalon et embrassa le torse nu de Rafe. Et respira les effluves, ivre de tant de masculinité triomphante. Elle ne savait pas d'où venait la femme dévoyée et libertine qu'elle était devenue, mais cette transformation l'enchantait. De même que la peau, l'odeur de Rafe.

Celui-ci lui tenait les bras et lui parlait dans une langue étrangère. À travers le brouillard sensuel qui la nimbait,

Kaliana comprit que c'était de l'italien. Pourtant, ce fut en anglais qu'il lui demanda :

— Et maintenant, tu vois l'effet que tu me fais ?

— Non, toujours pas, répliqua-t-elle, mutine, en caressant la fine toison qui recouvrait ses pectoraux musclés.

— Je devrais peut-être enlever mes vêtements, alors ? proposa-t-il avec un rire de gorge sexy.

— Oui, tu devrais peut-être.

Seigneur… Avait-elle vraiment dit cela, lancée sur les doux rails de la luxure, incapable de s'arrêter ?

— Dans ce cas…

Il la lâcha et recula d'un pas. Puis il ôta sa chemise déchirée, révélant des épaules et des bras aussi musclés que ses abdominaux et ses pectoraux. Elle découvrit un tatouage en haut de son bras droit : « *Vivi con passione* ». Vivre avec passion, c'était exactement ce qu'elle avait l'intention de faire ce soir ; avec cet homme.

— Je ne vois toujours pas, glissa-t-elle, provocatrice.

Avec un sourire tentateur et une lenteur diaboliquement affriolante, Rafe se débarrassa du reste de ses vêtements. Il se tint nu devant elle, l'harmonie de son corps d'apollon soulignée par son impressionnante érection.

— Et maintenant, tu vois ?

Elle aurait dû être embarrassée, choquée même. Et pourtant elle ne l'était pas. Comment aurait-elle pu l'être alors que c'était exactement ce dont elle avait rêvé ? Et constater le pouvoir qu'elle avait sur son corps, sur lui la ravissait.

Sans répondre à sa question, elle commença à tirer sur sa blouse. Il lui semblait soudain plus important que tout d'être aussi nue que lui, aussi libre, qu'il n'existe plus de barrière entre eux, de quitter sa prison de princesse héritière, ne serait-ce que pour une nuit.

— Tu permets, *cara* ?

Rafe s'était placé derrière elle et il commença à déboutonner sa blouse. Il fit glisser la soie sur ses épaules, et le vêtement tomba au sol. Puis il défit sa ceinture et dézippa sa jupe. Le sentir juste derrière elle, si musclé, si tendu l'électrisait. Pourtant, il ne la toucha pas, seulement ses vêtements.

Une fois la jupe à ses pieds, Kaliana l'enjamba, se retourna et se rapprocha de Rafe. Le regard gourmand de celui-ci passait du petit soutien-gorge à la minuscule culotte qu'elle portait encore, en plus de ses talons aiguilles. Le désir brillait dans ses prunelles, mais cela ne lui suffisait pas.

Elle ôta d'un mouvement de jambe sa première sandale, sans lâcher Rafe des yeux. Puis l'autre. Le bruit sourd de la chaussure qui tombait sur le sol fit écho aux battements de son cœur. Elle dégrafa son soutien-gorge, consciente que Rafe la dévorait du regard. Le sous-vêtement tomba au sol.

Au moment où elle saisissait l'élastique de sa culotte, une main de chaque côté de ses hanches, Rafe posa les doigts sur les siens.

— Non, dit-il soudain.

— Non ? demanda Kaliana, désarçonnée.

— Non, répéta Rafe, son sang transformé en lave incandescente. Pas tout de suite.

Ana se rapprocha de lui et posa les lèvres sur les siennes, écrasant ses seins contre son torse. Il perdit alors toute emprise sur lui-même et d'un geste vif la prit dans ses bras pour lui rendre son baiser. Un baiser avide, passionné. Comme elle. Tous deux brûlaient de désir.

Rafe s'écarta. Il devait ralentir le rythme de cette nuit inattendue et si prometteuse afin d'en profiter pleinement. Car ce serait sa dernière. En effet, même si ses futures fiançailles seraient sûrement scellées en conseil d'administration, il serait fidèle à son épouse. Après son mariage, il ne connaîtrait donc plus jamais cet appétit charnel dévastateur. Il repoussa ces sombres pensées. Il serait bien temps d'y revenir demain !

La main d'Ana descendit lentement de son torse à ses abdominaux, puis plus bas. Ses doigts s'enroulèrent sur son sexe tendu. Bon sang comme c'était excitant !

— Magnifique…, murmura-t-elle d'un ton émerveillé, comme si elle n'avait jamais vu d'homme nu avant lui.

Elle agitait lentement la main d'avant en arrière. Rafe était au bord de l'explosion. Il devait l'arrêter avant qu'il soit trop tard. Car il voulait lui donner du plaisir, encore et encore, avant de la laisser lui porter le coup de grâce.

Il lui saisit le poignet.

— Tu as vu, maintenant. Et touché. À mon tour !

Elle écarquilla les yeux et rougit. Il saisit un de ses tétons entre ses lèvres. Elle hoqueta et s'agrippa à ses cheveux. Il fit jouer sa langue autour de la pointe durcie et la jeune femme se cabra, frémissante. Il entama le même manège avec l'autre sein.

— Ne t'arrête pas ! haleta-t-elle.

Une onde de mâle satisfaction traversa Rafe. La jolie tête brûlée qui était entrée dans le bar en exigeant du champagne avait été terrassée par le désir. Pourtant, il n'en avait pas fini avec elle. Il en était même très loin.

Il fit glisser ses lèvres le long de son ventre et, entre deux baisers, lui murmura des mots doux en italien. Puis il posa la bouche sur sa toute petite culotte, et son corps exquis et si féminin s'arqua sous son souffle. Il fit glisser la barrière de dentelle jusqu'à ses chevilles avant de remonter embrasser la soie de sa menue toison. Il s'agenouilla devant elle, ses fesses dans les paumes. Elle posa les mains sur sa tête et écarta lentement les jambes.

Lui prodiguer cette caresse intime, jouer ainsi de la langue avec son clitoris et son intimité excitait Rafe au plus haut point.

— Je... je ne savais pas..., bredouilla-t-elle, avant que sa voix ne se brise dans un cri de jouissance.

Que ne savait-elle pas ? se demanda confusément Rafe, mais la question disparut aussitôt. Le corps d'Ana vibrait de plaisir contre sa bouche, pris de spasmes. Rafe avait l'impression de vivre lui aussi un puissant orgasme. Il avait un besoin urgent de se perdre en cette femme. Profondément.

Alanguie, Kaliana continuait à vibrer sous l'effet du tout premier orgasme de sa vie. Elle s'était tellement laissée aller qu'elle n'avait pas remarqué que Rafe s'était relevé et lui avait pris la main. Il l'entraîna vers le canapé. Il s'assit et déroula un préservatif sur son sexe érigé. Devrait-elle lui dire qu'elle n'avait jamais fait l'amour ? Qu'il était le premier homme à l'avoir fait jouir ?

Il se pencha en avant, et lui reprit la main.

— Approche-toi.

Avant qu'elle ait eu le temps de se demander quoi faire, comment se positionner, il l'attira à califourchon sur ses genoux, face à lui.

— Tu es tellement belle !

La main de son amant glissa entre ses jambes et la caressa de nouveau. Elle était si sensible à cet endroit ! Mais elle en voulait plus. Lorsqu'il happa la pointe de son sein, elle gémit. Seigneur... Allait-il la faire encore jouir ? Si vite ?

— *Cara mia*...

Ces paroles en italien étaient si excitantes ! L'orgasme montait en elle tel un raz-de-marée. Elle ferma les yeux et pencha la tête en avant. Ses cheveux cascadèrent sur son visage.

— Regarde-moi, *cara* ! ordonna Rafe.

Elle retint le plaisir qui enflait et obéit à son merveilleux amant. Ses yeux brillaient comme des diamants noirs.

— Je veux te voir. Je veux voir ton visage quand tu m'accueilleras en toi.

Kaliana hocha la tête. Tout était parfait, à sa place. Et cet homme allait la pénétrer, prendre sa virginité. Elle n'avait pas peur. Au contraire, elle se sentait sûre d'elle, sauvage. Prête.

Elle leva les hanches et se plaça au-dessus de son érection. Elle espérait que l'audace dont elle faisait preuve et sa tentative pour prendre le contrôle de la situation masquaient sa nervosité.

Rafe, les doigts agrippés à ses fesses, l'encouragea à descendre. Elle résista, désireuse de rester maîtresse de leurs ébats. Mais, lorsque l'extrémité du sexe de Rafe frôla son intimité, l'instinct reprit le dessus et elle descendit d'un cran. Puis elle remonta, effleurant de son sexe la longueur de celui de Rafe. Elle voulait le tourmenter un peu, et elle comprit qu'elle avait atteint son but lorsqu'elle recommença et qu'il laissa échapper un grondement sourd.

Elle ne profita pas longtemps de son triomphe : Rafe souleva les hanches, dans le même temps fit descendre le bassin de Kaliana, et soudain il fut en elle, entièrement.

Un cri de douleur lui échappa. Rafe se figea. Il ne bougeait pas. Dans ses yeux, elle pouvait lire une foule de questions. Et du doute. Mais ce n'était pas le moment. Les questions pouvaient bien attendre. Tout le reste pouvait bien attendre. Alors elle se força à bouger.

Kaliana laissa son corps dicter le tempo. Ses hanches ondulaient, son corps montait et descendait sur le sexe imposant de Rafe. Dans le regard de celui-ci, questions et doutes avaient cédé la place au désir. *Mon Dieu, comme c'est bon !* se répétait-elle, extatique. Jamais elle n'aurait pu imaginer qu'être ainsi possédée serait aussi délicieux.

Elle continua à lui faire l'amour, jusqu'à ce qu'il pousse un juron en italien et commence à bouger en rythme avec elle. Rapidement, il imposa le sien et la pénétra de plus en plus vite, fort. Chaque poussée la rapprochait du nirvana. Elle sentait palpiter en elle le sexe de Rafe, comme s'il grossissait encore. Soudain, il se ficha en elle d'un coup de reins plus puissant que les autres.

— *Mia bella* ! cria-t-il.

Kaliana le rejoignit aussitôt dans l'extase, le corps agité de tremblements. Elle perdit presque connaissance sous la violence du plaisir qui la terrassait. Elle se sentait femme, entière, forte, épanouie. Heureuse, tout simplement.

La respiration de Rafe se calma, tout comme les battements de son cœur. Le corps alangui d'Ana moulé contre le sien, il s'efforça de réfléchir à ce qui venait de se passer.

Il lui avait pris sa virginité...

Un cadeau si précieux qu'il ne le méritait pas. Il était incapable d'offrir plus qu'une nuit à une telle femme, même s'il l'avait voulu.

Il posa les yeux sur elle, toujours accroupie au-dessus de lui, tête baissée. Ses cheveux cascadaient autour du visage, la dérobant à son examen, à ses questions. Ses instants d'hésitation au bar, son aura d'innocence, tout cela avait reflété une réalité...

Elle releva la tête. Il croisa alors son regard anxieux. Chacun de ses gestes, de ses actes quelques instants plus tôt transpirait la confiance en soi, et cela l'avait induit en erreur. Il pensait alors avoir affaire à une séductrice consciente de son pouvoir, sauvage et légèrement dominatrice, une femme sûre d'elle, expérimentée. Tout cela n'avait été qu'une comédie finement jouée. Cette innocence avait-elle toujours été tapie au fond de ses yeux sombres ? Avait-il été tellement aveuglé par le désir qu'il n'avait rien vu – ou pire, qu'il avait fait comme s'il ne voyait pas ?

Rafe prit une grande inspiration, taraudé par la culpabilité. Il aurait dû voir. S'arrêter *avant*. Se contrôler. Mais ce qu'ils avaient partagé depuis le premier regard avait été plus puissant que ce qu'il avait jamais expérimenté.

— Tu aurais dû me le prévenir, dit-il d'une voix ferme et posée, ce qui, considérant la position d'Ana au-dessus de lui, n'était pas un mince exploit...

— Perdre ma virginité avec toi ce soir a été *ma* décision.

La femme forte, courageuse et confiante qui était entrée dans le bar quelques heures plus tôt et avait commandé du champagne d'une voix impérieuse était de retour, constata Rafe.

Elle se leva avec agilité et se tint fièrement debout devant lui, les poings sur les hanches, comme pour appuyer son propos. Elle avait raison, bien sûr. Pourtant, il ne parvenait pas à se défaire de la sensation persistante et désagréable qu'il avait volé quelque chose auquel il n'avait pas droit.

— Cela aurait dû être ma décision d'accepter ou pas, répliqua-t-il.

Il récupéra son pantalon et l'enfila. Bon sang, comment cela avait-il pu arriver ? Il avait pris la virginité de cette femme superbe dans un moment de fusion passionnelle alors qu'il venait juste de se faire à l'idée qu'il devait infléchir sa position et accepter un mariage arrangé.

Au moment où Rafe se demandait si, puisqu'il était son premier amant, il allait à présent avoir du mal à se débarrasser d'elle, Ana reprit la parole :

— Sois bien certain que je n'ai aucune intention d'aller plus loin avec toi. Je ne te collerai pas, je ne te harcèlerai pas, je ne suis pas en quête d'une relation durable, et certainement pas de l'illusoire « ils se marièrent, vécurent heureux et eurent beaucoup d'enfants ». Je n'attends cela d'aucun homme.

Ana lui faisait toujours face, offrant à la vue de Rafe son corps magnifique. Des frémissements de désir le traversèrent. Une réaction animale, primitive, qu'il combattit aussitôt. Ce qui aurait dû n'être qu'une nuit de sexe sans complications était désormais devenu aussi compliqué que son existence actuelle.

— Pourquoi ce soir ? demanda-t-il. Et pourquoi moi ?

Rafe se dit qu'il n'aurait pas dû poser ces questions. Certes, il avait besoin d'éclaircissements mais, s'il les obtenait, il ne pourrait s'empêcher de penser à elle après ce soir...

— Il y a cinq ans, j'étais fiancée à un homme que j'aimais, expliqua Ana après un long silence. Un homme que je voulais épouser. Et je souhaitais arriver à l'autel sans en avoir connu aucun, pas même lui.

— Que s'est-il passé ?

À peine eut-il posé la question qu'il le regretta. Son instinct lui soufflait – un peu tard – que, quoi qu'il se soit passé, c'était plus grave qu'un simple désamour.

— Un mois avant le mariage, il s'est tué dans un accident.

Oh mon Dieu... Rafe secoua lentement la tête, empli

d'une sincère empathie. Dans la pièce, l'atmosphère s'était tendue.

— Je suis désolé.

Elle se rapprocha de lui.

— Et toi, quelle est ton histoire ?

La question prit Rafe au dépourvu – le contraste entre la violence de ce qu'Ana venait de lui apprendre et son corps nu magnifique à portée de main n'arrangeait pas les choses...

— Mon histoire ? répéta-t-il platement pour se donner le temps de se reprendre.

Il n'avait aucune envie de gâcher les fabuleux moments de passion qu'ils venaient de partager par des échanges empreints d'émotion.

— Oui. Pourquoi ce soir et pourquoi moi ?

— Quand une femme superbe croise mon chemin, je ne change pas de trottoir, dit-il avec un sourire, afin de désamorcer la tournure sérieuse que prenait la conversation.

Elle sembla blessée par sa légèreté. Mais pas question pour lui de parler de sa situation personnelle. Pourtant, elle avait été honnête avec lui en partageant brièvement son douloureux passé. Or ce n'était pas comme s'ils avaient une relation. Ils ne se reverraient jamais. Ne lui devait-il pas un peu de franchise ?

Sa culpabilité parla à sa place :

— Je dois me marier.

Un silence de plomb s'abattit sur eux. Ana le dévisageait, sourcils froncés, comme incrédule.

— Tu *dois* ? Tu vas devenir père ? ajouta-t-elle, ayant probablement tiré cette conclusion de ses paroles.

— Non, fit Rafe dans un soupir, même si c'était moins compliqué dans ce cas.

Ana s'entoura le corps de ses bras. Avait-elle froid ? Il

alla chercher sa chemise et la plaça délicatement sur les épaules de la jeune femme. Ses mains s'y attardèrent. Ana était encore plus sexy ainsi.

— Je ne comprends pas, murmura-t-elle.

Elle avait l'air si sérieuse, comme si la réponse lui importait. Comme si, étrangement, elle pouvait le comprendre.

— Mon frère Enzo et moi sommes jumeaux. Notre famille est très riche. Mon père est malade et n'en a plus pour longtemps à vivre. Mon frère vient de nous informer qu'il ne pourra jamais avoir d'enfant, ce qui met son mariage en péril. Et, pour mon père, il est inconcevable que notre nom s'éteigne. Donc je *dois* me marier et avoir un fils.

Rafe n'avait jamais parlé aussi librement de sa situation, mais la bienveillante attention d'Ana avait débloqué quelque chose en lui. Soudain, la frustration l'étreignit. D'une part à cause de ce qu'il allait devoir faire et d'autre part parce que la magie de ces instants avec Ana allait se dissiper à cause de cette stupide discussion. Il était irrité que le devoir qu'il s'apprêtait à accomplir lui arrache jusqu'à cette nuit si spéciale.

Dans les yeux d'Ana, il vit luire des petites flammèches de pur désir. Il en eut le souffle coupé.

— On arrête de parler, murmura-t-elle en approchant les lèvres des siennes.

On aurait dit qu'elle comprenait son besoin de changer de sujet, de replonger dans la passion.

— On ne parle plus, approuva-t-il d'une voix rauque.

Il avait envie d'elle. Plus que jamais. Maintenant.

— Alors, qu'est-ce que tu proposes ? demanda-t-elle, mutine, en ondulant contre lui.

— J'ai plein d'idées...

Il la prit dans ses bras et la porta jusqu'à la chambre. Il se sentait libre. Vivant. Il allongea Ana sur le lit et se coucha sur elle en se reposant sur ses coudes.

— Je crois qu'elles vont me plaire, chuchota-t-elle avant de l'embrasser avec avidité.

Le feu qui brûlait entre eux était loin de s'éteindre...

4

Août. Palerme, Sicile.

Rafe replia le texte de son discours après l'avoir relu une dernière fois et le plia dans sa poche.

— Cette soirée sera un énorme succès, lui affirma Marco, qui avait assuré la logistique de l'événement. La fondation Mers et océans propres est très bien identifiée désormais. Charity Resources a même dépêché quelqu'un de leur siège londonien !

Rafe lâcha un sifflement d'admiration. Charity Resources était l'une des plus importantes agences mondiales de recherche de mécènes qu'ils mettaient en relation avec des organisations caritatives. La venue d'un émissaire depuis l'Angleterre prouvait que la fondation qu'il avait accepté de parrainer était devenue importante. Elle avait pour mission la protection et le nettoyage des mers du globe, une cause chère à Rafe depuis longtemps et qu'il était fier de soutenir activement.

— Félicitations, Marco ! Et comment as-tu réussi ce tour de force ?

— J'ai travaillé pendant tout le mois écoulé avec Kaliana sur ce projet alors, quand elle m'a demandé si elle pouvait assister à la soirée, je me voyais mal refuser.

— Tu as bien fait.

— Elle a demandé à vous rencontrer.

— Avec plaisir. Tu me la présenteras après mon discours.

Avec la présence de Charity Resources, la soirée allait dépasser ses espérances les plus folles. Sa préparation avait permis à Rafe de songer à autre chose qu'à l'épouse qu'il devait trouver de toute urgence. Enzo avait pris le relais de leur père - dont la santé s'était dégradée —, et il s'était permis de le relancer plusieurs fois, en insistant sur la gravité de la situation. Son jumeau semblait n'avoir aucun remords pour ce qu'il lui avait fait subir et, si Rafe n'était plus amoureux d'Emma depuis bien longtemps, la situation menaçait de détruire pour de bon la relation déjà tendue qu'il avait avec son frère.

Le nœud coulant se resserrait autour de son cou. Rafe ne souhaitait ni mariage ni enfants. Comment Enzo pouvait-il le pousser dans cette voie alors que lui avait échoué à s'y engager ?

Rafe secoua la tête, irrité. Il ne devait pas laisser ses problèmes privés déteindre sur ses engagements professionnels. Une fois que cette soirée serait terminée, il se concentrerait sur sa recherche de l'épouse adéquate, sans que ni les émotions ni les sentiments n'entrent en ligne de compte.

Comme la salle se remplissait à vue d'œil, il gagna l'arrière de la scène sur laquelle il allait dans quelques minutes prononcer son discours. Il avait besoin d'un peu de calme, de chasser la colère qu'avait fait naître en lui le simple fait de penser à son jumeau.

Son esprit le ramena à Londres, à la nuit où il avait eu la seule vraie et intense connexion de sa vie avec une femme. Il s'était passé quelque chose qui aurait pu aller bien au-delà de la seule attirance sexuelle si elle ne l'avait pas abandonné, se faufilant hors de son lit au petit matin pendant qu'il dormait. Que serait-il arrivé s'il n'avait pas eu l'obligation de trouver une épouse pour sauver sa famille, si Ana et lui avaient pu prendre le temps d'explorer le lien sensuel qui les unissait si puissamment ?

L'image d'Ana dansait devant ses yeux. Deux mois après, elle avait toujours de l'emprise sur son imagination. Son corps. Pourquoi avait-il encore si terriblement envie d'elle ? Pourquoi n'avait-il pas cherché à savoir qui elle était, à la retrouver ? Il s'était dit que c'était mieux qu'elle soit partie sans demander plus qu'une nuit, sans lui laisser ni son nom ni son numéro. Pourtant, cela avait heurté son ego. Il n'était pas habitué à ce que l'on décide ainsi pour lui.

Rafe laissa échapper un juron. Cette soirée était importante : il devait marquer l'auditoire, composé principalement de riches et influentes personnalités susceptibles de soutenir la cause de la fondation Mers et océans propres. En particulier la représentante de Charity Resources. Puisqu'elle voulait le rencontrer en privé, il allait s'assurer avant de la gagner à sa cause.

Les projecteurs aveuglaient tellement Rafe tandis qu'il faisait son discours qu'il ne parvenait pas à distinguer les visages des invités assis au premier rang. Pourtant, il sentait se poser sur lui un regard scrutateur qui suivait ses moindres gestes. Qui pouvait bien ne pas le lâcher ainsi des yeux avec une telle insistance ?

Lorsqu'il termina, les applaudissements fusèrent, ponctués de bravos. La lumière des spots braqués sur lui diminua. Et, lorsqu'il put enfin voir qui l'avait dévisagé sans relâche durant une demi-heure, son cœur manqua un battement...

Ana.

La sublime créature qui peuplait ses rêves depuis leur torride nuit londonienne était assise au premier rang, à la place attribuée à Charity Resources ! Elle portait une petite robe noire près du corps et un collier de perles. Rafe sentit son corps s'éveiller, le sang rugir dans ses veines, sa respiration s'accélérer.

Ana. Ou plutôt, à en croire Marco, Kaliana. La mystérieuse femme si passionnée de Londres, qui lui avait donné sa virginité et avait créé entre eux un lien qu'il n'avait jamais réussi à couper. Il ne voyait plus en face de lui une belle et élégante jeune femme venue soutenir sa fondation, mais la tentatrice nue aux courbes si parfaites. Il était de nouveau en fusion, proche de l'éruption – un peu comme l'Etna de son île natale.

Dio mio... Il eut soudain l'impression que l'air se raréfiait dans la pièce : ses yeux noirs pailletés d'or avaient rencontré les siens. Des éclats malicieux y brillaient, comme si elle s'apprêtait à rire. Trouvait-elle cela amusant ? En effet, elle se mit à sourire, ce qui fit fondre le vernis de sérieux qu'elle arborait et qui lui allait si bien. Pourquoi le destin la mettait-il sur son chemin une nouvelle fois ? se demanda-t-il, incapable de se concentrer sur autre chose que sa présence.

Il dut pourtant, après être descendu de scène, recevoir compliments et félicitations, bavarder avec les uns et les autres. Il n'avait pas la tête aux mondanités, mais il le devait à la cause qu'il défendait. Cependant, il ne perdait jamais Ana très longtemps des yeux, passant de petits groupes en petits groupes, remerciant les donateurs pour leur soutien, incitant les indécis à franchir le pas.

Enfin, la salle commença à se vider. Rafe s'approcha de la femme qu'il avait, il devait bien se l'avouer, dans la peau. Il n'aurait jamais pensé la revoir. En repensant à la manière dont elle avait voulu perdre avec lui sa virginité, il se sentit comme un étalon qu'on mène à la jument. Après tout, n'était-ce pas exactement ce que son père attendait de lui ?

Ana vint à sa rencontre, la main tendue. Rafe réussit à rester maître de lui-même.

— Ana, dit-il d'une voix qu'il trouva sonner faux. Ou est-ce plutôt Kaliana ?

Il avait été fou de se laisser ensorceler par son charme, son allure, son côté sexy. Mais c'était elle qui l'avait séduit, puis quitté sans un mot. Pourquoi ? Elle arborait une expression calme, dépourvue de la moindre émotion.

— Y a-t-il un endroit où nous pourrions parler en privé ? demanda-t-elle.

— Parler ? répéta-t-il.

Dans son souvenir, parler avec lui ne l'intéressait pas vraiment...

— J'ai une proposition à te faire.

Il ne put s'empêcher de la provoquer :

— Je crois que tu m'as *déjà* fait une proposition, Ana...

Il avait délibérément employé le prénom qu'elle lui avait donné lors de leur rencontre. Un éclair de contrariété mêlé d'agacement passa dans ses yeux.

— Je veux te proposer un marché. Un marché qui nous profitera à tous les deux.

Il rit doucement, et elle le foudroya du regard. Elle le provoquait, pas seulement avec ses mots mais aussi avec son corps. Car la femme ardente et passionnée était encore là, derrière les bonnes manières et la façade professionnelle, qui ne demandait qu'à revoir le jour.

— Un marché ?

— Oui, un marché. Alors, reprit-elle, un peu plus nerveuse, pouvons-nous discuter en privé ?

Comment avait-elle pu penser que c'était une bonne idée ? Que cela allait marcher ? Avait-elle perdu la tête ?

Ces questions taraudaient Kaliana tandis qu'elle suivait Rafe dans un petit bureau dont il referma la porte. Voilà, elle était en tête à tête avec l'homme entre les bras duquel elle s'était complètement abandonnée, pour la première fois de sa vie.

Depuis cette fameuse nuit, elle avait rêvé de le revoir. Rêvé qu'il la retrouve et lui avoue que cela avait été plus que de la simple passion pour lui. Plus que du sexe. Rêvé qu'il lui avoue qu'il l'aimait. Chacune de ces chimères s'était évanouie au lever du jour…

Cette nuit-là, elle avait entrevu la possibilité que l'amour entre à nouveau dans sa vie. L'éventualité que, quelque part, il y avait un homme qui pourrait la rendre à nouveau heureuse. L'aimer comme Alif l'avait aimée. Depuis, elle était rongée par la culpabilité. Qu'elle se languisse de retrouver l'amour salissait-il son histoire avec Alif ?

Kaliana n'avait jamais vraiment cru qu'elle reverrait Rafe, même si elle avait fait des recherches sur son bel amant italien d'une nuit. Soudain, les mots de Claire lui revinrent – son amie essayait alors de l'empêcher d'aller en Sicile :

— Tu ne vas quand même pas débarquer en Italie et lui demander de t'épouser, Kal !

— Il est riche, et il a besoin non seulement de se marier, mais aussi d'un héritier. Il est tout ce qu'il me faut pour éviter d'épouser Nassif.

— On parle d'un *mariage*, avait insisté son amie, désespérée, au bord de la panique.

Peut-être, mais, à deux mois de son vingt-sixième anniversaire, elle n'avait pas le choix. Il était hors de question que l'homme qui l'attendrait à l'autel soit Nassif. Absolument hors de question. Même Claire avait compris cela.

— Alors, comment puis-je t'aider ?

La voix de Rafe la ramena au présent. Son ton était distant, son expression impassible. Il se tenait adossé à la porte, les bras croisés. Quel contraste avec le Rafe passionné et brûlant de Londres !

Kaliana rassembla ses esprits et combattit une subite envie de s'enfuir. En courant. Elle avait besoin d'un mari, n'est-ce pas ? Et son choix était fait.

— J'ai une proposition à vous faire, *signor* Casella. Je crois qu'elle peut vous intéresser.

— Voyons, Ana, répliqua-t-il en haussant les sourcils, ne sois pas si formelle ! Je préfère que tu m'appelles Rafe et que tu continues à me tutoyer.

Elle ne s'était même pas aperçue qu'elle était repassée au vouvoiement ! *Allons, reprends-toi, Kal !* Mais c'était difficile quand le Rafe sensuel refaisait surface dans des inflexions de voix plus suaves.

— Pour ma part, je préfère Kaliana.

— Très bien, Kaliana. Tu as parlé je crois d'un marché qui nous profiterait à tous les deux ?

Le sous-entendu était si clair que Kaliana rougit. Rafe s'approcha d'elle. L'air semblait s'être raréfié dans le petit bureau. Son cœur battait la chamade, comme s'il ne s'était pas écoulé deux mois mais deux heures depuis le merveilleux voyage initiatique qu'elle avait accompli en sa compagnie.

Non ! L'homme qui lui faisait face était différent. Détaché. À tel point qu'elle se demandait si elle ne l'avait pas imaginé, ou si sa mémoire ne lui jouait pas des tours.

Elle obligea les mots à sortir de sa bouche soudain sèche :

— À Londres, tu m'as dit que tu devais te marier.

Rafe se raidit presque imperceptiblement. Elle avait touché un point sensible. À vif.

— J'ai dit cela, en effet.

Seigneur, c'était beaucoup plus difficile que prévu... Le regard perçant de Rafe la mettait mal à l'aise. Elle déglutit avec difficulté et essaya de se détendre.

— Quelle est ta proposition ?

— Tu m'as aussi dit qu'il te revenait d'assurer la perpétuation de ton nom.

Elle parlait avec un calme qu'elle était loin de ressentir. Elle serra les mains à s'en enfoncer les ongles dans les paumes. Elle se souvint du choc que cela avait été pour elle de voir apparaître la photo de Rafe alors qu'elle faisait des recherches sur son nouveau client, le parrain de la fondation Océans et mers propres. Celui qui lui souriait à l'écran n'était pas serveur dans un palace, pas non plus un businessman quelconque, mais un homme à la fortune personnelle et familiale étourdissante.

Et un homme qui avait besoin de se marier pour que son nom ne s'éteigne pas.

Elle avait fixé longuement l'image, et l'idée s'était peu à peu imposée à elle : il pouvait être l'homme qui résoudrait ses problèmes en même temps qu'elle résoudrait les siens. Et, qui sait, peut-être que le bénéfice mutuel apporté par ce mariage pourrait déboucher sur plus...

Son plan lui avait semblé si simple, si clair et facile à suivre, même une fois dans l'avion. Tout s'était compliqué quand elle avait vu Rafe parler sur scène avec tant de fougue et de verve. Il ne l'avait pas repérée, alors même qu'elle était assise au premier rang. Alors, le doute l'avait envahie.

Mais, une fois son discours terminé, il l'avait reconnue. Et à présent, épinglée par son regard intense, elle se rendait compte que son plan était tout sauf clair…

— J'avais cru comprendre que tu étais là pour représenter Charity Resources. Qu'est-ce que ma vie privée a à voir avec l'événement de ce soir ?

Malgré la froideur de son ton, Kaliana devinait que son cerveau tournait à toute allure, entre simples interrogations, suspicion, et défiance. Elle ne devait pas se laisser influencer par son visage altier, ne devait pas dévier du scénario qu'elle s'était écrit et qu'elle avait répété.

— Je sais ce qu'on ressent, commença-t-elle avant de marquer une légère pause, quand on est obligé de se marier.

— Cela me paraît difficile à croire, répliqua-t-il, les sourcils froncés.

Kaliana cilla. Si Rafe ne la croyait pas, s'il n'avait pas d'empathie pour le sort tragique qui l'attendait à Ardu Safra, elle perdait tout.

— C'est pourtant vrai. Mon père insiste pour que je me marie. Il m'a même choisi un époux.

— On dirait une réplique de film. Ou de conte de fées.

Il s'approcha d'elle, le sourire aux lèvres. La température monta d'une vingtaine de degrés. Au moins.

— Et vas-tu épouser cet homme ?

— Non ! Je ferai tout ce qui est en mon pouvoir pour l'éviter, asséna-t-elle aussitôt.

— Et… Tu es venue me voir pour partager ton plan avec moi ? Un plan que je pourrais utiliser moi aussi ?

Kaliana prit une longue inspiration et croisa les doigts.

C'était le moment. Elle lui sourit le plus naturellement possible.

— Oui, c'est exactement la raison pour laquelle je suis là.

Pourquoi Raffaele Casella était-il si beau ? Si sexy ? Elle avait un mal fou à se concentrer.

— Dis-moi, alors, douce et délicieuse Ana : quel est ton plan ? murmura-t-il, provocant, tout près de son oreille.

Elle frémit et ferma les yeux une seconde. Le cœur de sa féminité pulsait, elle était en feu, toutefois elle devait se comporter non comme la femme que Rafe avait éveillée mais comme la princesse qu'elle était.

— Je vais devenir ta femme.

Rafe recula d'un pas, comme s'il avait reçu une décharge électrique. Son regard désormais suspicieux, et brillant de colère, la détailla de la tête aux pieds, puis s'arrêta sur son ventre.

— Tu es enceinte ?

La réponse de Kaliana fusa :

— Non.

Elle s'était préparée à cette question, d'autant que Claire l'avait prévenue que ce serait sa première hypothèse. Elle adressa un merci silencieux à son amie – c'était réconfortant de savoir qu'on ne se battait pas seule.

— Non, je ne suis pas enceinte.

— Alors quoi ? s'emporta Rafe. *Dio mio*, Ana, un mariage !

Il leva les mains dans un geste d'incrédulité. Entendre le prénom qu'elle avait inventé le soir de leur rencontre lui rappela les remords qu'elle avait éprouvés en quittant la chambre au petit matin. Son besoin de fuir avait été motivé par la culpabilité. Culpabilité d'avoir apprécié une telle nuit avec lui, alors qu'elle n'avait jamais rien vécu de tel avec Alif, l'homme qu'elle avait aimé.

— Nous sommes tous les deux dans l'obligation de nous marier. Ne serait-il pas mieux de nous marier ensemble plutôt que d'épouser des étrangers ?

Kaliana retint son souffle tandis que Rafe la contournait pour se diriger vers la fenêtre. Il posa les yeux sur la vue qui s'offrait de la côte sicilienne si sauvage et accidentée. Elle resta immobile, figée sur place.

— Ou d'accepter des conjoints choisis par nos familles respectives ? ajouta-t-elle.

Le silence de Rafe ne lui inspirait pas vraiment confiance. L'atmosphère était explosive. Ses larges épaules étaient tendues et il ne daignait pas la regarder.

— Pourquoi as-tu besoin de m'épouser, Ana ?

Il avait toujours le visage tourné vers l'extérieur. Kaliana ne parvenait pas à trouver une réponse satisfaisante. Du moins une qui ne révélerait pas combien elle l'avait désiré, cette fameuse nuit. Combien elle avait eu besoin de ces instants torrides. Pour savoir qu'elle était désirable pour elle-même et non pour ce qu'elle représentait.

Elle soupira et décida qu'elle devait la vérité à cet homme.

— Je suis la princesse Kaliana Benhamed d'Ardu Safra et, en tant que telle, on attend de moi que je me marie pour le bien de mon pays et de mon peuple.

Rafe la regarda enfin, et elle eut l'impression qu'il la voyait pour la première fois. Elle ne serait jamais plus Ana pour lui. Elle pouvait le lire dans ses yeux, lire le choc, l'accusation. Sa vie « normale » était fichue désormais. Quoi qu'il arrive, elle ne pourrait plus travailler pour Charity Resources. Elle ne pourrait plus sortir le soir avec des amis, passer des soirées tranquilles avec Claire à parler de tout et de rien.

C'était l'instant où sa vie basculait…

— Ce soir-là, tu étais vierge *et* princesse ? *Dio mio !*

— En effet, riposta-t-elle.

Elle était animée soudain d'une froide colère en constatant que jamais Rafe ne comprendrait ce qui était en jeu pour elle à cet instant précis.

— Tu n'as jamais eu l'intention de me revoir, n'est-ce pas ? lança-t-il, un soupçon de colère sauvage dans la voix. Et pourtant te revoilà, devenue princesse, pour m'offrir un contrat de mariage !

Kaliana aurait voulu tourner les talons, mais ses pieds étaient de plomb, ses jambes gelées. Elle devait terminer ce qu'elle avait commencé. Elle le devait au peuple d'Ardu Safra, qui s'enfonçait dans la pauvreté, et à son père, auquel elle devait épargner le déshonneur. Et puis si elle voulait éviter un destin pire que la mort, celui qui l'attendait si elle épousait Nassif, elle devait convaincre Rafe que son idée était la meilleure solution. Pour tous les deux.

— Nous devons nous marier et nous savons que tous les deux…

Elle se tut. Le rouge lui monta aux joues. Envolée, la princesse détendue et maîtresse d'elle-même !

— … c'est de la dynamite ? termina-t-il à sa place. De la passion à l'état brut ?

Rafe s'approcha d'elle. Elle ne voyait plus que lui, immense, superbe et… presque menaçant. La tête lui tournait.

— Je n'ai pas seulement besoin de me marier pour le bien de mon pays. Ou même pour engendrer un indispensable héritier.

De nouveau, Kaliana s'interrompit. Mais, cette fois, c'était à cause de son corps, qui ne réagissait que trop à la proximité de celui de Rafe, qui ne rêvait que de ses caresses.

Elle se demanda s'il en avait conscience, si chacune de ses intonations, de ses respirations ne la trahissait pas.

— Quoi d'autre, alors ? demanda-t-il.

— Ma famille est au bord de la ruine. J'ai besoin d'un mari, certes, mais d'un mari riche. Un mari qui pourrait nous aider à redresser la situation financière du pays.

Elle le dévisagea, suspendue à ses lèvres, dans l'attente. Il la scannait du regard, cherchant à trier le vrai du faux.

— Et la fortune des Casella dont je vais hériter est ta porte de sortie ?

Elle rougit de nouveau, mais de honte cette fois. Les pupilles de Rafe s'étaient assombries. Il se rapprocha d'elle et les souvenirs de leur nuit passionnée lui revinrent sans crier gare.

— Donne-moi une bonne raison pour laquelle je devrais t'épouser.

— Si tu refuses, je devrai épouser un homme choisi par mon père, avoua-t-elle, contenant sa panique à cette pensée. Mon mariage est prévu pour le mois d'octobre, le jour de mes vingt-six ans. Si début septembre je n'ai pas trouvé un autre parti, je devrai épouser Nassif.

— Nassif ?

— Un homme cruel. Veuf et bien plus âgé que moi. L'oncle de celui que j'aurais dû épouser il y a cinq ans.

Kaliana nota que Rafe était ébranlé.

— Pourquoi ne pas juste dire non ?

— Je suis une princesse. Me marier fait partie de mes devoirs.

— Et tu penses que mon besoin de remplir mon propre devoir familial est aussi fort que ton désir d'éviter d'épouser ce Nassif ?

Rafe arborait un air sévère à présent. Ses traits étaient

durs, loin du beau visage charmeur qu'elle avait gardé en mémoire. Était-ce là le vrai Rafe ?

La panique l'engloutit. Et s'il refusait ? Elle ne pourrait pas supporter de partager avec Nassif l'intimité qu'elle avait partagée avec lui. À cette pensée, elle frémit.

Elle baissa la tête et toucha les perles à son cou. Elle détestait à présent la tenue qu'elle avait choisie pour cette soirée. Elle aurait tant voulu être à Londres, dans son appartement, à savourer une vie qu'elle ne pourrait plus jamais mener. Sa panique augmenta. Qu'allait-elle devenir si Rafe la rejetait ?

— Réfléchis, Rafe : grâce à mon idée, nous pourrons offrir à l'autre exactement ce dont il a besoin.

— Notre nuit à Londres n'a rien à voir avec ta proposition ? demanda-t-il, suspicieux.

— Absolument rien. Je suis bien certaine de ne pas être la première femme que tu as emmenée dans ta suite quelques heures après l'avoir rencontrée !

La vérité de cette affirmation la frappa de plein fouet, anéantissant la féerie de cette nuit pour toujours.

Rafe repoussa l'image d'un vieil homme touchant le corps de Kaliana en retenant à grand-peine une moue de dégoût. Il s'attarda sur son délicat visage. Les nuages de l'angoisse voilaient ses yeux magnifiques, mais l'assurance et l'élégance n'avaient pas déserté son regard. Il n'avait aucun doute sur le fait qu'elle soit une véritable princesse. Cela transpirait dans son attitude, dans son maintien. Pas le genre de femme à se laisser marcher sur les pieds ou à courber l'échine.

Pourtant, s'il respectait sa force de caractère, la suspicion persistait. Pourquoi lui ? Pourquoi maintenant ?

— Et si je ne souhaite pas t'épouser ?

Il regretta aussitôt ses paroles quand il vit se rembrunir le doux visage de Kaliana. Elle s'était donnée à lui et recommençait d'une autre manière, rallumant la flamme du désir, l'alchimie sexuelle entre eux. Comment pourrait-il refuser d'autres nuits comme celle qu'ils avaient partagée ?

De là à se marier...

Elle entrouvrit les lèvres pour lui répondre, et il se souvint aussitôt de leur goût de champagne au bar du palace, lorsqu'ils s'étaient embrassés pour la première fois.

— Mais... Tu as dit que tu avais besoin de te marier !

Elle avait bredouillé, les yeux écarquillés. Rafe s'autorisa un sourire. Elle n'avait pas imaginé qu'il puisse refuser. Elle était sûre d'elle, de son petit discours bien préparé, de sa victoire. Une bouffée de mâle satisfaction l'enivra. Il contrecarrait ses plans. Pourtant, elle était la clé qui pouvait lui permettre de garder le seul bien qui lui importait : Pietra Bianca.

La seule clé...

— Peut-être que je me moque désormais de ce que va devenir mon nom de famille, ou la fortune des Casella.

Il s'interrompit, pris du désir subit de tendre la main et de lui caresser la joue.

— Bon, c'est vrai, nous sommes plus que sexuellement compatibles, reprit-il, joueur, bien décidé à l'asticoter, à lui rappeler ce qu'ils avaient partagé.

Lorsqu'elle rosit, il vit percer sous son air distant la femme passionnée qu'il avait rencontrée à Londres, tel un rayon de soleil à travers les nuages.

— Je..., bafouilla-t-elle. Cela n'a aucun rapport avec ma proposition.

Elle s'était reprise, et de nouveau la princesse se tenait

face à lui. Il se rapprocha et repoussa des mèches rebelles qui avaient glissé devant ses yeux. Il voulait plus que tout faire remonter la sirène si sexy à la surface.

— Tu en es sûre ?

— Certaine. Je t'ai proposé un marché. Un contrat d'affaires. Pour notre bénéfice à tous les deux.

— C'est vrai. Mais cela nous donnerait l'opportunité d'explorer ce lien presque mystique entre nous.

Il n'avait pu une nouvelle fois s'empêcher de la titiller, alors même qu'il savait ses arguments irréfutables. Mais elle menaçait bien trop ses défenses. Comment pourrait-il partager une intimité avec elle alors qu'il la désirait aussi fort ?

— Ce sera du business, Rafe ! Rien de plus.

Non, il ne pouvait consentir à une telle alliance. Or, s'il ne le faisait pas, il perdrait sa dernière chance de gagner le respect de son père, et il perdrait aussi l'endroit où il avait tant de souvenirs de sa mère.

— Et si je ne veux pas d'un tel marché ?

5

Kaliana paniquait. Elle n'avait pas imaginé que l'homme avec lequel elle avait passé une telle nuit puisse la rejeter de la sorte ; et presque suggérer qu'elle était folle d'avoir même songé à lui proposer un tel marché. Bêtement, elle avait imaginé qu'il lui serait reconnaissant de lui offrir une solution à ses problèmes.

Elle ne s'était pas attendue non plus à l'intensité qui couvait dans ses prunelles, aux frissons qu'avait déclenchés un simple frôlement de sa main sur son visage. Bref, elle n'avait pas assez bien réfléchi, pas envisagé toutes les inconnues de l'équation. Par exemple, il avait peut-être déjà trouvé une fiancée…

Cette pensée déclencha une onde de peur dans tout son être. Il lui restait si peu de temps et elle avait été si certaine que Raffaele Casella allait accepter ! Elle s'était trompée. Et la perspective d'épouser Nassif devenait une perspective de plus en plus réaliste – et effrayante.

« Et si je ne veux pas d'un tel marché ? »

— Il semblerait que j'aie mal apprécié la situation, lâcha-t-elle avec raideur en s'écartant de Rafe autant que possible.

Soudain, elle ne supportait plus d'être près de lui,

ne supportait plus le souvenir de cette nuit avec lui, ne supportait plus la manière dont il l'avait fait se sentir.

— Je me suis trompée, reprit-elle. Je suis désolée de vous avoir fait perdre votre temps.

Elle tourna les talons et tendit la main à l'aveuglette vers la poignée de la porte. L'espoir que Rafe lui demande de rester l'empêchait presque de respirer, mais seul le silence fit écho à cette espérance insensée. S'il la laissait partir maintenant, elle disait adieu non seulement à la chance d'éviter Nassif, mais aussi à l'homme qui infusait le désir dans ses veines.

L'idée de se donner à un autre lui répugnait à présent – et pourtant, elle devrait engendrer un héritier pour le trône d'Ardu Safra. Mais comment pourrait-elle laisser Nassif la toucher, comment pourrait-elle le supporter maintenant qu'elle avait goûté à la vraie passion ?

Kaliana ferma les yeux pour tenter de chasser la douleur, et l'humiliation qu'elle venait de subir. Elle avait révélé à Rafe un secret dont personne à part Claire n'avait connaissance, et ce faisant avait mis un terme à sa vie londonienne. En effet, si son anonymat était mis en péril par une indiscrétion, son père n'hésiterait pas : il la rappellerait à Ardu Safra illico. Elle aimait son pays, mais il restait englué dans le passé, et le poids des traditions y était écrasant. Elle ne supporterait pas d'y vivre, encore moins d'en être la princesse. Elle s'était toujours promis qu'une fois reine elle changerait les choses, ferait entrer son royaume dans la modernité, mais avec Nassif à son côté, ce serait impossible.

L'échéance se rapprochait. Vite. Elle avait besoin d'un mari. D'un mari fortuné.

L'estomac noué, elle ouvrit la porte. Les voix des quelques invités encore présents l'agressèrent. Rafe n'allait pas l'arrêter. Il la laissait partir. Malgré tout ce qu'ils avaient partagé – ou peut-être à cause de tout ce qu'ils avaient partagé ?

Kaliana retint un sanglot désespéré et sortit du petit bureau, la tête haute. Elle avait la sensation, tellement réaliste, de marcher vers un futur lugubre. Mais elle ne se retournerait pas. Elle ne donnerait pas à Rafe la satisfaction de voir sa détresse. Qu'il aille en enfer !

— Ana.

Rafe lui avait saisi le bras, interrompant sa fuite avant même qu'elle ait commencé. Elle se retourna. Seigneur, il était tellement près d'elle ! Trop près. Tout son corps en était électrisé.

— Tu as été très clair, Rafe : pas de contrat, lui lança-t-elle, d'une voix qu'elle espérait ferme afin de masquer sa douleur, sa déception, ses angoisses. J'espère que tu trouveras une solution à ton problème.

Ses yeux noirs l'hypnotisaient. Les nœuds dans son estomac devenaient des papillons. Il s'approcha encore d'elle, les prunelles luisantes. Kaliana comprit qu'il allait l'embrasser. Elle ne devait pas le laisser faire. Elle n'aurait pas dû en avoir envie… Mais son corps la trahissait. Son corps se souvenait. Malgré elle, elle releva le menton, la respiration saccadée, les lèvres entrouvertes. Elle voulait qu'il l'embrasse. La femme qu'elle avait été cette nuit-là refaisait surface malgré ses efforts pour garder l'attitude impassible et le maintien d'une princesse.

La bataille était perdue d'avance. La princesse disparut dans le tourbillon de sensualité qui enflait autour d'eux. Rafe pencha le visage vers le sien et lui effleura les lèvres. Elle poussa un soupir et se pressa contre lui. Rafe l'enveloppa de ses bras, en une étreinte si intense qu'elle eut l'impression que leurs corps fusionnaient. Les braises de l'incendie qu'il avait allumé dans tout son être lors de leur rencontre se réveillèrent soudain, enflammant ses sens, ses nerfs, le sang dans ses veines. Et ses dernières défenses...

Kaliana ferma les yeux et se coula contre Rafe. Elle s'abandonna à leurs retrouvailles, à ce moment qu'elle avait fantasmé depuis qu'elle s'était éclipsée de sa suite au petit matin. Elle lui passa les bras autour du cou, les doigts dans ses cheveux. Son contact, son odeur, ses baisers, voilà ce dont elle avait rêvé pendant deux mois. Elle avait combattu ce manque, tenté d'étouffer le feu qui couvait en elle. En vain.

Elle approfondit leur baiser, et Rafe la suivit dans l'intensité. Tout en l'embrassant, il entreprit de reculer vers l'intérieur de la pièce. Comme il la tenait enlacée, Kaliana n'eut d'autre option que le suivre. Dès qu'ils furent entrés, Rafe referma la porte d'un coup de pied.

Ils étaient seuls de nouveau.

— Nous n'en avons pas terminé, toi et moi, Ana.

Il la relâcha et s'éloigna vers la fenêtre. Aussitôt, elle se sentit abandonnée, le corps alangui par leur baiser. Faible. Par sa faute.

— Mais... Je croyais que...

Elle ne parvenait pas à trouver les mots, le cœur battant, le désir à fleur de peau. Lorsque Rafe se retourna vers elle, la colère faisait briller ses yeux et il avait les mâchoires crispées.

— ... que tu pouvais revenir dans ma vie en sifflotant, m'avouer que tu étais une princesse et faire comme si nous n'avions rien partagé à Londres cette nuit-là ?

— Tu as besoin d'une femme, Rafe ! lança Kaliana. Et moi d'un mari.

Elle était décidée à s'en tenir aux faits, à se concentrer sur les aspects pratiques – certes, elle aurait de loin préféré explorer avec lui l'empire des sens, mais cela lui faisait perdre la tête.

— Je ne veux pas me marier, Ana, mais je le dois. Et je dois choisir une fiancée. C'est la raison pour laquelle je noyais mon chagrin dans le whisky ce soir-là.

Kaliana pouvait deviner que des émotions contraires livraient bataille en lui – les mêmes qui se combattaient en elle sans pitié.

— Pourquoi cette fiancée devrait-elle être toi, alors que nous en savons si peu l'un sur l'autre ? reprit-il.

— Que veux-tu savoir ? demanda-t-elle.

Elle n'avait pu s'empêcher de sourire à demi : elle avait enfin trouvé un défaut dans son armure, une manière de lui montrer que ce marché était leur seule chance à tous les deux.

— Je veux tout savoir sur la princesse Kaliana ; mais, surtout, je veux tout savoir sur la femme que j'ai rencontrée à Londres.

Rafe vit un demi-sourire étirer les lèvres de Kaliana. Les palpitations de désir causées par leur baiser – un baiser dont beaucoup de gens avaient été témoins avant qu'il ne referme la porte du petit bureau – ne s'estompaient pas. Il en voulait encore.

— Pose-moi des questions, je te répondrai, dit la jeune femme, sur la défensive.

Rafe sourit. Sa superbe princesse savait être glaciale, mais désormais il savait pourquoi elle avait commandé du champagne au bar du palace londonien : elle était habituée aux bonnes choses. Était-ce pour cette raison qu'elle voulait épouser un homme riche, ou était-elle vraiment concernée par l'avenir de son peuple ? Cependant une autre question plus pressante lui brûlait les lèvres :

— Pourquoi t'es-tu faufilée hors du lit ce matin-là à Londres ? Pourquoi es-tu partie ?

Quand, à son réveil, Rafe s'était rendu compte qu'elle était partie, cela l'avait assommé. Durant les heures précédentes, il avait donné à cette femme bien plus qu'il n'avait jamais donné à aucune autre. Il avait bêtement pensé alors qu'il avait trouvé *la* femme, mais il avait repoussé cette intuition à cause de sa situation délicate, du devoir qu'il avait à accomplir pour sa famille. Sans compter que les deux femmes dont il avait été le plus proche auparavant étaient sorties de sa vie en laissant un vide qu'il n'avait jamais été capable de combler.

Les draps étaient froids à côté de lui, ce qui lui avait indiqué qu'Ana était partie depuis longtemps. Avait-elle attendu qu'il s'endorme ? Avant que l'épuisement causé par des heures de sexe incroyable l'ait rattrapé ?

— Est-ce que ce n'est pas la procédure normale pour une aventure d'un soir ? lui rétorqua-t-elle avec un soupçon de défi dans la voix.

Des profondeurs de ses yeux bruns montaient des éclats dorés de colère qui les faisaient briller. Elle pencha la tête de côté presque timidement, et ses cheveux cascadèrent sur son épaule.

— Je n'avais jamais vécu cela donc, si j'ai mal agi, je m'en excuse.

— *Sì*, c'est en effet parfois la procédure, convint-il.

Cela ne lui était jamais arrivé avant Ana. Il avait toujours décidé de la durée d'une relation, qu'elle se compte en heures ou en semaines.

— Mais j'aimerais savoir si tu aurais donné ta virginité à n'importe quel homme, ce soir-là.

Elle rougit et baissa les yeux. Cela suffit à le bouleverser. Il avait le cœur serré de la voir si vulnérable. Si seule. Lorsqu'elle releva la tête, ses yeux scintillaient de larmes contenues. Il avait besoin de savoir. Besoin d'entendre qu'elle avait été aussi irrésistiblement attirée par lui qu'il l'avait été par elle. Que c'était le destin qui les avait jetés dans les bras l'un de l'autre pour une nuit de passion. Que cela n'avait pas été planifié, organisé. Qu'elle l'avait désiré autant que son attitude le lui avait fait croire.

— Je n'avais pas décidé de passer la nuit avec qui que ce soit. De flirter, oui, mais c'est tout, murmura-t-elle.

Elle avait pâli. Rafe résista à l'envie de la prendre dans ses bras pour la protéger.

— Puis quelque chose s'est passé…, ajouta-t-elle.

Ses mots moururent sur ses lèvres, comme si elle se refusait à lui révéler la suite.

— Que s'est-il passé, Kaliana ?

Il avait employé son prénom complet, et cela lui avait causé une drôle de sensation. Cela avait sonné juste, en fait. Il se rapprocha d'elle, incapable de s'en empêcher. Il voulait être près d'elle, la toucher, entendre de sa bouche qu'elle avait brûlé pour lui comme lui pour elle.

— Je ne sais pas, souffla-t-elle en secouant doucement la tête. Je me suis sentie bien. Tout était… vrai. Quoi qu'il y ait eu entre nous cette nuit-là, quelle que soit la force qui nous ait attirés l'un vers l'autre avec autant d'évidence, c'était vrai. Juste.

Elle cilla, et Rafe se remémora ce moment où elle avait cru qu'il était un serveur du palace. Elle était sincère quand elle l'avait interrogé, c'était évident. De même que son innocence. Donc oui, le marché qu'elle lui proposait avait pour origine son besoin d'aider son pays, son peuple. Après tout, elle pourrait simplement refuser d'épouser ce Nassif, mais, tout comme lui, elle ne pouvait se soustraire à son devoir familial.

Rafe se prit à regretter que Franco, son ami d'enfance, ne soit pas là pour l'aider. Pour écouter son torrent de questions. Mais la décision lui appartenait, et il savait de toute façon ce que lui conseillerait Franco. Romantique incurable, son ami lui dirait que s'il y avait une attirance, une alchimie entre eux, tout se passerait bien. Cherchait-il des problèmes là où il n'y en avait pas ? Non. Il réagissait comme il le faisait habituellement quand ses émotions étaient menacées. Quand ses défenses étaient battues en brèche, comme cela avait été le cas avec Ana à Londres, il en construisait de plus solides.

— Est-ce la fortune des Casella ou notre nuit d'amour qui fait de moi le candidat idéal pour devenir le mari de la princesse Kaliana ?

Il aurait voulu garder un ton sérieux, même pour la taquiner, mais il n'y réussit pas. Et puis plus il envisageait l'idée de se marier avec elle, plus elle lui semblait bonne. Ils avaient partagé des moments extraordinaires, il avait été son premier amant - même s'il l'avait réalisé trop tard —, cela ne faisait-il pas déjà de lui, avant même d'évoquer sa fortune, le candidat idéal ?

— Il y a beaucoup à gagner pour chacun de nous avec ce marché, dit-elle avec calme en s'éloignant de lui. Nous bénéficions de ton aide financière et toi du prestige de notre nom, qui te sera utile j'en suis certaine dans tes affaires. Le marché des énergies renouvelables n'est pas encore très développé et le potentiel est énorme à Ardu Safra et dans la région. Notre mariage sera bâti sur l'attirance qui nous lie. L'amour n'est pas indispensable à sa réussite.

— Je me garderais bien de promettre quelque chose comme de l'amour ! déclara-t-il avec fermeté, désireux de tracer des frontières claires autour de lui.

Soudain, une question lui traversa l'esprit :

— Que se passera-t-il si tu as besoin de plus ? Si un jour, tu trouves ce plus chez quelqu'un d'autre ?

— J'ai connu l'amour. Le perdre fait mal, et je ne veux pas de cette sorte de souffrance dans ma vie. L'amour n'est pas au programme, Rafe.

Il croisa les bras. Il détestait cette discussion. Il n'avait jamais parlé aussi ouvertement à une femme.

— Donc tu penses que ce qui s'est passé entre nous à Londres prouve que le mariage que tu me proposes pourrait tenir sans amour ?

— Exactement.

— Et les enfants ? se força-t-il à demander.

Cela le mettait tellement en rage que son père le force à devenir père ! Lui-même ne s'était jamais imaginé tenir son propre enfant dans ses bras.

— Tu m'as déjà dit que tu avais besoin d'un fils pour perpétuer le nom des Casella. Et comme je suis princesse, on attend de moi un héritier pour le royaume. Pourtant, reprit-elle après une courte pause, le regard malicieux, si tu avais des objections, je comprendrais...

Il faillit éclater de rire. Des objections ? À une autre nuit comme celle de Londres ? Elle avait réussi à plaisanter autour de ce sujet sérieux et il lui en savait gré.

— Non, aucune objection.

À *essayer* de faire un enfant. Quant à effectivement en avoir un... Il craignait d'être aussi froid et peu aimant que son père, aussi s'était-il depuis des années persuadé qu'il n'aurait jamais d'enfant. Il allait devoir passer outre cette certitude profondément ancrée en lui.

— Alors tu acceptes mon marché ? demanda Kaliana.

Il ne sut quoi répondre. Ce qui était certain, c'était que, s'il la laissait partir une nouvelle fois, il le regretterait toute sa vie. Leur histoire n'était pas terminée, il le savait. Et si en découvrir le chapitre suivant impliquait un contrat de mariage qui pourrait lui permettre de conserver Pietra Bianca dans la famille, voire de complaire à son père pour une fois, alors pourquoi pas ?

Et puis après tout, un contrat de mariage peut très bien se rompre, non ?

— Très bien, j'accepte ton marché.

Le soulagement qui se peignit sur le visage de Kaliana le fit sourire. On aurait dit que ce n'était pas une épine mais un roncier entier qu'il lui avait enlevé du pied. Toutefois, elle allait peut-être vite déchanter, car il avait quelque chose à ajouter :

— Mais j'ai quelques conditions à poser.

Kaliana se figea, soudain tendue. Elle avait à peine profité de sa victoire que Rafe la soumettait à la douche froide. Des conditions ? Il ne pouvait pas lui faire ça ! Il ne pouvait pas exiger quelque chose d'elle après l'avoir embrassée ainsi ! Il l'avait attirée de nouveau dans la petite pièce tandis qu'ils étaient agrippés l'un à l'autre. Seigneur, de quoi avaient-ils eu l'air ? De deux amants qui ont besoin d'un lit, et cela avait déjà sans doute été le cas à Londres, au bar du palace, songea-t-elle, le feu aux joues.

Elle retrouva finalement sa voix, mais ce n'était qu'un murmure :

— Quelles conditions ?

— Je suis sicilien. Donc je suis fier. Très fier.

La note d'humour dans sa voix dissipa la tension. Il était si beau, si irrésistible. Ses yeux noirs pétillaient, ses lèvres étaient incurvées en un sourire sexy. Kaliana avait envie de rire. L'atmosphère s'était allégée.

— Je m'en étais un tout petit peu rendu compte...

Il lui retourna un regard interrogateur, comme s'il n'était pas sûr qu'elle le taquinait. Le sérieux reprit le dessus et ces émotions contradictoires donnèrent le vertige à Kaliana, qui ne savait plus à quel saint se vouer.

— Il est hors de question que quiconque pense que mon mariage est le fruit d'une vulgaire transaction.

— C'est pour cette raison que tu m'as embrassée devant tous ces gens ? Pour faire croire que nous sommes amants ?

Rafe lui sourit, de ce sourire sexy qui lui faisait battre le cœur plus vite. Elle retint son souffle alors qu'il s'approchait d'elle, le regard grave.

— Non, Kaliana. Je t'ai embrassée parce que j'en avais envie.

Elle frissonna. Il avait eu envie de l'embrasser... Tout comme elle, qui lui avait retourné son baiser avec ferveur.

— Quelles sont tes conditions ? demanda-t-elle d'une petite voix.

— Je dois me marier, c'est un fait. Et je suis en mesure de soulager financièrement ton pays. Mais je ne veux pas que l'on pense que c'est un arrangement, et je crois que les commérages vont déjà bon train maintenant que quelques personnes nous ont vus dans les bras l'un de l'autre...

— C'est bien ce que je crains.

Si on apprenait maintenant qui elle était vraiment, elle n'aurait plus aucune chance de vivre tranquille jusqu'à son mariage. Elle serait obligée de reprendre son costume de princesse, et peut-être même de retourner habiter à Ardu Safra, où elle n'aurait aucune marge de manœuvre, aucune liberté. Jamais elle ne laisserait ses enfants grandir aussi loin des réalités de la vie qu'elle avait été forcée de le faire. Mais elle n'en était pas encore là. Pour le moment, il fallait négocier son mariage avec Raffaele Casella.

— C'est pourtant exactement ce dont nous avons besoin ! affirma-t-il.

— Pourquoi ?

— Si nous devons nous marier, il faut que le monde entier croie à un mariage d'amour. Après un coup de foudre.

Ces derniers mots firent grimper le pouls de Kaliana. Elle espérait secrètement l'amour, même si elle craignait que cela n'arrive pas deux fois dans une vie. Elle se força à se reprendre : quoi qu'il y ait entre Rafe et elle, cela ressemblait plus à de la sensualité.

— Pourquoi y tiens-tu autant ? demanda-t-elle d'une voix tremblante, nerveuse soudain.

— J'ai passé toute ma vie d'adulte à éviter le mariage, à éviter également toute émotion se rapportant de près ou de loin à de l'amour. Mes proches le savent, donc je dois les convaincre.

— Tu es le genre d'homme qui ne veut pas laisser une chance à l'amour ?

L'expression de Rafe lui apporta la réponse à sa question : elle avait vu juste.

— Voilà. Et toi, tu cherches l'amour ?

Il s'éloigna d'elle et se posta devant la fenêtre – au grand soulagement de Kaliana, qui avait soudain besoin d'air. Sortie de son champ magnétique, elle pouvait rassembler ses pensées.

— Non.

Le mot lui avait échappé. Essayait-elle de se convaincre

elle-même ou de convaincre Rafe ? Il l'attirait dangereusement, lui faisait déjà oublier Alif. Qu'arriverait-il s'il s'immisçait dans son cœur ? Si elle commençait à ressentir quelque chose pour lui ?

— J'ai connu l'amour une fois, c'est bien assez. Je ne le cherche plus, ajouta-t-elle pour enfoncer le clou.

— *Bene !* Alors je suggère que nous sortions d'ici pour montrer à tout le monde ce que nous éprouvons l'un pour l'autre.

— Ce que nous éprouvons... ? bafouilla Kaliana, troublée par l'éclat malicieux de son regard.

— Que nous sommes fous l'un de l'autre !

Il sourit, et ce fut comme si des milliers de petites aiguilles lui picotaient délicieusement la peau...

6

Assise à la terrasse d'un petit restaurant de Palerme, Kaliana repensait au soir où elle avait appelé son père et lui avait passé Rafe. C'était une semaine auparavant, quelques heures après qu'ils avaient décidé, dans cette petite pièce où ils s'étaient réfugiés, de se marier.

— Kaliana et moi sommes tous deux tenus de faire un mariage qui aidera nos familles, avait-il dit d'un ton grave, avant de poursuivre, avec un enthousiasme inattendu : je vous demande la main de votre fille, Votre Altesse.

Il avait semblé fort, déterminé, et cela avait empli Kaliana de confiance. *Tout va bien se passer*, s'était-elle dit.

— Vous n'épouserez pas seulement une femme, avait répondu son père, mais aussi un royaume. Avez-vous la carrure pour cela ?

— Je l'ai.

La réponse presque présomptueuse de Rafe l'avait fait sourire, et elle la faisait toujours sourire une semaine après.

— Tu as un sourire magnifique, lui dit-il.

Kaliana sentit qu'elle rougissait.

— J'étais en train de me souvenir de la manière dont tu as fait l'annonce à mon père. J'espère que le tien sera heureux de me rencontrer, cet après-midi.

— Il le sera.

Il jeta un coup d'œil aux autres clients qui déjeunaient sur la terrasse. Presque tous semblaient plus intéressés par leur couple que par la nourriture dans leurs assiettes.

— On dirait que la nouvelle s'est vite répandue..., ajouta-t-il.

— Hélas, oui, convint-elle avec un soupir. Je ne peux plus me cacher maintenant. Je dois être la princesse Kaliana. Adieu, ma petite vie londonienne si tranquille !

— Cela devait arriver, commenta Rafe. Qui que tu aies épousé, ça en aurait été fini de ton anonymat.

Il régla l'addition, laissa un généreux pourboire et poursuivit :

— Avant d'aller voir mon père, je voudrais t'emmener dans un endroit calme. Un endroit qui nous permettra de nous connaître l'un l'autre un peu mieux.

Une bouffée d'allégresse la traversa. Toute la semaine, elle avait attendu le moment où elle pourrait être seule avec Rafe. Elle y avait éperdument aspiré, comme une adolescente folle d'amour.

— J'aime cette idée.

Ils se levèrent et marchèrent vers la voiture, garée un peu plus loin.

— Ce n'est pas facile d'essayer de découvrir l'homme que je vais épouser alors que nous ne cessons de jouer au couple romantique pour donner le change. J'aimerais vraiment savoir qui est le vrai Rafe.

Il l'épingla du regard, et la tension grimpa entre eux. Lorsqu'ils furent tous deux assis dans son élégant et racé coupé sport, ce fut pire encore.

— Tu veux apprendre à me connaître ? demanda-t-il d'une voix sensuelle qui la fit frissonner. Ne sais-tu pas tout ce que tu dois savoir ?

Kaliana ravala sa déception. Rafe lui rappelait que

tout cela n'était qu'un marché entre eux. Rien n'était réel. Quels que soient les sentiments qui l'habitaient, elle ferait mieux de les étouffer, car ils étaient dangereux et la portaient à interpréter chaque sourire, chaque frôlement, chaque caresse.

— Si, bien sûr, murmura-t-elle en tâchant de sourire.

Elle se concentra sur l'agitation de la rue, priant pour qu'il démarre enfin et cesse de la scruter. Elle avait besoin de remettre de l'ordre dans ses pensées. De revenir sur terre.

Elle s'était rendu compte un peu plus à chaque rendez-vous, durant la semaine écoulée, qu'elle avait fait le bon choix ; qu'ils formaient une bonne équipe. Après tout, peut-être serait-elle heureuse avec lui – ce qui était impensable avec Nassif.

Pourtant, ils n'avaient jamais eu de vraie conversation intime, ni même personnelle. Kaliana savait qu'elle avait sa part de responsabilité : elle cachait sa vraie personnalité derrière des défenses solides. Et lui ? Se servait-il de leur petite comédie du couple amoureux pour se cacher ?

Rafe s'inséra enfin dans la circulation dense de Palerme.

— Tu vas voir, l'endroit est parfait, dit-il tout en conduisant avec habileté.

Il avait les yeux rivés droit devant lui, comme s'il évitait de la regarder à présent, comme s'il avait perçu son malaise.

— Si c'est un endroit calme où nous pouvons discuter et nous découvrir, alors oui ce sera parfait.

— Nous découvrir plus qu'à Londres ? demanda-t-il avec malice, en lui jetant enfin un coup d'œil.

De nouveau, son regard pétillait. Kaliana ne savait jamais sur quel pied danser avec lui. Passer de la gravité à l'humour ou au flirt, était-ce sa manière à lui pour garder une distance affective entre eux ? Elle décida d'entrer dans son jeu et rit.

— Raffaele Casella, vous êtes incorrigible !

Puis elle se détourna contre la vitre et observa la vue. Ils longeaient à présent la côte, et la mer scintillait sous le soleil. Était-ce son imagination ou une attirance électrique les enveloppait-elle soudain, prête à les foudroyer ? En tout cas, si elle fixait Rafe trop longtemps, elle en percevait les grésillements dans chacun de ses nerfs.

Rafe demeurait silencieux. Il quitta la route côtière et emprunta une route étroite et sinueuse. Malgré sa gorge sèche et sa nervosité, Kaliana se surprit à admirer le magnifique paysage autour d'eux. Soudain, il quitta la route et arrêta la voiture dans un chemin de terre.

— Suis-je vraiment incorrigible ? demanda-t-il.

Elle se força à le regarder et à juguler ses sentiments, des sentiments qu'elle ne pouvait pas nommer. Elle sourit : comment ne pas être charmée par cet homme si sexy ? De nouveau, elle fut d'humeur badine, joueuse.

— Bien sûr ! Et j'aime ça chez toi.

Il baissa lentement les yeux sur sa gorge. Kaliana était certaine qu'il pouvait voir son pouls battre furieusement à la base de son cou.

— Pourquoi sommes-nous là ? demanda-t-elle, mal à l'aise dans le silence qui s'étirait, trop près de Rafe, de son corps, de son odeur…

Et c'est cet homme que tu vas épouser… Qu'avait-il en commun avec celui qui lui avait fait passer une nuit torride ? Plus elle le fréquentait, plus il représentait une énigme pour elle. Mais une énigme tellement tentante !

— Nous sommes ici pour en apprendre plus l'un sur l'autre, dit-il d'une voix rauque. C'est bien ce que tu voulais, non, *cara mia* ?

Rafe luttait contre l'élan qui l'entraînait vers Kaliana. Comment cette femme pouvait-elle lui faire autant d'effet ? Un effet aussi puissant, dévastateur ?

Parce que tu la désires encore, lui souffla la voix de la raison. *Cette nuit à Londres ne t'a pas rassasié, tu n'étais pas prêt à mettre fin à cette rencontre, mais elle t'a plaqué !*

Il devait sortir de la voiture. Maintenant. Il devait s'éloigner d'elle avant de faire quelque chose de stupide comme l'embrasser. Encore. Pas question qu'il la laisse deviner qu'elle avait une quelconque emprise sur lui, sexuelle ou autre.

— C'est Pietra Bianca. Les terres de ma mère.

— Je sens que c'est un endroit spécial pour toi.

Kaliana le troublait avec sa faculté de voir en lui ce qu'il ne voulait pas qu'elle voie.

— Ce lieu est plein de souvenirs. Des souvenirs heureux de mon enfance avec Enzo.

Il se tut, conscient qu'elle réussissait encore à se glisser derrière ses défenses, à faire jaillir de lui ses émotions les plus intimes.

— Tu es certain que tu as envie d'être ici aujourd'hui ? demanda-t-elle d'une voix douce.

— *Sì.*

L'envie de se pencher vers elle et de lui caresser la joue était si impérieuse qu'il bondit littéralement hors de la voiture pour ne pas y céder. La chaleur d'août l'enveloppa aussitôt, contrastant avec la fraîcheur de la climatisation qui régnait dans l'habitacle.

Pourtant, cette chaleur n'était rien en comparaison de celle qui l'avait envahi lorsqu'il avait répondu à l'appel primitif de ses sens – et du corps de Kaliana – au bar de ce palace londonien, quelques mois auparavant. Et leur baiser lors du gala de charité avait prouvé que le feu couvait toujours entre eux. Une semaine d'exposition publique de leur « couple » ne l'avait pas éteint, bien au contraire. L'impossibilité de la toucher, de l'enlacer, de l'embrasser n'avait fait qu'intensifier son désir.

Durant ces quelques jours, il avait joué le rôle qu'il s'était écrit, courtisant les médias, étalant leur prétendue histoire d'amour. Et le stratagème avait fonctionné : son père et Enzo avaient validé son choix. Kaliana et lui avaient franchi le premier obstacle puisqu'ils avaient gagné l'approbation de leurs familles respectives et créé le buzz autour de leur relation. L'étape suivante, c'était de faire plus ample connaissance, raison pour laquelle il avait amené Kaliana ici, dans le lieu qui comptait le plus pour lui, au point qu'il avait consenti à se marier pour pouvoir le garder.

Il fit le tour de la voiture et aida Kaliana à en sortir. La vision de ses longues jambes minces, même dans un jean, fit monter sa tension. Sous sa blouse ample, ses seins parfaits jouaient librement, lui sembla-t-il...

— C'est un bel endroit, dit Kaliana.

— Il y a un lieu en particulier que je voudrais te montrer, et j'ai pensé qu'un pique-nique dans l'oliveraie serait idéal pour discuter, juste toi et moi. Avant que tout cela devienne officiel et nous échappe.

Il ne savait pas pourquoi il avait eu besoin d'emmener Kaliana ici, au milieu des oliviers et des citronniers que sa mère aimait tant et qui signifiaient tellement pour lui, désormais. Parce que cette femme allait devenir son épouse ?

— Essaierais-tu de te montrer romantique avec moi, Rafe Casella ? le taquina-t-elle.

Ces paroles légères éloignèrent les douleurs du passé et le reconnectèrent à son désir.

— Le romantisme n'est pas vraiment dans mes habitudes.

Il avait répliqué d'un ton un peu trop sérieux, car il s'efforçait de maîtriser son excitation grandissante. Kaliana tiqua.

— Je me suis simplement dit que se connaître un peu mieux rendrait plus crédible notre… « histoire d'amour ».

Il avait fait des guillemets avec les doigts en prononçant ces deux derniers mots. Kaliana en parut affectée. Il la sentait plus distante soudain, ce que le son de sa voix lui confirma :

— Que veux-tu savoir ?

— Tout ce qui peut servir notre cause et convaincre que nous sommes amoureux. C'est-à-dire plus que la manière dont tu aimes être embrassée.

Il n'avait pu se retenir de la provoquer avec cette petite plaisanterie. Le regard de Kaliana s'assombrit, exactement de la même manière qu'à Londres quelques secondes avant leur premier baiser. Bon sang ! S'il ne se contenait pas, il allait de nouveau la faire sienne, ici et maintenant !

Il recula d'un pas.

— Peut-être que je n'aime pas être embrassée, jeta-t-elle par-dessus son épaule en commençant à avancer vers les oliviers.

Il n'avait jamais parlé de cet endroit à aucune femme, et bien sûr n'en avait jamais emmené une ici. Mais, grâce à Kaliana, cette terre resterait dans la famille Casella. Et reviendrait à leurs enfants.

Il prit dans le coffre le panier préparé par sa gouvernante et, d'un ton badin, indiqua à la jeune femme la direction à suivre :

— Par ici !

Ils marchèrent au milieu des troncs noueux. Enfant, il avait fait des trouvailles intéressantes dans le sol sous leurs pieds ; devenu adulte, dans une tentative désespérée pour éviter à Pietra Bianca d'être engloutie dans les projets immobiliers de son père, il avait dû se résoudre à parler de ses découvertes. Il avait sauvé ces lieux sacrés – du moins ce serait fait une fois Kaliana épousée...

— Je suis surprise que n'ait pas poussé ici un de ces complexes luxueux qui ont fait la gloire des Casella, dit-elle en observant autour d'elle.

— Mon père et moi n'avons pas les mêmes centres d'intérêt en affaires. Pas plus que mon frère et moi, d'ailleurs.

Il avait parlé d'un ton sec, assailli par le souvenir de la rage paternelle lorsqu'il avait, à la fin de l'université, refusé de rejoindre la florissante entreprise familiale. Il avait affirmé à son père qu'il voulait tracer sa voie, créer son propre empire. Sa mère l'avait soutenu dans ce choix, mais hélas ! elle n'avait pas vécu assez longtemps pour voir son éclatante réussite.

— Les énergies renouvelables, n'est-ce pas ?

Ils atteignaient une petite maison en pierre. Rafe s'arrêta. Kaliana lui souriait, une lueur de triomphe dans le regard.

— Tu ne pensais tout de même pas que j'allais t'épouser sans faire quelques recherches à ton sujet, si ?

— Pour t'assurer que j'étais suffisamment riche pour sauver ton pays de la faillite, je suppose, rétorqua-t-il, perfide.

La réalité de leur situation l'avait frappé comme une gifle : elle était là pour l'argent, et lui pour ne pas perdre ce qu'il possédait.

— Si cela te contrarie tellement, pourquoi avoir accepté de m'épouser ? lança-t-elle avec une pointe d'agressivité mâtinée de colère.

— Je n'avais pas le choix. Comme toi, je suis prisonnier

des traditions familiales et du sens de l'honneur, répondit-il avec amertume. Le marché que tu m'as proposé était la solution à mon problème. Comme tu l'as très justement dit, nous avons tous les deux à gagner dans cet arrangement.

— Le sens du devoir est ce qui nous guide tous les deux, Rafe, conclut Kaliana, agacée.

— Plus dans ton cas que dans le mien : ton pays est exsangue. Tu es une princesse, et moi un homme ordinaire.

Les mots étaient sortis sans qu'il puisse les retenir. Les émotions brutes que cette discussion faisait ressortir étaient trop fortes.

Kaliana se retourna vivement. Dans le mouvement, sa chevelure lui balaya les épaules. Même dans une situation aussi tendue, tandis qu'ils ressassaient les raisons qui les poussaient à se marier, elle lui faisait de l'effet... Elle le regardait avec méfiance, debout dans l'ombre projetée par la maison.

— J'ai l'impression que tu as une autre raison d'avoir accepté ma proposition, dit-elle lentement.

Rafe se passa la main dans les cheveux. Kaliana avait raison et, s'il voulait en apprendre plus sur elle, n'était-il pas temps de lui livrer quelques détails au sujet de son histoire personnelle ?

— Le nom des Casella s'est presque éteint à l'époque de mon grand-père. Il reste mon père, qui est malade et va bientôt mourir. Il ne connaîtra pas le repos tant que je ne serai pas marié et père d'un garçon. Un héritier pour notre nom. Il a même insisté pour que je fasse un test de fertilité pour s'assurer que je n'étais pas stérile comme Enzo.

— Il t'a fait faire ça ! s'exclama Kaliana, les yeux écarquillés, l'air incrédule.

La tension entre eux baissa d'un cran. Rafe se détendit un peu. Il se sentait soudain plus ouvert, plus enclin à partager ses secrets.

— Oui.

— C'est terrible !

— Mon père était plus inquiet pour la survie du nom des Casella que pour le mariage d'Enzo. Et il se moquait complètement qu'Enzo m'ait volé la femme que j'aimais, Emma. Bref, je peux t'assurer que notre mariage engendrera l'enfant que nos deux familles espèrent de nous.

Kaliana secouait lentement la tête, comme si elle tentait d'assimiler ce qu'il venait de lui révéler de son père. Celui-ci ne s'était jamais intéressé qu'à l'argent ; le mot « amour » n'avait jamais rien signifié pour lui. Pourquoi sinon aurait-il rendu sa femme si malheureuse ? Et pourtant, même très malade, celle-ci avait toujours défendu l'homme qu'elle aimait. Elle avait sans relâche essayé de convaincre Rafe que son père les aimait, elle et leurs jumeaux. À sa manière. Et qu'il l'aimait autant qu'Enzo.

Rafe n'y avait jamais cru.

— Tu ne veux pas d'enfants, n'est-ce pas ? Je veux dire : si tu avais le choix, tu n'en voudrais pas ? murmura Kaliana, comme choquée par ses propres paroles.

Il ne pouvait pas lui mentir. Mais il ne pouvait pas non plus lui avouer qu'il craignait d'être le même genre de père que le sien, froid et indifférent.

— Non. Si j'avais le choix, je n'en voudrais pas plus que je ne veux me marier. Mais, tout comme toi, après avoir perdu quelqu'un que j'aimais, je me résigne.

— Au moins, je sais où je mets les pieds...

Kaliana avait le regard dans le vide. Avait-il eu raison

d'être si brutal sous couvert d'honnêteté ? Oui. Il ne pouvait pas la laisser s'attacher à lui, de quelque manière que ce soit. Il était indigne d'être aimé. Chaque personne qu'il avait aimée l'avait abandonné.

— Il n'a jamais été question d'amour et de bonheur pour toujours dans notre marché, lui rappela Rafe. Seulement d'argent.

S'il la poussait dans ses retranchements, partirait-elle ? Casserait-elle leur arrangement ? Était-ce pour cela au fond qu'il était si brutalement matérialiste, comme son satané père ? Parce qu'il voulait rester libre ?

— Tu me parais très amer à propos de l'amour et des histoires qui se terminent bien. Que t'est-il arrivé, Rafe ?

Kaliana fit un pas vers lui, puis un autre. Elle s'agrippait les bras, comme pour se protéger. Rafe avait besoin de réorienter la conversation. En très peu de temps, Kaliana avait commencé à sonder son âme bien trop profondément, réveillant de vieilles blessures – des blessures dont il ne voulait plus entendre parler.

— Je suis seulement pratique. Et honnête.

Elle hocha la tête, comme si elle acquiesçait. Sa main droite frottait son bras gauche en un geste de réconfort, le genre de caresse qu'il aurait voulu lui prodiguer. Mais le passé que leurs échanges venaient d'exhumer était bien trop douloureux. Tout ce qu'il souhaitait en cet instant, c'était le remettre à distance.

— Aussi « pratique » que ton père quand il t'a demandé de faire ce test ?

En une phrase lapidaire, elle venait de mettre à nu son sentiment d'insécurité. Ce test avait été la seule chose positive qu'il ait jamais faite aux yeux de son père.

— Si tu veux, marmonna-t-il, mal à l'aise. Et qu'en

est-il de ton père ? Est-il satisfait de notre arrangement ? Sera-t-il heureux de me rencontrer ?

Kaliana releva le menton. Ses cheveux avaient des reflets brillants.

— Très. Les préparatifs de la cérémonie sont déjà en cours. Ton père n'est pas opposé à notre mariage, je suppose ? Même si je ne suis pas sicilienne...

— Lui aussi en est heureux, tu vas t'en rendre compte rapidement.

La conversation qu'il avait eue avec son père lui revint à l'esprit. Celui-ci avait été littéralement fou de joie en apprenant l'identité de la fiancée de son fils. Une princesse ! Non seulement la descendance des Casella était assurée, mais avec du sang royal dans les veines ! Rafe avait gagné son respect.

— Tout ce que nous devons faire, ajouta-t-il, c'est continuer à jouer les amoureux transis.

De nouveau, elle s'éloigna. Elle observa les alentours, comme si elle se désintéressait de cette conversation.

— Oui, je suppose... Tu n'avais pas parlé d'un pique-nique ? reprit-elle après un silence, d'une voix enjouée.

Elle souriait à présent, et plus rien dans son attitude ne permettait d'imaginer qu'ils avaient eu une discussion difficile. Leur mariage ne serait pas une épreuve, même si ce n'était pas celui qu'il avait imaginé plus jeune, quand il était tombé amoureux d'Emma.

— En effet. Suis-moi, dit-il en lui prenant la main.

Il serait bien temps de reparler des sujets délicats. En attendant, un peu de légèreté était la bienvenue.

Kaliana était soucieuse et s'efforçait de le dissimuler à Rafe. Certes, il avait accepté sa proposition une semaine auparavant, ce qui aurait dû suffire à la tranquilliser. Mais elle percevait ses hésitations, ses réticences. Cet homme avait fait en sorte, à un moment de sa vie, quand la femme qu'il aimait lui avait préféré son frère, d'éviter tout engagement émotionnel.

Peut-être était-ce lui qui avait raison... Elle avait eu sa chance de vivre une vraie histoire d'amour, un conte de fées romantique, mais cette chance était passée. Un mariage basé sur une alchimie sexuelle serait plus sûr, émotionnellement parlant.

Tandis qu'elle réfléchissait, ils avaient atteint la pente d'un coteau piqué de vieux oliviers. Au milieu d'une petite clairière se dressait un mur bas de pierres blondes, très ancien à en juger par son état de délabrement. La lumière de l'après-midi qui s'écoulait à travers les feuillages créait une atmosphère féerique.

— C'est là que j'avais l'habitude de pique-niquer avec ma mère, dit Rafe.

La tristesse perceptible dans sa voix nimba d'un voile mélancolique la beauté du paysage. Rafe était avare en confidences sur sa mère, aussi Kaliana décida-t-elle de ne pas laisser passer l'occasion. Ses recherches lui avaient appris qu'il l'avait perdue à la fin de l'adolescence.

— Elle te manque ?

— J'avais dix-sept ans quand elle est morte. J'étais presque un homme, mais c'est quand même tôt pour perdre sa mère. J'espère que mes enfants ne vivront jamais cette douleur.

On aurait dit qu'il se parlait à lui-même, comme si elle n'était pas là – du moins pas la Kaliana supposée devenir sa femme.

— Ça a dû être affreux, murmura-t-elle.

Pleine d'empathie, elle s'approcha de lui et lui toucha le

bras. Rafe la regarda, mais elle comprit qu'il ne la voyait pas, tout à son chagrin.

— Rien n'a jamais été pire que de la perdre. Pas même de toujours passer derrière Enzo aux yeux de mon père.

Il marqua une pause, comme tiraillé entre le passé et le présent. Puis il reprit :

— Ma mère est tombée brusquement très malade et, quand elle est partie, j'ai perdu mon seul allié dans l'existence.

À son expression désemparée, Kaliana devina que ce n'était pas un sujet qu'il abordait volontiers.

— Ton père a dû être…

— Mon père ne montre aucune émotion, la coupa-t-il avec un geste nerveux de la main. Je ne sais pas ce qu'il a ressenti mais, après la mort de ma mère, il est devenu encore plus difficile à satisfaire. Rien de ce que je faisais ne le contentait. La seule chose que j'ai réussie selon lui depuis ce jour, c'est ce fichu test de fertilité !

Kaliana ne savait quoi dire face à tant de détresse. Elle lui posa de nouveau la main sur le bras. Le regard de Rafe passa de celle-ci à son visage. Elle avait le cœur déchiré pour cet adolescent privé trop tôt de sa mère.

— Je… Je suis certaine que tu as fait de ton mieux, réussit-elle à bredouiller, sincère.

— Mais ce n'était jamais assez ! Jamais assez bien ! s'exclama-t-il, avant de refréner sa fureur. Cela m'a convaincu de ne jamais être père.

— Et maintenant, tu as besoin d'un enfant, d'un héritier. Nous en avons tous les deux besoin.

Ils avaient fait quelques pas sous les frondaisons des oliviers, et Rafe avait déplié une grande nappe pour le pique-nique. Dans la lumière qui les traversait, Rafe fut de nouveau l'espace d'un instant l'homme qu'elle avait rencontré à Londres. Puis la lumière changea, et il redevint Raffaele Casella, le businessman qui avait accepté le mariage comme un contrat d'affaires.

— Et je peux t'assurer qu'il ne manquera jamais de rien.

— D'amour non plus ? ne put-elle s'empêcher de demander.

Elle pouvait s'en passer pour elle-même, mais elle voulait que son enfant soit aimé par ses deux parents. Même si rompre leur accord la mettait dans une situation difficile – elle aurait du mal à se retourner maintenant que les dés étaient lancés —, c'était non négociable.

— Pourras-tu aimer tes enfants ? insista-t-elle.

Les pupilles de Rafe se rétrécirent, comme à chaque fois qu'elle le mettait dans une situation inconfortable.

— L'amour est la seule chose que je ne peux plus donner. À personne.

La dureté de cette affirmation déclencha une alarme dans la tête de Kaliana. Mais, avant qu'elle ait pu répondre, Rafe avait poursuivi :

— *Tes* enfants ? Tu en veux plusieurs ?

La question pourtant innocente de Rafe fit remonter à la surface des angoisses liées à son enfance. Elle était une fille, enfant unique, et sa mère ne s'en était jamais remise. L'adoration que lui avait toujours portée son père n'avait pas suffi : sa mère avait toujours regretté qu'aucun autre enfant ne soit venu bénir leur mariage.

— Oui, Rafe, *des* enfants. Je suis fille unique et mon royaume a besoin d'héritiers.

— Bon sang ! Nous ne sommes donc vraiment que des pions sur un grand échiquier ! Les jouets de stratégies qui nous dépassent !

Cette flambée de colère la choqua. Rafe s'assit sur la nappe. Il semblait aussi secoué qu'elle par sa virulente sortie. Le charme bucolique du décor rendait leur conversation encore plus effrayante. Ils négociaient le nombre de leurs enfants tandis qu'un couple normal aurait juste discuté. Mais ils ne formeraient jamais un couple normal…

— Notre premier enfant sera peut-être un garçon, dit platement Kaliana en s'asseyant à son tour. Un héritier à la fois pour les Casella et pour Ardu Safra.

Rafe s'approcha d'elle, et l'atmosphère changea d'un coup.

— J'ai hâte de concevoir cet enfant, susurra-t-il d'une voix caressante.

Le désir que Kaliana réprimait depuis leur dernier baiser, au gala de charité, explosa en elle. Les oiseaux pépiaient dans les arbres, les cigales stridulaient et la tête lui tournait soudain. Elle avait chaud, et pas à cause de la chaleur estivale. Rafe tendit la main, et la respiration de Kaliana se bloqua dans sa poitrine. Il écarta une mèche de cheveux de son visage.

— S'attacher à créer cet indispensable petit héritier ne devrait pas être une corvée, si ?

— Je t'en prie…, haleta-t-elle, désireuse de se soustraire à sa caresse, mais incapable de bouger. Tout est déjà si compliqué !

— *Dio mio !* « Compliqué » est un mot un peu faible, tu ne crois pas ? Mais la passion et le désir peuvent nous aider. Nous distraire.

Il lui effleura la joue du dos de la main.

— Je… Tu crois ? bafouilla-t-elle, troublée.

— L'alchimie entre nous, cette connexion magique, elles sont encore là. Tu les sens toi aussi, non ?

Difficile de nier l'évidence… Et de résister. Mais elle le devait. Elle ne pouvait pas se permettre de rêver. Ni d'espérer.

— C'est seulement sexuel.

Elle fut horrifiée d'entendre combien sa voix était rauque.

— Tu me désires, n'est-ce pas ?

Kaliana se raidit. Comment pouvait-elle admettre une chose pareille alors que cela lui donnerait un pouvoir démesuré sur elle ?

— Non.

Le mot avait claqué dans l'air brûlant, plus fort qu'elle ne l'aurait voulu.

— Si je t'embrasse maintenant, ton pouls ne va pas s'emballer ? Ton souffle ne va pas se coincer dans ta gorge ? Tes yeux ne vont pas s'assombrir comme le ciel de minuit, tout comme quand tu m'as embrassé à Londres ?

— Arrête, Rafe !

Il rit doucement.

— Je ne crois pas que ce soit vraiment ce que tu veux...

Elle releva le menton et le défia du regard.

— Alors embrasse-moi, et tu verras que tu as tort !

Les lèvres de Rafe s'incurvèrent en un lent sourire sexy. Ses doigts lui caressaient la joue. Tout comme il l'avait prédit, le pouls de Kaliana s'accéléra et sa respiration devint saccadée. Quant à ses yeux, elle était bien certaine qu'ils s'étaient assombris, tout comme ceux du bel Italien qui la tenait prisonnière de son charme envoûtant.

— Très bien, *cara*, je vais t'embrasser.

La délicieuse odeur citronnée de son eau de toilette l'enivrait plus sûrement qu'une coupe de champagne. Il frôla ses lèvres des siennes. Elle ferma les yeux. Dieu que c'était bon ! Elle se liquéfia sous les assauts du désir. Elle voulait les bras de Rafe autour d'elle, son corps contre le sien. Elle voulait tout cela et bien plus encore... Mais Rafe s'écarta d'elle.

Le salaud ! pensa-t-elle confusément, frustrée.

— Je crois que j'ai gagné cette partie, lança-t-il, goguenard.

Kaliana cilla, déboussolée. L'air de triomphe qu'il arborait la mettait en rage, une rage décuplée par son désir inassouvi.

— Tu n'as rien prouvé du tout !

— J'ai prouvé que tu me désirais. Et que ce que nous avons vécu à Londres est toujours vivace.

— Même en supposant que tu aies raison, cela n'aurait rien à faire dans notre mariage.

— Notre mariage sera ce que nous en ferons.

L'étincelle qui brillait dans ces yeux tandis qu'il prononçait cette phrase en soulignait le sens à peine caché. Kaliana aurait voulu y croire, voulu plus de nuits comme celle qu'ils avaient partagée – qui lui semblait si loin, désormais. Un rêve qui aurait perdu de sa consistance, de son éclat.

Quand Rafe lui sourit, il la ramena en arrière pile à l'instant où elle avait su qu'il serait l'homme auquel elle se donnerait pour la première fois.

— Comment pourrais-je dire le contraire ? dit-elle finalement.

— Tu ne peux pas.

Il l'amena contre lui avec délicatesse. Alors, elle l'embrassa à son tour, toute velléité de résistance envolée.

— Et je ne veux pas, murmura-t-elle contre les lèvres pulpeuses de son fiancé.

Quand ils pénétrèrent dans la Villa Casella, Rafe serra dans la sienne la main de Kaliana. Le baiser puissant qu'ils avaient partagé un peu plus tôt dans la journée, au milieu des oliviers de Pietra Bianca, avait éliminé toute trace de tension entre eux. Malgré tout, il pouvait percevoir son appréhension à la perspective de rencontrer son père.

— Ça va aller, lui murmura-t-il, apaisant.

Elle leva les yeux vers lui. Il en oublia presque que leurs fiançailles n'étaient qu'un arrangement. En cet instant, il avait l'impression qu'un lien fort les unissait. Plus fort que la passion sensuelle.

Il emmena Kaliana sur la terrasse, où le maître des lieux les rejoignit.

— Père, voici Kaliana.

— *Benvenuto*, princesse ! lança-t-il, avant de l'embrasser avec chaleur.

Rafe lut le soulagement sur le visage de la jeune femme. Son père la relâcha et se tourna vers lui.

— La fête de fiançailles aura lieu ici, n'est-ce pas ? Je ne peux pas voyager.

— Elle se déroulera à la Villa Casella, bien sûr, répondit Kaliana sans même quêter l'approbation de Rafe. D'autant plus que la cérémonie de mariage se tiendra à Ardu Safra.

— Et où en êtes-vous de vos préparatifs ?

Médusé, Rafe fixa son père comme s'il venait d'une autre planète. Depuis quand s'intéressait-il à ce genre de détails ? Aurait-il finalement fait quelque chose qui trouve grâce à ses yeux ? Gagné son respect ?

— Tout se passe bien, merci, répondit Kaliana en souriant.

— Est-ce que Franco est ton témoin ? demanda son père en se tournant vers lui.

— Tout à fait. Nous allons passer quelques jours à Rome pour les voir, Francesca et lui.

Rafe croisa le regard étonné de Kaliana.

— *Nous* allons... ?

Il grimaça. Il n'avait pas eu le temps de la prévenir,

mais il n'avait pu faire autrement. Franco l'avait soutenu après sa rencontre avec Kaliana, écouté, conseillé, et il ne pouvait pas faire moins que la lui présenter.

— Franco est très impatient de te rencontrer. Francesca aussi.

— Alors je suppose que *nous* allons ! dit Kaliana en riant, non sans avoir fait un clin d'œil complice à son père.

Ces deux-là s'entendaient déjà comme larrons en foire, nota Rafe. Mais ce qui le réjouissait le plus, c'était la perspective de ces quelques jours de plus en compagnie de sa promise...

7

Leur arrivée à Rome avait relancé l'intérêt des médias pour leur histoire mais, une fois dans l'appartement luxueux de Rafe, ils furent préservés de cette agitation.

Dès leur arrivée, Kaliana s'extasia sur les plafonds peints et sur l'immensité des lieux (l'appartement couvrait trois étages), pour la plus grande fierté de Rafe.

— Cet endroit est incroyable !

Elle semblait enfin détendue, plus qu'il ne l'avait jamais vue. Il était amusé de la voir s'enthousiasmer sur plein de détails d'architecture.

— Où habiterons-nous, une fois mariés ? demanda-t-elle soudain, très sérieuse.

Rafe ne s'était pas encore penché sur ce genre de détail logistique.

— Je suis souvent à Londres pour affaires. Je ne vois aucune raison de ne pas passer du temps là-bas. Et puis nous faisons un mariage plus pour nos familles que pour nous.

Kaliana tiqua. Aussitôt, il se demanda s'il s'était encore une fois montré trop direct. Mais elle sourit, comme si elle essayait de retrouver la légèreté qui régnait entre eux quelques instants auparavant.

— Est-ce que ça marcherait ? Avec les obligations

que chacun de nous va avoir dans son pays, il nous sera difficile de beaucoup nous voir !

Avait-elle lu dans son esprit, ou lui faisait-elle part de sa volonté ? Rafe décida de ne pas insister sur le sujet.

— Nous verrons cela le moment venu. Pour l'instant, et pour la crédibilité de notre romance, nous devons te trouver une bague de fiançailles avant de rencontrer Francesca et Franco.

Kaliana hocha la tête et se dirigea vers les grandes fenêtres, qui offraient une vue époustouflante sur Rome. Ses cheveux qui se balançaient au-dessus de ses épaules lui rappelèrent leur nuit londonienne. Une nuit qu'il aimerait revivre. Bientôt. Il n'avait jamais été autant attiré par une femme. Même Emma ne lui faisait pas, à l'époque où pourtant il était amoureux d'elle, autant d'effet.

Elle se retourna enfin vers lui, sans un mot. À son expression, il devina que sa suggestion ne lui plaisait guère. Elle était radieuse dans la lumière de cette fin de journée, sexy même malgré son air distant.

— Une bague qui fait aussi partie de la mise en scène ?

Sa riposte lapidaire le heurta. Il se dirigea vers elle, déterminé à faire fondre son humeur de plus en plus glaciale.

— Une bague qui scellera notre accord, *cara mia* !

Elle posa les poings sur les hanches en une attitude bravache.

— Et moi qui pensais que nous allions passer un séjour romantique à Rome, que tu voulais rallumer la passion entre nous…

Son ton désinvolte et quelque peu lascif le fit rire, un rire impossible à réprimer, un rire complice et non moqueur. Comment parvenait-elle à le faire rire alors même qu'elle le défiait ? Kaliana lui apportait de l'insouciance, un sentiment qu'il n'avait plus jamais ressenti depuis qu'Emma l'avait quitté pour Enzo. Elle lui laissait croire qu'il avait le droit à plus – à l'amour, qui sait ? Que peut-être, s'il parvenait à se libérer du poids de son passé, elle serait celle qui saurait déverrouiller son cœur. Il pouvait presque espérer que quelque chose de fort, d'important pouvait grandir entre eux.

Arrête ! lui souffla aussitôt la voix de la raison. *Tu ne peux pas te fier à ton instinct, il t'a déjà trompé une fois !*

— Ce sont les termes de notre accord, Kaliana. Nous nous sommes entendus là-dessus.

Employer le mot « accord » fit déguerpir au loin ses pensées irréalistes – et dangereuses. Une romance était la dernière chose dont il avait besoin. Et l'amour, il n'en voulait pas. Ce genre d'émotions vous détruisait, vous laissait vulnérable, blessé, déçu.

Au moins, ils étaient sur la même longueur d'onde à ce sujet. Kaliana ne nourrissait pas de fantasmes autour de l'amour, du prince charmant et de toutes ces fariboles sentimentalistes. Elle le lui avait affirmé : elle avait connu l'amour, maintenant c'était terminé.

— Bien sûr que je veux me montrer avec ma fiancée. Je veux que le monde entier constate quelle femme magnifique je vais épouser !

— Il nous faudra donc choisir la plus grosse bague possible, le taquina-t-elle. Bien tape-à-l'œil et bien voyante, pour que personne n'ait plus aucun doute.

L'entendre plaisanter ainsi, le regard pétillant, l'excita. Son sexe commença à se tendre. Il pria pour que Kaliana ne remarque rien et décida d'entrer dans son jeu. Il avait encore en mémoire la manière dont cela s'était terminé à Londres...

— Si c’est ce que tu désires, il en sera ainsi ! Au moins, notre mariage sera amusant ! conclut-il en riant.

Assise dans la luxueuse boutique du joaillier le plus prestigieux de Rome, Kaliana mettait sa menace à exécution. Devant elle, sur des coussins de velours, étaient présentées les plus imposantes bagues de la collection. Autour d’eux, les employés s’affairaient pour les satisfaire.

L’esprit de Rafe vagabonda jusqu’au bar du palace londonien, au moment où elle était entrée et avait réclamé du champagne. Comment avait-il été assez stupide pour ne pas se rendre compte qu’il avait en face de lui une femme de ce standing, issue d’une haute lignée ? Une femme exigeante. La version champêtre de Kaliana, celle qui avait marché avec lui dans l’oliveraie le week-end précédent, qui l’avait embrassé, existait-elle vraiment ?

La vraie Kaliana, se rendait-il compte à mesure qu’il la fréquentait, était sexy et fougueuse, optimiste. Pas du tout le genre d’épouse qu’il avait imaginé à partir du jour où il avait compris qu’il ne pourrait éviter le mariage. Il avait toujours pensé que cette femme serait douce et gentille. Comme sa mère. Une femme qui pourrait guérir ses blessures et lui montrer comment aimer, lui permettre de libérer son cœur de sa prison.

Kaliana pouvait aussi être cette personne, mais à cet instant elle était exactement celle dont il avait besoin pour éviter que sa cousine et son horrible mari fassent main basse sur Pietra Bianca et la fortune des Casella. Or rien ne lui importait plus que d’empêcher les Romano de se substituer aux Casella. Quel que soit le prix à payer pour lui.

La voix de Kaliana le tira de ses pensées :

— Que penses-tu de celle-ci ?

Elle tendait la main devant lui. Son annulaire était orné d'une fine bague subtilement ouvragée.

— Excellent choix ! intervint la vendeuse. Diamant et tourmaline framboise, une bague *vintage* très délicate.

— Ce n'est pas ce que je m'attendais à te voir choisir, s'étonna Rafe.

Elle avait joué avec lui, comprit-il, comme le chat avec la souris. Jamais elle n'avait eu l'intention de porter une bague voyante. Elle lui souriait, légèrement moqueuse, une étincelle joueuse dans le regard.

— Celle-ci est ma préférée.

— Tu ne veux plus une bague clinquante ? demanda-t-il, faussement candide, joueur lui aussi.

Elle rit doucement.

— Ce ne serait pas moi, Rafe. Cette bague-là, oui.

— Alors, va pour cette bague !

Son sourire, son plaisir simple face à ce bijou délicat et adorable fit presque regretter à Rafe qu'ils ne se soient pas fiancés par amour. Il aurait aimé, une part de lui tout du moins, que cet épisode soit « pour de vrai », comme disaient les enfants.

Il se pencha en avant et lui effleura lentement la bouche de ses lèvres. Il perçut une hésitation, une résistance, puis Kaliana plaça la main sur sa joue et lui rendit son baiser. *Dio* ! Comme elle l'attirait ! Une attirance qui n'était que charnelle, seulement provoquée par l'envie de la faire sienne une nouvelle fois, n'est-ce pas ?

En se préparant pour la nocturne à l'opéra prévue par Rafe, à laquelle ils assisteraient après leur dîner avec Franco et Francesca, Kaliana essayait de se remettre dans la peau de son personnage de princesse. Elle avait réussi à endosser le rôle quelque temps à la bijouterie alors qu'elle essayait des bagues toutes plus brillantes les unes que les autres. Et puis elle avait vu *la* bague. Taquiner Rafe avait été amusant, mais une alliance m'as-tu-vu, ce n'était pas son genre. Elle avait souri lorsqu'il avait pris acte de son choix, étonné.

Quand elle l'avait embrassé, comme la comédie qu'ils jouaient l'exigeait, la décharge électrique qui avait traversé son corps lui avait fait réaliser combien elle le désirait. Encore plus, si c'était possible, que le premier soir. Comme s'ils étaient de vrais amants. Elle était en danger. Elle craignait de se perdre dans l'intensité de ce désir passionnel. Et, plus que cela, elle craignait de livrer à cet homme quelque chose d'au moins aussi précieux que sa virginité : son cœur. Oui, si elle n'y prenait pas garde, elle pourrait facilement tomber amoureuse de Raffaele Casella. Pas seulement l'homme de cette nuit londonienne, mais l'homme tout entier.

Quelle idiote tu fais ! Elle repoussa ces pensées traîtresses et vérifia une dernière fois que sa robe longue bleu saphir digne de la princesse qu'elle était tombait à la perfection. Puis elle sortit de sa chambre.

Quand elle rejoignit Rafe dans son bureau, celui-ci leva les yeux de ses dossiers, puis les baissa de nouveau, avant de les lever une seconde fois, une expression à la fois étonnée et admirative sur le visage. Kaliana en fut intérieurement flattée : il avait complètement oublié son travail en cours et la fixait, bouche bée. Le décolleté plongeant et les bretelles incrustées de diamants avaient produit l'effet qu'elle voulait.

— Tu es...

Il se tut et se leva. Pour la première fois, il semblait à court de mots.

— ... assez bien pour convaincre tes amis que nos fiançailles sont réelles ? termina-t-elle à sa place.

Elle fit un lent mouvement de torsion pour s'assurer qu'il remarquait les bretelles diamantées entrecroisées dans son dos, nu en raison de la coupe basse de la robe. Sans savoir pourquoi, elle désirait tourmenter Rafe, jeter de l'huile sur le feu de la passion qui couvait entre eux. Son regard posé sur elle lui brûlait déjà la peau. La tension montait. Elle se sentait maîtresse de la situation, comme la première fois qu'ils s'étaient rencontrés. Cependant avait-elle vraiment maîtrisé quoi que ce soit ce soir-là ?

La question la fit douter mais, quand elle posa de nouveau les yeux sur Rafe, elle ne put plus douter de l'effet qu'elle lui faisait. On aurait dit un fauve aux abois, élégant et puissant, imprévisible. Quand elle avait croisé son regard pour la première fois, elle avait compris d'instinct qu'il n'y avait plus de marche arrière possible ; que c'était avec cet homme qu'elle vivrait sa première fois. Elle l'avait voulu avec la même force qui l'habitait en ce moment même, une force quasi animale. Non, à Londres, elle n'avait rien maîtrisé : c'était son désir qui avait pris le contrôle des opérations. Tout comme en cet instant. Or c'était risqué. Elle devait le combattre.

— Sublime, murmura Rafe.

Kaliana eut l'impression que l'air autour d'eux crépitait. Elle retint sa respiration, incapable de bouger, le cœur battant. Rafe s'approcha d'elle, des étincelles lascives dans les prunelles.

— Sublimissime...

L'anticipation de ses baisers lui donnait presque le vertige. Elle voulait sa bouche sur la sienne, et bien plus...

— J'ai un rôle à jouer, réussit-elle à articuler avec calme. Celui de la fiancée aimante et consentante.

Seigneur ! S'il continuait à la fixer avec ce regard de braise, elle n'allait pas pouvoir résister longtemps…

— Une fiancée aimante et consentante ? répéta-t-il.

— Ce sont les mots que tu as fait mettre dans notre contrat, je me trompe ? Un contrat signé par devoir.

Une fois que Rafe et elle seraient mariés, tous les problèmes de son père seraient résolus. Elle avait été si soulagée d'entendre que toute trace d'anxiété avait disparu de la voix de ce dernier, lorsqu'ils avaient évoqué les détails du mariage la semaine précédente, qu'elle en avait presque oublié les clauses du mariage. Ces clauses que Rafe lui avait dictées après l'avoir embrassée lors du gala caritatif.

Parfois, elle se demandait si elle n'épousait pas un homme trop dangereux pour son cœur naïf et innocent, qu'il pourrait briser d'un simple regard, comme il faisait naître des papillons dans son ventre d'un sourire. Pire que tout, Raffaele Casella l'autorisait à croire en quelque chose qu'elle avait cru impossible à retrouver : l'amour.

— Seulement par devoir ? répliqua Rafe. Et le désir ? Et ce qui nous attire l'un vers l'autre ?

— C'est un plus, bien sûr, affirma-t-elle avec un large sourire.

— *Sì, cara mia*, un « plus », même si ce soir nous devons incarner le romantisme. Disons que nous gardons le désir pour quand nous serons seuls, qu'en penses-tu ?

Il posa les yeux sur la bague qu'elle avait choisie dans l'après-midi. Un bijou fin et délicat dont elle était tombée amoureuse, mais qui lui semblait à présent peser une tonne et l'entraîner vers le fond comme une ceinture de plomb.

— Francesca et Franco sont très romantiques, ajouta-t-il.

— Est-ce un problème qu'à leurs yeux le puissant homme d'affaires que tu es croie en l'amour ?

— Au contraire. Grâce à la couverture médiatique de notre relation, tous deux sont persuadés que nous sommes follement amoureux. Et je compte bien qu'ils continuent à le croire !

Le cœur de Kaliana se serra. Le faible espoir qui y tremblotait au fond d'un bonheur éternel avec Rafe venait de s'éteindre. Cet homme rejetait l'amour. N'y croyait pas. Il avait barricadé son cœur. Tout ce qui comptait pour lui, c'était la fortune des Casella ; et ses affaires. Elle au moins se mariait pour améliorer la vie de son peuple, pas pour un quelconque bénéfice personnel.

— Mais tu ne crois pas en l'amour, n'est-ce pas ? ne put-elle s'empêcher de demander.

— Non.

— Pourtant, tu as déjà aimé !

C'était plus fort qu'elle, Kaliana ne pouvait pas s'empêcher de creuser plus profond. Elle avait besoin de connaître mieux cet homme. Il avait déjà fait allusion à son amour perdu, elle était curieuse d'en savoir plus.

— Une fois.

La réponse, sèche, n'invitait pas à poursuivre la conversation sur ce sujet. Néanmoins, Kaliana insista. Elle ne pouvait pas laisser passer cette opportunité d'en apprendre plus.

— C'était il y a longtemps ?

— Il y a presque dix ans.

L'expression de Rafe avait changé, comme s'il faisait un voyage dans son passé. La culpabilité gagna Kaliana : elle avait réveillé des souvenirs douloureux.

— Tu sais ce que l'on ressent quand on pense avoir

trouvé la personne avec qui passer le reste de sa vie. Et tu sais combien cela fait mal lorsque tout s'arrête.

Elle hoqueta et pressa sa main contre ses lèvres.

— Je suis désolée.

Elle alla à la fenêtre, par laquelle on pouvait apercevoir la fontaine de Trevi, entourée à cette période de l'année de touristes impatients d'y jeter une pièce en faisant un vœu.

— Je n'ai pas besoin de compassion. Elle a simplement décidé que son futur s'écrirait sans moi.

— Peu importe comme on perd son premier amour, cela fait mal, dit-elle avec douceur.

Elle aurait voulu lui offrir du réconfort, mais elle devinait que ce n'était pas le moment. Que peut-être il l'aimait encore...

— Toi et moi avons été brisés par l'amour, se contenta-t-il de répondre.

Ces paroles ôtèrent à Kaliana toute faculté de penser. Elle était paralysée et n'osait même pas se tourner vers lui.

— Oui, on dirait, murmura-t-elle.

Elle pensa soudain à Alif et réalisa que, depuis qu'elle était en Italie avec Rafe, c'était quasiment la première fois. Cela lui fit un choc. Jamais elle ne s'en ouvrirait à son futur mari, leur relation n'était pas de cet ordre. Elle se tourna vers lui, décidée à mettre fin à cette conversation. Cela devenait trop intime, réalisait-elle et lui faisait se poser trop de questions, y compris à propos de ce qu'elle ressentait pour Rafe. Elle n'aurait pas dû l'entraîner sur le terrain des sentiments, pas alors qu'elle avait peur de vouloir qu'il en ait pour elle...

Tout ce qu'elle avait toujours voulu, c'était de l'amour et du bonheur, comme ses parents en avaient partagé, autrefois. Mais un homme aussi verrouillé émotionnellement et à ce point blessé par son passé ne pourrait jamais lui apporter cela. Elle devait l'avoir en tête chaque seconde. Et fermer son cœur à double tour. Pour ne pas risquer de tomber amoureuse de Rafe...

La soirée s'était déroulée à merveille. Kaliana avait joué son rôle à la perfection pendant le dîner, bavardant avec Francesca et Franco, convaincante dans son rôle de fiancée enamourée. Rafe avait presque cru qu'elle l'épousait par amour. Elle rayonnait. Il avait à peine pu décrocher son regard d'elle.

Lorsqu'ils s'étaient assis à leurs places, à l'opéra, il lui avait frôlé le bras, et la douceur de sa peau l'avait enivré. C'était si tentant ! Mais elle avait été absorbée par le spectacle. La magie de l'histoire, des voix, de la mise en scène l'avait captivée, au point qu'il s'était demandé si elle était aussi dénuée d'émotions que lui, aussi insensible qu'elle l'avait affirmé.

À présent, alors qu'il la guidait, une main posée sur son dos, vers la sortie du Teatro Valle, il se prenait à se demander si lui aussi avait le cœur aussi sec qu'il le croyait. Kaliana éveillait en lui des sensations étranges, des souvenirs de l'époque où il était heureux. Et cela le perturbait.

À peine furent-ils sortis de l'opéra que des flashs les aveuglèrent. Kaliana se colla à lui. Instinctivement, il l'entoura d'un bras protecteur et la serra tout contre lui. Il réalisa son erreur en sentant son corps réagir à ce contact. Elle se tendit, mais la princesse reprit le dessus et elle commença à sourire aux photographes, à poser, à jouer avec eux. Dès le lendemain, ils seraient à la une de nombre de parutions...

Il réussit à l'entraîner vers la limousine, et le chauffeur démarra aussitôt.

— Ils ne nous laisseront plus jamais en paix, dit-elle avec une colère rentrée mais bien réelle. Bientôt, ils voudront tout savoir sur la princesse que tu épouses.

Ainsi, elle lui reprochait l'intérêt de la presse ?

— Personne ne mettra plus en doute la réalité de nos fiançailles. Ni le fait que nous sommes amoureux.

Les éclats dorés qui scintillaient dans son regard furieux l'hypnotisaient. Il était aux prises soudain avec des émotions contradictoires, affectées par la présence si proche de Kaliana, par sa colère, par ce qu'elle faisait remonter depuis ses profondeurs intimes, depuis son passé.

— Tu aurais pu me prévenir !

Elle se tourna vers la vitre.

— Tu as géré comme une pro. Et puis cela fait partie de notre contrat, non ? Je veux qu'Enzo plus que quiconque soit convaincu que notre mariage est un vrai mariage.

Elle se retourna vers lui, un peu calmée, les sourcils froncés.

— Pourquoi est-ce si important ?

Rafe ne souhaitait pas le lui dire, mais quelque chose en lui se brisa. La douleur d'avoir perdu son jumeau, doucement mais sûrement depuis le mort de leur mère, l'envahit, en même temps que le besoin de parler de lui, d'eux, de se confier à Kaliana.

— Je n'ai pas parlé à mon frère depuis des années. Du moins pas comme à un frère.

Il pouvait revoir le visage furieux d'Enzo tandis qu'ils se tenaient debout dans l'ombre d'une rangée de cyprès, à la Villa Casella. Son frère l'accusait de jubiler à la perspective du probable naufrage de son mariage, et même de le souhaiter. Ils s'étaient tellement éloignés l'un de l'autre, déchirés par leur amour pour la même femme. Aujourd'hui, Rafe ne voulait plus de ces sentiments néfastes, plus de culpabilité, plus de ressentiment, d'amertume ou de jalousie. Il voulait que son frère le croie heureux, surtout maintenant que leur père était si malade.

Il pressentait qu'Emma aussi voudrait qu'ils renouent, que Rafe retisse entre eux un lien autrefois si fort et aujourd'hui sur le point de se rompre. Or il souhaitait rendre Emma heureuse.

— À propos de quoi vous êtes-vous fâchés ?

Cette fois, sa voix n'était plus dure et l'incitait à s'ouvrir. Il avait l'impression de revivre cette scène durant laquelle Enzo avait été si dur, si froid ; cette scène qui avait fait voler son monde en éclats. « C'est moi qu'aime Emma, Rafe. Et moi aussi je l'aime. Nous allons nous marier. »

Rafe avait riposté, et la dispute qui avait suivi avait été violente. Depuis, ils s'étaient évités, donc il n'avait pas eu à supporter de voir son ex dans les bras de son frère. Et, même dévasté, il n'avait jamais pu s'empêcher de vouloir son bonheur. Heureux, ils l'avaient été, jusqu'à la nouvelle de la stérilité d'Enzo. Ils n'auraient jamais les enfants dont rêvait Emma. Les enfants dont la famille Casella avait besoin pour ne pas s'éteindre. Ils avaient alors préféré se séparer.

Il posa les yeux sur Kaliana. Elle semblait si jeune ! Comprendrait-elle une rivalité entre frères ? Et ce qu'avoir un jumeau signifiait ?

— Nous sommes en compétition à propos de tout. Nous l'avons toujours été. Emma n'a pas fait exception.

La limousine poursuivait son tranquille trajet dans les rues de Rome, faisant danser les lumières de la nuit à l'intérieur de l'habitacle. Il s'y sentait bien, entouré de la bienveillante curiosité de Kaliana. Ses défenses faiblissaient. La jeune femme s'insinuait en lui. Il la laissait entrer.

— À l'école, c'était pour les notes. À la maison, c'était pour l'attention ou l'approbation de nos parents.

Rafe avait toujours eu besoin de faire plaisir à son père, de gagner son respect, un respect qu'il accordait si aisément à Enzo. Peut-être était-ce pour cette raison que leur mère l'avait toujours un peu privilégié, du moins était-ce ce qu'affirmait Enzo, ce qu'il lui reprochait avec jalousie.

— Ensuite, poursuivit-il, en grandissant, nous avons été en compétition pour les femmes, en affaires.

— Cela peut changer, Rafe. Tu devrais lui envoyer une invitation pour les fiançailles, et pour le mariage.

Il pouvait presque voir son cerveau travailler à toute vitesse, empli de questions. Si seulement elle savait la vérité...

— Tu peux réparer cela. Ramener ton frère à toi.

La limousine stoppa au pied de l'immeuble de Rafe. Il frissonnait lorsqu'il en sortit, un frisson intérieur. Kaliana avait touché juste : il voulait retrouver son frère. Ce frère avec lequel il jouait à Pietra Bianca. Ce frère qui l'avait protégé lorsqu'ils étaient entrés à l'école. Mais pas le frère qui s'était retourné contre lui et lui avait volé la femme qu'il aimait.

Quand Rafe referma la porte de l'appartement sur eux, Kaliana décida d'enfoncer le clou :

— Je pense vraiment que tu devrais faire ce que je t'ai conseillé à propos de ton frère. Nous nous marions pour le bien de nos familles, et je suis certaine que ton frère ne souhaite pas voir la fortune familiale passer dans d'autres mains, échoir à des gens qui ne portent pas votre nom.

Quand Rafe la regarda comme s'il la voyait pour la première fois, elle comprit qu'elle avait atteint son but. Ou plutôt, corrigea-t-elle mentalement, il la regardait comme une alliée sur le chemin qu'ils avaient choisi de parcourir ensemble.

Il s'approcha d'elle. Elle retint son souffle. Il était si près qu'un pas de plus et elle serait dans ses bras. Pourrait l'embrasser. Il lui caressa doucement les cheveux, puis lui offrit ce sourire si sexy qui la faisait réagir à chaque fois – elle était sûre qu'il en avait conscience...

— Tu as raison.

— Oui, je sais.

Elle lui sourit en retour et cilla, aguicheuse. Elle n'était plus la jeune femme innocente du palace de Londres, plus une princesse, plus une femme sur le point de s'engager dans un mariage arrangé. Elle était une femme qui savait ce qu'elle voulait : Rafe.

— Et tu sais que tu es aussi une sacrée séductrice !

— C'est ce qui te plaît chez moi, non ? répliqua-t-elle, provocante.

Elle se pencha vers lui avec une petite moue, le mettant au défi de l'embrasser. Elle n'avait pu s'en empêcher. En un sourire, il l'avait allumée, comme on allume un brasier. Elle voulait revivre ce qu'elle avait vécu avec lui la dernière fois qu'ils avaient été seuls tous les deux. À la différence que c'était Rafe qui essayait de se défiler, qui se fermait.

— Rafe ? demanda-t-elle doucement.

Elle savait ce qui se passerait s'il l'embrassait. L'alchimie entre eux était trop explosive pour éviter l'embrasement des sens. L'atmosphère était inflammable, et les étincelles de désir qui crépitaient entre eux étaient sur le point de déclencher l'incendie. Une onde sensuelle lui parcourait tout le corps, jusqu'au cœur de sa féminité. Si elle répondait à son baiser, le désir prendrait les commandes et elle serait perdue. Deviendrait folle. Seigneur, comme elle appelait cette folie de ses vœux ! Elle la faisait se sentir vivante. Réelle. Femme.

Soudain, Rafe l'entoura de ses bras et l'attira contre son corps si viril. Impossible de se méprendre sur l'intensité de son désir… Il riva ses yeux noirs aux siens, faisant pulser le désir encore plus profond en elle. Plus fort. Elle lui frôla les lèvres d'une esquisse de baiser puis recula. Elle voulait le tester. L'exciter. Puis elle lui prit la main et commença à l'emmener vers le salon. Elle ne dit rien. Elle ne voulait pas briser le charme.

— Ne fais pas ça, Kaliana, dit-il d'une voix rauque, presque sauvage. Sauf si tu veux revivre ce que nous avons vécu à Londres.

— C'est ce que je veux, Rafe. Ce soir, c'est ce que je veux.

Il l'embrassa alors, un baiser dur et exigeant qui lui apprit ce qu'elle voulait savoir : il la désirait autant qu'elle le désirait. En cet instant, peu importait ce qui les avait réunis, la passion seule comptait. Le besoin physique, charnel qu'ils avaient l'un de l'autre.

Sans cesser de l'embrasser, et tandis que Kaliana répondait avec avidité et gourmandise au ballet de sa langue, il la souleva et l'emmena jusqu'à sa chambre. Il la coucha sur son immense lit et s'allongea au-dessus d'elle. Les yeux dans les siens, il défit son nœud papillon. Puis il déboutonna sa chemise avec des gestes impatients.

— Je ne peux pas te résister, murmura-t-il.

Kaliana jouissait de l'instant présent et du pouvoir qu'elle avait sur lui. Elle s'assit, saisit les revers de sa chemise pour l'attirer à elle et se laissa tomber en arrière. Elle allait se perdre complètement dans cette nuit sensuelle.

— Alors, ne résiste pas…

8

La chaleur de ce début de mois de septembre n'aida pas Kaliana à se détacher des souvenirs torrides de la semaine qu'elle venait de vivre à Rome avec Rafe. Ils avaient passé toutes les nuits ensemble et, bien qu'elle ait lutté contre, elle savait qu'à chaque fois qu'ils avaient fait l'amour elle s'était davantage rapprochée de Rafe. La journée, ils s'étaient promenés main dans la main dans la Ville éternelle. Si bien qu'à la fin de leur séjour Kaliana n'avait plus du tout l'impression de jouer la comédie de l'amour.

Rafe la rejoignit dans le vaste salon de la Villa Casella, mettant un terme à ses divagations. Il venait de parler avec son père. Son grand corps athlétique, qu'elle connaissait si bien à présent, était magnifié par un costume noir qui accentuait à la perfection sa virilité. Il leur servit deux verres de vin rouge sans qu'elle puisse le quitter du regard. *Que t'arrive-t-il ?* Mais elle le savait très bien : elle tombait amoureuse un peu plus chaque jour...

Comment cela avait-il pu arriver ? Elle avait pourtant érigé des barrières autour de son cœur pour y laisser Alif régner en maître et en tenir les autres hommes à distance. Elle s'était refusée à avoir des sentiments pour aucun d'entre eux, car cela aurait été pour elle pire que l'adultère. Et pourtant, elle ne faisait rien pour lutter contre son inclinaison...

Son amour pour Alif pâlissait ; c'était à la fois très triste et une libération. S'il pouvait la voir d'où il était, lui en voulait-il ? Lui aurait-il interdit l'amour et le bonheur ? Il avait toujours été gentil et attentionné avec elle. Tellement désireux de la contenter qu'il avait accepté qu'ils n'aient pas de relation sexuelle avant le mariage. Elle s'était gardée pour lui, mais le destin en avait voulu autrement.

Rafe lui tendit son verre de vin, et elle chassa sa mélancolie. Au fond d'elle-même, elle savait qu'Alif ne lui reprocherait pas son bonheur, même si cela signifiait en aimer un autre. Il aurait été la première personne à lui conseiller de sortir et de vivre sa vie ; de retrouver l'amour. Alors pourquoi n'y parvenait-elle pas complètement, alors même qu'il était à portée de main ?

Tu as peur de souffrir. De la douleur inévitable qui accompagnera la fin de la passion.

— Tu es superbe ce soir, déclara Rafe en la dévorant des yeux.

Kaliana frissonna. Sa température interne grimpa subitement, et des images de leurs nuits romaines dansèrent devant ses yeux. La première en particulier avait été endiablée. Fougueuse. Elle avait dormi enlacée à lui, voluptueuse et heureuse. Puis, dans un demi-sommeil alangui, ils avaient fait de nouveau l'amour, mais d'une manière plus intime, et les sensations avaient été différentes. Aussi intenses, mais différentes. Elle avait senti sa chaleur l'envahir lentement, peau contre peau, et un immense sentiment de liberté l'avait fait basculer au-delà de toute raison, de toute réalité, entraînant Rafe avec elle, au mépris des conséquences. Comme si elle avait accédé à un degré supérieur de féminité. Oui, il s'était passé quelque chose, tout son être le lui disait. Elle s'en voulait à présent de s'être ainsi abandonnée.

— Merci, répondit-elle.

Elle but une gorgée du vin rouge, délicieusement velouté. *Pourquoi t'en vouloir,* se dit-elle, *vous allez bientôt être mariés, non ?*

— Si tu continues à me regarder ainsi, je vais être obligé de t'emmener dans ma chambre !

— Ce serait complètement déplacé, Raffaele Casella, rétorqua-t-elle sur le ton de la plaisanterie. Dois-je te rappeler que, par respect des convenances, ton père nous a attribué des chambres séparées ? Et c'est bien la situation que mon père s'attend à trouver lorsqu'il arrivera en Sicile avec ma mère.

Rafe lui sourit et dégusta une gorgée de vin.

— Comment va ton père, aujourd'hui ? relança-t-elle, désireuse de changer de sujet. Sera-t-il assez en forme pour participer à la fête, demain ?

Elle avait besoin de rester concentrée sur des faits pratiques. Elle ne pouvait pas laisser passion et émotions déformer la réalité, à savoir un contrat passé avec Raffaele Casella pour un mariage et des enfants. Rien n'avait changé, même si elle espérait secrètement que leur passion sensuelle puisse devenir de l'amour. Ne pas oublier ce qu'il lui avait dit : tout comme elle, il avait connu l'amour et l'avait perdu.

— Il réagit positivement à son traitement, bien que cela l'affaiblisse physiquement. Mais la perspective de notre fête de fiançailles lui a redonné de l'énergie, et il est déterminé à être parmi nous à cette occasion.

À l'évocation de ce qui l'attendait le lendemain, Kaliana se tendit. Pour la voir sceller son marché avec Rafe, nombre de personnalités et de membres de la bonne société seraient présents à la Villa Casella. Ensuite, ils seraient officiellement fiancés...

Des journalistes de *Vive*, le magazine italien des célébrités, étaient attendus dans la matinée. Que les photos de ses fiançailles soient vues dans le monde entier était déjà intimidant mais, en plus, parmi les invités qui devaient arriver le soir même se trouvait Enzo. Cela l'angoissait, même si elle espérait que ce serait le début d'une nouvelle relation, fraternelle et apaisée, entre les jumeaux.

— Ton père va être heureux d'avoir ses deux fils près de lui.

— Enzo et moi sommes d'accord pour mettre nos différends de côté, expliqua Rafe d'une voix tendue. Parce que notre père est malade, qu'il a besoin de croire que nous sommes de nouveau unis et qu'ensemble nous allons préserver l'héritage des Casella. Cela ne signifie pas que j'aie tout pardonné à mon frère.

— Tu sais, il faut parfois s'affranchir du passé et avancer, même si c'est difficile au début.

Les mots étaient sortis sans qu'elle réfléchisse. Pourquoi avait-elle dit cela ? Essayait-elle de réduire la fracture entre lui et son jumeau ? De le faire avancer par rapport à la perte de son premier amour ? Ou était-ce parce qu'elle-même commençait à se sentir prête à faire son deuil amoureux ?

La dureté du regard que Rafe posait à présent sur elle ne lui laissait aucun doute : sa réflexion avait éteint les flammes de désir qui dansaient autour d'eux quelques instants auparavant. Après tout, peut-être était-ce mieux ainsi...

— Enzo et moi avons..., commença-t-il comme s'il cherchait ses mots, ... un passé commun très compliqué. Difficile à laisser de côté.

— Tu réussis à te comporter comme un amoureux transi, pour le bien de ta famille. Alors peut-être que, pour le bien de ton père, Enzo et toi pouvez non seulement agir comme des jumeaux qui se sont pardonné, mais aussi le faire. Vous pardonner réellement.

Rafe détourna le regard. Elle avait l'impression qu'il avait honte de ses propres pensées.

— Je ne suis pas sûr de pouvoir parvenir un jour à le pardonner. Ni à oublier. Il m'a volé Emma.

Kaliana se figea, puis fit un pas vers Rafe. Elle aurait tant voulu l'aider à guérir, comme elle-même était en train de guérir.

— Tu l'aimais ?

Elle lut du doute et des questions dans son regard.

— Je ne suis pas encore capable de cela, Kaliana. Je sais que tu veux mon bien, que tu penses qu'Enzo et moi devrions renouer, mais il faut être deux.

— Enzo vient ce soir..., souffla-t-elle.

— Alors peut-être réussirons-nous à reconstruire quelque chose. Mais cela prendra du temps. Et il faudra de la confiance. Des deux côtés.

Kaliana se demanda si tout n'avait pas empiré entre les deux frères depuis qu'ils savaient qu'Enzo ne pourrait devenir père ; à moins que la fracture ne remonte plus loin, avantEmma... Si seulement Rafe consentait à s'ouvrir un peu plus ! Or cela signifierait qu'ils seraient de vrais amoureux, ce qu'ils n'étaient pas. Ils jouaient, n'est-ce pas ?

— Franco et Claire ne devraient pas tarder, annonça Rafe, interrompant le cours des pensées de Kaliana.

Il avait replacé la conversation sur des rails plus réalistes, lui rappelant qu'ils étaient les acteurs d'une comédie. Rafe avait-il révélé la vérité à Franco, à présent, comme elle l'avait fait avec Claire ? Improbable. Rafe n'était pas le genre à se confier, même à son ami d'enfance.

— Je suis impatiente de revoir Claire, dit-elle platement. Ça va être bien de pouvoir papoter ensemble.

— Et puis ça va être sympa de dîner tous les cinq, non ?

Il y avait de nouveau un peu d'allégresse dans sa voix, et une touche de séduction aussi. Il redevenait irrésistible. Elle aimait la manière dont il avait ponctué sa phrase d'un « non ? », comme s'il doutait qu'elle puisse jamais être d'accord avec lui. C'était une des facettes de Rafe qu'elle avait appris à adorer durant leur séjour à Rome.

— Oui, d'autant que Claire est ma demoiselle d'honneur et Franco ton garçon d'honneur. Il faut qu'ils fassent connaissance.

— Et Franco m'a dit que Francesca était ravie de te revoir.

— Je pense qu'elle ne croit pas possible que le célibataire le plus indomptable du monde se marie ! ajouta Kaliana en riant.

Rafe se rapprocha d'elle. La distance qui les avait séparés durant leur discussion à propos d'Enzo semblait oubliée.

— C'est vraiment ce que je suis ?

— Ne fais pas semblant de le découvrir ! s'exclama-t-elle, amusée. Tous les journalistes ont écrit après notre soirée à l'opéra qu'une mystérieuse princesse avait réussi à apprivoiser le célibataire le plus indomptable du monde !

— Mystérieuse..., répéta-t-il en avançant encore vers elle. J'aime ça !

— Et être apprivoisé ? le provoqua-t-elle.

Elle n'ignorait pas que son attitude l'exposait à un

baiser. Et, comme s'il avait lu dans ses pensées, Rafe lui prit la bouche, gourmand.

— C'est dommage que nous devions dormir séparément cette nuit, non ? murmura-t-il contre ses lèvres.

Elle rit, comme une adolescente qui aurait enfin réussi à attirer son flirt dans ses filets.

— Ainsi, la rumeur dit vrai ! fit une voix masculine derrière eux, brisant la sensualité du moment.

Kaliana quitta vivement les bras de Rafe et se retourna. L'homme qui venait d'arriver ne pouvait être qu'Enzo, la ressemblance ne laissait pas de place au doute. Quel soulagement ! Il était venu. Et plus tôt que prévu. L'espoir que les choses s'arrangent subsistait donc. Au fond d'elle, Kaliana savait que, quoi qui sépare les deux frères, c'était lié aux défenses impénétrables que Rafe avait érigées autour de lui.

Enzo s'avança dans la pièce, aussi grand et imposant que Rafe. L'expression dure de son visage fit néanmoins douter Kaliana de la possibilité d'une réconciliation.

— Tu veux dire que la rumeur dit vrai quand elle affirme que ma fiancée et moi sommes fous amoureux ? demanda Rafe.

Elle entendit de l'agacement dans sa voix, mais aussi une sorte d'avertissement.

— Et moi qui pensais que tu avais finalement décidé de faire ton devoir et te marier pour le bien des Casella. Pour avoir l'héritier dont nous avons besoin.

Kaliana perçut le doute dans sa tirade, un soupçon d'ironie. Enzo était la personne que Rafe voulait le plus convaincre que leur histoire d'amour était vraie, mais elle suspectait son jumeau de ne pas être dupe. Il soupçonnait que c'était un mariage arrangé afin de garder la main sur la fortune familiale, ce qu'il avait été incapable de faire. De son côté, elle avait l'intuition qu'elle portait peut-être déjà cet héritier dont les Casella avaient tant besoin. Mais elle ne pouvait rien dire à Rafe avant le mariage. Et avant que sa relation avec Enzo soit pacifiée.

Celui-ci se tourna vers elle, avec un sourire étrangement similaire à celui de Rafe. Elle s'obligea à se concentrer, à chasser ses pensées parasites.

— Alors, dites-moi, comment mon frère a-t-il persuadé une princesse de se lier à la famille Casella ?

— Enzo..., gronda Rafe.

Il s'approcha d'elle et l'entoura de son bras. Protecteur. Affirmant qu'elle lui appartenait.

Ce geste possessif venait sans doute du fait qu'Enzo lui avait déjà volé une femme. Elle se lova contre lui, sa manière à elle de le défendre, de lui faire comprendre qu'elle était de son côté.

— Cela a été une attirance immédiate, irrésistible. Depuis, nous ne regardons plus en arrière, n'est-ce pas Rafe ?

Le bras de Rafe autour d'elle se raidit, et le pouls de Kaliana s'accéléra.

— Non, en effet.

Enzo porta toute son attention sur elle. Son expression dubitative titilla sa culpabilité. Il lui offrit un sourire séducteur, le même que celui de Rafe encore une fois. Mais celui-ci ne la chamboulait pas, il renforçait sa peur. Les conséquences de leur insouciance, au milieu de leur première nuit romaine, l'angoissaient de plus en plus.

Elle se demanda pourquoi Enzo lui faisait son petit numéro de charme en présence de son jumeau, duquel il avait réussi à éloigner la première fiancée. Essayait-il vraiment de l'enlever à Rafe ? La testait-il ? Ou était-ce une manière de marquer des points, de prouver qu'il savait que leur histoire d'amour était fictive ?

— C'est très commode..., reprit finalement Enzo, avec une moue suggestive.

— Ça suffit ! jeta Rafe d'une voix dure. Kaliana est ma fiancée, celle qui va devenir ma femme, et tu vas lui montrer du respect.

L'air étouffant et pourtant chaud du soir sembla geler autour d'eux. La tension était à son comble. Après quelques secondes qui lui semblèrent durer une éternité, Enzo se tourna vers Kaliana.

— Mes excuses les plus sincères.

Avant qu'elle puisse comprendre ce qui se passait, Enzo s'était approché d'elle et lui avait planté un baiser sur chaque joue. C'était comme un bras de fer : Rafe la tenait fermement près de lui, son bras autour d'elle, Enzo suivait le protocole en embrassant la mariée – pour titiller Rafe.

— Excuses acceptées.

Au moment où elle reculait, elle entendit des voix en provenance de l'entrée. Elle reconnut celle de Claire et poussa un soupir de soulagement.

Son amie arriva, en même temps que le grand et distingué Franco et Francesca, si élégante que Kaliana eut la tentation de courir ôter sa robe émeraude et se changer.

— Claire ! Je suis si contente de te voir !

Enfin elle allait pouvoir parler à quelqu'un de la confusion de ses sentiments et émotions qui la désorientait. Elle étreignit son amie.

— Un problème ? murmura celle-ci.

Rafe et Enzo saluaient les deux autres arrivants.

— Non, c'est probablement juste moi. Je suis vraiment nerveuse, répondit-elle à voix basse d'un ton posé.

Comme elle sentait qu'Enzo la scrutait de nouveau, elle avait un sourire aux lèvres. Elle ne pourrait rien dire à son amie ici. Pas encore.

— Qui ne serait pas nerveuse ? reprit-elle. Je suis fiancée et bientôt mariée.

Claire lui prit la main et la serra, rassurante. Kaliana se détendit. Son amie la comprenait et, plus important, elle était là pour elle. Une amie sur laquelle elle pouvait compter. Une amie à laquelle elle pouvait se confier. Même à propos de sa plus grande peur.

— Je suis peut-être enceinte, chuchota-t-elle à l'oreille de Claire.

Celle-ci rit doucement et caressa le bras de Kaliana.

— Est-ce vraiment un problème, à présent ?

La complicité et l'amitié entre les deux femmes sautaient aux yeux, songea Rafe en observant Claire et Kaliana, qui bavardaient à l'autre bout de la pièce. La culpabilité le submergea. Il aurait dû soutenir Kaliana. Il aurait dû dire à Enzo qu'elle et lui étaient amoureux. Au lieu de cela, il l'avait laissée affronter son jumeau. Il avait laissé le passé refaire surface.

Il porta son attention sur Enzo et Franco, qui échangeaient en italien. Francesca les écoutait. Il devait parler seul à seul avec Enzo.

— Le mariage t'ira bien, lui dit soudain Franco.

Son ami sourit à sa femme et l'attira contre lui. L'amour entre eux était aussi clair que la mer qui entourait la Sicile. Le genre d'amour qu'il pensait partager avec Emma, avant… Avait-il pu se leurrer ?

— Kaliana est superbe, lui dit Francesca.

Sa fiancée, dont la silhouette svelte était moulée dans

une robe émeraude, était l'incarnation de l'élégance. Princesse de la tête aux pieds.

— Je suis bien d'accord, acquiesça-t-il. Elle est superbe à l'extérieur comme à l'intérieur.

Il comprit que c'était exactement cela et, plus saisissant encore, qu'elle était comme sa mère une femme à la fois forte et douée d'empathie, capable de compassion. Le genre que celle-ci lui avait conseillé de trouver. Le genre qui ne méritait pas d'être emprisonnée dans un mariage sans amour, mais d'être aimée, au contraire. Elle représentait la femme idéale pour laisser ses blessures derrière lui et ne pas ternir la mémoire des jours heureux en polluant le présent avec le passé.

Alors pourquoi ne parvenait-il pas à lui faire une place en lui, à lui ouvrir les portes de sa forteresse ? Pourquoi se fermait-il émotionnellement à elle ?

— Je vois que tu l'as déjà dans la peau, dit Franco, espiègle.

Lorsque Enzo s'éloigna un peu, salué par un invité qui venait d'arriver et avec lequel il entamait une conversation, son ami redevint sérieux :

— Ne la laisse pas à la porte, Rafe. C'est peut-être un mariage arrangé, mais elle est celle qu'il te faut.

— Je ne vois pas de quoi tu parles, répliqua-t-il, sur ses gardes.

Ainsi, Franco avait deviné... Mais il ne pouvait pas en parler avec lui, pas lui ouvrir son cœur ici, maintenant. Il tourna la tête vers Kaliana. Debout devant la porte-fenêtre qui donnait sur la terrasse, elle rayonnait d'allégresse, détendue, tout en bavardant joyeusement avec Claire. Des éclats de rire ponctuaient leur conversation. La douce lumière du soir faisait briller sa chevelure. Pourrait-il la rendre aussi heureuse qu'elle semblait l'être à cette seconde ? Pourrait-il lui donner l'amour qu'elle méritait ? Elle renonçait à tellement de choses pour sauver son petit royaume et son peuple ! Elle était admirable, généreuse, aimante.

Mais il ne pourrait pas. Pas avant d'avoir tiré un trait sur le passé. Un trait bien épais. Car elle l'entraînait dans un univers dont il s'était échappé, celui où les émotions n'étaient pas muselées, où elles rendaient vulnérable, fragile. Il y avait été brisé et ne voulait plus jamais revivre cela.

Et pourtant, Kaliana l'attirait.

— J'ai vu la manière dont tu la regardais, reprit Franco.

Son ami était la seule personne en dehors de sa famille proche qui savait toute son histoire et les épreuves qu'il avait traversées. Et il était le seul à savoir que Rafe avait barricadé son cœur.

— Tu nous as percés à jour, admit-il à voix basse, après s'être assuré qu'Enzo était assez éloigné. Alors, oui, je l'apprécie beaucoup, mais nous nous marions pour des raisons pratiques. Et nous jouons la comédie du coup de foudre et du grand amour.

— J'ai l'impression que tu oublies que je te connais aussi bien que tu te connais toi-même, dit Franco, complice, en lui posant la main sur l'épaule. Peut-être même mieux. Elle est faite pour toi et tu le sais.

— Là, tu racontes n'importe quoi !

Il était énervé que Franco ait appuyé directement là où ça faisait mal. Parce que, si sa raison concédait une alchimie sexuelle, une attirance torride, elle se refusait à envisager une autre forme de lien entre Kaliana et lui, malgré le trouble qu'il ressentait souvent en sa présence. Les raisons de leur mariage étaient concrètes, pratiques. Rationnelles.

Il fut sauvé par l'arrivée de Claire et Kaliana, puis par

le retour de Francesca. Rafe fit les présentations. Claire semblait le scanner de son regard perçant. Il percevait de la désapprobation. Du doute. Tout le monde allait-il essayer de sonder ses sentiments et ses motivations ? N'avait-il pas le droit à un peu de tranquillité ? Bientôt, il serait marié, qu'est-ce que cela changeait que ce soit par amour ou par devoir ?

Seule dans la nuit sur une des terrasses de la Villa Casella, Kaliana inspira en grand. L'air était chaud, parfumé. Le velours noir du ciel piqué d'étoiles rencontrait la lumière estompée de la lune et recouvrait le paysage d'un voile de douceur apaisant. Et les bruits nocturnes autour d'elle la calmaient eux aussi. Elle en avait bien besoin après ce dîner, joyeux pourtant, mais durant lequel elle n'avait pas réussi à se détendre. La conversation avait roulé, vivante, sur nombre de sujets, et, comme par un accord tacite, personne n'avait fait allusion ni à leurs fiançailles ni à leur mariage. Néanmoins, Kaliana était restée sur le qui-vive, sans compter que son angoisse d'être tombée enceinte ne diminuait pas. Si bien qu'à la fin du repas elle avait été incapable de faire comme les autres et de gagner sa chambre. Alors elle était sortie.

Elle se frotta ses bras de haut en bas. Elle commençait à se relaxer. À Rome, durant la semaine passée avec Rafe, elle avait vécu dans une bulle, une bulle de passion et de joie. Une bulle dans laquelle elle avait commencé à rêver, commencé à espérer plus, à vouloir plus. Aujourd'hui, la réalité l'avait rattrapée et avait chassé toute sérénité, tout relâchement.

— Tu n'arrives pas à dormir, sans moi ?

Kaliana sursauta en entendant la voix de Rafe, chaude

et taquine à la fois. Elle se retourna et lui fit face. Il avait abandonné sa veste, et sa chemise faisait une tache blanche dans l'obscurité. Grand, magnifiquement viril, ses traits découpés par les légères ombres que jetait la treille sur son visage, il semblait plus inaccessible que jamais.

— Quelque chose comme ça.

Une petite brise lui caressa alors le visage, qui lui rappela la manière dont Rafe savait l'effleurer ; les sensations que cela éveillait en elle ; les espoirs aussi...

— Difficile de croire que cela va vraiment arriver. Que nous allons nous marier.

Il sortit de l'ombre de la treille et marcha vers elle. Elle put lire l'inquiétude sur son beau visage. La ressentir dans chacun de ses nerfs. C'était comme s'il se souciait d'eux. De leur avenir. Vraiment. Comme le ferait un homme amoureux.

— Ce mariage, c'est ce que tu veux ?

— C'est ce que je dois faire, affirma-t-elle avec douceur. Si ce n'est pas avec toi, ce sera avec Nassif.

Une expression de regret passa sur les traits de Rafe. Le regret d'avoir accepté ce contrat ? Il lui écarta une mèche de cheveux du visage.

— Ce que tu fais est remarquable, dit-il. Renoncer à ton bonheur et à l'amour au nom de ton pays et de ton peuple...

— C'est ce que l'on attend de moi.

Soudain, l'affreux soupçon qu'elle nourrissait lui serra la gorge. Elle devait en avoir le cœur net !

— Qu'essaies-tu de me dire ? Que tu renonces ?

Toutes les conséquences de cette désertion lui apparurent soudain, terrifiantes. La déception de son père. L'opprobre jeté sur sa famille et son pays. Les habitants d'Ardu Safra contraints à l'austérité dans un royaume ruiné. Son père contraint à la démission, incapable de résoudre les problèmes qu'il avait laissés s'accumuler durant les cinq dernières années. Et, si elle attendait vraiment un enfant de Rafe, qui d'autre voudrait d'elle comme épouse ? Seigneur...

C'est impossible, songea-t-elle, paniquée. *Impensable.*

— Non, je ne renonce pas. Comme toi, je suis contraint à ce mariage. C'est mon devoir.

Ces paroles prononcées avec une grande douceur chassèrent ses terreurs. Ce froid constat une fois de plus répété la blessait, certes, mais c'était moins dramatique que s'il s'était retiré du jeu.

— Oui, rien n'a changé. Et, une fois que tous les termes du contrat auront été remplis, chacun pourra emprunter son chemin, vivre sa vie.

Il lui sourit. Comme il lui avait souri cette première nuit à Londres puis tout au long de leur semaine romaine. Un sourire complice.

— Cela prendra du temps de remplir tous les termes du contrat, non ?

Elle baissa la tête et ferma les yeux en espérant que l'obscurité lui dissimulait un peu son visage et qu'il ne noterait pas son désespoir.

— C'est si terrible, *cara* ?

Il lui avait relevé le menton, ne lui laissant pas d'autre choix que de rouvrir les yeux. Elle découvrit dans les siens cette lueur de désir désormais si familière.

— Non, chuchota-t-elle. Non, pas du tout.

Il l'aimantait, l'ensorcelait. Elle voulait cet homme. Voulait qu'il la désire.

Il pressa les lèvres contre son front. Elle prit une grande inspiration. Elle tremblait. Du besoin qu'elle avait de lui, mais aussi de quelque chose d'autre ; quelque chose de plus dangereux pour son cœur. Elle ne parvenait pas à comprendre quelle était cette émotion puissante qui la submergeait soudain, ni d'où elle venait. Ou alors elle ne le savait que trop bien et ne voulait pas se l'avouer… Dans un souffle, elle prononça son prénom.

— Je ne veux pas te laisser ce soir, murmura-t-il.

— Nous devons faire chambre à part. Ici, et de nouveau à Ardu Safra avant la cérémonie de mariage.

— Es-tu en train de me dire que nous ne pourrons plus faire l'amour avant notre nuit de noces ?

— Oui.

— Mais ce n'est pas ce que tu veux, *cara mia*, si ?

Il lui décocha son sourire sexy. Il la provoquait. Et elle ne se démonta pas :

— Non. Mais c'est ce que nous devons faire. Nous nous marions pour perpétuer des traditions, nous devons respecter ces traditions.

— C'est la princesse Kaliana qui parle !

— Kaliana tout court attendra son tour, rétorqua-t-elle en riant.

Il rit à son tour.

— Alors je te souhaite une bonne nuit.

Il l'attira à lui, et Kaliana se lova contre son corps, dont elle sentait chaque contour, chaque forme, même les plus dures… Un corps qu'elle adorait.

— Kaliana reviendra, murmura-t-elle contre ses lèvres qui cherchaient les siennes. Mais pas avant que nous soyons mariés.

Le frôlement de leurs bouches devint un baiser, exigeant, excitant. Tout son corps s'éveilla aussitôt. D'une main, il lui pressait le dos. Son érection appuya un peu plus fort contre son ventre, ne laissant aucun doute quant à l'intensité de son désir. De son autre main, il lui effleura la poitrine. Elle haleta contre ses lèvres.

— Tu crois que Kaliana pourra attendre aussi longtemps ? demanda-t-il, le front posé contre le sien.

Tout son être réclamait l'assouvissement. Mais c'était impossible. Si elle s'y laissait aller, elle ouvrirait la porte à des sentiments dont elle ne voulait pas, à des émotions qu'elle avait pensé ne plus jamais ressentir – et qu'elle ne devait plus ressentir si elle ne voulait pas souffrir.

— Elle pourra, affirma-t-elle. Et elle le fera.

Comme une punition, il l'embrassa dans le cou, exactement là où elle aimait être embrassée, et de la manière dont elle aimait l'être. Elle retint un cri de plaisir, puis maudit intérieurement Rafe.

— Rabat-joie ! lui lança-t-il en s'écartant d'elle, le souffle court.

— Notre contrat passe en premier, Rafe.

Il hocha lentement la tête. Il paraissait avoir retrouvé tout son self-control.

— Tu as raison, déclara-t-il en lui tendant la main. Nous retirons-nous chacun dans sa chambre, princesse ?

Elle mit sa main dans la sienne. La princesse Kaliana l'aurait planté là, mais Kaliana ne pouvait pas. Il lui avait offert une bouchée de romantisme, et elle en avait besoin au moins autant qu'elle avait besoin de lui.

9

Après avoir raccompagné Kaliana jusqu'à sa chambre, Rafe avait passé une nuit blanche. Allongé dans son lit durant des heures, les yeux grands ouverts, il avait tenté d'apaiser le besoin terrible que son corps avait du sien. Mais, ce qui le hantait le plus, c'était le souvenir de l'expression de son visage, de la douceur de son regard – qui lui disait qu'elle avait envie de tellement plus…

Quand cette douceur s'était faite plus intense, elle lui avait rappelé celle qui brillait autrefois pour lui dans le regard d'Emma, et il avait paniqué. Pas à cause d'Emma, mais à cause de l'intensité : était-il possible que Kaliana ressente quelque chose pour lui ? Qu'elle soit tombée amoureuse ? Il ne voulait ni ne méritait son amour.

Cette surprenante hypothèse l'avait chamboulé, et il avait regardé sa promise claquer la porte au nez de ses émotions. Il avait vu le moment où elle avait cessé d'être Kaliana, la femme qu'il avait rencontrée la première nuit à Londres, pour devenir la princesse Kaliana, la femme qu'il épousait.

Rafe secoua la tête. Ce n'était pas le moment de repenser à la soirée de la veille, tandis qu'il attendait debout au bas du grand escalier de la Villa Casella et que leur fête de fiançailles allait commencer. Dans quelques semaines se tiendrait l'événement qui allait changer leur vie…

Son cœur faisait un bruit sourd contre ses côtes. Qui allait apparaître en haut des marches ? La femme qu'il avait rencontrée à Londres ? La femme fougueuse et passionnée dont il avait été le premier amant ? Ou la princesse distante et froide enchaînée à son devoir ? Il choisissait la princesse au cœur de pierre – non, il en avait *besoin*. Il ne voulait pas avoir à recroiser le regard de la femme rencontrée à Londres en ce soir où il noyait son chagrin d'avoir accepté un mariage de raison ; en ce soir où elle-même cherchait un dérivatif à ses problèmes.

À l'étage, une porte s'ouvrit et se referma. Il serra les dents à s'en faire mal. Il fallait que ce soit la princesse. S'il découvrait la moindre douceur sur son visage, il serait incapable d'aller au bout de leur mascarade. Il leva les yeux pour découvrir, à travers la balustrade en fer forgé, qui se tenait sur le palier.

La soie rouge d'une longue robe fut tout ce qu'il vit, puis la silhouette se déplaça jusqu'en haut des marches. C'était bien celle de la femme qui avait allumé en lui une passion telle qu'il risquait de perdre le contrôle, d'oublier ses obligations.

Il la regarda droit dans les yeux. Elle resta immobile et soutint son regard. Il se demanda si elle aussi combattait l'envie irrépressible de tourner le dos à cette comédie, à son devoir et à sa famille. Son regard était doux, certes, mais surtout froid, presque âpre. La première bourrasque de neige en hiver. Le regard de la princesse Kaliana. Debout en haut des escaliers, le maintien fier et droit, elle le toisait, dans sa stupéfiante robe bustier de bal. Elle était… incroyable ! Une princesse dans toute sa splendeur. La princesse qu'il avait besoin qu'elle soit.

Derrière lui, il entendit un hoquet de surprise. Puis la voix de Franco qui disait, à Francesca sans doute : « Laissons les amoureux tranquilles. » La remarque de son ami était tout sauf pertinente : Kaliana et lui étaient des amants, des amants passionnés même, mais ils n'étaient pas amoureux. C'était du moins ce qu'il croyait jusqu'à la veille au soir, sur la terrasse...

Rafe monta sur la première marche et tendit la main à Kaliana, qui descendait. Elle irradiait une majestueuse élégance.

— Nous y voilà, murmura-t-elle au moment où elle arrivait à sa hauteur. C'est le moment où tout devient officiel.

— Très officiel, appuya Rafe en souriant. Surtout dans cette robe.

De son autre main, il tenait fermement le coffret qui renfermait la parure de bijoux la plus précieuse des Casella. Il l'ouvrit d'un geste gauche et le tendit à Kaliana.

— Je ne m'attendais pas à cela ! s'exclama-t-elle, visiblement surprise.

Ses yeux étaient écarquillés et, derrière la façade policée de la princesse, il entrevit la Kaliana qu'il voulait vraiment. Celle qu'il n'aurait jamais. Celle qu'il ne méritait pas.

— Les plus belles pièces de la collection Casella, annonça-t-il en repoussant les pensées inutiles qui le polluaient. En tant que future *signora* Casella, il te faut les porter ce soir.

Autrefois, il avait espéré les donner à Emma. Puis elle l'avait quitté pour Enzo, et tous deux s'étaient enfuis afin de se marier en secret, faisant fi de la tradition.

— Je ne peux pas les porter.

Toutefois, elle s'était approchée pour les toucher.

D'après l'expérience de Rafe, les diamants exerçaient une attraction mystique sur les femmes.

— Il te faut les porter aujourd'hui, jour de nos fiançailles, et le jour du mariage.

Il devinait la question qui lui brûlait les lèvres et y répondit par anticipation :

— Ma mère a été la dernière à les porter. Enzo s'est marié en cachette et a donc privé sa fiancée de cet honneur.

Tout en parlant, Rafe réalisa qu'il était heureux que les choses se soient passées ainsi. Au moins, Enzo avait eu la décence de se sentir coupable et s'était enfui pour épouser la femme qu'il avait volée à son propre frère jumeau. Il ne s'était jamais attardé sur ce fait, sur la honte qu'avait pu ressentir son frère – pourquoi ce mariage secret, sinon ?

— Je comprends, dit-elle d'un ton guindé. Dans ce cas, tu veux bien… ?

Elle ne termina pas sa phrase et fit un geste en direction du coffret. Les petites étincelles dorées annonciatrices de colère brillaient dans ses pupilles.

— *Sì, cara.*

Il posa le coffret sur la table du hall et souleva le lourd collier, dont il ouvrit le fermoir. Dans les yeux de Kaliana, il décela une lueur apeurée. Comme si elle partait au sacrifice. Sans un mot, elle pivota. Puis elle attendit, le dos tourné. Rafe s'autorisa quelques instants de contemplation de ses épaules parfaites, puis il lui encercla le corps de ses bras tendus, le collier dans les mains. Elle se raidit lorsqu'il le lui plaça sur la gorge et le referma. Du bout des doigts, il lui effleurait la peau. Elle pencha la tête et posa la paume sur les pierres précieuses. Sa respiration était devenue plus saccadée.

Rafe combattit l'envie de la faire se retourner dans ses bras et de lui dire qu'ils avaient le choix, qu'ils pouvaient encore changer d'avis, faire autrement. De lui dire que cela n'avait pas à être seulement une question de devoir, mais qu'ensemble ils pourraient avancer, et doucement reprendre confiance en l'amour.

Bon sang, qu'est-ce qui te prend ? Ressaisis-toi !

— Il est très beau, murmura-t-elle.

Elle ôta vivement l'un de ses clous d'oreille en diamant et le remplaça par une des boucles d'oreille de la parure.

— Je ferais mieux de porter les deux, non ? demanda-t-elle, pince-sans-rire. C'est mieux pour coller à la tradition.

— Oui, les anciens ne te pardonneraient pas une telle insulte à nos ancêtres, plaisanta-t-il sur le même ton.

Il lui tendit la seconde boucle d'oreille, qu'il trouva lourde pour un tel bijou. *Le poids du devoir, elle ne le portera pas seulement sur les épaules*, songea-t-il. Il regarda Kaliana la fixer à son lobe, puis se saisir du bracelet assorti. Kaliana. La femme qu'il pourrait aimer, si seulement il avait le temps de guérir.

Kaliana pouvait à peine respirer. Les doigts de Rafe s'attardaient sur sa peau, lui envoyant une rafale d'étincelles chaudes dans tout le corps. Mais, sous ses doigts, la froideur des bijoux scellait leur accord.

Elle allait devenir une Casella… Un accord passé pour sécuriser l'avenir d'une très vieille famille sicilienne grâce à un héritier. Raffaele Casella allait devenir son mari, l'homme qui sauverait son royaume de la faillite et elle-même d'un mariage cruel. Elle aurait dû se sentir soulagée. Satisfaite. Alors pourquoi était-elle si déçue ? Pourquoi aspirait-elle à mieux que cela ?

Son regard se posa sur Rafe. Il semblait attendre quelque chose d'elle. Elle avait perdu le fil. *Concentre-toi, bon sang !*

— Ces bijoux sont très beaux, dit-elle avec un signe de la tête vers le bracelet. Je suis honorée de les porter.

Le mensonge était sorti facilement. Depuis son plus jeune âge, elle avait appris à se composer un personnage, en plus des bonnes manières. À tout contrôler. À dire ce qu'il fallait quand il le fallait. Elle devait ne plus être que la princesse Kaliana si elle voulait avoir une chance de garder sa lucidité face à ses parents et à tous les invités.

— Toi aussi, *cara mia*, la complimenta Rafe, un éclat vorace dans les yeux.

Ne te laisse pas piéger par ses mots doux comme des caresses ! Elle savait qu'il jouait son rôle de fiancé amoureux à la perfection et n'oublierait jamais qu'il lui avait affirmé que l'amour n'avait pas de place dans sa vie.

Du revers de la main, il lui effleura la joue.

— Ne sois pas si anxieuse. Tout va bien se passer. Même Enzo est persuadé que nous filons le parfait amour.

À la mention de son jumeau, Kaliana tiqua. Les bijoux des Casella pesaient une tonne désormais, et l'angoisse lui tordait le ventre.

— Le fait que je porte cette parure ne va pas causer plus de problèmes entre ton frère et toi, j'espère...

Elle souhaitait tellement que tout s'arrange entre eux deux ! Si elle avait eu un frère ou une sœur, elle n'aurait pas supporté la moindre animosité, la moindre discorde entre eux, le moindre conflit larvé.

— Il ne sera peut-être pas ravi, mais il a fait le choix d'un mariage presque clandestin. Ni toi ni moi n'y pouvons rien.

Elle hocha la tête,puis s'approcha de lui et posa la main sur son torse. Le revers du smoking était doux sous sa paume.

— Je suis désolée, Rafe. Il doit être très difficile de voir ainsi son jumeau s'éloigner, surtout dans ces circonstances.

— « Difficile » n'est pas un mot assez fort, répondit-il en soupirant, avant de lui décocher un sourire. Mais, là, il est question de nous, pas d'Enzo ni de sa femme. Et nous avons une représentation de l'amour fou à donner à nos invités.

Kaliana plaqua un large sourire sur son visage.

— Allons-y !

Rafe lui prit la main.

— Nous formons une super équipe, Kaliana.

Son cœur se brisa. Ce cœur qui aimait Rafe.

La main de celui-ci entourait la sienne, chaude, sécurisante. Ils commencèrent à marcher, lui un pas devant elle. Il la guida au milieu de la foule des amis et de la famille. Kaliana était dans un état second. La vérité lui apparaissait, claire, évidente : elle était amoureuse de Raffaele Casella.

Pour elle, ces fiançailles, ce mariage étaient devenus réels. Et tellement plus qu'un contrat d'affaires, qu'une comédie à jouer devant leurs invités et le monde entier ! Quel que soit le résultat de leur première nuit à Rome, oui, elle avait désormais la certitude d'être amoureuse de Rafe...

Rafe parlait en italien aux personnes qui les entouraient. Kaliana écoutait sa voix sexy, un sourire accroché aux lèvres, alors que tout ce qu'elle voulait était s'enfuir et se cacher, échapper au tumulte de ses émotions.

Quand il repassa à l'anglais avec ses beaux-parents, elle prit conscience – et ce fut un choc – qu'elle était tombée amoureuse d'un autre qu'Alif. Et qu'elle allait devoir affronter un futur aux côtés d'un homme qui ne l'aimerait jamais.

« *Congratulazioni* », lança quelqu'un dans la foule, et le mot de félicitations fut repris par tous les invités, qui levèrent leurs verres en leur honneur. Kaliana parvint à conserver un masque de bonheur, accrochée à la main de Rafe.

Souviens-toi des raisons pour lesquelles tu fais ça, se répétait-elle en distribuant des sourires autour d'elle. Une musique romantique s'éleva soudain dans l'air tiède. Rafe se pencha vers elle, chaleureux. Avait-il perçu son trouble ?

— Nous devons ouvrir le bal, *cara*.

Sa voix profonde et sexy l'aida à remettre un peu sa tête à l'endroit en la reconnectant à la passion qui les liait. Une passion brûlante, sensuelle. Voilà pourquoi elle avait proposé ce mariage à Rafe. Puis elle posa les yeux sur son père, et la fierté qu'elle lut sur son visage lui donna du courage.

— Alors dansons !

En lui prenant la main, Rafe fronça presque imperceptiblement les sourcils, l'air inquiet l'espace d'une seconde. Une nouvelle fois, elle se demanda s'il lisait en elle ses peurs et ses doutes. Autour d'eux, la foule attendait qu'ils donnent le signal. Rafe l'entraîna sur l'immense terrasse, transformée en piste de danse et délicatement éclairée par une multitude de petites lumières féeriques. Le cadre était bien trop romantique pour le genre d'union qu'ils contractaient. Il aurait convenu à un conte de fées.

Lorsque Rafe s'arrêta au milieu de la piste. Il était à tomber dans son smoking noir, rasé de près, viril en diable. Le cœur de Kaliana manqua un battement puis redémarra à toute allure, sauvage. Il amena son corps contre le sien, et elle se laissa aller tandis qu'il la guidait en rythme. Elle se liquéfiait contre lui, incapable de résister, de ne pas tomber encore plus amoureuse de lui.

— Je ne crois pas être capable de te tenir ainsi contre moi sans t'embrasser, murmura-t-il à son oreille.

Une vague de chaleur se déploya en elle. Elle ferma un instant les yeux, extatique Puis les rouvrit, décidée à se perdre dans l'illusion de l'amour.

— Je veux que tu m'embrasses, affirma-t-elle en approchant la bouche de la sienne.

— Comment refuser ?

Leurs lèvres se soudèrent, douces, câlines. Les sentiments qu'elle essayait désespérément de refouler revinrent au galop. Il n'y avait plus que leurs deux corps tourbillonnants, sa large main appuyée au bas de son dos, son odeur enivrante, et son amour pour cet homme qui grandissait à chaque seconde. Leurs langues entrèrent dans la danse, et Kaliana, qui ne savait plus bien où elle était, oublia que tous leurs invités avaient les yeux rivés sur eux, même si beaucoup dansaient aussi à présent.

Quand Rafe s'écarta d'elle, Kaliana était tout étourdie.

— Très convaincant, lui chuchota-t-il en lui caressant le visage. Presque trop réaliste.

— Ce serait mal si c'était réel ? demanda-t-elle timidement, les yeux baissés, ses résolutions alanguies par l'intensité de l'instant.

— Ce n'est pas ce dont nous sommes convenus.

— Les choses changent parfois...

Elle aurait voulu qu'il comprenne, qu'il saisisse la perche qu'elle lui tendait, mais il se contenta de desserrer un peu son étreinte et de cesser de lui caresser le visage. Kaliana sentait la honte lui mettre le feu aux joues. Lorsqu'elle osa le regarder de nouveau, ses yeux étaient posés sur un point derrière elle, dans la foule. Elle tourna un peu la tête et vit une femme dont les cheveux blonds tranchaient dans la foule des invités. Elle semblait un peu perdue, seule.

— Emma..., lâcha Rafe dans un souffle.

Kaliana le regarda. Elle comprit alors que tout ce qu'elle ressentait pour lui était vain. La manière dont il avait prononcé son prénom était révélatrice : il l'aimait encore. Et elle était là. Pour le voir ? Rafe relâcha son étreinte et, quand son corps s'écarta du sien, ce fut plus que physique – tout son être lui rendait sa liberté.

— Excuse-moi, lui dit-il.

Il la planta là, à la dérive dans un océan d'émotions sur lequel elle n'avait pas demandé à naviguer de nouveau. Elle détestait cette sensation d'abandon. Elle refoula les larmes qui menaçaient de lui monter aux yeux. Fâchée après elle-même, elle s'en voulait terriblement : elle avait laissé ses sentiments l'influencer, lui faire espérer plus que ce à quoi elle avait droit.

Rafe avait rejoint l'amour de sa vie, celle qui possédait les clés de son cœur. Elle ne pouvait s'empêcher de les regarder échanger au milieu des invités. Était-elle venue faire amende honorable ? Lui dire qu'elle avait fait une erreur et qu'elle l'aimait toujours ?

— Qu'est-ce qui se passe ?

La voix de Claire la tira de son auto-apitoiement. Rafe toucha le bras de son ex d'un geste attentionné, le même qu'il avait avec elle.

— C'est la femme que Rafe aime. Celle qui lui a brisé le cœur.

Elle n'avait même pas pris la peine de parler à voix basse. Elle se moquait qu'on puisse l'entendre. Elle était humiliée, blessée, rejetée.

— Quoi ? s'écria son amie, horrifiée.

— Attends, regarde ! Enzo les a rejoints.

Kaliana aurait tant voulu entendre ce qu'ils se disaient ! Enzo semblait tendu, énervé même. Soudain, après qu'ils eurent discuté tous les trois, Rafe enlaça Emma. Kaliana sentit aussitôt son cœur se briser, alors même qu'elle venait de reconnaître et d'accepter son amour pour cet homme. Un homme qui en aimait une autre...

— On dirait qu'Enzo et Emma sont de nouveau ensemble !

Kaliana se retourna. Franco lui souriait. Une étincelle d'espoir rejaillit en elle, qu'elle se força à éteindre.

— De nouveau ensemble ? Enzo et Emma ?

— Ils sont mariés. Séparés, mais...

Il s'interrompit, comme s'il cherchait le mot juste. Kaliana vibrait d'impatience.

— Les circonstances les ont éloignés l'un de l'autre. Rafe a vraiment fait tout son possible ces dernières semaines pour organiser ces retrouvailles. Il était certain de pouvoir sauver leur mariage.

— Je... Rafe a...

Elle s'interrompit, furieuse contre elle-même de bégayer ainsi. Pas étonnant qu'elle ait senti tant de tension entre les deux frères ! Elle vit Rafe s'écarter d'Emma et la couver d'un regard aimant. Ils avaient les yeux dans les yeux. Puis il se tourna vers son frère et lui donna une accolade virile, avant de s'éloigner d'eux.

— Va le retrouver, dit Claire en lui touchant l'épaule.

Kaliana était en état de choc. Ainsi, Rafe avait organisé une réconciliation entre son jumeau et son ex ? Elle se sentait perdue.

— Je ne peux pas.

Elle n'était pas certaine que Rafe n'était plus amoureux d'Emma.

— Va le retrouver, insista son amie. Et dis-lui.

— Quoi ?

— Que tu l'aimes.

Kaliana faillit s'étrangler.

— Je sais que tu ne l'admettras pas, Kal, mais il le faudra bien. Tu ne peux pas laisser passer cette chance d'être heureuse. Oublie ce contrat stupide. Oublie tout le reste et dis-lui que tu l'aimes.

La plaidoirie de Claire lui avait donné le vertige. Ses sentiments étaient-ils si lisibles pour les autres, si évidents, écrits sur son front ?

— Elle a raison ! affirma Franco avec véhémence, ce qui confirma ses soupçons. Il y a quelque chose entre Rafe et toi. Vous avez besoin tous les deux de vous délivrer du passé. Vas-y !

Pouvait-elle mettre son cœur sur la table face à Rafe ? Du coin de l'œil, elle le vit entrer dans la villa, comme s'il quittait la fête, *leur* fête. Pouvait-elle lui avouer qu'elle l'aimait alors qu'il en aimait sans doute une autre ? Toutes ces questions valsaient dans sa tête. Elle avait à la fois chaud et froid. À l'autre bout de la terrasse, Enzo embrassait tendrement sa femme sur le front, collé à elle. Il aimait sa femme. La femme qu'aimait aussi Rafe.

— Non, dit-elle. Non, je n'aime pas Rafe. Il n'y a rien d'autre entre nous qu'un contrat.

Debout dans l'obscurité de son bureau, Rafe poussa un long soupir. Il avait besoin de temps. Et d'espace. Besoin de réfléchir. Ses émotions se livraient un combat sans pitié en lui. En dansant avec Kaliana, en l'embrassant, il avait ressenti la brûlure de l'amour. Exactement ce qu'il avait voulu éviter. À chaque fois qu'il avait aimé, il avait souffert – sa mère, Emma, et même son père et son frère.

— Pourquoi ne m'as-tu pas dit à quel point Emma comptait encore pour toi ?

La voix de Kaliana le fit sursauter. Sa princesse se tenait dans l'embrasure de la porte, illuminée par la lumière en provenance de la fête, derrière elle.

— Parce que...

Il s'interrompit. Il ne savait pas pourquoi. Pendant un moment, il avait cru que peut-être Emma l'aimait encore, puis il avait pensé ne plus l'aimer, puis il n'avait plus su, puis Kaliana était entrée dans sa vie.

— Je ne sais pas, finit-il par soupirer.

Il restait dans l'ombre, dans les ténèbres, tandis qu'elle était debout dans la lumière. S'il osait s'ouvrir à elle, osait lui dire que ce qu'il avait commencé à ressentir pour elle dépassait de loin tout ce qu'il avait jamais ressenti pour Emma, alors il pourrait se déplacer vers la lumière, sortir de l'ombre d'une vie sans amour. Pourtant, il ne réussissait pas à bouger.

— Écoute, dit-elle d'une voix déterminée, sa voix de princesse, si je t'épouse, je ne veux pas d'un triangle amoureux.

— « Si » ? releva-t-il. Nous avons passé un marché, non ?

— Exactement, nous avons passé un marché, répliqua-t-elle avec sérieux. Pour le bien de la famille Casella. Pour le bien de mon royaume. Nos sentiments personnels ne font pas partie de l'équation.

— Je ne me défile pas, Kaliana. Je suis un homme d'honneur. Je tiens mes promesses et je fais mon devoir.

Et ce devoir lui commandait d'épouser la femme qui

avait mis sa vie sens dessus dessous depuis leur rencontre à Londres.

— Alors on retourne là-bas et on répare les dégâts que ton petit face-à-face avec la femme d'Enzo puis ta disparition ont causés dans notre scénario amoureux !

Les mots tranchants de Kaliana le blessaient. Il se força à étouffer tout ce qu'il ressentait pour elle. La Kaliana de Londres, celle avec laquelle il avait partagé des moments de passion torride, s'était enfuie.

— C'est ce que nous devrions faire, en effet, mais...

— Mais quoi, Rafe ?

Sa question le heurta comme une gifle. Jamais l'intensité de ce qu'il avait ressenti pour Emma n'avait atteint ce qu'il ressentait pour Kaliana. Elle lui redonnait espoir, faisait revivre ses émotions, mais la princesse qui se tenait droite et fière face à lui était si froide, si distante ! Comment diable avait-il pu penser qu'une femme prête à faire un enfant avec lui pour sauver son pays de la ruine pourrait jamais éprouver quelque sentiment que ce soit pour lui ? Quel idiot il avait été ! Pourrait-il se marier pour des raisons bassement matérialistes alors que sa mère avait toujours voulu qu'il trouve l'amour et soit heureux ?

— Mais veux-tu vraiment de ce contrat ? De ce mariage ? Parce que je peux trouver une porte de sortie, sinon.

— Oui, je le veux, dit-elle d'un ton implorant.

Elle s'avança vers lui, vers l'obscurité. Vers ses ténèbres.

— Pourquoi ?

Il avait besoin de l'entendre de sa bouche. Besoin d'entendre encore une fois ses raisons, ses arguments, froids et logiques.

— Parce que je ne peux pas..., commença-t-elle en avançant encore. Je ne peux pas épouser Nassif. Il est beaucoup plus âgé que moi, il est cruel, mais il est surtout l'oncle d'Alif. L'homme que j'aurais dû épouser.

Rafe secoua la tête. Elle aimait encore son ancien fiancé ? Lui aimait encore Emma, mais comme une amie, rien de plus. Il voulait qu'elle soit heureuse, voilà pourquoi il avait organisé ces retrouvailles avec Enzo. Mais, si Kaliana était encore amoureuse et pleurait toujours son fiancé tragiquement disparu, il ne pourrait pas lutter.

— Très bien, finit-il par dire. Si c'est ce que tu veux, retournons parmi les invités et continuons à jouer la comédie.

Il lui tendit la main. Elle y déposa la sienne.

— Ce ne sera plus très long, affirma-t-elle. Une fois mariés, nous pourrons vivre séparément.

— Tout à fait.

Était-ce lui qui avait prononcé ces mots ? Il ne voulait pas d'une vie loin de Kaliana. Mais ils étaient deux à décider, et la position de la jeune femme était claire…

— Je rentre demain matin à Ardu Safra avec mes parents, annonça-t-elle.

Elle avait parlé de manière factuelle, sans la moindre trace d'émotion.

— Ce n'est pas ce que nous avions prévu. En plus, j'ai des réunions demain, je ne pourrai pas venir avec toi.

— Je sais, rétorqua-t-elle, le menton levé en signe de défi. Tu pourras me rejoindre une fois que tu auras terminé, si te marier avec moi est toujours ce que tu veux.

Elle le quittait… Au moment où son cœur commençait à s'ouvrir, où il commençait à penser qu'il pourrait aimer de nouveau. Elle le quittait, bon sang !

— Je n'ai pas le choix. Et tu le sais.

— Non, je ne le sais pas. Tu as parlé d'une porte de sortie tout à l'heure. Viens à Ardu Safra seulement si tu me veux. Si tu veux que je sois ta femme. Que je porte ton enfant.

Elle avait baissé la tête en prononçant ces deux dernières phrases. Rafe se demanda pourquoi.

— Et ton devoir ? Ton pays ?

— Je me marierai le jour de mon vingt-sixième anniversaire. Mon père s'est déjà occupé de tout.

— Tu vas épouser Nassif ?

— S'il le faut...

Elle retira sa main de la sienne et recula. Il l'entendait respirer fort, comme si sa gorge était serrée.

— Un mariage arrangé, c'est déjà difficile, mais avec un homme qui en aime une autre, je ne peux pas. Je suis désolée, Rafe, mais je dois y aller.

Avant qu'il ait pu se remettre du choc qu'il venait d'encaisser, avant qu'il ait pu faire un geste, dire un mot, elle avait tourné les talons dans un frou-frou de soie rouge.

Il fallait la rattraper.

Lui dire qu'il la voulait, elle.

Qu'il avait besoin d'elle.

Alors pourquoi ne parvenait-il pas à bouger ?

10

La chaleur à Ardu Safra était suffocante. Kaliana, debout devant la fenêtre ouverte, respirait l'air chargé des parfums du désert qu'elle aimait tant, dans une vaine tentative pour chasser son spleen.

Depuis cinq jours, elle revivait sa dernière conversation avec Rafe. Son cœur saignait et son corps était engourdi. Elle se sentait mal, et chaque jour sans nouvelles de son ex-futur mari intensifiait ces sensations. Il l'avait laissée partir le jour même de leurs fiançailles, sans tenter de la retenir. Brisée, elle avait enlevé sa robe de bal, les bijoux des Casella et s'était préparée à partir.

Elle n'avait rien dit à ses parents, espérant que Rafe honorerait leur contrat. Ils l'avaient crue quand elle avait prétendu vouloir préparer le mariage. Chaque matin, elle se réveillait en panique, l'estomac noué. Au fond d'elle, elle savait que ce n'était pas seulement la panique qui lui retournait le ventre, mais le bébé de Rafe qui y grandissait.

Claire était arrivée le matin même. Sa présence la réconfortait. Grâce à elle, Kaliana se sentait capable d'avouer à son père que non seulement l'homme qu'elle avait accepté d'épouser ne voulait plus d'elle, mais qu'elle ne pouvait pas en épouser un autre, y compris Nassif, parce qu'elle portait un enfant.

Elle soupira et se détourna de la fenêtre. Elle avait toujours adoré le décor de dunes dorées de son pays natal. Elle adorait la manière dont les dunes changeaient en fonction de l'ombre et du soleil. Elles semblaient vivantes. Quitter Ardu Safra pour Londres avait été difficile. Aussi difficile que de voir ses rêves voler en éclats à la mort d'Alif. Et pourtant, le silence de Rafe était encore plus difficile à supporter.

— Ça ressemble à un soupir résigné, lança Claire derrière elle.

Elle entendit son amie reposer son livre et traverser la pièce sur le sol en marbre pour la rejoindre.

— Je crois que je ferais mieux d'accepter que Rafe ne veut plus m'épouser.

Pourquoi cela faisait-il si mal de se faire plaquer par un fiancé d'opérette, le figurant d'un mariage de raison ?

— Kal, avant de faire quoi que ce soit, avant de renoncer à Rafe, tu dois faire un test de grossesse. Tu dois être sûre.

— Je n'y arrive pas. Je n'y arriverais pas même si je réussissais à m'en procurer un.

Claire sembla hésiter. Kaliana discernait de l'inquiétude sur son visage. Elles se connaissaient depuis cinq ans, depuis qu'elle avait emménagé à Londres, mais elles en savaient tant l'une sur l'autre que cela semblait remonter à une éternité. Kaliana avait une confiance absolue en elle et la considérait presque comme sa sœur.

— On va voir ça !

Claire marcha vers son sac posé sur une chaise dans l'angle de la pièce et en sortit une boîte bleue et blanche qu'elle tendit à Kaliana.

— J'en ai apporté un. Je me doutais que tu ne réussirais pas à en trouver facilement un ici.

Paniquée, Kaliana fixa son amie. Elle ne parvenait

pas à parler. Serait-il possible que… Rafe et elle avait fait l'amour un nombre incalculable de fois à Rome. Il s'était toujours protégé, sauf cette fameuse fois, la première nuit, à moitié endormi, juste avant que le soleil se lève.

Elle secoua la tête.

— Je ne peux pas être enceinte.

Cependant, depuis qu'elle était revenue à Ardu Safra, son estomac se révulsait chaque matin quand elle sortait du lit, et des nausées la prenaient durant la journée. Non. Elle ne pouvait pas être enceinte. Impossible.

— Ce sont juste les nerfs. L'anxiété.

— Kal, tu dois faire ce test. Prouve-moi que j'ai tort. Prouve-le-toi à toi-même.

Oui, au fond d'elle, Kaliana se doutait qu'elle portait un enfant. Et il n'y avait qu'un seul moyen de le savoir. Elle prit la petite boîte des mains de Claire et s'enferma dans la salle de bains. Ses mains tremblaient lorsqu'elle l'ouvrit. Et si elle était enceinte ? D'un homme qui ne voulait plus d'elle, dont elle était bêtement tombée amoureuse alors qu'il l'avait avertie qu'il ne croyait pas en l'amour, qu'il ne pourrait plus jamais aimer.

Elle sortit le test de son étui.

— Je ne vois rien, annonça Kaliana en sortant de la salle de bains. De toute façon, quelle que soit la réponse, ce sera pareil ; Rafe et moi, c'est terminé.

— Laisse-moi voir, Kal, dit Claire d'une voix calme.

Son cœur battait la chamade tandis que Claire vérifiait le résultat. L'impatience la dévorait. La peur aussi.

Soudain, le bruit d'un hélicoptère en approche attira son attention. Elle en oublia Claire et le test tant elle détestait ces machines à présent, car l'une d'elles lui avait volé l'homme qu'elle aimait. Son père avait-il fait venir Nassif ? Avait-il deviné qu'il y avait un problème ? À moins que Rafe n'ait annoncé lui-même sa démission...

Elle n'épouserait pas Nassif. Pas parce qu'elle portait peut-être l'enfant de Rafe, mais parce qu'elle ne l'aimait pas. Chaque parcelle de son corps appelait Rafe, ses baisers, ses caresses. Son amour.

Le silence de Claire devint si assourdissant que Kaliana se tourna vers elle

— Je suis... ?

Elle fut incapable de terminer sa phrase. Si elle était enceinte alors qu'elle avait fait fuir le père de son enfant avec son égoïste besoin d'amour, elle avait détruit l'avenir de son pays.

Claire hocha la tête.

La pièce se mit à tourner. Une obscurité plus noire qu'un ciel nocturne la happait dans ses griffes. Elle voulait s'y perdre. Se retrouver quelque part où elle n'aurait pas à réfléchir, quelque part où elle pourrait être seule avec son secret, l'enfant de Rafe en elle. Quelque part où elle pourrait ressentir en liberté la douleur d'aimer un homme sans espoir d'être aimée en retour.

Rafe entra à grandes enjambées dans la chambre jusqu'à laquelle deux gardes royaux l'avaient escorté. Il n'avait même pas voulu voir le père de Kaliana avant. Les portes se refermèrent derrière lui. Kaliana n'était pas dans la chambre, seulement Claire. Celle-ci se leva pour le saluer, mais il coupa court :

— Où est-elle ?

Il pouvait encore entendre les mots qu'elle lui avait dits juste avant de quitter la Villa Casella, quelques heures après le départ de Kaliana : « Ne renonce pas à l'amour, Rafe. Ni à Kaliana. » Il avait aussitôt oublié ce conseil fleur bleue de midinette et s'était consacré, une fois tous les invités partis, à ses affaires.

Hélas, la voix de Claire lui avait trotté sans relâche dans la tête, encore et encore. Jusqu'à ce qu'il comprenne. Il aimait Kaliana, donc il devait la libérer de leur accord pour qu'elle soit libre de choisir avec qui se marier, qui aimer. En espérant que ce serait lui… Il avait alors négocié avec le souverain d'Ardu Safra un accord qui sécurisait l'avenir du pays sans que Kaliana soit obligée d'épouser qui que ce soit. À peine les négociations terminées, il avait reçu une bonne nouvelle des juristes qui travaillaient sur l'héritage des Casella : il n'avait plus besoin de se marier. Pour couronner le tout, Enzo et Emma s'étaient réconciliés. Puisque tout était en place, il avait pu quitter la Sicile, direction Ardu Safra. Et Kaliana.

— Qu'est-ce que tu veux, Rafe ?

Il se retourna. Elle était là, enfin… Son expression était dure, sévère, même s'il lui semblait que sa voix avait un peu tremblé. Et elle était tellement pâle ! Elle s'assit. Était-elle malade ? Elle ne le regardait pas, et le sourire heureux qu'il avait espéré ne venait pas.

— Qu'est-ce qui ne va pas ? demanda-t-il, alarmé.

Kaliana resta silencieuse. Il se tourna vers Claire.

— Bon, je vous laisse, déclara celle-ci. Vous avez des choses à vous dire, je crois.

Rafe était de plus en plus inquiet. Les cernes de Kaliana semblaient indiquer qu'elle dormait aussi peu et aussi mal que lui depuis son départ de la Villa Casella. Regrettait-elle d'être partie ? Restait-il un soupçon d'espoir pour lui, pour eux ? Il était venu jusqu'ici pour le découvrir – et pour trouver la force d'admettre ce qu'il ressentait pour elle. D'admettre qu'il l'aimait.

Une fois Claire sortie, le silence s'était installé, un silence lourd d'incertitude. Enfin, Kaliana se leva et s'approcha doucement de lui, le regard débordant de tristesse.

— Alors, qu'est-ce que tu fais ici ?

Rafe ne l'avait jamais vue habillée aussi sublimement que dans cette tenue traditionnelle de son pays, une sorte de très long ruban de soie bleu pâle enroulé autour de son corps, qui en accentuait les formes autant qu'il le cachait. Il se rendit compte que c'était la première fois qu'il la voyait en princesse, dans toute sa majesté. Ce qui rendait sa démarche et sa présence ici encore plus importantes.

— J'ai quelque chose à te dire. Nous devons parler de notre accord.

Elle baissa les yeux, livide à présent.

— En effet, Rafe, dit-elle d'une voix résignée.

Mais Rafe ne voulait plus qu'elle se *résigne* à l'épouser. Si elle le prenait pour mari, il fallait que ce soit pour une unique raison bien précise. Par où commencer ? Il ne pouvait pas simplement lâcher qu'il l'aimait, pas après avoir crié sur tous les toits qu'il était incapable d'aimer de nouveau. Et puis Kaliana penserait sans doute qu'il essayait de raccrocher les wagons avec elle pour avoir son héritier Casella. Or les révélations avancées de ces derniers jours avaient renforcé sa détermination : il ne la laisserait pas lui échapper une nouvelle fois. Du moins pas avant qu'elle ait tous les éléments pour prendre sa décision.

— Quand tu as quitté la Villa Casella, j'étais certain que c'était fini. Certain que tu ne voulais plus épouser personne, ni Nassif ni moi.

— Ce que je veux n'entre pas en ligne de compte, Rafe, nous le savons tous les deux. Je *dois* me marier.

Elle alla s'asseoir dans un fauteuil posé sous la grande fenêtre qui donnait sur la ville et, au loin, les premières dunes du désert. Elle était nerveuse, Rafe le sentait.

— Plus maintenant.

Il vit l'incrédulité écarquiller ses beaux yeux, puis la méfiance tout de suite après lui plisser le front.

— Comment ? dit-elle dans un souffle teinté d'espoir.

Cela confirma à Rafe ce qu'il avait deviné à la Villa Casella : elle ne voulait plus se marier parce qu'elle était encore amoureuse d'Alif, le fiancé que le destin lui avait enlevé.

— J'ai passé un accord avec ton père. Ardu Safra est sauvé de la ruine sans que tu aies besoin d'épouser qui que ce soit.

Le souverain n'avait pas été long à convaincre, comme si le père savait au fond de lui que sa princesse de fille n'avait aucune envie de se marier.

Kaliana cilla, prit une grande inspiration et se pressa les tempes en fermant les yeux. Alarmé, Rafe s'accroupit devant elle.

— Tu vas bien ?

— Oui, dit-elle en se reculant dans le fauteuil. Je... C'est juste que je ne comprends pas, bredouilla-t-elle, l'air perdue. Pourquoi ferais-tu cela ? Et pourquoi mon père accepterait-il ? D'ailleurs, il ne m'a rien dit !

— Je le lui ai demandé.

Elle le regarda d'un air interrogateur, intriguée, semblait-il, par cette réponse.

— Je voulais te le dire moi-même. En face.

— Alors je t'écoute.

Malgré la détermination qui se lisait sur son visage, elle tremblait, comme si elle était malade.

— Sans entrer dans les détails, commença-t-il, je finance le redressement financier d'Ardu Safra sans contrepartie.

— Je me fiche des détails, je veux savoir pourquoi !

— Je sais que tu aimais Alif. Et que tu penses ne jamais retrouver l'amour.

Il vit un voile de douleur assombrir son beau visage.

— Oui, je l'aimais, murmura-t-elle, les yeux baissés.

Rafe lui releva le menton pour la forcer à le regarder dans les yeux. Il avait besoin de lire dans son regard.

— À présent, tu es libre de retrouver l'amour. Et de te marier par amour.

— Et le bébé, alors ?

Rafe faillit tomber à la renverse. Le bébé ? Quel bébé ? Les mots étaient sortis d'elle dans un sanglot plein de douleur. Le temps s'était suspendu. Le bébé dont il avait eu besoin mais qu'il n'avait pas désiré ? Or les choses avaient changé, tout comme ses sentiments pour Kaliana. Il voulait être père désormais. Mais seulement si la femme assise face à lui parvenait à l'aimer, quel que soit le temps que cela prendrait.

— Quel bébé ? demanda-t-il enfin.

— Tu es le seul mâle Casella en mesure de perpétuer la lignée ! répondit-elle avec précipitation. Tu as besoin d'un bébé. Un fils.

— Tant de choses ont changé depuis ton départ de Sicile !

Rafe s'assit près d'elle et prit ses mains jointes entre les siennes. Elle les retira aussitôt d'un mouvement vif.

— Je pense qu'une chose au moins n'a pas changé, déclara-t-elle, glaciale, c'est que tu es amoureux d'Emma.

Rafe secoua la tête. Il avait été négligent : il aurait dû lui parler de ses sentiments pour Emma avant. Pourvu qu'elle comprenne, qu'elle le croie !

— J'ai été amoureux d'Emma, mais je ne le suis plus. Je l'aime comme une amie à présent. Une belle-sœur. La femme de mon frère, avec lequel elle a prévu d'adopter un enfant.

Kaliana sentit monter la nausée et se plaça une main sur le ventre. Sur le bébé que Rafe et elle avaient conçu dans la passion. Le bébé qui n'était plus désiré, plus utile. Le bébé que Rafe avait voulu éviter d'avoir en passant un accord avec son père. En panique, elle se raccrocha à la première idée qui lui traversa l'esprit :

— Et l'héritier des Casella ?

Le sourire de Rafe lui brisa le cœur : il était si doux, si gentil !

— Nos juristes ont trouvé une faille juridique. Pour faire court, si Enzo et Emma adoptent officiellement, l'enfant pourra hériter. Cela ravit notre père. Et moi aussi.

Il la regardait avec inquiétude, comme s'il savait que quelque chose l'angoissait. Sans le vouloir vraiment, elle lui offrit un faible sourire.

— Tu vas devenir oncle !

— Oui. Et grâce à toi, qui as su me convaincre, j'ai de nouveau un frère.

— J'aurais aimé que tu me présentes Emma convenablement, avec les formes.

Il baissa le regard.

— C'est ce que j'aurais dû faire.

Lorsqu'il releva les yeux vers elle, Rafe semblait différent. Kaliana comprit soudain pourquoi : elle ne voyait plus trace dans son regard des barrières derrière lesquelles il se retranchait d'habitude. Si elle essayait, pourrait-elle à présent atteindre l'homme qu'elle aimait ? Mais si elle ne l'atteignait pas, si les barrières de protection étaient toujours là ?

— J'ignore pourquoi je ne l'ai pas fait, reprit-il. Peut-être parce que notre relation n'était qu'un simulacre. Parce que nos émotions n'étaient pas en jeu.

Il haussa les épaules, comme si cela n'avait aucune importance. Mais cela en avait pour elle. Parce qu'elle l'aimait.

— Que va-t-il se passer maintenant que tu as conclu cet accord avec mon père et que les Casella vont bientôt avoir un héritier ?

Elle s'étonna elle-même d'avoir réussi à garder un ton calme, presque professionnel.

— Nous sommes tous deux libérés de nos obligations. Nous n'avons plus besoin de nous marier.

Il avait les mâchoires serrées, le regard dur. Il attendait d'elle qu'elle accepte, qu'elle lui rende sa liberté. Tout aurait été plus simple – aussi douloureux parce qu'elle aimait cet homme, mais plus simple – si elle n'avait pas porté leur enfant. Si elle le lui disait maintenant, il se sentirait piégé, il pourrait se demander si elle voulait rester avec lui par amour ou pour l'enfant. Or c'était par amour, un amour beaucoup plus profond, et vrai en un sens, que celui qu'elle avait éprouvé pour Alif.

Kaliana se passa les doigts dans les cheveux. Elle ne pouvait pas avouer son amour à Rafe, car elle ne voulait pas prêter le flanc à la souffrance. Par contre, elle devait lui dire qu'il allait être père. Elle prit une grande inspiration.

— Je… C’est vraiment bien que tout soit résolu, qu’Enzo et toi vous soyez retrouvés, que tout le monde vive heureux jusqu’à la fin des temps. Mais… Heu… Il y a un problème, en fait.

Seigneur comme c’était difficile ! Le regard de Rafe était devenu suspicieux.

— Un problème ?

Elle releva le menton, bravache, et plongea au fond de ce regard dans lequel elle avait si souvent vu du désir pour elle. Il était à présent assombri par de la peur. Cela lui fendit le cœur. Il avait réussi à ficeler un accord avec son père pour s’éloigner d’elle, mais allait-il aussi s’éloigner de leur enfant ?

— Quel problème, Kaliana ? demanda-t-il avec insistance.

Elle n’avait vraiment plus le choix.

— Je suis enceinte.

Le sol s’ouvrit sous ses pieds et Rafe tomba, tomba, tomba… Du moins était-ce l’impression vertigineuse qu’il avait. Kaliana, enceinte ? De son enfant ?

Il pensait avoir tout réglé au mieux. Avoir pris la meilleure décision en rendant sa liberté à Kaliana, la femme qu’il aimait. Ainsi, elle pourrait faire ses propres choix. Et peut-être qu’ensuite, si ce qu’ils avaient vécu depuis leur première nuit à Londres, signifiait quelque chose pour elle, le choisirait-elle, lui.

Il avait prévu de rester en retrait et d’attendre, de lui laisser le temps de la réflexion. Mais tout venait de basculer. Et ce qu’il avait organisé ne servait plus à rien… Kaliana portait son enfant, alors même qu’il ne savait pas s’il pourrait être un bon père. Il avait tout fait de travers et laissé tomber Kaliana.

— Rafe ?

La voix empreinte de douleur et de peur de Kaliana le tira de ses pensées moroses.

— Enceinte ? fut tout ce qu'il parvint à articuler.

Il était incapable de bouger, de la prendre dans ses bras, de lui dire que tout irait bien, même s'il en mourait d'envie. Parce qu'il ne savait pas si tout irait bien. Il voulait lui dire qu'il l'aimait et l'entendre lui répondre qu'elle aussi. Dans le même temps, il ne pourrait plus se regarder dans une glace s'il lui tournait le dos. Il devait l'épouser. Ils étaient de retour au point de départ…

— C'était la première nuit à Rome. Quand nous nous sommes réveillés avant l'aube et que nous avons fait l'amour.

Rafe s'en souvenait parfaitement. Pendant quelques instants, il avait eu le sentiment qu'il n'y avait plus aucune barrière entre eux, ni physique ni émotionnelle.

— Sans préservatif, compléta-t-il.

Il était le seul fautif. Il aurait dû se protéger, *les* protéger. Une fois de plus, il avait failli. Kaliana ferma les yeux.

— Oui, souffla-t-elle.

Il marcha vers elle, la prit dans ses bras et, tandis qu'il lui déposait un baiser dans les cheveux, il inspira son parfum délicat. Elle resta raide contre lui, tendue.

— Cela change tout, dit-il.

— C'est ce que je me suis dit, soupira-t-elle d'un ton résigné.

Aucune étincelle entre eux, aucune complicité, juste de l'indifférence de la part de Kaliana. Et de la froideur. Il n'ignorait pas que la princesse d'Ardu Safra ne pouvait être mère célibataire.

— Je ne vais pas tourner le dos à mon enfant. Et je suis

certain que ton père ne te laissera pas l'élever seule. Donc nous devons nous marier comme prévu.

Elle le regarda comme si elle ne parvenait pas à croire qu'il avait prononcé ces mots.

— Et l'accord que tu as passé avec mon père ?

La réponse lui fit l'effet d'un coup de fouet. C'était tout ce que lui inspirait sa proposition ? Si elle avait eu une once d'amour pour lui, aurait-elle répondu cela ?

— J'honorerai l'accord que j'ai avec ton père, tout comme j'honorerai mes engagements de mari et de père envers toi et notre enfant.

Il avait été sec, tranchant, parce qu'il s'en voulait, comprit-il, d'être de nouveau tombé amoureux d'une femme qui ne l'aimait pas en retour.

— Non. Non, Rafe, je ne peux pas t'épouser.

— Tu ne peux pas ou tu ne veux pas ?

— Les deux.

La larme qui roulait sur sa joue pâle lui brisa le cœur. Il pouvait à peine respirer. Il était en train de perdre la femme qu'il aimait et ne savait comment l'éviter.

Kaliana baissa la tête, puis la releva, l'air déterminé à présent.

— Quand je t'ai vu avec Emma, j'ai compris que nous ne pourrions pas nous marier. Que je devais revenir à Ardu Safra et épouser Nassif. L'arrangement que tu as pris avec mon père va m'en dispenser, et je te remercie pour cela. Mais le bébé n'y change rien : je ne peux pas t'épouser.

— Pourquoi pas ? Tu portes mon enfant et tu ne peux pas le mettre au monde en étant célibataire.

— C'est pourtant ce qui va arriver, affirma-t-elle d'une voix qui ressemblait à un sanglot étouffé. Parce que je veux me marier par amour.

Rafe serra les poings. Ils étaient tout près l'un de l'autre, mais la distance semblait insurmontable.

— Par amour ? Mais tu ne veux pas être aimée, Kaliana. Tu me l'as dit. Tu as aimé, tu as été aimée, ta chance est passée, m'as-tu dit.

Il était soudain furieux contre Alif, cet homme qui l'empêchait d'atteindre Kaliana. À moins que le réel obstacle ne soit lui-même, incapable d'avouer ses sentiments, de mettre son cœur à nu ? Mais comment le pourrait-il alors qu'il était en compétition avec un fantôme ?

— Nous allons bien ensemble, reprit-il, désespéré et frustré. Nous avons vécu quelque chose de… spécial. Tu ne peux pas me tourner le dos comme ça, tout comme je ne peux pas tourner le dos à mes devoirs envers mon enfant.

11

Kaliana nageait en pleine incompréhension. Tout d'abord, Rafe lui annonçait qu'ils n'étaient plus obligés de se marier parce qu'il avait passé un accord avec son père, ce qui signifiait qu'il ne voulait plus d'elle ; ensuite, apprenant qu'elle était enceinte de lui, il la suppliait presque de l'épouser.

Et comment osait-il lui asséner qu'elle ne voulait pas être aimée alors que son amour pour lui avait grandi à chaque seconde passée à ses côtés, pour devenir infini ? Là où lui n'avait vu que passion et désir, elle avait vécu la genèse d'un amour.

Elle pressa le bout de ses doigts sur son front. Elle avait la nausée, le cœur brisé et elle était désespérée. Rafe n'avait que le mot « devoir » à la bouche, et chacune de ses paroles la blessait un peu plus. Elle ne voulait pas de son fichu sens du devoir !

— Je veux être aimée, Rafe. Mais pour moi, pour celle que je suis, pas pour ce que je peux apporter à un homme ! Tu as banni l'amour de ton existence, je l'ai bien compris. Mais moi, contrairement à toi, je commence à comprendre que cela m'est impossible. Je veux aimer. Je veux être aimée.

Durant sa tirade, elle avait baissé les yeux. Rafe était

resté près des fenêtres. Elle le sentit approcher. Chacun de ses nerfs percevait sa présence toute proche. Le silence s'étira, dense.

— Alors ne me bannis pas de ton existence, Kaliana.

Sa voix était un murmure, une supplication. Elle garda les yeux rivés au sol, incapable de le regarder, angoissée à l'idée que le petit espoir qui venait de germer en elle puisse être tué d'un simple regard noir de sa part.

— Regarde-moi, l'implora-t-il.

Elle prit une grande inspiration et releva la tête. L'expression de Rafe avait changé. Il n'était plus l'homme sûr de lui et distant qu'elle avait connu, mais un homme visiblement perdu dans un territoire inconnu. L'espoir grandit en elle, malgré elle.

— Nous avons un bébé ensemble, reprit-il d'une voix douce. Et ce bébé change tout.

— Oui, murmura-t-elle, ce bébé change tout.

— Alors quel est le problème, *cara mia* ?

Seigneur, avait-il besoin d'être aussi affectueux ? Elle essayait d'être forte et voilà qu'elle se sentait faible, vulnérable. Soudain, elle eut besoin de s'expliquer, de lui dire clairement les choses.

— J'aimais Alif.

— Puis tu l'as perdu et tu as cru que tu ne pourrais jamais plus aimer.

Kaliana tressaillit. Ainsi, il la comprenait ? Oui, sa voix lui disait qu'il la comprenait émotionnellement et non pas intellectuellement. Cela l'encouragea à poursuivre :

— Oui, c'est ce que je croyais. Jusqu'à il y a quelques semaines.

Il la regarda droit dans les yeux. Plus de barrières, plus de contrats ou de négociations, juste un homme qui regardait une femme. Qui la regardait vraiment.

— Et que s'est-il passé, il y a quelques semaines ?

Elle en avait trop dit. Elle ne pouvait plus reculer. C'était l'instant de vérité. Elle allait savoir.

— Je suis tombée amoureuse.

Le temps s'arrêta. Kaliana retint son souffle. Elle avait l'impression qu'on pouvait entendre son cœur battre jusqu'à Londres.

— Tombée amoureuse ? répéta enfin Rafe, de la même voix rauque qu'il avait après l'amour.

— De toi, Rafe. Je suis tombée amoureuse de toi.

La pièce se mit à tourner autour de Rafe. Le monde vacillait. Kaliana était-elle amoureuse de lui ?

Il se força à se ressaisir. Pouvait-il la croire ? Ne lui avait-elle pas dit cela à cause du bébé ? Il ne pouvait pas se permettre d'espérer. Parce qu'après, s'il se rendait compte que Kaliana ne l'aimait pas – alors que lui était fou d'elle —, il ne s'en remettrait pas.

— Alors pourquoi es-tu partie le soir de notre fête de fiançailles ?

Elle baissa les yeux et rougit, comme prise en faute, comme si elle regrettait. Cela le toucha.

— J'ai vu comment tu regardais Emma, comment tu la touchais. Et j'en ai tiré mes propres conclusions.

Cet aveu l'émut encore un peu plus. Si elle était jalouse, c'était qu'elle éprouvait quelque chose pour lui, non ? Alors peut-être avait-elle dit la vérité… Soudain, ce fut plus fort que lui, il devait lui dire la vérité. Les mots jaillirent d'eux-mêmes :

— C'est toi que j'aime, Kaliana. Je veux que tu sois ma femme et la mère de mes enfants. Parce que je t'aime. Et seulement parce que je t'aime.

Le cœur de Kaliana fit un bond dans sa poitrine. Une allégresse immense s'était emparée d'elle. Mais elle avait encore un point à éclaircir avant de laisser couler les larmes de bonheur qui se pressaient sous ses paupières. Elle se rapprocha de Rafe et lui prit le visage entre ses mains.

— Tous ces arrangements que tu as pris pendant les cinq derniers jours afin de me libérer de toute contrainte, c'était... parce que tu m'aimes ? demanda-t-elle d'une voix timide.

— Oui, confirma-t-il tout contre sa bouche. Je t'aime et je veux que tu sois heureuse, même si ce n'est pas avec moi.

— Je ne serai jamais heureuse sans toi, Raffaele Casella.

Kaliana ferma alors les yeux et embrassa l'homme qu'elle aimait, l'homme de sa vie, et des centaines de feux d'artifice explosèrent dans tout son corps alors que les larmes coulaient sur ses joues.

— Tu pleures ? s'étonna Rafe en rompant le baiser.

— De joie. Parce que j'ai maintenant tout ce dont j'ai toujours rêvé : un homme que j'aime de tout mon cœur, qui m'aime, et son enfant.

Soudain, Rafe s'agenouilla devant elle. Kaliana poussa un petit cri de surprise ravie.

— Veux-tu m'épouser et faire de moi l'homme le plus heureux du monde ?

— Oui, répondit-elle en riant. Oui, je le veux.

Elle l'aimait tant qu'elle aurait pu l'épouser dans la seconde.

— Tous les préparatifs sont en cours ici, mais nous ne sommes pas obligés de nous marier à Ardu Safra, tu sais.

Deux semaines, cela me paraît très long comme délai, ajouta-t-elle, taquine.

— Bien trop long, acquiesça-t-il. Mais attendre deux semaines puis passer le reste de ma vie avec toi, ça vaut le coup !

Épilogue

Le soleil qui commençait à se coucher baignait les jardins de la Villa Casella de lueurs dorées. On y fêtait, avec les amis et la famille, l'arrivée de la génération suivante des Casella. Les parents de Kaliana avaient fait le déplacement, et le sourire qui ne quittait pas le visage de sa mère disait mieux que des mots combien elle était heureuse d'être à présent grand-mère ; son père avait tenté de garder sa dignité royale, mais il avait vite renoncé devant la frimousse et les mimiques de Paulo, le fils adoptif d'Emma et Enzo.

— Paulo est superbe, dit Kaliana à sa belle-sœur, tandis que le bambin se dandinait sur la terrasse.

— Difficile d'imaginer qu'il y a seulement un an la lignée des Casella était presque éteinte !

Kaliana sourit et jeta un regard au babyphone vidéo qui trônait sur la table basse à côté d'elle. Elle n'arrivait pas encore à croire qu'elle était devenue mère. De jumeaux.

— J'ai hâte que Lorenzo et Layla puissent courir dans le jardin avec Paulo.

L'amour qu'elle portait à Rafe et à ses bébés était plus fort chaque jour, plus intense. Il se pencha vers elle et l'embrassa avec douceur. Elle fondit, comme à chaque fois. Cet homme était la tentation et la virilité incarnées !

Mais il était aussi prévenant et à l'écoute. L'homme parfait, songea-t-elle en fermant les yeux.

Elle lui rendit son baiser, passionnément. Comme elle avait bien fait d'entrer dans le bar de ce palace londonien, ce soir-là ! Jamais elle n'aurait osé espérer y trouver ce qu'elle y avait trouvé, et elle remerciait chaque jour le destin d'avoir mis Raffaele Casella sur sa route.

Et le reste du chemin, ils le parcourraient ensemble, unis par un amour indestructible.

MICHELLE SMART

Une candidate trop parfaite

Traduction française de
CÉLIA VAL

AZUR

HARLEQUIN

Titre original :
THE SICILIAN'S BOUGHT CINDERELLA

Ce roman a déjà été publié en 2019.

1

Dante Moncada sauta dans la voiture à côté du chauffeur, tandis que deux de ses hommes montaient à l'arrière. Comme s'il avait besoin de cela ! Quelqu'un était entré par effraction dans la vieille demeure qui appartenait à la famille Moncada depuis des générations.

Alors que son chauffeur slalomait dans les rues étroites de Palerme pour filer vers la verte campagne alentour, Dante repensa à sa dernière conversation avec Riccardo d'Amore. Le chef de la famille d'Amore avait interrompu une transaction que Dante négociait depuis six mois. Riccardo dirigeait une affaire saine et propre, et craignait que la réputation de Dante ne la ternisse.

Il grommela un juron et résista à l'envie d'envoyer un coup de poing dans la boîte à gants. Quelle était la réputation que craignait tant Riccardo ? D'accord, Dante aimait les femmes. Ce n'était pas un crime. Et au moins, l'empire qu'il dirigeait était édifié sur de l'argent propre. Il ne jouait pas le jeu auquel nombre de ses compatriotes siciliens se prêtaient. Jamais il n'avait trempé dans des affaires louches. Certes, il aimait boire et faire la fête, mais ça n'avait rien de grave. Il ne touchait pas à la drogue, ne jouait jamais et évitait les cercles où les armes, tout comme le trafic de drogue et d'êtres humains, étaient considérées comme des entreprises profitables. Il travaillait dur. Construire un empire technologique valant des milliards à partir d'un modeste million reçu en héritage et avec une comptabilité que l'audit le plus sévère aurait peiné à prendre en faute demandait de la volonté et du temps. Bien sûr, son sang sicilien bouillait vite. Mais chaque centime gagné l'avait été légalement.

Cependant, si Riccardo avait stoppé la transaction que Dante allait conclure avec Alessio, son fils aîné, ce n'était pas à cause d'un souci concernant ses affaires. Les d'Amore avaient élaboré un système de sécurité qui mettrait la future génération de smartphones à l'abri de tout piratage, laissant loin derrière tous leurs concurrents. Alessio et Dante étaient sur le point de signer un accord d'exclusivité pour que Dante installe le système dans les appareils que sa compagnie développait en Europe, zone dans laquelle il était leader. Ce système devait lui ouvrir les portes d'entrée de l'Amérique, seul continent que Dante avait encore du mal à pénétrer.

Les hésitations de Riccardo ne voulaient dire qu'une chose : il se souciait de la famille de Dante. Salvatore, le père de Dante récemment décédé, avait une réputation de play-boy, et on le savait joueur invétéré ; quant à sa mère, Immacolata, elle était surnommée « la Veuve noire ». Dante avait toujours trouvé ce surnom injuste, car elle n'avait jamais tué aucun de ses maris, se contentant de vider leur compte en banque quand elle divorçait d'eux. Son père avait été son premier époux, et elle en était actuellement au n° 5.

Riccardo, de son côté, n'avait qu'une femme qui lui avait donné onze enfants ; il pensait que jouer, c'était l'œuvre du diable et que le sexe en dehors du mariage était un péché. Riccardo craignait donc que Dante n'ait hérité des défauts de son père. Il voulait la preuve que le fils était plus que la somme de ses deux parents et n'allait pas entraîner l'entreprise d'Amore, et par extension Riccardo lui-même, dans le déshonneur. Riccardo était maintenant en discussion avec le plus gros rival de Dante, et les choses avançaient vite : si Dante n'agissait pas, le contrat lui échapperait.

Et dire que Riccardo était supposé avoir pris sa retraite... Le vieux fou ! Dante avait encore une chance d'éviter de perdre l'affaire, car le mariage d'Alessio devait se tenir sous peu...

Les réflexions de Dante furent remises à plus tard : son chauffeur arrêta la voiture dans une clairière au cœur d'un bois dense, traversé par l'allée menant à la maison. À quelques mètres, Dante devina une petite voiture soigneusement cachée derrière un bosquet. Il se saisit de la batte de base-ball qu'il espérait bien ne pas avoir à utiliser.

Flanqué de ses gardes du corps, il s'approcha de la vieille maison, en se dissimulant sous les arbres. La nuit était fraîche et le ciel sans nuages. Il ne put retenir un frisson. On sentait encore dans l'air la proximité d'un hiver inhabituellement rude.

La demeure aux murs passés à la chaux qui commençaient à se décrépir apparut soudain à l'orée du bosquet. Les volets étaient clos mais une volute de fumée sortait de la cheminée, inutilisée depuis des dizaines d'années. Marcello, qui s'occupait de ses terres, avait eu raison de le prévenir : quelqu'un était bien là.

Avançant sous le couvert des arbres, Dante et ses hommes approchèrent. En deux pas, ils furent devant la porte close.

Dante fronça les sourcils, sortit sa clé et ouvrit. Il

tressaillit au bruit des gonds rouillés qui grinçaient et entra pour la première fois depuis ses années d'adolescence, quand il amenait en cachette des jeunes filles dans la maisonnette. Ce n'était pas de son père qu'il s'inquiétait alors, mais plutôt de ceux des jeunes filles. S'ils l'avaient pris sur le fait, Dante aurait risqué gros, car en Sicile les hommes n'admettaient pas que leurs filles aient des relations avant le mariage. Enfin, ça avait été le cas vingt ans plus tôt.

L'intérieur, de plain-pied, était plus petit que dans son souvenir. Il fit rapidement des yeux le tour de la pièce, cherchant à repérer d'éventuels dégâts. La fenêtre au-dessus de l'évier était masquée par un simple carton. L'intrus était entré par là, visiblement. Mais il n'y avait pas de dommages, rien qui pouvait suggérer que le visiteur était venu dans l'intention de vandaliser ou de dérober quelque chose. D'ailleurs, il n'y avait rien là qui puisse intéresser des voleurs, à moins qu'ils aient eu un penchant pour les vieux meubles qui sentaient le moisi. La maison n'avait pas été occupée depuis longtemps, cela se voyait au premier coup d'œil. Mais curieusement, une pile de ce qui ressemblait à des livres d'étude se trouvait posée sur la petite table.

Dante les regarda d'un air étonné : leur présence ici était parfaitement incongrue.

Soudain, au-dessus de sa tête, le bois du parquet craqua. L'adrénaline courut dans ses veines.

Resserrant son étreinte autour du manche de la batte, Dante fit signe à ses hommes de le suivre et monta lentement l'escalier étroit, grommelant de dépit à chaque craquement des marches. Il aurait pu laisser ses hommes s'occuper de l'intrus mais il voulait voir qui avait eu le toupet d'entrer par effraction chez lui : alors seulement, il déciderait de son sort.

Comme tous les gens riches et puissants, Dante avait des ennemis. La question était de savoir si l'un de ceux-là se cachait derrière cette intrusion ou s'il s'agissait juste d'un vagabond à la recherche d'un abri pour échapper au froid.

Il déboucha sur le palier, et en entrant dans la chambre sa première pensée fut qu'il arrivait trop tard et que l'intrus avait décampé. Il n'y eut pas de seconde réflexion, car une silhouette bondit hors de la salle de bains et se rua sur lui en criant.

Il fallut à Dante un instant pour se rendre compte que l'attaquant était une femme armée d'une pomme de douche. Avant que cet objet puisse atterrir sur sa tête, Lino, le plus rapide de ses hommes, s'était saisi de l'assaillante et l'avait ceinturée de ses bras musclés. Elle se mit à lancer des coups de pied furieux dans tous les sens, accompagnés d'un chapelet d'injures dans une langue qui ressemblait à de l'anglais mais avec un accent prononcé que Dante eut du mal à reconnaître.

Abasourdi, il regarda l'intruse se débattre. Elle n'était vêtue que d'un peignoir brun, et ses yeux exprimaient une terreur sans nom.

— Lâche-la, ordonna-t-il à son homme.

Lino s'exécuta.

Dès qu'elle fut libre, elle recula, son regard passant de Dante à Lino, puis aux autres hommes.

— Descendez, dit Dante à ses hommes, et attendez-moi en bas.

Cette femme était peut-être une intruse et les raisons de sa présence devaient être éclaircies, mais à moins qu'elle ne cache un revolver sous son peignoir – et dans ce cas, elle s'en serait déjà servie – elle ne représentait aucune menace.

Ses hommes obéirent aussitôt. À présent qu'il était seul avec elle, Dante perçut un parfum délicat, une douce odeur florale qui émanait de la jeune femme réfugiée dans un recoin de la chambre, le souffle court.

Il s'avança, et elle se protégea de ses bras enroulés autour d'elle, les yeux agrandis sous l'effet de la peur. S'il ne s'était agi d'une intruse, Dante aurait pu éprouver de la pitié.

Elle devait avoir dans les vingt ans, de taille modeste mais dotée de belles courbes, à ce qu'il pouvait en deviner sous le peignoir. Elle avait un long cou de cygne et des lèvres pulpeuses. Sa peau blanche – était-ce de peur ou son teint naturel ? – était parsemée de taches de rousseur. Ses cheveux plaqués par l'humidité n'enlevaient rien à la beauté de son visage. En d'autres circonstances, il aurait émis un petit sifflement admiratif. Elle ne bougeait pas, et ses yeux en amande ne quittaient pas les siens. Il s'arrêta à un mètre d'elle et demanda en anglais :

— Qui êtes-vous ? Que venez-vous faire ici ?

Elle pinça les lèvres et se contenta de resserrer les bras autour d'elle, sans répondre. Pourtant, tout à l'heure, elle avait su égrener une belle litanie de jurons...

— Vous êtes dans une propriété privée, reprit Dante. Cette demeure est vide mais elle m'appartient.

Le regard de ses yeux étranges se fit plus aigu, et Dante comprit que la peur s'accompagnait à présent de mépris.

— Certainement pas ! jeta-t-elle soudain avec un accent que Dante reconnut comme irlandais. Cette maison fait partie de votre héritage paternel, à partager avec votre sœur !

Dante sentit la colère le gagner. Encore une soi-disant fille naturelle de Salvatore Moncada, venue lui ravir une portion de l'héritage ! Depuis la mort de son père, survenue trois mois plus tôt, il avait déjà éconduit huit ou neuf prétendants… Celle-ci avait certes trouvé une façon originale de se présenter mais n'en finirait pas moins au poste de police.

— Si j'avais une sœur inconnue de moi, je serais ravi de partager avec elle, malheureusement…

— Il n'y a pas de « si », interrompit l'intruse avec assurance. Vous avez une sœur, et j'en ai la preuve avec moi.

Quelque chose dans le ton de sa voix stoppa la réplique acide qui venait aux lèvres de Dante, et il se figea. Cette pétulante inconnue croyait-elle vraiment être… sa sœur ?

Alors c'était donc lui, Dante…

Elle avait vu bien des photos du cruel Sicilien prêt à jurer qu'il n'avait aucune sœur, mais rien ne l'avait préparée à ce qu'il était en réalité. Sculptural. Bien plus grand qu'elle ne l'imaginait, mince et musclé, tout en finesse cependant. Ses cheveux étaient noirs et épais, et sa barbe de même teinte ne dissimulait pas la ligne ferme de sa mâchoire, ni ses lèvres sensuelles. Ses yeux étaient d'un vert étonnant et la fixaient avec un mélange d'incrédulité et de dégoût.

Il ne lui avait pas échappé, à voir les photos, que Dante était bel homme mais elle ne s'attendait pas qu'il exsude une telle virilité.

« Sexy » était un mot faible pour le décrire, et sans quitter des yeux son visage, elle aperçut une touffe de poils noirs affleurant dans l'échancrure de sa chemise sombre.

Dante Moncada était l'homme le plus beau qu'elle ait jamais vu, et elle en éprouva un mélange d'excitation et de répulsion. Un frisson la parcourut. Elle resserra le peignoir autour d'elle, en vain. Sous ce regard vert, elle se sentait nue.

Et d'ailleurs, sous son peignoir, elle *était* nue.

Cela faisait deux jours qu'elle s'était introduite ici, certaine que sa présence serait remarquée et mènerait à une confrontation. Mais franchement, si elle avait su que ce serait au sortir de la douche… Elle pouvait dire adieu à l'impression calme et déterminée qu'elle comptait produire ! Elle s'était imaginé la scène, lui, bondissant dans la pièce du bas et elle, plongée dans l'étude de ses livres, lunettes sur le nez. Lorsqu'elle portait ses lunettes, les hommes avaient tendance à s'adresser à elle comme si elle avait un cerveau. Pas seulement un corps… En lieu et place de ce scénario, Dante et ses hommes l'avaient surprise dans une position on ne pouvait plus vulnérable et l'avaient terrifiée. Il était urgent qu'elle rectifie l'impression qu'il devait avoir d'elle.

— Alors comme ça, vous croyez être ma sœur ?

Elle redressa le menton pour cacher son inconfort.

— Laissez-moi m'habiller, et je vous expliquerai ce qu'il en est. Il y a du café dans la cuisine.

— Vous faites irruption chez moi et vous vous attendez que je vous serve quelque chose à boire ?

— Je vous demande de me laisser pour que je puisse me rendre présentable avant que nous discutions de l'héritage et je vous signalais qu'il y a du café, si vous en voulez en m'attendant. Je prends le mien avec lait et sucre.

Les yeux verts la détaillèrent intensément, puis Dante haussa les épaules et recula.

— Bien, je vous laisse vous habiller, dit-il en sortant.

Aislin aspira goulûment l'air dont ses poumons avaient désespérément besoin, mais Dante semblait avoir créé le vide derrière lui. Il ne restait que le parfum de son eau de toilette, hors de prix à ce qu'elle pouvait en juger… et sexy en diable.

Il fallait qu'elle se calme ou Dante ne ferait qu'une bouchée d'elle. Elle s'habilla rapidement d'un jean et d'un sweater gris argent, se passa une main dans les cheveux pour les discipliner, prit une grande bouffée d'air et sortit le rejoindre.

En théorie, elle était préparée à cette confrontation. Tout ce qu'il lui fallait, c'était garder son sang-froid face à cet homme physiquement imposant qui avait réduit en miettes les espoirs de sa sœur concernant sa part de l'héritage de leur père commun.

Elle le trouva dans la pièce du bas, installé sur le vieux sofa, un des livres qu'elle étudiait à la main. Deux tasses fumantes attendaient sur la table basse. Ses deux sbires avaient disparu, sans doute congédiés.

Le regard de Dante se fit plus aigu alors qu'elle approchait et s'installait à l'autre bout du canapé, le plus loin possible de lui. Il rouvrit le livre à la page de garde où elle avait marqué son nom, comme elle le faisait toujours depuis l'école.

— Parlez-moi de vous, Aislin O'Reilly.

Comme la plupart des étrangers à son pays, il ne savait pas que son nom se prononçait « Ashlin », et cela aurait pu l'amuser en d'autres circonstances, mais la présence de cet homme semblait la paralyser. Il referma le livre d'un claquement sec qui la fit sursauter.

— Puisque vous vous prétendez ma sœur, reprit-il, montrez-m'en la preuve.

Elle affronta bravement son regard vert.

— Je ne suis pas votre sœur. Ma sœur Orla est votre sœur, et je la représente. Orla et moi avons la même mère, ajouta-t-elle devant son regard perplexe ; elle et vous, le même père.

En comprenant que l'intruse n'était pas du même sang que lui, Dante sentit se desserrer l'étau qui comprimait ses poumons. Le simple balancement de ses hanches alors qu'elle descendait l'escalier débouchant dans la pièce avait insufflé une nouvelle vie à ses sens. Et l'idée qu'il puisse trouver sa sœur désirable l'aurait conduit tout droit chez le psychiatre…

— Donnez-moi vos preuves, Aislin.

L'éclairage de la pièce laissait à désirer, mais elle était assez proche pour qu'il voie que ses yeux étaient gris… et méprisants.

— Ça se prononce « Ashlin ». Mon nom.

Il le répéta comme un élève studieux.

— C'est un nom étrange.

Les yeux fascinants d'Aislin soutinrent son regard sans ciller.

— Pas en Irlande d'où je suis originaire.

Il haussa les épaules. Il avait après tout d'autres chats à fouetter qu'à s'occuper de son nom, aussi intéressant soit-il.

— Donc, vous avez la preuve qu'Orla est ma sœur.

Elle se leva pour aller prendre une enveloppe dans une sacoche, les courbes de ses fesses le distrayant momentanément de ses pensées. Elle lui tendit le papier qu'elle contenait.

— C'est le certificat de naissance d'Orla.

Dante le prit, et le sang se mit à rugir à ses oreilles. Il dut cligner des yeux plusieurs fois pour éclaircir sa vision soudain troublée. Le certificat datait de vingt-sept ans, et le nom du père était bien Salvatore Moncada.

Il se frotta les tempes. Cela ne prouvait rien. Aislin et

Orla, tout comme leur mère, une certaine Sinead O'Reilly, pouvaient mentir. Il pouvait s'agir d'un faux.

De l'enveloppe qu'elle avait gardée en main, Aislin sortit une photo et la lui tendit. Il ne voulait pas la voir. Il devait pourtant la regarder.

On y voyait le portrait de deux personnes, une femme et un garçonnet. L'estomac de Dante se crispa brutalement.

Les deux personnes de la photo avaient exactement les mêmes cheveux que lui, de la même couleur et implantation.

Et la jeune femme avait des yeux du même vert que les siens...

2

Aislin vit le teint bronzé de Dante virer au gris cendre et ne put s'empêcher d'éprouver un élan de sympathie pour lui : son arrogance s'était évanouie en un rien de temps.

Elle posa l'enveloppe sur la table et prit le café qu'il lui avait préparé, incapable de comprendre pourquoi ses mains tremblaient.

Elle mit ça sur le compte de la situation : son corps se préparait pour le plus grand combat de sa vie. Ça n'avait rien à voir avec Dante.

La valeur de cette propriété n'était rien pour un homme riche, mais c'était tout pour sa sœur. En la vendant, Orla pourrait acheter une maison où Finn vivrait une enfance aussi normale que son état de santé le permettait. C'était tout ce qu'Orla désirait : un foyer décent pour y élever son fils.

Aislin aimait son neveu de tout son cœur. Pendant des mois, elle était restée à son chevet, devant cet horrible incubateur des soins intensifs néonatals, en priant pour que son petit corps grandisse et que ses poumons fonctionnent seuls. Qu'un jour, il soit assez fort pour rentrer à la maison…

Le petit combattant avait survécu, mais non sans complications. Toute sa vie serait une lutte sans merci, et Aislin était prête à faire tout ce qui serait nécessaire pour l'aider.

L'avocat de Dante avait bloqué toutes les tentatives de sa sœur pour se faire reconnaître comme héritière. Aislin avait alors pris l'avion pour la Sicile, déterminée à affronter l'adversaire, mais en vain. La sécurité rapprochée de Dante était trop efficace pour qu'elle puisse espérer les tromper. S'introduire dans la vieille maison avait été son dernier recours.

Dante leva finalement les yeux de la photo. Il paraissait tendu comme une corde près de se rompre. Aislin sentit son cœur se serrer lorsque le regard vert de Dante se fixa sur elle. Il était dur et froid.

— Je n'ai jamais entendu parler de cette femme, dit-il. Mon père a eu beaucoup de maîtresses. De nombreuses personnes se sont manifestées depuis sa mort, affirmant être ses enfants. Vous me montrez une photo et prétendez qu'il s'agit de ma sœur…

— Je ne prétends rien, répliqua-t-elle, c'est bien votre sœur. Vous pouvez voir que la ressemblance est évidente.

Dante émit un bruit de bouche typiquement sicilien et tout à fait dépréciateur.

— Une ressemblance bien commode ! Si cette femme est ma sœur, pourquoi a-t-elle attendu la mort de mon père pour se faire connaître ?

— Parce qu'elle n'en avait nul besoin avant. Votre père lui a versé une pension alimentaire jusqu'à ses dix-huit ans.

Dante parut se troubler à cette révélation, mais il se ressaisit aussitôt.

— Voilà un point que je ne manquerai pas de vérifier, lui dit-il.

— C'est la vérité, et si vous aviez laissé Orla vous parler, vous auriez déjà tous les détails.

— Mon père a eu un enfant. Moi. Personne ne m'a jamais parlé d'une sœur cachée...

— Ce n'est pas la faute d'Orla.

— Sera-t-elle toujours ma sœur si je vous dis qu'il ne reste rien des biens de mon père ?

— Parce que vous avez tout vendu ? répliqua-t-elle d'un ton de défi.

— Pas moi, lui répliqua-t-il, mais lui-même. Mon père était un joueur compulsif. Il a tout bradé pour payer ses dettes.

— J'ai vu la liste de ses biens...

C'était la seule chose que le modeste avocat d'Orla avait pu obtenir du ténor du barreau engagé par Dante...

— Et ça se chiffrait tout de même en millions, poursuivit-elle. Orla n'est pas cupide. Ce qu'elle demande n'en représente qu'une toute petite partie. Moralement, elle y a droit. Je suis prête à squatter cette maison jusqu'à ce que vous la lui cédiez. Ou alors, payez ce qu'elle demande.

Dante faillit rire de l'audace d'Aislin.

— La loi est de mon côté. Vous croyez qu'en occupant illégalement cette maison vous obtiendrez quoi que ce soit ?

Les yeux d'Aislin lancèrent des éclairs.

— Orla en est propriétaire au même titre que vous. C'est ce que dit la loi.

— En Irlande, peut-être. Mais nous sommes en Sicile. C'est mon pays, et ce sont mes terres. D'un simple claquement de doigts, je peux vous faire expulser d'Italie. Et d'abord d'ici.

Elle bondit et saisit l'enveloppe sur la table pour en tirer une autre feuille de papier.

— Essayez donc, et je ferai en sorte que tous les médias le sachent ! Cette maison était la propriété de votre père.

Tout ce que veut Orla, c'est ce à quoi elle a droit, et elle m'a donné mandat pour gérer cette affaire !

Dante ignora la lettre qu'Aislin brandissait, mais prit note de la jolie main qui la tenait. Puis il laissa lentement dériver son regard sur les hanches rondes, la taille élancée et les seins lourds sous le sweater gris argent.

Un corps de rêve caché par des vêtements tout simples… Elle bougea, et à l'instant même où il sentit son parfum, une chaleur familière l'envahit. Déconcerté, il prit sa tasse pour se donner une contenance.

Dante savait à quel point sa libido pouvait se montrer exigeante, mais la dernière fois qu'il avait eu une réaction aussi inappropriée, c'était lors d'une leçon de mathématiques, il y avait bien deux décennies de cela : une jolie professeur s'était penchée pour l'aider, et son haut s'était entrouvert…

Il prit soin de boire lentement pour se donner le temps de se reprendre. Car la ressemblance entre lui et la femme de la photo était tout de même stupéfiante.

— Votre sœur a-t-elle déjà vécu en Sicile ? demanda-t-il.

Les sourcils bien dessinés d'Aislin se rapprochèrent.

— Non.

— Admettons, comme vous le dites, que mon père ait été riche à sa mort, qu'est-ce qui vous fait penser qu'Orla aurait droit à quoi que ce soit ? Il m'a nommé comme unique héritier et n'a pas reconnu votre sœur. Pour mon avocat comme pour moi, cette situation n'est pas nouvelle, je vous l'assure…

Lorsque le premier fraudeur s'était essayé à revendiquer la succession, Dante avait établi les mesures à prendre.

— Les choses auraient pu être différentes, reprit-il, si votre sœur avait vécu ici. Je lui suggère de consulter un avocat sicilien, qui lui confirmera qu'elle ne peut prétendre à rien.

Il eut un rire bref, qui sonnait un peu faux ; il s'en rendit compte lui-même et reprit :

— Il ne reste d'ailleurs rien à partager. Votre liste de biens n'est pas à jour, elle date de la mort de mon grand-père. Mon père a presque tout vendu et perdu l'argent au jeu. La maison familiale ne lui a jamais appartenu et la propriété des environs de Florence non plus – mes grands-parents me les ont transférées pour empêcher mon père de les vendre.

Cette maison était tout ce qu'il lui restait, et elle n'était pas à vendre. Aussi délabrée que soit la vieille bâtisse, Dante ne s'en séparerait jamais. Il n'était pas particulièrement sentimental, mais c'était le seul endroit où il avait de bons souvenirs de son enfance. Sa mère l'avait en revanche toujours détestée et l'avait fuie dès qu'elle l'avait pu.

— Alors, versez l'argent à Orla. Même si ce que vous dites est vrai, elle a bien droit à quelque chose ? Elle sait bien qu'elle ne gagnera jamais contre vous, mais moralement elle a des droits. Elle se contentera de la valeur de cette maison.

Il secoua la tête, et pourtant il commençait à éprouver une sorte de sympathie pour Aislin. Son argumentation était parfaite : la raison associée à un désintéressement bien simulé constituait la couverture idéale pour une escroquerie.

Dante aurait presque voulu croire qu'elle disait la vérité, mais il savait que c'était impossible. Son père ne lui aurait jamais caché un tel secret. Son avocat, l'un des plus redoutables requins de toute la profession, n'aurait pas pu s'y tromper. Aislin avait clairement un cerveau, elle aussi, et il était à la hauteur de sa beauté. C'était une comédienne incroyable.

— Cette bâtisse ne vaut pas plus de cent mille euros, dit-il, en s'efforçant de parler d'un ton calme, avec juste ce qu'il fallait de commisération. La terre vaut la même chose.

— Ce n'est peut-être pas beaucoup d'argent pour vous, mais pour Orla c'est une fortune.

— Si cela a tant de valeur pour elle, pourquoi n'est-elle pas ici ? Pourquoi vous a-t-elle envoyée à sa place ?

— Parce qu'en ce moment elle ne peut pas quitter l'Irlande. J'ai pour mandat…

— Elle ne voulait pas m'affronter, c'est ça ?

La colère qui couvait en lui remontait à la surface.

— Ou bien ma « sœur » a pensé qu'envoyer une beauté comme vous me rendrait plus conciliant ? continua-t-il sèchement. Elle vous a dépêchée ici pour m'amadouer ?

Les yeux d'Aislin s'élargirent de surprise, et deux taches rouges apparurent sur ses pommettes.

— Vous avez une imagination fertile, mais nauséabonde, rétorqua-t-elle avec hauteur.

Dante se leva lentement.

— Ne me racontez pas d'histoires. Vous étiez sous la douche quand je suis arrivé. C'était délibéré ?

S'approchant d'elle et l'acculant contre un élément de cuisine, il poursuivit :

— Allons, admettez que toute votre histoire n'est qu'un tissu de mensonges. Ce qu'on appelle, dans votre pays comme le mien, une tentative d'escroquerie !

Partant de ses pommettes, la rougeur s'était répandue sur tout le visage d'Aislin, ses lèvres pulpeuses se pinçant tandis qu'il la fixait, la mettant au défi d'avouer la vérité.

Une image soudaine surgit à l'esprit de Dante : celle de ces lèvres pulpeuses qui s'ouvriraient pour lui...

Une vive chaleur s'empara de nouveau de son ventre, et il inspira profondément pour la chasser, ce qui eut pour effet de lui apporter une bouffée du parfum de sa visiteuse.

Il grinça des dents.

— Combien de temps avez-vous cherché la parfaite image de celle que vous alliez faire passer pour ma sœur perdue ?

D'un geste vif mais gracieux, Aislin lui prit la photo et pointa un doigt sur le visage du petit garçon qu'on y voyait.

— Vous n'avez même pas regardé l'enfant qu'Orla tient dans ses bras, gronda-t-elle. C'est votre neveu, figurez-vous !

— Mais bien sûr ! Quoi de mieux qu'un innocent pour émouvoir un homme et lui extorquer de l'argent ? Je dois dire que de tous les escrocs qui ont essayé de me rouler, *dolcezza*, vous êtes de loin la meilleure !

Dante crut qu'elle allait le frapper. Mais non, elle saisit son sac à main et prit son téléphone qu'elle déverrouilla en un clin d'œil. Elle le lui lança au visage, et il l'attrapa au vol.

— Que suis-je censé en faire ? demanda-t-il, amusé.

Pour quelqu'un de taille aussi modeste, elle était magnifiquement élancée et se tenait bien droite, face à lui.

— Regardez les photos. Il doit bien y en avoir une centaine de Finn, et beaucoup d'Orla aussi.

De nouveau, Dante sentit son sang se figer dans ses veines.

— Mais regardez donc, à la fin ! insista Aislin.

Impulsivement, elle saisit la main de Dante qui tenait le téléphone. Une véritable décharge électrique la traversa au contact de sa peau, qui les laissa tous deux sans voix, les yeux dans les yeux. Après un silence gênant, elle lâcha sa main et s'écarta.

Le cœur battant à tout rompre, elle se frotta les mains pour chasser cette étrange sensation. C'était très inattendu, comme une décharge d'électricité statique. Mais celles-ci étaient désagréables. Tandis que ce qu'elle avait ressenti en touchant Dante était... eh bien, pas désagréable du tout !

— S'il vous plaît, regardez-les, murmura-t-elle, trouvant le courage de lever à nouveau les yeux vers lui.

Les photos constituaient une preuve qu'elle ne mentait pas, que sa sœur était bien la demi-sœur de Dante.

Biologiquement, Orla était aussi la demi-sœur d'Aislin, mais celle-ci ne l'avait jamais considérée ainsi. Elles avaient grandi ensemble et partagé une chambre jusqu'à ce qu'Orla parte pour l'université, s'étaient mutuellement protégées, bagarrées, aimées et détestées tour à tour. Aislin n'avait pas de meilleur soutien dans sa vie qu'Orla, et elle savait que l'inverse était tout aussi vrai.

Enfin, Dante se rassit et se concentra sur les photos des deux êtres qu'Aislin chérissait le plus au monde.

Se sentant faible elle aussi, Aislin s'installa sur une chaise, suffisamment près pour l'entendre respirer, de la respiration profonde de quelqu'un dont la vie est en passe de basculer.

Elle connaissait bien ce sentiment-là. L'accident d'Orla, qui avait entraîné la naissance prématurée de Finn, avait bouleversé leur univers. La vie telle qu'elles la connaissaient s'était arrêtée ce jour-là, il y avait trois ans de cela.

Il lui était impossible de ne pas éprouver de compassion pour Dante. Elle imaginait fort bien ce qu'il ressentait.

Le propre père d'Aislin avait eu deux autres enfants après sa séparation d'avec sa mère, mais il n'y avait pas eu tromperie de sa part. Sa mère, malgré tous ses défauts, n'était pas une menteuse. Parfois, Aislin aurait souhaité qu'elle le soit. Cela lui aurait sans doute épargné beaucoup de chagrin.

— Je n'ai rien d'une voleuse, dit-elle doucement après deux longues minutes meublées par la respiration de Dante et le glissement de son pouce sur l'écran du téléphone. Orla est votre sœur autant que la mienne, et Finn est votre neveu. Je sais qu'elle fera un test ADN si vous le jugez nécessaire.

Puis le silence tomba, jusqu'à ce que Dante arrive à une photo qu'il regarda de plus près. Il tourna l'écran vers Aislin.

— Pourquoi est-il à l'hôpital ? Qu'est-ce qu'il a sur la tête ?

Elle regarda son neveu, souriant sur son petit lit de fer.

— Cette photo a été prise quand on lui a fait un électroencéphalogramme. Il est né prématuré et souffre de paralysie cérébrale. L'un des effets de cette maladie est une épilepsie sévère. C'est la raison pour laquelle Orla n'est pas venue elle-même, elle a peur de le quitter, même brièvement. La santé de Finn est la seule raison de sa demande. Je vous assure qu'elle n'est pas intéressée. Elle veut juste une maison pour son fils. C'est tout ce que je demande, moi aussi. Je suis désolée d'être entrée par effraction. Ce n'est pas mon genre de commettre un délit. Mais nous sommes désespérées. Je vous en prie, Dante, nous avons besoin d'aide. Pour Finn.

Dante posa le téléphone sur la table et se frotta la nuque. Il se sentait mal. Si l'on en croyait cette nouvelle preuve – et il ne voyait pas comment la contester tant elle paraissait convaincante – il avait une sœur et un neveu. Malade.

Une nausée le saisit. Son père lui avait menti.

Il repensa à la naissance d'Orla. Il avait sept ans, alors.

Sa mère avait divorcé de son père cette année-là. Était-elle au courant, avait-elle aussi conspiré pour garder le secret ? Trop de pensées se bousculaient dans sa tête, mais l'image du petit garçon hospitalisé ne le quittait déjà plus.

— Quel âge a-t-il ?

— Il aura trois ans dans un mois.

Il y avait un curieux accent de sympathie dans sa voix aux douces sonorités irlandaises. Cette intruse avait-elle... pitié de lui ? Elle ne le connaissait pas. Tout ce qu'ils partageaient, c'était une sœur. Et un neveu malade.

Il leva la tête et regarda Aislin droit dans les yeux.

Oui, il y avait de la compassion dans ce regard intense et réfléchi, mais de la méfiance, aussi.

Dante s'efforça de réfléchir, écartant les émotions qui l'envahissaient pour mieux laisser parler sa logique.

Avant de s'occuper de cela, avant même d'y réfléchir, il y avait cette transaction avec les d'Amore. Cinq jours, voilà ce qui lui restait pour réaliser la plus belle affaire de sa vie. S'il ne parvenait pas à convaincre Riccardo que les fautes de ses parents n'étaient pas les siennes, alors l'accord d'exclusivité serait perdu. Lundi, Riccardo signerait avec son rival.

L'une des leçons qu'il avait apprises dès son plus jeune âge était que rien ne devait prendre le pas sur les affaires.

Pourtant, l'image de ce petit garçon restait gravée dans son esprit. Soudain, une idée se fit jour en lui.

Il détailla les courbes d'Aislin et les imagina habillées par un grand couturier, sa chevelure, ordonnée par un coiffeur en vogue... Aislin était une étrangère, ici. Personne ne la connaissait. Elle était très intelligente, et assez belle pour que personne ne s'étonne de la voir à son bras. Mais elle était malgré tout très différente des femmes qu'il fréquentait...

— Je vous ai dit la vérité, enchaîna-t-il tout à trac. Mon père est mort sans le sou. À la fin, c'est moi qui réglais ses factures. À part cette maison, il n'avait plus rien à son nom. Mais selon les lois siciliennes, votre sœur n'a aucun droit sur quoi que ce soit.

Aislin ferma les yeux et s'affaissa. Dante lui disait la vérité. Sa défaite l'anéantissait. Elle n'était qu'une étudiante sans le sou, et Orla, une mère célibataire qui se battait contre les assurances afin d'obtenir réparation pour son fils. Elles avaient mis en commun leurs économies pour engager cet imbécile d'avocat, qui ne s'était même pas donné la peine de lire les lois sur l'héritage en Sicile. Le billet d'avion d'Aislin avait vidé sa cagnotte. Elles n'avaient plus rien pour se battre.

— Cette maison et son terrain sont dans ma famille depuis des générations, reprit Dante, interrompant ses pensées. Il n'est pas question de les vendre. Mais je suis prêt à verser la moitié de leur valeur à votre sœur. Cinquante-cinquante.

— Vraiment ? reprit en écho Aislin, écarquillant les yeux.

— Vraiment. Cent mille euros. À condition toutefois qu'elle accepte le test ADN. S'il se révèle positif, l'argent est à elle.

Le soulagement qui submergea Aislin lui coupa le souffle. Après avoir pris une profonde inspiration, elle balbutia :

— Je vous remercie. Si vous saviez ce que cela signifie…

— J'ai également une offre à vous faire, la coupa-t-il, interrompant abruptement ses remerciements.

— Quel genre d'offre ?

— Du genre qui nous serait profitable à tous deux.

Je dois assister à un mariage, ce week-end. Je vous veux avec moi.

— Vous voulez que j'aille à un mariage avec vous ?

— Oui. Contre un million d'euros.

3

— Mais...

Aislin aurait été incapable de rien dire d'autre, sidérée par l'offre que Dante venait de lui faire.

Il eut un petit sourire sans joie.

— Mon offre est toute simple, *dolcezza*. Vous venez à ce mariage avec moi, et moi, je vous donne un million d'euros.

Il prononçait ces mots avec un accent qu'elle aurait trouvé charmant si elle n'avait eu l'impression que son cerveau était pris dans un bloc de glace.

— Vous me payeriez... pour aller à un mariage avec vous ?

— C'est ça. L'argent sera à vous, et vous pourrez le donner à votre sœur, ou bien en faire ce que vous voudrez.

— Mais... Votre amie n'y trouvera rien à redire ?

Dès que les mots furent sortis de sa bouche, Aislin voulut se gifler pour son imprudence. Les épais sourcils de Dante se haussèrent d'une surprise furieuse.

— Vous avez fait des recherches sur moi ?

— Non, je... J'ai vu une photo de vous deux ensemble.

C'était vrai, elle n'avait pas cherché à s'informer sur sa vie, mais avait dû rassembler assez d'informations pour pouvoir déjouer sa sécurité rapprochée. Ce qu'elle avait pu apprendre, tout de même, c'était qu'aucune femme sensée ne devait approcher Dante Moncada. Aislin connaissait ce genre d'hommes, son père était un don Juan, et tout indiquait que Dante lui ressemblait. En tout état de cause, il n'avait pas besoin de payer pour qu'on l'accompagne à un mariage. S'il le proposait dans une salle pleine de femmes, 99 % d'entre elles se battraient pour se pendre à son bras.

Aislin faisait partie des 1 % restants. À l'université, elle était bêtement tombée amoureuse d'un play-boy du campus, avait cru à ses déclarations d'amour et imaginé un avenir radieux, tout cela pour le trouver au lit avec sa colocataire, deux semaines seulement après l'accident de sa sœur.

Si jamais elle était assez stupide pour nouer des relations avec un homme, sa préférence irait à un ermite ennuyeux, obstinément monogame et qui n'aurait tout simplement pas assez d'imagination pour la tromper.

Mais en aucun cas à un homme comme Dante, plus beau et plus sexy que ce qui aurait dû être permis…

Elle pouvait pratiquement sentir la force qu'il dégageait, et sa voix grave s'insinuait en elle, lui donnant la chair de poule.

Mais un million d'euros… Il se pencha en avant, une lueur soudaine et inattendue dans les yeux.

— J'ai rompu il y a un mois. La photo n'est plus d'actualité.

Le cœur d'Aislin battait très fort, et il lui fallut beaucoup d'efforts pour empêcher sa voix de trembler.

— Mais vous devez connaître un tas de femmes que vous pourriez emmener sans avoir à les payer pour ça !

— Aucune n'a le profil souhaitable.

— Pardon ?

— J'ai besoin de faire impression sur quelqu'un, et vous avoir à mon bras m'y aidera.

— Un million d'euros, rien que pour un après-midi ?

— Je n'ai jamais dit que ce serait aussi court. Le mariage sera célébré tout au long du week-end prochain.

— Tout le week-end ? répéta-t-elle, nerveuse.

— Aislin, le marié est l'un des hommes les plus riches de Sicile. Sa famille souhaite un mariage fastueux.

— Si j'accepte votre offre, puis-je savoir ce qu'elle impliquera d'autre ?

— Rien... Mais je vous présenterai comme ma fiancée.

— Comment ?

Aislin grimaça en entendant l'espèce de couinement qui venait de sortir de sa bouche. Elle allait vraiment passer pour une idiote !

— Je vous demande de jouer le rôle de ma fiancée, répéta Dante.

— Pourquoi donc avez-vous besoin d'une fiancée ?

— Parce que le père du marié craint que conclure une affaire avec moi nuise à sa réputation. Je vous expliquerai une fois que vous m'aurez donné votre accord. Je comprends que cela fasse beaucoup à assimiler d'un coup, c'est pourquoi je vais vous laisser y réfléchir. Vous me donnerez votre réponse demain matin.

— Et si je dis non ?

— Eh bien, dans ce cas, vous ne gagnerez pas un million d'euros, dit-il avec un petit haussement d'épaules.

— Et les cent mille que vous vouliez donner à Orla ?

— Cela n'a rien à voir et ne dépend que d'un test ADN. Votre décision n'y changera rien.

— Vous me le promettez ?

Elle savait que c'était assez enfantin de demander des

garanties, mais elle s'en fichait. Cent mille euros étaient une trop grosse somme pour jouer les désinvoltes.

Mais un million d'euros… C'était un chiffre qu'elle avait même du mal à imaginer. C'était… confondant !

Aussitôt, le visage harmonieux de Dante redevint grave. Il hocha la tête et se leva.

— Quelle que soit votre décision, et quel que soit le résultat de ce week-end, l'argent destiné à votre sœur lui sera versé si le test est positif. Vous avez ma parole.

Elle ne savait pas pourquoi, mais elle le crut.

Dante salua la gouvernante, et celle-ci fit très bien semblant de ne pas être surprise de le voir débarquer à une heure aussi tardive dans la grande villa du bord de mer. C'était là qu'il avait grandi, comme son père avant lui. Il y avait dix ans, son grand-père en avait fait donation à Dante, pour la mettre à l'abri des dettes de jeu de son fils.

Son grand-père avait souhaité qu'un jour il s'y installe, se marie, et y fonde une famille. Mais Dante aimait la vie citadine et le célibat. À quoi bon se marier ? L'expérience qu'il avait de cette institution se résumait à l'amertume, à la cupidité et à la méchanceté. Ses grands-parents avaient été mariés quarante-huit ans, jusqu'à la mort de sa grand-mère. Si leur mariage avait été un exemple de longévité, on ne pouvait en dire autant de leurs sentiments. Son grand-père avait passé ses dernières années à se féliciter d'être enfin débarrassé de sa femme.

Au fond d'un couloir s'ouvrait le bureau de son père. Dans les jours qui avaient suivi la mort de celui-ci, Dante s'y était réfugié, trouvant un certain réconfort dans la pièce tout imprégnée de la présence du défunt.

Il en poussa la porte et en respira le parfum familier, mais qui s'estompait déjà, de bourbon et de cigare.

C'était dans cette pièce que Dante se glissait quand il était petit, et il se cachait sous le grand bureau jusqu'à ce que son père apparaisse. Il bondissait alors, et c'était un grand plaisir que de voir son père feindre la peur et crier. Il s'assit dans le fauteuil favori de son père, là où celui-ci l'avait pris sur ses genoux, l'avait serré fort et lui avait dit que sa mère était partie et qu'ils seraient seuls tous les deux, désormais. C'était dans cette pièce qu'il lui avait offert son premier verre, qu'il avait évoqué pour lui les morts de leur famille, là aussi qu'il lui avait avoué sa désastreuse situation financière, le suppliant de l'aider à éteindre ses dettes. Cette scène-là, hélas ! s'était répétée trop souvent. Il laissa le temps aux souvenirs douloureux de s'estomper et ouvrit l'ordinateur portable de son père. Lorsqu'il l'avait fait pour la première fois, après la mort de Salvatore, il en avait deviné sans peine le mot de passe : son propre prénom et sa date de naissance. Cela avait été un moment doux et amer à la fois.

En tapant de nouveau le code, il n'en goûtait plus que l'amertume… Son père lui avait-il vraiment caché qu'il avait une sœur ? Si la pension alimentaire dont parlait Aislin avait existé, il en trouverait trace ici. Mais au fond de lui, il n'en doutait déjà plus : il avait une sœur.

Son père, lui, le savait-il ? Sinead O'Reilly avait pu ne rien lui dire et mentir à ses filles au sujet de la pension.

En se connectant sur les relevés bancaires, Dante constata que les documents ne remontaient que huit ans en arrière…

Il tambourina nerveusement des doigts sur le bureau. Où pouvaient bien se trouver les relevés papier antérieurs ? Son père gardait tout, et ils devaient être ici…

Une heure plus tard, assis sur le tapis, un tas de papiers éparpillés autour de lui, il tenait en main les preuves qu'il avait espéré ne pas trouver.

Jusqu'aux dix-huit ans d'Orla, son père avait fait verser deux mille euros par mois sur un compte bancaire en Irlande.

Aislin attendait devant la fenêtre, jetant de temps en temps un coup d'œil pour voir si Dante arrivait. Ses nerfs étaient tendus comme des cordes de violon et des myriades de papillons voletaient dans son ventre.

Ses bagages étaient faits, et elle avait passé la majeure partie de la nuit à surmonter une folle envie de s'enfuir.

Cent mille euros, c'était une somme considérable, mais un million d'euros, cela pouvait changer la vie. Orla pourrait acheter une maison, la faire transformer pour répondre à tous les besoins de Finn, et il lui resterait encore de l'argent. Elle pourrait l'emmener en vacances, lui offrir un fauteuil roulant high-tech. Elle pourrait acheter une voiture adaptée.

Un million d'euros, rien que pour aller à un mariage ! Tous les problèmes de sa famille résolus en un week-end !

Agitée, elle arpentait la pièce. Rien ne se déroulait comme prévu. Elle s'était préparée à lutter pour faire comprendre à cet individu où était son devoir. Jamais elle ne s'était attendue qu'il accède aussi rapidement à sa demande.

Qu'il accepte de verser à Orla la moitié de la valeur de cette propriété prouvait qu'il avait bel et bien une conscience. Qu'il exige un test ADN comme garantie n'avait rien de surprenant, et elle ne pouvait pas lui en vouloir. Dante n'était pas idiot. Dans le monde des affaires, personne n'atteignait les sommets en croyant les gens sur parole.

Elle s'attendait à devoir affronter un monstre plein d'arrogance et avait trouvé un homme certes intransigeant, mais qui pouvait écouter la voix de la raison. Alors pourquoi diable était-elle donc si réticente à l'idée de passer deux jours avec lui, quand la récompense était aussi extraordinaire ?

Des coups vigoureux à la porte la firent sursauter, et lorsque Dante entra, elle crut que son cœur bondissait dans sa gorge. Elle avait ouvert les volets un peu plus tôt, et la lumière d'un soleil printanier entrait à flots dans la vieille maison. Dante semblait en être éclaboussé.

Il était vêtu d'une chemise bleu sombre, d'un jean noir ajusté et d'une veste en cuir parfaitement coupée, à l'évidence fort coûteuse. Ses traits harmonieux semblaient plus marqués que la veille au soir, ses cheveux foncés plus épais et plus doux, ses yeux verts plus lumineux encore.

Mais il y avait aussi quelque chose d'étrange dans son allure générale. Il ressemblait à un homme ayant passé la nuit au fond d'une bouteille de rhum, plutôt que dans son lit… Cela ne le rendait que plus sexy. Le pouls d'Aislin s'accéléra, et au plus profond d'elle-même une chaude moiteur s'insinua… La raison de ses réticences lui apparut soudain dans toute son évidente clarté. Ce qu'elle éprouvait n'était pas une simple admiration pour un bel homme, élégant et sexy. Elle était attirée par lui…

— Vous êtes encore là ? lui dit-il en fermant la porte. Puis-je donc supposer que vous allez accepter mon offre ?

— Finement observé… Et habilement conclu.

D'accord, il l'attirait. Il n'y avait pas là de quoi paniquer, somme toute. Elle avait surmonté bien pis qu'une attirance malvenue pour un homme superbe. S'il y avait bien une chose qu'Aislin possédait en abondance, voire en excédent, c'était un excellent contrôle d'elle-même. Il lui en avait fallu beaucoup pour supporter les tracas de l'administration qui s'ingéniait à trouver des raisons de lui refuser la garde de Finn, le temps que sa sœur retrouve ses facultés.

Une lueur se mit à briller dans les yeux fatigués de Dante.

— Caustique, de si bon matin ?

Aislin ne put s'empêcher d'esquisser un sourire.

— J'ai peut-être mieux dormi que vous…

Il lui sourit à son tour.

— C'est vrai que la perspective d'un million d'euros pour jouer ma fiancée peut servir de berceuse.

— Un million d'euros pour faire la potiche ! Oui, je devrais pouvoir y survivre… Mais, avant d'accepter, je crois honnête de vous faire remarquer que personne ne croira cette histoire. Vous venez juste de larguer votre petite amie.

Dante sourit en se laissant tomber sur le canapé.

— Ceux qui me connaissent savent que je suis l'homme des décisions rapides.

— Il n'y a pas de quoi en être fier, dit-elle, un peu pincée.

— Mais, croyez-moi, je sais me montrer doux quand il le faut, ajouta Dante d'un ton malicieux.

Une rougeur se répandit comme une traînée de poudre sur les joues d'Aislin.

— Je vous préviens, lui dit-elle fermement, je n'accepterai rien de louche.

Elle se devait d'être très claire. Ce n'est pas parce que cet homme l'attirait qu'elle allait céder sur quoi que ce soit.

Dante se maudit intérieurement. Il n'avait jamais eu l'intention de sous-entendre quoi que ce soit de ce genre et ne savait pas ce qui lui avait pris.

— Vous voulez dire… Rien de sexuel ?

Cette fois, le visage d'Aislin s'enflamma franchement.

— Vous n'avez rien à craindre, reprit-il. Il s'agit strictement d'affaires. Du reste, les mariés viennent de familles très croyantes, on nous donnera des chambres séparées.

Après une nuit pénible où son cerveau avait refusé le repos, il en était venu à la conclusion que rien ne devait se produire entre eux. En toute autre circonstance, il aurait tenté de séduire Aislin, mais cela créerait trop de complications.

Il avait besoin de se concentrer sur le marché qu'il voulait remporter, et elle était son seul atout : non seulement elle avait un cerveau bien fait dans une tête charmante, mais elle était également très attachée à sa famille, ce que Riccardo allait adorer. Tout ce que Dante avait à faire, c'était ne pas la toucher. Car cela gâcherait tout. Ce serait hélas ! plus facile à dire qu'à faire…

Les promesses de la nuit étaient beaucoup plus difficiles à tenir à la lumière du jour, alors qu'il respirait son parfum enivrant. Aislin était plus que belle, avec ses cheveux d'un roux profond qui lui rappelait les feuilles d'automne au soleil. Elle se déplaçait à petits pas précautionneux devant lui, comme un délicieux petit écureuil…

Ce matin, elle portait un pull kaki trop large qui s'effilochait aux manches et des bottines éraflées. Des vêtements confortables… et usés, mais il les trouvait aussi sexy qu'une robe de cocktail moulante.

— Tant que nous sommes d'accord sur l'aspect… non sexuel des choses, dit enfin Aislin, tout va bien.

— Y a-t-il autre chose que vous aimeriez que l'on mette au point ? Parce que le temps presse…

De nouveau, ses yeux étaient sur lui, pénétrants

comme des lasers. C'était la plus étrange des sensations, troublante, mais bizarrement érotique.

— Je veux une partie de l'argent maintenant.

— C'est hors de question.

— J'ai besoin d'une garantie. Je ne vais pas faire semblant de vous aimer pour que vous refusiez ensuite de me payer.

— Vous ne m'appréciez pas beaucoup, n'est-ce pas ?

— Comment le saurais-je ? Je ne vous connais pas, et pas assez pour vous faire confiance, en tout cas.

Cette absence de flagornerie était rafraîchissante. Aislin était franche et directe.

— Dix mille, laissa-t-il tomber.

— Ce n'est pas beaucoup. Des cacahuètes. Cent mille.

— Combien avez-vous sur votre compte bancaire ?

— Trois fois rien.

Il sourit et écarta les mains d'un geste qui voulait dire : « Vous voyez bien ! »

Elle le fixa d'un regard d'institutrice sévère, qu'il interpréta fort bien. Il poussa un soupir exagérément lourd.

— *Va bene*. Je peux me montrer compréhensif. Cent mille, virés sur un compte de votre choix. Le reste, dimanche.

— Marché conclu, fit-elle avec une moue un peu amère.

Il se frotta les mains et se leva.

— *Eccellente*. Allons-y.

— Virez l'argent, et nous pourrons partir.

Il soupira et sortit son téléphone.

— À quel nom ?

— Orla O'Reilly.

Il fronça les sourcils.

— Vous ne voulez pas l'argent sur votre propre compte ?

— Il est pour notre sœur et notre neveu. Ce que vous

lui verserez après le test pourrait prendre des semaines à arriver.

— Vous n'allez rien garder pour vous ?

Elle sourit.

— Je lui demanderai de m'offrir une pizza.

— Vous cherchez à gagner votre paradis ? demanda-t-il, goguenard.

Elle lui lança à nouveau son regard d'institutrice.

Il haussa les épaules. Après tout, si elle voulait laisser un million lui glisser entre les doigts, c'était son affaire.

— Le numéro du compte ?

Elle le lui communiqua. En entier.

— Vous connaissez par cœur les coordonnées bancaires de votre sœur ?

— Elle a eu un grave accident de voiture il y a trois ans, qui l'a laissée des jours dans le coma. J'ai pris soin de ses affaires jusqu'à la fin de sa convalescence.

— C'est pour ça que son fils est né prématurément ?

Un voile passa sur ses beaux yeux gris lorsqu'elle acquiesça.

Dante ne savait pas lui-même pourquoi cette information le faisait hésiter sur les touches de son téléphone. La veille, il n'était même pas au courant de l'existence d'Orla.

Son père avait-il su qu'elle avait eu un accident ?

Avait-il su qu'il avait un petit-fils ?

Dante tenta de se persuader rageusement qu'il n'avait rien à voir avec ce garçon. Ils étaient des étrangers et le resteraient. Une lignée commune ne faisait pas d'eux de vrais parents et, d'ailleurs, Dante en avait assez de la famille !

Il avait aimé sa mère de tout son cœur, et elle l'avait abandonné. Il avait été proche de ses grands-parents, mais le fait qu'ils ne cessaient de se chamailler et leur perpétuelle attente de le voir se marier avaient pesé lourdement sur sa vie. Certes, il avait adoré son père. Salvatore, avec son côté peu conventionnel, avait été un père fantastique durant l'enfance de Dante, et ils étaient restés soudés dans l'épreuve. Et voilà qu'il apprenait que malgré cela il lui avait dissimulé son plus grand secret…

Pourquoi s'embarrasserait-il d'une sœur, alors que tous les siens lui avaient menti, l'avaient abandonné ou maltraité ?

La solitude valait cent fois mieux que cela…

Il confirma le virement, après avoir envoyé le code de sécurité nécessaire au transfert d'une telle somme. Il tendit le téléphone à Aislin pour qu'elle le constate.

— L'argent sera crédité sur le compte de votre sœur d'ici à vingt-quatre heures au plus tard.

Elle le regarda, le front barré d'une ride soucieuse.

— Vous avez viré… deux cent mille euros ?

Il acquiesça d'un signe de tête.

— Un acompte. J'ai respecté ma part du marché. Et maintenant, allons-y.

4

Aislin regardait défiler le paysage, par la vitre de la voiture. Le trajet, de la maison des bois jusqu'à Palerme, l'avait menée de la campagne verdoyante aux lumières de la capitale sicilienne en seulement vingt minutes.

Par bonheur, Dante s'était assis à côté du chauffeur, ce qui avait permis à la jeune femme de se détendre sans avoir à lutter contre l'attirance croissante qu'il exerçait sur elle.

La lueur qu'elle avait vue passer dans ses yeux à plusieurs reprises lui avait fait penser que ce penchant pourrait être réciproque, mais cette impression s'était trouvée démentie quand Dante avait affirmé qu'il ne s'agissait que d'un accord commercial entre eux.

L'expérience qu'Aislin avait des hommes était plutôt limitée. Dans le petit village du Kerry où elle avait grandi, il n'y avait pas beaucoup de garçons. Au lycée, même chose. Lorsqu'elle était entrée à l'université, elle s'était cherché un petit ami, mais un beau jour elle avait entendu un groupe de types classer les filles de la fac en fonction de leur rapidité à accorder leurs faveurs. Elle avait failli vomir et, à partir de ce moment-là, avait préféré garder les hommes à distance. Être leur amie, oui, mais pas davantage. Certaines femmes étaient fières d'étaler leurs prouesses sexuelles, cela ne serait jamais son cas.

C'est vers la fin de sa deuxième année que Patrick s'était intéressé à elle. Loin d'essayer de coucher avec elle, il avait fait l'effort de la courtiser. Il lui avait apporté des fleurs et lui avait demandé de l'aide pour un devoir. Cela lui avait tourné la tête et l'avait rendue fière que le garçon le plus populaire de la fac s'intéresse à elle.

Quelque temps plus tard, ils avaient commencé à sortir ensemble. Des mots d'amour avaient été échangés, qu'elle avait crus. Six mois plus tard, au cours d'un violent orage, une voiture dont le chauffeur avait perdu le contrôle s'écrasait sur celle d'Orla. Patrick, vite lassé du dévouement d'Aislin auprès sa sœur dans le coma et de son neveu prématuré, n'avait pas tardé à se consoler dans les bras de la colocataire d'Aislin.

Depuis, elle n'était plus sortie avec personne. Et même si elle l'avait voulu, il n'y aurait guère eu de place pour un homme dans sa vie, à présent.

Dante était le premier, depuis ces trois ans, à occuper autant ses pensées, et en comparaison de ses frasques de play-boy celles de Patrick relevaient de l'amateurisme.

Elle ne savait pas si c'était ou non un bien, que Dante ne s'intéresse pas à elle. Cela aurait dû n'avoir aucune importance, puisque c'était une transaction et rien d'autre… Pour un homme d'affaires aussi avisé, son attitude était tout de même un peu déconcertante. Tout d'abord, il marchandait, la forçant à réduire ses exigences, pour finir par virer le double du montant demandé. Jusqu'à présent, elle n'avait pas osé parler à Orla de cet arrangement, craignant de susciter chez elle de faux espoirs. Dante ne refuserait sans doute pas de payer, mais c'était un homme puissant, peut-être imprévisible. Sous ses dehors courtois, Aislin avait l'impression qu'il dissimulait un côté obscur. Elle n'avait aucune idée de ce dont il était capable.

Il faisait nuit quand elle avait atterri en Sicile, il y avait quatre jours de cela, et elle n'avait pas pu apprécier la beauté de Palerme. Y circuler en plein jour, c'était s'immerger dans le passé médiéval de la ville. N'eussent été les rues animées, pleines de passants en tenue moderne, Aislin aurait pu s'imaginer qu'elle s'était glissée dans une faille temporelle.

Elle s'était plus ou moins attendue à être conduite dans quelque palais à l'écart de la ville, gardé par des rottweilers et surveillé par des vigiles armés, aussi fut-elle plutôt surprise lorsque le chauffeur de Dante s'arrêta dans une rue à peine un peu plus large que la luxueuse limousine, devant un immeuble de cinq étages. La rue était pimpante, avec ses façades crème et ses balcons de fer ornés de jardinières.

Dante se retourna pour lui annoncer :

— Nous y sommes.

— C'est chez vous ?

Elle pressa le front contre la vitre pour mieux voir, certaine qu'il se moquait d'elle. C'était une rue résidentielle, mais sans plus. Dante était milliardaire. Sa résidence principale – au cours de ses recherches, elle avait découvert qu'il possédait également des appartements luxueux dans toute d'Europe – ne devrait-elle pas être plus opulente ?

Un jeune homme mince, vêtu d'une veste en cuir, qui n'avait dû coûter qu'une fraction du prix de celle de Dante, surgit de nulle part et ouvrit la portière de son patron.

Celui-ci déplia ses longues jambes, sortit de la voiture, serra la main du jeune homme tout en lui tapotant l'épaule et bavarda pendant que le chauffeur ouvrait la portière d'Aislin.

Le jeune homme alla prendre sa valise et emprunta une porte cochère qui ne se distinguait pas de ses voisines.

Une lueur d'amusement dansait dans les yeux de Dante, quand il invita Aislin à entrer. Elle s'exécuta avec méfiance.

Était-ce un canular élaboré pour la punir de son audace, lui apprendre à ne plus jamais s'introduire par effraction chez quelqu'un ? Et si canular il y avait, que cachait-il d'autre ? Dante faisait-il semblant de la croire, pour Orla et Finn ?

Comme son aspect extérieur, l'intérieur de l'immeuble n'avait a priori rien de très remarquable. Un escalier de béton brut menait dans les étages, heureusement vierge de graffitis ou d'odeurs suspectes.

Dante appuya sur le bouton de l'ascenseur. La porte s'ouvrit avec un déclic. Aislin cligna des yeux.

Le sol de la cabine était recouvert d'une épaisse moquette. Un miroir d'une seule pièce, sans la moindre rayure, en occupait le fond. C'était le genre d'ascenseur qu'on s'attendait à trouver dans un hôtel de luxe.

Aislin ne sentit pas le moindre tressaillement de machinerie pendant la montée. Elle suivit Dante sur un petit palier carré où s'ouvrait une seule porte. Une grille de sécurité la protégeait, mais pour l'instant elle était ouverte.

Le jeune homme mince, dont Aislin avait compris qu'il s'appelait Ciro, apparut. Dante s'entretint à nouveau avec lui, glissa un billet dans sa main, puis s'avança vers la porte d'entrée tandis que Ciro reprenait l'ascenseur.

— Eh bien, vous venez ? demanda-t-il à Aislin en constatant qu'elle ne le suivait pas.

— Ce n'est pas une blague ? demanda-t-elle d'un air méfiant.

— Quelle blague ? Entrez, il n'y a rien à craindre.

Elle s'avança alors d'un pas hésitant. Quand elle passa le seuil et déboucha dans le hall, elle émit un soupir, ébahie.

— Ce n'est pas ce à quoi vous vous attendiez, n'est-ce pas ?

Elle secoua la tête, en levant les yeux vers les hauts plafonds sculptés.

— Attendez de voir le reste.

Il poussa une lourde porte à deux battants.

— Ça vous plaît ?

— Je ne sais pas…

Dante aimait bien observer la réaction des gens qui visitaient sa résidence principale. Il avait acheté petit à petit tout le pâté de maisons sans avoir à utiliser les arguments musclés que beaucoup de ses compatriotes aussi riches que lui n'auraient pas manqué de déployer pour convaincre les propriétaires de vendre. Il avait suffi de leur proposer le double de la valeur de ce qu'il convoitait. Cette tactique avait produit les mêmes résultats que l'intimidation, et grâce à elle il pouvait encore se regarder dans la glace le matin. Seul un couple âgé avait refusé son offre. Il avait contourné la difficulté en les engageant comme concierges. Les appartements du bas étaient utilisés pour loger son personnel de maison et de sécurité. À partir du premier étage, tout avait été démoli pour créer un espace hors norme, indécelable de l'extérieur. C'était ici que Dante se sentait chez lui. Ses autres résidences, en Italie et en Europe, avaient été achetées pour des raisons de commodité ou d'investissement.

Aislin s'approcha d'une fenêtre et regarda au dehors.

— Où est le jardin ?

Ses visiteurs lui posaient beaucoup de questions lorsqu'ils découvraient son hôtel particulier, mais celle-ci était une première…

— Il n'y en a pas.

Le regard qu'elle lui lança était plus que réprobateur.

— Pas de jardin ? Même pas sur la terrasse ?

— Il y a une piscine, là-haut.

Avec de hauts claustras et des arbres, pour préserver son intimité. S'il voulait s'y promener nu, il le pouvait, et personne ne le verrait des immeubles voisins.

— Pas très pratique, en hiver.

— Elle est chauffée, mais si le temps est trop mauvais, j'utilise celle du premier étage.

— Vous avez deux piscines mais pas de jardin ?

— Je n'ai ni besoin ni envie d'un jardin.

— Et si un jour vous avez des enfants ?

— Je n'ai pas non plus envie d'en avoir.

Les enfants allaient de pair avec le mariage, et il n'avait pas l'intention de se marier.

— Qu'allons-nous dire aux gens ?

— Comment cela ? s'étonna-t-il, déconcerté par les méandres que suivait son esprit. À quel sujet ?

— Vous voulez nous présenter comme fiancés. En Irlande, la première chose que les gens veulent savoir quand ils rencontrent un couple, c'est s'il prévoit d'avoir des enfants.

— Si on vous le demande, restez dans le vague : nous voulons passer du bon temps et fonder une famille plus tard. Maintenant, laissez-moi vous montrer votre chambre, j'espère que vous la trouverez plus à votre goût que le reste.

— Je n'ai jamais dit que je n'aimais pas votre maison, protesta Aislin. Mais celle où je vis avec Orla et Finn est très modeste. Je n'ai pas l'habitude du luxe.

Le petit pavillon à deux chambres auquel elle faisait allusion était celui où elle avait grandi. La seule bonne action de leur mère avant qu'elle décide de vivre une seconde jeunesse en partant pour l'Asie, sac au dos, avait été d'en transférer la propriété à Aislin et Orla, il y avait cinq ans de cela. Personne ne savait quand elle reviendrait. Ni l'accident qui avait causé tant de mal à sa fille ni la naissance prématurée de son premier petit-fils n'avaient pu décider Sinead O'Reilly à rentrer en Irlande.

Les volumes de l'hôtel particulier de Dante étaient à couper le souffle. La lumière y entrait à flots par les nombreuses fenêtres, jouant sur les tissus et les bois précieux. Aislin se dit que sa maison pourrait tenir dans une seule pièce de ce lieu extraordinaire.

L'univers familier de Dante était fascinant, de la même manière qu'il était lui-même tellement plus sexy et attirant que ce qu'elle avait pu s'imaginer…

— Comment espérer convaincre qui que ce soit que j'appartiens à votre monde ? demanda-t-elle, anxieuse.

Il la fixa un moment de ses beaux yeux verts, puis les coins de ses lèvres se soulevèrent en un sourire.

— Je suis de plus en plus persuadé que vous êtes l'incarnation parfaite de ma supposée fiancée. Vous êtes différente. Je n'ai pas l'habitude de m'entendre dire que ma maison a des défauts, tous mes visiteurs ayant plutôt tendance à encenser mon « génie créatif ». Non, vous ne ressemblez pas à mes conquêtes habituelles. C'est précisément pour cela que Riccardo va vous adorer.

— Qui est Riccardo ?

— Riccardo d'Amore est l'homme qu'il nous faut convaincre.

— Mais de quoi ? Vous ne m'avez toujours pas expliqué pourquoi vous me payez.

Ils venaient de traverser une salle dédiée à l'art moderne, avec des tableaux aux murs, et des sculptures bizarres sur des socles, et se trouvaient maintenant sur une mezzanine.

— J'ai en cours une affaire importante avec le fils de Riccardo, Alessio. C'est un contrat exclusif qui pourrait me permettre de percer sur le marché américain. Mais à la mort de mon père, les articles nécrologiques se sont complaisamment attardés sur ses passions : le jeu et les femmes. Ces histoires ont semé le doute dans l'esprit de Riccardo qui craint que je ressemble à mon père et que s'allier avec moi ait un effet négatif sur la réputation des d'Amore. Il veut rompre notre accord.

Une lueur d'indignation passa dans les yeux de Dante, tandis qu'il exposait ces faits.

— Il peut vraiment faire ça ?

Dante hocha la tête, l'air sinistre.

— Il le peut. Alessio dirige l'entreprise, mais Riccardo en est toujours le principal actionnaire.

— Mais comment nos prétendues fiançailles vont-elles changer quelque chose à sa décision ?

— Riccardo s'est marié très jeune, a toujours été très croyant et a eu beaucoup d'enfants avec sa femme. Il croit que la famille est sacrée, que le jeu est l'œuvre du diable – remarquez, je partage son avis sur ce point – et qu'il ne saurait y avoir de sexe hors mariage. Dans ma famille, on est réputés rechercher le plaisir à tout prix – ma mère, en se mariant et en divorçant sur un caprice, mon père dans les salles de jeu, et dans les liaisons adultères… Toutes choses qui pour Riccardo sont de graves péchés. Lui, croit à la famille, à la tradition. Vous n'avez rien à voir avec les femmes que je fréquente. Vous poursuivez des études, vous êtes intelligente, loyale et très attachée aux vôtres.

Les manuels d'histoire de l'Europe médiévale qu'elle

avait apportés et annotés, et qu'il avait feuilletés en attendant qu'elle s'habille la veille, avaient confirmé ce que Dante pressentait de son intelligence.

Elle se tourna vers lui, et il vit s'animer les lèvres pulpeuses.

— Mais comment allons-nous expliquer aux gens notre rencontre ? Nous ne venons pas du même milieu !

Ses lèvres étaient d'une couleur qui rappelait les framboises fraîchement cueillies. Quel était leur goût ?

La flamme du désir qu'il avait vainement essayé d'étouffer depuis la veille se ralluma instantanément.

Dante lutta contre le feu qui se répandait en lui et s'efforça de ne rien laisser paraître. Il n'était plus un adolescent, mais un homme adulte, qui avait eu tellement de conquêtes qu'il ne se les rappelait pas toutes.

— Nous nous en tiendrons à la vérité, dans la mesure du possible. Vous êtes venue en Sicile pour me rencontrer, pour me parler de la part de votre sœur. On peut éluder le reste.

— *Notre* sœur, corrigea-t-elle obstination.

— *Notre* sœur, répéta-t-il en souriant.

Il connaissait Aislin depuis moins d'une journée, mais savait déjà qu'elle était l'incarnation même de l'âme irlandaise. Passionnée, elle ne craignait pas de le montrer.

— Et puis nous avons été aussitôt attirés l'un par l'autre, poursuivit-il.

Ce n'était pas un mensonge, en ce qui le concernait. Dante ne se souvenait pas d'avoir jamais ressenti un tel élan pour qui que ce soit.

— C'est quand même très rapide !

— Ce qu'on appelle le coup de foudre... Vous étiez si différente de toutes les femmes que j'ai connues que je suis tout de suite tombé amoureux de vous. Je savais que j'avais trouvé celle avec qui je voulais passer le reste de ma vie…

Alors qu'il finissait, Dante se rendit compte que sa voix n'était plus qu'un chuchotement. Tout son corps était tendu vers elle. Il ressentait le besoin irrépressible de la toucher…

La tête levée, elle le regardait droit dans les yeux, le cou tendu avec une telle grâce que sa bouche brûla d'y goûter.

— Parce que je suis différente ? demanda-t-elle.

Sa voix n'était plus qu'un murmure, comme la sienne.

— Oui.

Diablement différente, dans tous les domaines. Une beauté rousse, qui incendiait ses sens.

Il voulait goûter ces lèvres. Il voulait toucher ces pommettes hautes…

— Et nous disons la vérité sur Orla ?

Le souvenir des mensonges de son père fit à Dante l'effet un seau d'eau glacée.

Il poussa un soupir, recula, s'éclaircit la voix et dit :

— Les mensonges sont facteurs de désordre. Dans la mesure du possible, nous nous en tiendrons à la vérité. La seule tromperie résidera dans notre intention de nous marier. Maintenant, si voulez bien m'excuser, j'ai quelques affaires à traiter. Votre chambre est la dernière sur la gauche, ajouta-t-il en désignant le bout du couloir. Installez-vous comme chez vous, et dans une heure, si vous voulez, nous déjeunerons.

Une heure devait être un délai suffisant pour que s'apaise la chaleur qui brûlait dans ses veines… Il allait passer avec elle les cinq prochains jours et ne pouvait se permettre de laisser son désir, aussi fort soit-il, prendre le dessus. *Dio*, aucune femme ne l'avait jamais attiré aussi violemment. Cela dépassait l'entendement !

Il disparut dans son bureau.

Étonnée par la rapidité avec laquelle il s'éclipsa, Aislin fixa la porte que Dante avait refermée avec brusquerie, son cœur battant si fort qu'on aurait dit qu'il allait éclater.

Un instant, elle avait cru qu'il allait l'embrasser.

Pis encore, elle l'avait espéré, ce baiser, et même presque senti sur ses lèvres. Son corps s'était emballé, son cœur, également, et elle devait lutter contre l'envie de le rejoindre.

Furieuse contre elle-même, Aislin se mordit la lèvre.

Il fallait à tout prix freiner son imagination. Et surtout, ne rien espérer ! Car il s'agissait de Dante Moncada, le fils de l'homme qui avait séduit sa mère quand elle n'avait que dix-neuf ans ! Pas question de lui sauter au cou. Elle devait garder le contrôle, sinon ces cinq jours allaient se révéler *très* éprouvants.

5

Les inquiétudes d'Aislin laissèrent la place à la surprise lorsqu'elle entra dans la chambre que Dante lui avait assignée.

C'était donc ce qu'il qualifiait de chambre d'amis ? On aurait pu y caser un appartement entier. Le lit à baldaquin était gigantesque ; à lui seul, le dressing faisait deux fois la taille de son salon en Irlande. Un immense écran plat recouvrait tout un pan de mur, les appuis des quatre grandes fenêtres étaient agrémentés de fleurs fraîches, et un canapé de cuir semblait attendre qu'on vienne s'échouer sur ses coussins moelleux. Dans la salle de bains, une baignoire de style victorien trônait sur ses quatre pattes de lion. Mais on pouvait préférer la douche à l'italienne et son pommeau large comme un frisbee. Aislin contempla son reflet dans le miroir au cadre doré et grimaça. Depuis combien de temps n'était-elle pas allée chez le coiffeur ? Quand s'était-elle maquillée pour la dernière fois ? Pas depuis l'accident d'Orla. Son amour-propre, comme le reste, s'était incliné face aux changements drastiques de sa vie. Elle avait repris ses études depuis l'automne mais les menait à distance, pour rester à disposition de sa sœur et de son neveu.

Elle ne savait même plus ce qu'elle ferait de son diplôme,

une fois qu'elle l'aurait obtenu. Le chemin qu'elle s'était tracé lui semblait désormais dérisoire, étranger à ce qu'elle était devenue.

Aislin fronça les sourcils. Trois années à négliger son apparence avaient laissé leur marque. Pas étonnant qu'elle ne plaise pas à Dante. Il l'avait jugée « différente » de ses conquêtes habituelles. Ce n'était qu'une manière détournée de dire le peu de charme qu'il lui trouvait.

Mais elle ne tenait pas à ce qu'il la trouve belle ! Dante la payait pour jouer les fiancées, mais la trouvait peu désirable. Et après ? Il n'y avait absolument pas lieu de s'émouvoir.

Pour se changer les idées, Aislin sortit explorer le reste de la demeure. Et quelle demeure ! C'était comme déambuler dans les maisons de maître ou d'architecte qu'on voyait dans les émissions spécialisées. Escaliers de marbre blanc, plafonds démesurément hauts, cuisine à faire se pâmer de plaisir n'importe quel chef professionnel. Sans parler des deux salles à manger, des trois salons, des pièces dédiées aux œuvres d'art, ou même de la fontaine centrale et du ruisseau intérieur, circulant dans un goulet de pierre, qui invitait à la déambulation. Une piscine complétait le tableau, accompagnée d'une salle de sport et d'un spa.

Son téléphone sonna.

— Aislin, je viens de recevoir un e-mail de la banque pour un dépôt sur mon compte ! s'écria sa sœur. Deux cent mille dollars ! J'ai vérifié trois fois… Ça vient de Dante Moncada. Tu avais dit qu'il verserait cent mille, après le test ADN…

— L'argent est sur ton compte ?

— Oui ! Comment est-ce possible ? Que se passe-t-il ?

Aislin entendit sa sœur fondre en larmes.

— Orla, respire, répondit-elle gentiment. Il ne se passe rien de grave. Dante me paye pour jouer le rôle de sa fiancée.

— Quoi ?

— Cela ne durera que le temps d'un week-end. C'est pour son travail, une transaction qu'il veut mener à bien. Je serai sa caution de respectabilité. Il n'y a rien de bizarre, promis.

— Alors pourquoi te paye-t-il autant ?

Aislin faillit lui dire que le montant total s'élèverait à un million, mais se retint au dernier moment. Il faudrait d'abord qu'ils réussissent à se faire passer pour un couple aux yeux de Riccardo d'Amore. Si elle ne jouait pas le jeu à la perfection, l'argent s'envolerait.

— Ne t'inquiète pas. Dante n'a aucun sentiment pour moi. Il a besoin d'une fausse fiancée pour un week-end, il compatit à ta situation et cherchait un moyen d'aider. Dis-moi plutôt comment va Finn.

— Ça va, mais tu lui manques. Quand rentres-tu ?

Le cœur d'Aislin se serra. Elle et Finn avaient noué un lien fort. C'était la première fois qu'ils étaient séparés depuis qu'il était sorti du service de néonatalogie.

— Si tout va bien, en début de semaine prochaine.

— Tu feras attention à toi, n'est-ce pas ? Dante a une réputation affreuse auprès de la gent féminine…

— Je ne suis pas son type. Sois tranquille.

— Est-ce qu'il veut me rencontrer ? demanda Orla.

— Pas que je sache. Je crois qu'il veut d'abord régler son affaire. Ça semble très important pour lui.

— Plus important que Finn et moi ?

— Il a juste besoin de digérer la nouvelle.

Aislin se retint d'ajouter qu'Orla ferait sans doute bien mieux de ne jamais rencontrer Dante. Elle n'avait pas besoin de se créer de faux espoirs au sujet d'un frère qui se moquait des attaches familiales. Orla souffrirait de nouveau, et Aislin ne le permettrait pas. Elle ajouta :

— Il ne savait pas que tu existais jusqu'à hier. Laisse-lui le temps.

Après avoir raccroché, Aislin laissa échapper un soupir de soulagement. Leur situation financière était enfin stabilisée. L'argent était à l'abri sur le compte d'Orla. Pas d'entourloupe, pas de manigance. S'ils échouaient à tromper Riccardo, les deux cent mille dollars resteraient à sa sœur. Si l'on ajoutait les cent mille dollars dépendant du test ADN, il y avait largement de quoi mettre sa famille à l'abri. Que Dante tienne à en faire partie ou non ne changerait rien.

Il avait rendu tout cela possible et méritait des remerciements. Sans se laisser le temps de changer d'avis, elle prit la direction de la pièce où il travaillait.

Dante finissait un e-mail lorsqu'il entendit frapper à la porte de son bureau. Le rythme de son cœur s'accéléra. Ça ne pouvait être qu'Aislin.

— Entrez, l'invita-t-il.

Aislin surgit dans le bureau, son beau visage baigné par les rayons du soleil qui filtraient dans la pièce. Dante sentit chaque fibre de son corps s'éveiller.

— J'ai presque fini, dit-il en retournant à son ordinateur pour masquer son inconfort.

Elle lui adressa un sourire éclatant.

— Je ne veux pas vous déranger, juste vous remercier.

— Pourquoi ?

— L'argent sur le compte d'Orla. Vous n'imaginez pas ce que ça représente.

Elle posa les mains sur le bureau de Dante et ajouta :

— Vous êtes un homme de parole, et je suis venue vous dire que je respecterai la mienne. Je serai la meilleure fausse fiancée que vous puissiez vous offrir. Je suivrai vos indications à la lettre pour que la famille d'Amore soit persuadée que nous nous aimons !

Dante sentit son sang bouillir en pensant aux mille manières dont il pourrait profiter de la situation... À commencer par ici, à même le bureau. Il serra les dents et chassa cette image de son esprit.

— Je veux que vous soyez vous-même, rien de plus. Bien sûr, il faudra vous trouver une tenue appropriée...

Un éclair de panique passa dans les yeux de son interlocutrice.

— Comment ça, appropriée ?

— Des vêtements adaptés à la haute société.

— Je ne sais pas ce que ça veut dire.

— Il y a des boutiques en ville, les vendeurs sont habitués. Je vous y emmènerai demain.

Les sourcils froncés d'Aislin lui donnaient un petit air borné tout à fait charmant.

— Ça ne vous dérangera pas de me prêter de l'argent ? Je suis un peu fauchée...

Il fallut quelques instants à Dante pour comprendre qu'elle était sérieuse. D'ordinaire, les femmes trouvaient tout naturel qu'il règle leurs dépenses.

— Tant que vous êtes sous mes ordres, je paye pour tout.

Il lui semblait impératif de rappeler le caractère strictement professionnel de leur arrangement. Pour lui plus que pour elle. Aislin se raidit.

— Alors, vous êtes mon patron ?

— Je paye vos services. Ça fait de moi votre patron.

— Vous allez bien vite en besogne, Moncada.

— Comment cela ?

— Je ne suis pas votre employée, et vous n'êtes pas mon patron. Cet arrangement nous convient à tous les deux, et nous sommes à égalité dans ce petit jeu. Ne gâchez pas tout le bien que je pense de vous.

Elle pensait du bien de lui ? Pourquoi cela le rendait-il absurdement fier ?

— Si je vous ai insultée, je vous prie de m'excuser. Je voulais dire que vous êtes ici à ma demande. Je vis dans un univers de luxe, et il est normal que j'assume vos frais.

Aislin se détendit et lui adressa un sourire ravi qui lui fit un effet inattendu. Et très embarrassant...

— C'est mieux ainsi, dit-elle, de nouveau rayonnante.

Dante attrapa son téléphone portable.

— Sortons déjeuner ! proposa-t-il en se levant, prêt à tout pour se changer les idées.

La situation, une fois de plus, lui échappait. Il avait terriblement envie de toucher Aislin. Dieu seul savait comment il réussirait à survivre aux cinq prochains jours.

Une douche froide ferait l'affaire. Ou dix. Pour le moment, déjeuner en public devrait calmer ses ardeurs.

— Vous avez un type de cuisine préféré ? demanda-t-il.

Le sourire d'Aislin s'élargit.

— Pizza !

Aislin leva les yeux vers le ciel d'un bleu éclatant. Elle aimait la sensation de chaleur qui lui picotait la peau, ses épaules nues au soleil. Elle noua sa veste autour de sa taille et vit que Dante la regardait.

— Il ne fait pas un peu frais pour cette tenue ? s'étonna-t-il.

— Vous plaisantez ! Comparé à l'Irlande, c'est la canicule, ici. Je n'ai pas vu le soleil depuis septembre.

Elle ne s'était pas sentie aussi bien depuis des années. La générosité de Dante lui avait retiré un poids énorme des épaules. Finn grandirait à l'abri du besoin. Mais elle ne pensait pas qu'à sa famille. Il y avait aussi Dante... Aislin tenait à le remercier en lui garantissant l'affaire qu'il convoitait. Après tout, il aurait pu la mettre dehors sans un centime, lorsqu'elle était venue le voir.

Ils déambulèrent dans les rues pavées de Palerme, les trois gorilles de Dante à quelques mètres derrière eux. Aislin inhalait à pleins poumons l'odeur du printemps, les yeux émerveillés face à la vie qui animait la capitale, ses terrasses de cafés, ses étals de fleurs, de légumes et de fruits.

— Cet endroit est magnifique. Je n'ai jamais rien vu de tel.

— Vous avez beaucoup voyagé ?

— Pas beaucoup, en dehors de l'Irlande. Je suis allée à Londres quelques fois, et j'ai passé un été à faire les vendanges en France, mais c'est tout. Je n'avais pas quitté Kerry depuis trois ans.

Elle sourit et ajouta :

— C'est vraiment différent de chez moi, ici.

— À quel niveau ?

— Déjà, il ne pleut pas ! Mais je suis injuste : l'Irlande est un pays magnifique, et il ne pleut pas tout le temps. Mon village est en bordure de forêt. Quand j'avais dix ans, nous avons même vu un cerf dans notre jardin !

Dante écouta en souriant Aislin raconter ses souvenirs. L'argent envoyé à sa sœur l'avait rassurée. Une fois en confiance, elle se révélait particulièrement bavarde.

Elle papillonnait à ses côtés, les épaules nues, sa veste distraitement nouée autour de la taille comme une adolescente, les cheveux lâchés, plus sexy que tous les mannequins qui avaient défilé dans sa vie. Dante gardait les mains dans ses poches pour s'empêcher de la toucher.

Gio, son vieil ami, propriétaire de la pizzeria bondée, les accueillit à bras ouverts. Après l'avoir embrassé sur les joues, Dante présenta Aislin qui reçut le même accueil chaleureux. Gio les mena à une petite table à l'écart.

— Les Siciliens sont tous aussi expansifs ? demanda Aislin après qu'ils eurent pris place devant les menus.

— Comment ça ?

— Vous l'avez embrassé sur les joues, lui aussi...

Dante haussa les épaules.

— C'est la manière sicilienne. Nous sommes tactiles.

Aislin avait les yeux écarquillés.

— En Irlande, quand un homme en embrasse un autre, ça se termine en bagarre générale...

Dante éclata de rire.

— Et ce sont les méridionaux qu'on traite de machos...

Aislin prit une grande gorgée de la bière fraîche qu'elle venait de commander et perçut l'expression de surprise qui s'était peinte sur le visage de Dante.

— Ne vous inquiétez pas, le rassura-t-elle, je ne boirai que du prosecco ce week-end. Je ne vous embarrasserai pas.

— Aislin... Je veux que vous soyez vous-même, ce week-end. Si vous voulez boire du prosecco, ça me va, mais si vous préférez la bière, je n'y vois aucun inconvénient.

— Mais tout le monde boira du champagne, ou du prosecco... Et je ne vois pas comment je pourrai être moi-même habillée de pied en cap par l'un de vos stylistes...

— Il vous aidera à choisir, mais ne choisira pas pour vous. Si vous ne vous sentez pas vous-même, ça ne marchera pas.

Aislin lui jeta un regard indéchiffrable, avant de sourire et de lever son verre.

— Je suis heureuse de l'entendre. Pour tout vous dire, les vins ont tendance à me donner mal au crâne.

— Et c'est pour ça que vous buvez de la bière ?

— Je suis une étudiante sans le sou, Dante. La bière est la seule boisson que nous puissions réellement nous offrir...

Pourquoi Dante était-il captivé par ce babillage ? À cause des lèvres charnues qui prononçaient chacun des mots ? De ses yeux pétillants ?

L'arrivée des pizzas offrit une distraction bienvenue. Dante mordit dans sa part avec un soupir de plaisir, et Aislin l'imita.

— J'espère ne pas vous offenser, mais n'êtes-vous pas un peu trop âgée pour aller à l'université ? demanda-t-il.

— Juste un peu. J'ai dû lâcher mes études à cause de l'accident d'Orla. Je viens seulement de les reprendre.

— Et votre présence ici n'a pas d'impact sur vos cours ?

— Je suis mes cours par correspondance, pour pouvoir m'occuper de Finn, fit-elle après une gorgée de bière.

Peu désireux de se laisser entraîner sur ce terrain, Dante reprit la parole.

— Et vous étudiez l'histoire ?

— Je devrais obtenir une licence en histoire médiévale...

— Pour faire quoi ensuite ?

— Aucune idée. Je voulais devenir enseignante, mais... Je ne suis pas sûre de savoir gérer les adolescents ni toute l'administration des universités... J'ai perdu toute patience.

— Pourquoi ?

— Finn. Après l'accident, ils ont provoqué sa naissance, prématurément. Orla est restée dans le coma trois semaines. Traumatisme cérébral, sa colonne vertébrale était endommagée... Ont suivi six mois d'hôpital, avant qu'on la transfère dans un centre de rééducation pour un an. Elle n'était pas en état de s'occuper de Finn, alors c'est moi qui m'en suis chargée. Ce qui n'était pas une mince affaire...

Était-ce ainsi qu'elle comptait ternir son image de sainte aux yeux de Dante ? Il demanda :

— Parce que vous avez dû renoncer à votre vie ?

— Non, pas du tout, parce que l'administration et l'État étaient récalcitrants ! J'ai voulu obtenir la garde de Finn et une procuration pour les comptes d'Orla : ça a été un enfer. Ils ont vu débarquer une gamine de vingt et un ans, et ont dû penser que je ne saurais pas m'occuper d'un enfant prématuré. Je me suis battue bec et ongles : ils voulaient placer Finn à l'assistance publique. Vous imaginez ça ! J'ai passé trois mois à dormir à l'hôpital, à ses côtés, et ils voulaient me séparer de lui ! Orla m'a donné procuration dès qu'elle l'a pu, mais ils ne m'ont pas rendu la tâche facile pour autant. J'en sanglotais de rage, parfois... Quelle que soit la carrière que je finisse par choisir, je me tiendrai loin des administrations. Leurs complications m'insupportent.

La gorge nouée, Dante déglutit avec peine. Il fallait qu'il en apprenne le plus possible sur Aislin avant le week-end, mais elle ne lui donnait que des informations dont il n'avait pas besoin et qui le faisaient se sentir coupable sans qu'il comprenne bien pourquoi. Après tout, il ne connaissait pas l'existence des O'Reilly, à l'époque.

— Où était le père de Finn ? demanda-t-il.

Elle se pencha sur la table et reprit sur le ton de la confidence :

— Je ne sais pas qui est le père. Orla a eu des problèmes de mémoire, après l'accident. Elle dit ne pas se souvenir.

— Vous ne la croyez pas ?

— Sur ce sujet, je suis sûre qu'elle ment. Interdiction

de lui répéter ce que je viens de dire, au fait ! Vous ne savez pas ce dont je suis capable, si vous me trahissez...

— C'est une menace ? demanda Dante, amusé.

Il voulait lui demander où se trouvait leur mère, durant cette période, mais se retint. Dante ne voulait rien savoir de la maîtresse de son père. Aislin parlait, sautait du coq à l'âne, buvait et mangeait sans jamais cesser de sourire, et lui la dévorait des yeux, irrésistiblement attiré par son charme.

Elle se mordit la lèvre et sourit, avant de prendre une nouvelle bouchée de pizza. Aislin n'était pas délibérément provocatrice, mais...

Comment était-il censé se concentrer, alors qu'il ne pensait qu'à lui faire l'amour, trouvait de l'érotisme à chacun de ses gestes, passait chaque instant à calmer son sang ! Et dire qu'il était censé la ramener chez lui, passer deux nuits à côté d'elle... Mais pour la suite, heureusement, ils seraient entourés en permanence. S'il jouait habilement, il n'aurait pas à se retrouver seul avec elle avant leur séparation.

6

De retour chez Dante, dans l'après-midi, Aislin se vit proposer un verre en terrasse.

— Avec plaisir. Mais plus de café. Je n'ai pas l'habitude…

Dante sourit et lui indiqua une porte qui donnait sur un escalier extérieur.

Le déjeuner était passé en un éclair. Ils avaient commandé du café, qu'ils avaient siroté lentement, en discutant de leurs vies. Dante lui avait parlé de son enfance à Palerme. Il avait grandi dans la maison familiale, une villa près de la mer, mais c'était en ville qu'il se sentait le mieux, écumant les rues avec sa bande, rivalisant d'ingéniosité pour attirer l'attention des filles. Quelques années plus tard, il avait mis sur pied son entreprise et l'avait fait prospérer, déterminé à percer aux États-Unis. Ses extraordinaires accomplissements professionnels forçaient l'admiration. En comparaison, Aislin avait l'impression de n'avoir rien fait, ces dix dernières années, mais Dante avait l'élégance de ne jamais le lui faire sentir.

Elle lui parla de son enfance, du lien qu'elle entretenait avec Orla, de sa fascination pour l'Europe médiévale, du jour où son grand-père lui avait appris à faire du vélo, des messes avec sa grand-mère… Dante l'écoutait avec attention pour tenter de retenir ces informations. Il n'était pas réellement intéressé par son passé, mais sa concentration la toucha.

Comment ne pas se sentir pousser des ailes, face à l'attention exclusive d'un homme de sa trempe ?

Après avoir gravi une volée de marches, Aislin arriva sur le toit-terrasse et s'immobilisa devant le tableau qui s'offrait à elle. Le soleil déclinant illuminait la ville. Le regard se perdait dans les ruelles médiévales de Palerme, jusqu'à la mer. La terrasse était dotée d'une piscine gigantesque et d'un jacuzzi, d'un immense espace barbecue, d'un bar abrité sous des tonnelles de vigne vierge, et de nombreuses chaises longues, hamacs et canapés de jardin aux coussins profonds. L'intimité était préservée par de nombreux palmiers et arbustes. L'endroit devait être le lieu de fêtes d'une décadence tout italienne, songea Aislin.

Ciro, le jeune employé qui les avait accueillis, leur apporta une carafe de jus de fruits frais, puis retourna derrière le bar.

— Nous sommes coupés du monde, murmura Aislin en jetant un coup d'œil au hamac tendu entre deux palmiers. Je peux ?

— Vous n'avez pas à demander. Vous savez comment y monter ? demanda Dante. Il est un peu haut…

— On verra bien ! répondit Aislin en s'approchant.

Elle étendit les bras pour saisir les cordes du hamac et s'assit au milieu de la toile, rabattant promptement les jambes pour tenter de s'allonger. Mais le mouvement fut trop rapide : sans Dante, qui avait placé son corps pour empêcher le hamac de tourner, elle aurait versé à terre.

— Il faut un peu de pratique, murmura-t-il en la soutenant.

Soudainement, elle prit conscience de leur proximité, le bras musclé de Dante sous la toile, son torse et son visage, au-dessus d'elle. Aislin sentit son pouls accélérer. Le sang lui cognait aux tempes, et elle serra les dents pour ne pas gémir de frustration lorsqu'il la libéra de son emprise.

Dante lui tourna le dos un instant, tâchant lui aussi de retrouver la maîtrise de ses nerfs. Ils avaient été dangereusement proches l'un de l'autre. Il prit une gorgée de jus de fruits, calmant le rythme effréné de son cœur. Leur réaction n'avait rien d'anormal, mais il était frustrant de ne pas pouvoir la toucher. Son parfum le grisait.

Il prit une grande inspiration et s'assit près du hamac.

— Parlez-moi de vos études.

Il fallait reprendre la conversation, conserver une distance de sécurité entre eux. Il pouvait regarder, mais il lui était interdit de toucher. Il pouvait écouter. Répondre. Cela avait fonctionné à la pizzeria. Dante avait même été surpris du plaisir qu'il prenait à entendre les détails de sa vie.

Aislin s'éclaircit la voix et demanda :

— Qu'est-ce que vous voulez savoir ?

— Parlez-moi de vos amis... De vos petits amis...

Avant de pouvoir se contrôler, il s'entendit ajouter :

— Il y a quelqu'un dans votre vie ?

— Je ne serais pas ici si c'était le cas.

Une part cynique de l'esprit de Dante allait objecter, mais il se souvint qu'elle ne faisait pas partie de son monde. Pour elle, l'argent n'était pas la motivation principale.

Aislin plaçait sa famille avant tout. Il la regarda. Elle était confortablement allongée dans le hamac, sa crinière de cheveux cascadant sur la toile.

— Je n'ai eu qu'un petit ami, confessa-t-elle, le regard perdu dans le ciel.

— Juste un ?

— Oui, un seul. Patrick. Je l'ai rencontré à la faculté.

— C'était sérieux ?

— C'est ce que je croyais. Il m'a trompée.

Déstabilisé, Dante ouvrit la bouche, puis la referma, incapable de trouver une réaction appropriée. Aislin disait ce qu'elle avait sur le cœur sans se soucier des codes en usage entre inconnus.

— Il m'avait tout promis, continua-t-elle calmement. Il avait réussi à me convaincre que j'étais la femme de sa vie… Nous étions ensemble depuis six mois lorsque Orla a eu son accident. Deux semaines plus tard, une infirmière m'a suggéré de rentrer chez moi pour me reposer, et…

— Vous avez passé deux semaines à l'hôpital sans rentrer ? demanda Dante, les yeux ronds.

— Orla était dans le coma, en soins intensifs. Finn s'accrochait à la vie quelques couloirs plus loin… Je devais veiller sur l'un et l'autre. Rentrer ne me venait même pas à l'esprit. Enfin, j'ai appelé Patrick pour qu'il vienne me chercher, mais il ne répondait pas, alors j'ai sauté dans un taxi. J'étais en colocation à l'époque. Quand je suis arrivée, je l'ai trouvé au lit avec une autre femme…

Dante passa une main sur sa mâchoire, abasourdi.

— Il savait ce que je traversais, que j'avais besoin de soutien et que ma mère ne comptait pas rentrer. Elle était déjà en Asie lorsque Orla a eu son accident, et elle n'a fait qu'envoyer des messages, rien de plus… Tout ce que je voulais, c'était quelqu'un pour me tenir la main et partager le fardeau de ma peine. Il en a été incapable.

— Qu'avez-vous fait ? demanda Dante, la gorge nouée.

— Je lui ai dit que je ne voulais plus jamais le voir, j'ai fourré des vêtements dans un sac de voyage et je suis partie.

— C'est tout ?

Il s'était attendu à des hurlements et à de la vaisselle brisée.

— J'étais épuisée, Dante. Je n'avais presque pas dormi pendant les deux semaines précédentes, j'étais à bout de nerfs, à bout de forces. Tout ce que je voulais, c'était prendre mes affaires et retourner à l'hôpital. J'étais comme anesthésiée. Il a fallu plusieurs jours pour que je ressente la souffrance de cette trahison…

Dante n'avait pas besoin d'imaginer sa dévastation. La trahison d'un être aimé était la pire des déceptions. Au moment où elle avait le plus besoin d'eux, Aislin avait été abandonnée par sa mère et par l'homme qu'elle aimait…

— Aussi cruel que ce soit, le surprendre avec une autre vous a rendu service, observa-t-il froidement.

Il évita délibérément de mentionner l'attitude de Sinead O'Reilly, qui semblait aussi égoïste que sa propre mère.

— Rendu service ? répéta Aislin sans comprendre.

— Au moins, vous saviez la vérité. C'est mieux que de vivre dans le mensonge.

— J'aurais surtout dû ne jamais lui faire confiance. Croyez-moi, on ne m'y reprendra plus. Je ne fais plus confiance qu'à ma famille. Enfin… À ma sœur et à mon neveu.

— Ne faites confiance à personne…

Il parlait d'expérience : il avait fait confiance à son père et en avait payé le prix. Mais ça n'était pas le moment de penser à lui. Il était outré de ce qui était arrivé à Aislin. Pourtant, il la connaissait à peine. Pourquoi ressentait-il si vivement la douleur qu'elle avait vécue ?

— Vous avez déjà eu quelqu'un de sérieux, dans votre vie ? finit-elle par demander, après un silence.

— Non, répondit-il trop abruptement avec un sourire gêné. Je ne suis pas fait pour les relations longues. Le célibat me convient très bien.

C'était sa réponse standard à la question. Dante n'avait nullement l'envie de se justifier auprès de quiconque.

— Si je n'avais peur de tomber du hamac, je lèverais mon verre au célibat ! plaisanta Aislin.

L'atmosphère se détendit, et ils passèrent le reste de la soirée à discuter de sujets plus légers. Dante devait se faire violence pour ne pas orienter la conversation sur un terrain propice au dérapage... Comment rester poli et civil, lorsqu'on désirait quelqu'un aussi ardemment ?

Aislin trempa un orteil dans l'eau de la piscine, chauffée comme l'avait indiqué Dante, puis s'y immergea jusqu'aux épaules et reposa la nuque sur le bois de la terrasse, les yeux levés vers la voûte étoilée. Le bourdonnement de la ville montait jusqu'à elle. La nuit était calme. Ciro jouait sur son téléphone, derrière le bar. Dante avait été appelé à la villa de son père, juste après leur dîner. Aislin en avait profité pour enfiler son tout nouveau maillot de bain. Elle n'aurait jamais le courage de le porter en sa présence...

C'était la première fois qu'ils étaient séparés depuis qu'il était venu la chercher au fond des bois. Ils avaient passé deux jours productifs, et Aislin était confiante : ils en savaient assez l'un sur l'autre pour pouvoir rassurer ceux qui douteraient de leur histoire. Ils conversaient sans effort, et Aislin était à ce point à l'aise qu'elle en oubliait parfois le but de sa présence. Pourquoi avait-elle parlé de Patrick ? La seule personne au courant de son infidélité était Orla. Peut-être était-ce une mise en garde. « Méfie-toi des hommes », lui murmurait une petite voix. Cependant Dante l'attirait de plus en plus. Elle n'aurait rien dû ressentir d'autre que de la gratitude pour sa générosité, mais c'était loin d'être le cas. Patrick l'avait fait souffrir.

Dante était fait du même bois. Il séduisait, se lassait et abandonnait. Mais par moments, Aislin interceptait une lueur dans son regard qui mettait ses défenses à mal.

Le matin même, elle avait accueilli leur sortie avec soulagement. Dante l'avait amenée dans la *viale Strasburgo*, la rue des boutiques de créateurs de Palerme, où son styliste personnel lui avait été présenté. La richesse du choix l'avait déstabilisée. Il était tentant de tout acheter, mais elle avait suivi les conseils du styliste, jetant son dévolu sur quatre tenues d'été et deux robes de soirée, une robe pour le mariage lui-même, ainsi que chaussures et accessoires. Elle ne savait pas pourquoi elle s'était laissé convaincre de renouveler ses sous-vêtements. Les siens étaient parfaitement fonctionnels, et de toute façon elle ne comptait pas les montrer ! Mais elle avait fini par céder, attirée malgré elle par la délicatesse des étoffes. C'était si nouveau pour une simple étudiante arrivant tout droit d'Irlande ! Elle avait rougi en pesant à la note que Dante allait recevoir. Le détail de ses achats y serait-il inscrit ? L'imaginerait-il dans ces sous-vêtements ? Et pourquoi se sentait-elle troublée à cette idée ?

Enfin, dans trois jours, tout cela serait terminé, et le poids qui l'oppressait disparaîtrait.

Rien de bon ne pouvait arriver si elle écoutait son cœur. Il n'y avait rien entre eux, et quoi que ses regards signifient, elle ne s'autoriserait pas à lui céder. Dante était plein de qualités, et elle lui faisait désormais confiance sur le plan financier, mais Aislin était plus suspicieuse pour ce qui était de ses relations avec les femmes. Riccardo d'Amore avait raison : de ce point de vue, il était comme son père.

Dante n'hésitait pas à verser dans la manipulation. La petite mascarade qu'ils échafaudaient en était une preuve solide. Il faudrait être bien naïve pour lui offrir son cœur…

Derrière elle, une voix rauque et masculine la fit tressaillir. En tournant la tête, elle vit Dante attraper la bouteille de bière que Ciro lui tendait et se diriger vers elle. Parfaitement indifférent au raisonnement qu'elle venait tout juste de tenir, son cœur s'emballa dans sa poitrine.

7

Aislin était furieuse contre elle-même. Elle s'était laissé bercer par la douceur de la nuit, s'attardant juste assez dans la piscine pour donner à Dante le temps de la rejoindre. Et il était difficile d'oublier qu'elle n'était qu'en maillot de bain... Il avait mis dans son lit les plus belles femmes de la planète. À côté, elle ne faisait pas le poids. Heureusement, la lumière argentée de la nuit reflétée sur l'eau masquait son corps aux regards indélicats.

— Vous passez un bon moment ? demanda-t-il d'un ton chaleureux en s'approchant.

Cependant il semblait tendu, ses épaules raides et crispées.

— Merveilleux. Mais je ne vous ai pas demandé la permission.

— Inutile. La piscine est là pour être utilisée. Détendez-vous. Ces derniers jours ont été assez...

— Chargés ?

Dante hocha la tête et prit une gorgée de bière, tandis qu'elle demandait :

— Vous avez réglé votre problème ?

Il sourit faiblement et hocha la tête. Le cœur d'Aislin se serra. Il était allé dans la maison de son enfance. Les funérailles de son père ne dataient que de trois mois...

— C'est difficile, pour vous, de retourner là-bas ?

Devant son regard compatissant, Dante se maudit de ne pas être resté plus longtemps éloigné. La vieille gouvernante de la villa avait appelé pour signaler une fuite. En temps normal, il aurait envoyé un plombier s'occuper seul de la réparation. Cette fois-ci pourtant, il avait décidé d'y aller.

Il avait besoin d'espace. Deux journées à côté de cette Irlandaise sublime, deux journées entières à entendre son accent délicieux, à la voir manger, boire, sourire, froncer ses adorables sourcils… Tout cela tourbillonnait en lui comme un mauvais orage. Quels que soient ses efforts de concentration, Aislin les balayait. Dante n'était plus aux manettes de son propre cerveau.

Au dîner, il avait eu envie de couvrir son cou de baisers, obsédé par l'image de son corps alangui… Il avait été à deux doigts de congédier ses employés. La sonnerie de son portable l'avait ramené à la réalité, et il n'avait jamais été aussi frustré de sa vie.

Alors qu'il avait saisi la première occasion de s'enfuir, voilà qu'il la retrouvait à moitié nue dans sa piscine…

Ignorant sa question, il tira une chaise au bord de l'eau.

— Orla et moi avons eu du mal à retourner chez notre grand-mère, après sa mort, reprit Aislin d'une voix douce. Elle habitait à côté de nous. Son foyer était le nôtre. Voir ses objets, ses meubles… C'était difficile. Je l'entendais presque nous appeler pour nous proposer une tasse de thé…

Dante prit une longue gorgée de sa bière.

— Ça paraît toujours irréel, finit-il enfin par admettre. Je vais là-bas et je vois mon père partout. Je pourrais lui parler, mais il n'y a personne en face de moi.

Il avait pourtant des choses à lui demander. Pourquoi

lui avait-il caché l'existence d'Orla ? Ce secret donnait à Dante l'impression de le perdre une deuxième fois.

Désir et colère ne faisaient pas bon ménage. Il était furieux contre son père mort et plein de désir pour celle qui le dévisageait, à moitié nue, sous la lumière de la lune.

— J'ai toujours su que mon père était un menteur, ajouta-t-il dans le silence. Mais pas avec moi. Il ne m'a jamais menti, et moi, je ne l'ai jamais jugé. Après tout, j'étais son fils... Je connaissais ses fautes, mais ça ne m'a pas empêché de l'aimer. Alors, apprendre qu'il m'a caché la pire chose qu'un père puisse cacher à son fils... Désormais je me demande ce qu'il a bien pu me cacher d'autre. Qui était l'homme que j'ai cru connaître ?

La surface de l'eau se troubla. En quelques brasses, Aislin effaça la distance qui les séparait et vint poser les bras sur le bord de la piscine, auprès de lui.

— Vous en avez parlé à votre mère ? demanda-t-elle.

— Non. Si ma mère sait pour Orla, alors elle est complice.

Son regard se perdit dans la nuit, loin d'Aislin. Sa proximité le troublait. Elle prenait tout l'espace.

— Parfois, les parents mentent à leurs enfants pour les protéger, observa-t-elle. Ça ne veut pas dire que votre père vous a menti sur le reste.

— Ça ne veut pas non plus dire le contraire.

Aislin posa la joue sur son avant-bras et soupira.

— Quand je pense à Finn, à ce qu'il aura à affronter, j'ai tellement mal au cœur que je pourrais échanger nos existences sans hésiter. J'ai tellement d'amour pour lui... Je serais prête à tout pour le protéger, lui et sa mère.

— Même à mentir ?

— Ces derniers temps, je me rends compte que je suis capable de bien plus de choses que je ne le croyais, répondit-elle dans un murmure. C'est dans les moments extrêmes qu'on découvre jusqu'où on peut aller par amour.

Dante s'imagina Aislin au chevet d'Orla, la veillant sans faiblir. Il songea au combat qu'elle avait mené pour obtenir la garde de Finn, jusqu'à ce que sa sœur puisse reprendre la barre. D'où lui venait cette force extraordinaire ? Avec un sourire, il détendit l'atmosphère :

— Comme entrer par effraction chez moi ?

Du coin de l'œil, il la vit sourire à son tour.

— Votre père a fait des erreurs, et je comprends que vous soyez en colère contre lui, reprit-elle au bout d'un moment. Son absence rend les choses plus difficiles à gérer. Mais n'oubliez pas qu'il vous a aimé. J'aurais tout donné pour connaître l'amour que vous avez partagé avec vos parents. Ma mère ne voulait pas d'enfants. Orla et moi sommes des accidents, et nous l'avons su très vite. Elle a épousé mon père parce que ma grand-mère ne lui a pas laissé le choix.

— Votre grand-mère vous a assuré un cadre familial.

Aislin se la rappela, si droite, si aimante… Un cœur d'or.

— C'est elle qui nous a élevées. Je l'ai adorée. Elle nous a quittées il y a six ans, et à ce jour elle me manque encore.

— Et votre père ?

— Il s'est remarié, a quitté le domicile familial. Nous nous entendons bien, mais… Il est difficile de rester lié à quelqu'un qu'on n'a vu qu'un week-end sur deux.

Dante avait la gorge nouée. Il fit l'erreur de regarder de nouveau Aislin. La lune était haute dans le ciel. Sa lumière argentée donnait à la peau de la jeune femme une teinte irréelle, comme si une sirène l'attendait dans la piscine.

Il aurait été si simple de congédier Ciro, de retirer son costume et de la rejoindre. De la prendre dans ses bras, et…

Dante se redressa d'un mouvement nerveux.

— Je vous verrai dans la matinée. Je vais me coucher.

Après une longue douche froide. Comment était-il possible d'avoir tant de soucis et de ne pourtant penser qu'à une seule personne ? Ils vivaient une bien étrange situation, songea-t-il en s'éloignant. Aislin l'avait bien dit, c'était dans les situations extrêmes que les gens se révélaient. Elle et lui étaient amenés à se fréquenter, à se connaître, tout cela pour simuler l'amour de la manière la plus convaincante possible. Ça ne pouvait qu'aggraver les choses…

Dante venait d'atteindre l'escalier lorsqu'il se rendit compte qu'il avait oublié son téléphone à côté de la piscine. Il fit demi-tour. Il venait de dépasser le bar lorsque Aislin sortit de la piscine, dans une cascade de gouttelettes d'eau. Il se figea.

Bon sang…

Son petit maillot noir était bien trop modeste pour masquer le corps magnifique qu'il habillait. Aislin était aussi belle et pulpeuse que dans ses rêves. Il sentit sa bouche s'assécher, la moiteur envahir ses paumes, son souffle se nouer. Un brasier crépitait dans son corps. Inconsciente de sa présence, Aislin attrapa une serviette sur l'une des chaises longues. En la voyant sécher ses cheveux, Dante réprima un soupir de frustration. Il était trop loin pour distinguer l'expression de son visage, mais assez proche pour succomber à son charme.

Dieu sait ce qui se serait passé si Ciro n'était pas apparu derrière le bar, le téléphone de Dante à la main.

— J'étais sur le point de vous le rapporter.

Dante le saisit et pivota sur ses talons. La douche froide devenait urgente.

Aislin referma sa nouvelle valise, des papillons dansant dans son ventre. Leur entrevue au clair de lune ne quittait pas son esprit, particulièrement le moment où, après être sortie de l'eau, elle l'avait découvert de retour sur la terrasse, la dévorant des yeux. Ce qu'elle avait vu dans son regard l'avait enflammée. Toute la nuit, elle avait tourné et retourné les événements dans son esprit, incapable de trouver le sommeil. La journée ne lui avait apporté aucun soulagement. Elle avait fait de son mieux pour sauver les apparences au déjeuner, mais n'avait pu s'empêcher de s'empourprer chaque fois qu'elle croisait son regard. Heureusement, à peine le café bu, Dante avait proposé que Ciro l'emmène à Palerme, dans le meilleur salon de coiffure de la ville.

Elle ne l'avait pas revu depuis.

À son retour, elle avait appelé Orla. Leur longue conversation l'avait laissée perplexe, et en raccrochant, elle avait décidé de se faire plaisir en essayant la première des tenues conseillées par le styliste. En faisant glisser la petite culotte noire à lacets sur ses cuisses, elle ne put s'empêcher d'imaginer les mains de Dante occupées à la faire redescendre. Les images les plus lascives l'envahissaient dès qu'elle pensait à lui, la laissant sans défense : son corps musclé recouvrait le sien, ses lèvres sensuelles venaient sur sa peau…

Aislin s'examina dans le miroir. Serait-elle assez bien habillée pour les familles les plus puissantes d'Europe ? Elle ne voulait pas que les invités la regardent de travers en se demandant ce que Dante Moncada pouvait bien lui trouver. Elle voulait qu'il soit fier de l'avoir à côté de lui.

Deux coups frappés à la porte de sa chambre la firent sursauter. Aislin jeta un dernier regard au miroir et prit une grande inspiration avant d'aller ouvrir.

Le cœur de Dante manqua un battement. La beauté sauvage et brouillonne qui l'avait quitté après le déjeuner s'était littéralement métamorphosée. Aislin portait un jean noir taille haute, souligné par une ceinture incrustée de strass, avec un chemisier de soie multicolore et un boléro bleu marine épousant ses formes généreuses. Ses cheveux, que le coiffeur avait raccourcis mais laissés libres, encadraient merveilleusement son visage et soulignaient ses pommettes, ainsi que le rose carmin de ses lèvres.

— Ça vous paraît bien ? demanda-t-elle du ton peu assuré qu'il commençait à connaître.

Réalisant qu'il la dévisageait, Dante cilla.

— Vous êtes ravissante.

— Vraiment ? Ne vaudrait-il pas mieux...

— *Dolcezza*, cette tenue vous va à ravir. Vous conjuguez à merveille l'élégance et la décontraction.

Aislin poussa un soupir de soulagement.

— Je pense que vous surestimez un peu mon élégance, fit-elle avec un petit rire. J'ai failli mettre une robe, mais je ne suis pas prête à montrer mes jambes... Elles n'ont pas vu le soleil depuis des années ! J'ai la peau si blanche...

— Si vous voulez mon avis, votre peau est parfaite.

Elle vira au cramoisi et bredouilla :

— Merci pour mon ego ! Euh... Avant que j'oublie, j'ai parlé à Orla tout à l'heure. Je sais que vous avez beaucoup à faire avec le mariage, mais je lui ai promis de vous demander : elle veut savoir si vous viendrez à l'anniversaire de Finn. Elle tient beaucoup à vous rencontrer.

Désarçonné par la question, Dante répondit avec précaution :

— Pourquoi pas ? Vous me donnerez les détails après le mariage.

Il vit le soulagement se peindre sur le visage d'Aislin et ajouta sans lui laisser le temps de répondre :

— Avant de partir, j'ai quelque chose pour vous.

Il n'avait toujours pas passé le seuil de sa chambre. Après une nuit sans sommeil, il s'était décidé à ériger un mur entre eux deux. Elle l'attirait trop. Mais son désir s'était réveillé à la seconde où elle était entrée dans la salle du petit déjeuner, les cheveux en pagaille, les yeux gonflés par le manque de sommeil…

Si elle avait été quelqu'un d'autre, n'importe qui plutôt que la fille de Sinead O'Reilly, il aurait continué leur conversation au lit, avec ses cuisses nouées autour de sa taille. Il ne pouvait s'empêcher d'imaginer ce qu'il ressentirait au plus profond d'elle, le poids de ses seins lourds entre ses mains, la couleur des bourgeons dressés qu'il exciterait lentement…

C'était une forme de torture mentale à laquelle Dante s'avérait incapable de mettre un terme. L'atmosphère entre eux se chargeait d'une électricité dangereuse et sensuelle.

— Que vouliez-vous me donner ? demanda Aislin, les joues toujours roses et le regard fuyant.

— Votre bague de fiançailles. Il serait difficile de vous présenter comme ma fiancée sans que vous en portiez la preuve au doigt, dit-il devant son étonnement, sortant un écrin de velours de sa poche. J'espère qu'elle vous ira.

Aislin ouvrit l'écrin d'une main fébrile, tandis que Dante guettait sa réaction. Il avait acheté le bijou le matin même, déterminé à choisir le premier qu'on lui présenterait. À sa grande surprise, il avait dû visiter trois joailliers pour dénicher la perle rare. C'était un diamant taillé en forme de poire, souligné d'émeraudes et monté sur or rose. La bague était splendide, différente, tout comme Aislin. C'était aussi le bijou le plus cher qu'il ait jamais acheté. Pourquoi avait-il dépensé une fortune pour sa fausse fiancée ? Il refusa d'y réfléchir. Après tout, il en avait les moyens.

La gorge d'Aislin se contracta sous l'effet de la confusion.

— Dante, je… Je ne peux pas porter ça…

— Pourquoi ? Vous ne l'aimez pas ?

— C'est le plus beau bijou que j'aie jamais vu de ma vie.

— Alors où est le problème ?

— Ça a dû coûter une fortune. Et si je la perds ? Vous ne pourrez jamais la rapporter au bijoutier…

— Elle vous appartient, répondit Dante d'un ton égal.

— Je ne peux pas. C'est trop.

Dante soupira et glissa le bijou à son annulaire.

— C'est un cadeau, dit-il d'une voix douce. Je vous connais assez pour savoir que vous allez verser l'intégralité de l'argent à Orla et à Finn, et c'est une décision que je respecte. J'aime beaucoup de choses chez vous, *dolcezza*, et je veux vous laisser un souvenir du temps que nous aurons passé ensemble. Vous m'insulteriez en la refusant.

Ce n'est qu'après avoir fini de parler qu'il réalisa qu'il avait gardé sa main prisonnière. Leurs visages n'étaient qu'à quelques centimètres, assez proches pour qu'il distingue les taches de rousseur sur son nez et ses pommettes.

Aislin resta muette, le cœur battant. Si elle avait posé la main contre son torse, elle aurait pu entendre les battements désordonnés de son cœur. Une chaleur moite avait envahi son corps, il lui devenait même difficile de respirer. Les pupilles dilatées, elle se perdit dans son regard.

La main large et puissante de Dante attira son cou et avant qu'elle le réalise, les lèvres sensuelles qui l'avaient tant fait rêver s'écrasèrent contre les siennes, pour un baiser rude et passionné, éventrant la digue qui retenait encore leur désir. Comme leurs langues se mêlaient, elle pressa le corps contre le sien dans un gémissement étouffé. Son corps entier s'éveillait, et elle était près de se livrer, d'étancher la soif qui la tenaillait… Jusqu'à ce qu'il rompe leur étreinte… Aislin sentit ses lèvres la quitter et Dante s'écarter d'un mouvement aussi soudain que cruel.

8

Aislin cilla, immobile. Il fallait qu'elle se concentre sur sa respiration. Ses poumons semblaient si oppressés qu'ils peinaient à absorber l'oxygène nécessaire.

Pour la première fois, elle redoutait de lever les yeux vers Dante. Elle avait peur de ce qu'elle verrait sur son visage et plus encore de ce qu'il lirait sur le sien.

Le silence dans la chambre était absolu.

Les jambes flageolantes, Aislin s'affaissa dans un fauteuil. C'était la première fois qu'elle échangeait un baiser aussi intense. Elle se sentait brûler de l'intérieur, toujours pleine de désir mais marquée au fer rouge par le rejet brutal de Dante.

Dante se passa la main dans les cheveux, jurant intérieurement contre lui-même. Bon sang, qu'est-ce qui n'allait pas chez lui ? Il avait toujours su repousser la tentation. Bien des femmes belles et désirables, mariées de surcroît, auraient rejoint son lit à la moindre sollicitation. Il avait résisté sans effort, tenant pour sacrés les liens du mariage. Son père était dénué de morale, et avant qu'il apprenne l'existence de sa sœur cachée, c'était déjà quelque chose qui lui causait de la peine. Dante se pensait meilleur que cela, et voilà qu'il craquait lui aussi, cédant à ses désirs au lieu de les combattre. Rompre leur étreinte avait été extraordinairement difficile : son corps tendu protestait, le mettant au supplice.

Il jeta un coup d'œil à Aislin qui, assise dans un fauteuil, se tenait la tête entre les mains.

— Ça va ?

Elle leva lentement le menton.

— Ça ira.

Il serra les dents.

— Je suis désolé, je n'avais pas prévu de...

— Moi non plus, murmura-t-elle.

— Je vous avais donné ma parole. Notre arrangement devait rester platonique, et je ne m'y suis pas tenu.

Cette promesse rompue le rendait malade. Il ajouta :

— Je vous présente mes excuses.

— Pour le baiser ou pour votre parole ?

— Les deux.

Dante vit un éclair de colère passer dans les yeux d'Aislin.

— Je n'en veux pas. Il faut deux personnes pour un baiser. Vos excuses sont humiliantes.

Dante jura dans sa barbe.

— Bien loin de moi la volonté de vous humilier ! Mais on ne peut pas...

— Vous n'avez pas besoin de le dire, vos actions parlent pour vous. Vous regrettez ce baiser. Je ne suis peut-être pas sophistiquée comme celles que vous fréquentez, mais je ne suis pas idiote. Je ne vous plais pas vraiment. C'est arrivé, c'est tout.

Aislin se leva du fauteuil, un faux sourire tremblant aux lèvres. Dante sentit son cœur se serrer. Elle ajouta :

— C'est ainsi. Oublions tout ça.

Elle allait le dépasser pour sortir de la chambre, mais Dante lui saisit le bras.

— De quoi est-ce que vous parlez, bon sang ?

Aislin rougit à nouveau, malgré elle.

— C'est gênant... Vous ne vouliez pas m'embrasser.

Il ferma les yeux et lâcha son bras.

— Vous avez raison, je ne voulais pas vous embrasser, et vous n'êtes pas aussi sophistiquée que mes anciennes partenaires. Et heureusement ! Vous avez tort sur tout le reste, en revanche.

Le silence s'installa à nouveau, avant qu'elle finisse par murmurer, hésitante :

— Que voulez-vous dire ?

— *Dio*, Aislin, vous ne sentez pas l'alchimie entre nous ?

— Je pensais que je l'imaginais, fit-elle en baissant les yeux avec une candeur qu'il aurait pu trouver presque risible.

— Vous n'imaginiez rien, *dolcezza*, fit-il doucement. Vous êtes sans doute la plus belle femme que j'aie jamais rencontrée. Vous êtes loyale, drôle et terriblement attirante, mais nous savons tous deux qu'il serait dangereux de laisser quoi que ce soit advenir. Même sans parler de notre famille et des complications, simplement pour vous et moi... Je ne suis pas le play-boy que décrivent les médias, mais je ne suis pas un saint non plus. Je ne crois ni à l'amour ni aux histoires éternelles, je ne veux pas de famille, et les femmes que je fréquente non plus. Lorsque j'ai dit que vous étiez différente, je le pensais. Vous méritez mieux que moi.

Le cœur serré, il attendit sa réponse. Lorsque Aislin releva finalement les yeux vers lui, le feu qui brûlait dans ses pupilles ne présageait rien de bon.

— Je suis ravie que vous sachiez ce qu'il y a de mieux pour moi, ça m'évite d'avoir à penser par moi-même.

Elle se rua jusqu'à la porte et l'ouvrit en grand, avant de la claquer derrière elle en criant :

— Vous êtes vraiment stupide, Moncada !

Aislin remonta le couloir jusqu'à l'ascenseur, dont elle écrasa furieusement le bouton d'appel. Le bruit des pas de Dante résonnait derrière elle mais elle refusa de se retourner, même lorsqu'il l'eut rattrapée.

— Vous avez fini ? Vous êtes calmée ?

— Non.

Elle croisa les bras pour s'empêcher de le frapper ou pis, de l'embrasser. Sa présence était suffocante, enivrante, un poison. Ne venait-elle pas de passer quatre jours à se répéter qu'il ne fallait pas succomber ?

Mais c'était avant qu'il l'embrasse, et qu'un torrent de sensations inédites roule en elle, avant qu'il lui parle de son charme et qu'il liste toutes les raisons pour lesquelles tout cela n'avait plus désormais aucune importance.

— Votre valise...

Elle avait oublié la valise. Aislin le remercia à contrecœur et le vit sourire, tandis que l'ascenseur s'ouvrait enfin devant eux.

Une fois les portes refermées, Aislin se tourna vers lui.

— Bon, Moncada, mettons quelques petites choses au clair, monsieur. Vous êtes peut-être diaboliquement sexy, mais votre réputation vous précède. Je ne suis pas idiote et je n'ai pas eu besoin de vous, monsieur, pour m'en rendre compte.

— Pourquoi tous ces « monsieur » ?

— Pour remplacer les noms d'oiseaux qui me viennent en tête.

Il sourit, visiblement amusé, tandis qu'elle poursuivait.

— Je sais faire la différence entre une véritable relation et une simple aventure. Je sais aussi qu'il n'y a aucune possibilité d'union solide entre nous. Ma vie est en Irlande, avec ma famille, et même si nous partageons une sœur, nous ne sommes pas du même monde. Vous, quand vous n'êtes pas aux quatre coins du globe, vous vivez en Sicile, qui est culturellement très différente de mon pays.

— Vous avez terminé ?

— Pas encore...

Frustrée au-delà du possible et irritée par le sourire amusé qui ne quittait pas ses lèvres, elle attrapa sa veste pour l'attirer à elle et l'embrassa de nouveau.

Quelques instants plus tard, ils sortaient, accueillis par la brise parfumée du printemps. La voiture de Dante les attendait, garée devant le porche.

Muette, Aislin contempla les lignes du superbe *palazzo* renaissance, à travers la vitre de la voiture. En comparaison, les lourds châteaux de la famille royale britannique faisaient pâle figure. Des dizaines de limousines étaient garées à côté d'un premier ensemble de bâtiments, puis apparaissait le palais, crème et or sur fond de pins maritimes. Dante, qui l'avait surprise en prenant lui-même le volant du bolide qui les amenait, sortit pour lui ouvrir la porte. Il lui tendit la main. Le diamant qu'elle portait étincela au soleil, et elle posa le pied sur un gravier si régulier qu'il semblait avoir été ratissé avec un peigne. Aislin jeta un regard timide à Dante et prit une grande inspiration.

— Prête ?

Elle hocha la tête d'un air déterminé.

Sur la route, il lui avait détaillé la liste des invités et fait plusieurs remarques pertinentes sur les profils qu'il connaissait le mieux, ainsi que sur le déroulement du week-end. Une première dégustation de champagne, offerte par le père de la mariée, aurait lieu dans les jardins du château, suivie d'un déjeuner composé de sept plats. Ni Dante ni elle n'avaient reparlé du baiser : l'heure était aux affaires, et Aislin s'était promis ne pas dévier de l'objectif.

Le valet qui les avait guidés jusqu'à leur parking toussa discrètement et leur indiqua le chemin à suivre, alors qu'un autre employé les débarrassait de leurs valises. Main dans la main, ils pénétrèrent dans le palais, jusqu'à une immense salle de réception où une cohorte de serveurs les attendait pour servir le champagne. Les invités, tous plus beaux et riches les uns que les autres, conversaient déjà aux quatre coins de la salle. Aislin sentit son ventre se nouer et combattit la panique qui montait en elle. Sa tenue, aussi chic soit-elle, n'était clairement pas à la hauteur des extravagances haute couture de la plupart des invitées.

— Voici les mariés, chuchota Dante alors qu'ils s'approchaient d'un couple souriant.

Aislin se composa une mine réjouie alors que le couple, qui venait d'apercevoir Dante, s'excusait auprès d'un groupe d'invités pour venir les accueillir.

Alessio et Dante se donnèrent une virile accolade avant de s'embrasser sur les joues, à la manière latine. Aislin nota qu'il était moins proche de la mariée, Cristina, qu'il salua tout de même chaleureusement. Puis, se tournant vers elle, il la présenta comme sa fiancée. Les futurs mariés admirèrent sa bague.

— Tu cachais bien ton jeu, le tança Alessio en riant, avec ton invitée surprise… Lorsque Cristina m'a dit que tu amenais ta fiancée, j'étais certain qu'elle avait mal compris !

Cristina sourit malicieusement :

— Un jour, tu comprendras que j'ai toujours raison.

— Je suis en apprentissage ! répliqua Alessio, taquin.

Aislin sourit, rassurée par leur chaleureux accueil. Avec un peu de chance, les invités seraient aussi sympathiques. Après quelques mondanités, Cristina demanda :

— Voulez-vous que je vous fasse indiquer votre chambre ? Je suis sûre que vous mourez d'envie de vous rafraîchir.

— Ce serait merveilleux, merci, répondit Aislin.

Cristina fit signe à un valet, alors qu'Alessio prenait Dante à part. Ils parlaient visiblement affaires, et Alessio avait l'air de s'excuser.

Aislin put s'en assurer auprès de Dante quelques minutes plus tard, alors qu'ils suivaient le domestique dans un dédale de couloirs. Ils se tenaient toujours la main, conscients de ne pouvoir baisser la garde, ne serait-ce qu'un instant.

— Oui, il s'excusait, confirma Dante. Alessio a honte du comportement de son père.

— J'imagine qu'il a essayé de le faire changer d'avis.

— Oui, mais il était trop pris par les préparatifs du mariage et ça n'a abouti à rien. Riccardo sait pourtant que mon rival lui rapporterait moins. Je me suis montré généreux, mais il est têtu.

La conversation avait au moins le mérite de les distraire du contact brûlant de leurs paumes. Dante avait dû faire un effort de concentration pour ne pas penser à Aislin durant les deux minutes qu'avait duré sa conversation avec Alessio. Ils jouaient la comédie, feignant d'être follement amoureux. Mais si se tenir la main faisait partie du plan, pourquoi y prenait-il autant de plaisir ?

L'employé qui les guidait s'arrêta devant une porte et consulta son bloc-notes.

— Voici votre chambre.

— La mienne ou celle d'Aislin ? demanda Dante.

L'homme reprit sa liste et vérifia de nouveau.

— M. Dante Moncada et Mlle Aislin O'Reilly.

Il déverrouilla la porte, les invitant à entrer.

— Désirez-vous une femme de chambre pour vos bagages ? demanda-t-il en désignant les valises, posées au pied du lit.

Du coin de l'œil, Dante capta le regard alarmé d'Aislin.

— Merci, non, nous saurons nous débrouiller.

— Où est ma chambre ? demanda Aislin à la seconde où l'employé les quitta.

— La voici, dit-il d'un ton aussi calme que possible. On nous a mis ensemble.

9

— Nous allons devoir partager la chambre ? Mais vous aviez dit…

Le choc dans sa voix résonnait dans la pièce.

— Que nous aurions des chambres séparées ? acheva Dante avec un rire mi-figue, mi-raisin. C'est aussi ce que je croyais.

Aislin soupira.

— Peut-être que toutes les chambres étaient déjà réservées lorsque vous m'avez ajoutée à l'invitation…

— Je suis désolé, murmura-t-il.

— Ne le soyez pas. Cristina pense probablement nous faire plaisir… Je dormirai sur le canapé.

— Non, ce serait trop inconfortable. Je dormirai par terre.

— Certainement pas ! Le week-end sera assez fatigant comme cela sans y ajouter une nuit blanche.

Aislin ouvrit les portes de la grande armoire en chêne.

— Qu'est-ce que vous faites ? reprit Dante.

— Je cherche un autre jeu de draps pour le canapé.

Elle étouffa un juron après avoir complété son inspection.

— Il n'y en a pas, fit-elle d'un ton dépité. On peut en demander au personnel, mais si ça s'apprend, cela trahira notre supercherie. Il faudra partager le lit… Vous aurez besoin de la salle de bains, avant que je me change ?

Immédiatement, Dante imagina Aislin en train de faire glisser son jean le long de ses cuisses. Il serra les poings et répondit :

— Non, allez-y. Vous avez le temps de prendre un bain.

— Impossible, la vapeur ferait boucler mes cheveux, et je n'ai pas le temps de refaire ma coiffure.

Elle sortit une robe de sa valise et la posa sur le lit.

— Elle n'est pas froissée, ça devrait aller.

En la voyant défaire le reste de sa valise avec l'empressement d'une fourmi ouvrière, Dante comprit qu'elle était plus perturbée qu'elle ne le prétendait.

— Laissez tout cela, et allez vous changer.

Aislin attrapa la lingerie érotique qui restait au fond de sa valise et la rangea précipitamment dans un tiroir, avant de se réfugier dans la salle de bains en emportant sa robe. Dante l'entendit verrouiller la porte derrière elle, et il étouffa un juron. Comment allait-il s'en sortir ? Il aurait déjà été embarrassant de découvrir qu'ils partageraient le même lit s'ils ne s'étaient pas embrassés. Mais maintenant qu'il connaissait le goût de ses lèvres, c'était pire…

La route depuis Palerme avait été une torture, mais ils avaient tous deux fait l'effort de la conversation : les invités, le programme, l'étiquette qui inquiétait Aislin… Ils avaient parlé et parlé encore, sans jamais mentionner leur baiser.

Eperdu de désir, Dante ne pensait pourtant qu'à enfoncer la porte de la salle de bains pour entraîner Aislin au lit…

Aislin enfila la belle robe couleur rubis et jeta un regard distrait à son image. Comment pourrait-elle passer la nuit à côté ? Leur chambre était spacieuse et bien agencée, mais elle s'y sentait plus à l'étroit que dans une cabine téléphonique. Depuis que la porte s'était refermée sur eux, son corps rugissait de désir. Elle savait gérer ce genre de pulsions lorsqu'ils étaient entourés, mais une fois seuls ?

Et forcée à partager un lit avec l'homme qu'elle désirait ardemment ! Elle étouffa un cri dans son poing.

Le désir n'était pas censé faire aussi mal.

Deux coups frappés à la porte la firent sursauter.

— Aislin ? Tout va bien ?

Elle ouvrit en grand. Dante se tenait dans l'encadrement, sourcils froncés, mâchoire crispée. Muette, elle lui rendit son regard. Son cœur battait si fort qu'il semblait vouloir s'échapper de sa cage thoracique. Le temps s'arrêta. Les yeux verts de Dante formulaient une question interdite, mêlée de regrets.

Elle n'était pas la seule à souffrir, et cette pensée ne faisait que la rapprocher de lui. Elle allait parler mais à cet instant Dante sembla revenir à la vie et l'attrapa brusquement par la taille. Leurs bouches se trouvèrent, et la langue de Dante s'insinua entre ses lèvres, électrisant son épiderme. Elle enroula les bras autour de son cou. Sans cesser de l'embrasser, il glissa une main dans ses cheveux, l'autre explorant librement son dos, ses épaules et ses hanches. Submergée par l'odeur de sa peau, elle savoura le contact de sa barbe naissante contre ses joues. Ils s'embrassèrent avec force, fiévreusement, cédant à un désir trop longtemps bridé, et elle s'abandonna dans un long gémissement, les seins plaqués contre son torse, enflammée de désir. L'urgence de son baiser, tout comme l'exploration fiévreuse de son corps, prouvait qu'il avait lui aussi perdu pied.

On pouvait guérir d'une telle maladie. Parfois, il fallait

faire monter la fièvre pour la faire tomber. Elle n'avait de toute façon pas les armes pour combattre ce qui les ravageait. Ils s'y étaient employés sans succès, accumulant la frustration au fil des jours. Désormais, il fallait s'y soumettre.

Dante enfouit les lèvres dans son cou et la souleva de terre, la portant dans la chambre pour la déposer sur le lit.

De nouveau, leurs langues se mêlèrent, et la main de Dante caressa sa cuisse nue. Elle allait défaire le bouton de sa ceinture, mais perdit tous ses moyens en sentant l'un de ses doigts passer sous l'élastique de son slip. Il gronda contre sa bouche, le souffle court. Tandis qu'il glissait un doigt en elle, elle se cambra comme sous l'effet d'un coup de fouet. Le feu qui brûlait en elle avait dévoré toute inhibition, consumé toute maîtrise de soi. Elle en voulait plus. Elle voulait tout. Avec l'énergie du désespoir, elle tira sur son pantalon pour le libérer et le toucher enfin, comme il la touchait.

Dante murmura quelque chose en italien sans s'arrêter de couvrir sa nuque de baisers, et elle sentit ses mains attraper son slip et le descendre le long de ses cuisses. Toute trace de timidité l'avait quittée lorsqu'elle baissa son boxer pour libérer son sexe, qu'elle prit dans la main. Il était dur, pulsait violemment contre sa paume. Dans le tourbillon du désir, elle sentit Dante se tourner pour attraper un préservatif. Il cessa de l'embrasser un instant pour déchirer la protection d'un coup de dents, avant de s'en couvrir.

Enfin, il entra en elle.

Le soulagement qui les envahit leur arracha à tous deux un cri de satisfaction.

Ils n'avaient plus le temps. Dante entama de puissants va-et-vient, réclamant son dû avec un sens de la possession qui décupla leur jouissance. Aislin n'avait jamais connu de plaisir aussi intense. Dante arrivait à peine à croire ce qu'il ressentait. Elle était brûlante, venait fiévreusement à sa rencontre. Il n'avait jamais eu à ce point envie d'une femme, et elle répondait à son désir, les jambes nouées autour de son bassin, gémissant son plaisir sans retenue, les doigts agrippant la chemise qu'il portait encore, le bassin accompagnant les mouvements puissants de ses hanches. Le plaisir, rien que le plaisir…

La gorge renversée et les yeux clos, Aislin supplia et supplia encore jusqu'à ce que tout son corps se cabre, saisi d'un spasme fulgurant. Avec un cri rauque, Dante la suivit et se libéra enfin en elle.

Combien de temps passèrent-ils, enlacés, à reprendre lentement contact avec la réalité ? Après ce qui lui sembla être une éternité, Dante releva le visage de l'épaule d'Aislin et plongea les yeux dans les siens. Il y trouva exactement ce qu'il ressentait lui-même : l'expression d'une jouissance pure, mêlée d'étonnement et de joie.

Il l'embrassa, et elle lui rendit son baiser. Puis elle soupira et rit nerveusement, enfouissant le visage au creux de l'épaule de Dante.

— Eh bien… C'était…

Le menton contre ses cheveux, Dante s'entendit rire.

— C'était ? J'ai hâte de connaître la suite…

— J'allais dire prodigieux… Ou époustouflant…

— Ça me va.

Ils s'embrassèrent à nouveau dans un rire, et Dante murmura :

— Excuse-moi un instant…

Ses jambes ne le portaient qu'à peine lorsqu'il se dirigea vers la salle de bains. Il se sentait pourtant aussi léger qu'une bulle de champagne. De retour dans la chambre, il trouva Aislin en train de quitter le lit, totalement débraillée. Ses cheveux, coiffés par le meilleur des stylistes, étaient totalement ébouriffés, son maquillage défait, ses lèvres encore gonflées de désir, sa peau marquée par les baisers de Dante. Elle lui adressa un bref sourire et demanda :

— C'est le moment où l'on dissèque ce qui vient de se passer ?

Dante s'appuya contre le mur et croisa les bras.

— C'est ce que tu veux faire ?

Aislin fit non de la tête et haussa les épaules.

— Je ne sais pas. À vrai dire, je suis encore un peu... soufflée... J'ai du mal à réaliser.

— Moi aussi. Et pourtant...

Il rit, surpris par sa propre incrédulité face à ce qu'ils venaient de vivre.

— Dante...

Aislin se mordit la lèvre et baissa les yeux sur le tapis. Dante vint s'agenouiller à côté d'elle. Il posa un doigt sous son menton et la força à relever le visage. Elle ne savait pas que le sexe pouvait être ainsi. Elle voulait refermer les bras autour de son cou et ressentir de nouveau cette sensation de plénitude, cet orgasme époustouflant qui lui avait ouvert les portes d'un autre monde.

— D'habitude, je ne fais pas ça, confessa-t-elle.

Maintenant que sa faim avait été rassasiée, la honte l'envahissait. Ils n'avaient même pas pris la peine d'enlever leurs vêtements !

— Je ne présumais de rien, répondit-il gentiment. Et même si c'était le cas, tu n'aurais pas à avoir honte. Nous sommes tous deux adultes et célibataires.

Aislin laissa échapper un petit rire.

— C'est faux, nous sommes fiancés, je te rappelle.

Il sourit faiblement.

— Raison de plus pour ne pas avoir honte.
— Je ne veux pas être un trophée à ton actif...
Dante fit courir la main sur la nuque d'Aislin.
— Ce n'est pas le cas.
Elle eut un rire sans joie.
— Vraiment ? Écoute, je ne dis pas que je veux plus que ce que nous avons là. Nous ne filerons jamais le parfait amour. Mais il faut que je te dise... Je n'ai jamais eu de... liaison.
Réalisant l'absurdité de la situation, elle posa le front contre le sien et éclata d'un petit rire, avant de préciser :
— Ce que j'essaye de te dire, c'est que je ne connais pas la marche à suivre, je ne sais pas quoi faire maintenant que nous avons passé cette... étape.
— S'il y a une marche à suivre, personne ne me l'a jamais indiquée, répondit Dante en l'embrassant tendrement.
— Comment les autres se comportent-elles, d'habitude, après avoir fait l'amour ?
— Ne pense pas à elles. Elles ne sont pas toi. Tu ne serais pas là si c'était le cas.
Aislin grimaça, et il insista :
— Arrête de te comparer aux autres.
— Mais j'ai vu des photos, elles sont toutes tellement... chics et séduisantes...
— Peut-être, mais aucune ne m'a excité comme toi.
Les joues d'Aislin s'empourprèrent de plaisir.
— C'est vrai ?
Du revers de la main, il lui caressa la joue.
— Tu as un pouvoir étrange sur moi, *dolcezza*, et je ne vais pas m'en excuser ou regretter quoi que ce soit. Ce que nous avons partagé était incroyable.
Un sourire éclaira le visage d'Aislin.
— C'était fou, n'est-ce pas... Je crois que c'est ce qui

m'a le plus choqué. Je ne savais pas que ça pouvait être aussi bon.

Il avait été bien forcé de faire le même constat. Dante prit le visage d'Aislin dans ses mains.

— J'ai encore envie de te faire l'amour.

Les pupilles dilatées, elle répondit :

— Qu'est-ce qui t'en empêche ?

— Le temps.

Elle jeta un coup d'œil affolé à sa montre.

— Mon Dieu, on va être en retard ! La réception débute !

— Je sais, répondit-il à contrecœur.

Il se redressa en grimaçant. Dans le miroir, Aislin prit la mesure des dégâts avec un gémissement. Elle pouvait se coiffer à la va-vite et appliquer de nouveau son maquillage, mais sa robe était terriblement froissée. Elle se dirigea vers l'armoire et l'ouvrit en grand.

— Est-ce qu'ils ont un pressing, ici ? Je vais devoir porter la robe de soirée que j'avais prévue pour la nuit du mariage.

Elle aurait pu hurler de frustration. La robe du lendemain était bien plus voyante que celle qu'elle venait de quitter.

— Garde celle-ci, personne ne le remarquera.

— Tout le monde le remarquera ! Je suis censée avoir mis le grappin sur le célibataire le plus en vue de Sicile, et on ne va pas me lâcher des yeux. Comment fait-on, dans ce cas ? Et pourquoi est-ce qu'on ne peut pas porter la même tenue deux soirs de suite ?

— Pour la simple raison que les gens que je fréquente sont censés avoir les moyens d'en changer... Ne t'inquiète pas, je vais appeler mon styliste et lui demander d'envoyer d'autres robes.

Aislin se raidit, partagée entre le besoin de sauver la face et la réticence de lui occasionner d'autres dépenses.

— Ne t'en veux pas, dit Dante en prenant son téléphone. C'est ma faute, si ta robe est froissée. Va changer de tenue et enferme-toi bien dans la salle de bains, sinon je risque de venir froisser la deuxième...

Lorsque Aislin ressortit, Dante laissa échapper un sifflement admiratif.

— Attends avant de dire quoi que ce soit, ordonna-t-elle en se précipitant vers sa valise pour y prendre une paire d'escarpins turquoise.

Elle les passa et tournoya devant lui en disant :

— Maintenant, tu peux me dire ce que tu en penses.

— Tu ressembles à une personne qui ferait mieux de quitter cette chambre, avant que je la renverse sur le lit.

Il ne plaisantait pas.

Aislin était sublime. Elle avait pris une douche rapide et passé une robe de soie dont la coupe évoquait une toge romaine. Elle s'arrêtait aux genoux et épousait parfaitement ses formes. Aislin avait refait son maquillage et noirci légèrement le contour de ses yeux, nouant ses cheveux sur sa nuque en un chignon lâche. Les mèches qui s'en échappaient encadraient parfaitement son visage. Elle lui adressa un sourire radieux.

— Je dois prendre ça comme un compliment ?

— Oui. Sors de la chambre.

Dante était loin d'être rassasié de son corps. Lorsqu'il sortit pour la rejoindre, quelques instants plus tard, elle était adossée au mur. Dante fut tenté d'envoyer Riccardo d'Amore et le mariage au diable, pour s'enfermer avec elle dans leur chambre pour les prochaines quarante-huit heures.

Comme elle tendait la main vers lui, confiante, un sursaut de culpabilité s'empara de lui. Il l'avait entraînée à sa suite pour la présenter à la haute société, un monde cruel et peu charitable. Même s'il n'arrivait pas à convaincre Riccardo qu'il avait changé et n'avait rien à voir avec son père, il devrait protéger sa « fiancée ».

Il ne la quitterait plus des yeux, décida-t-il.

10

Une armée de valets se tenait au bas de l'escalier, prête à guider les invités jusqu'aux jardins où se tenait la réception.

Serrant fermement la main de Dante dans la sienne, Aislin admira les salles immenses qu'ils traversaient, aux plafonds ornés de fresques monumentales. Chaque génération semblait avoir voulu apporter sa touche personnelle au décor sans se soucier de l'harmonie générale, et le résultat, aussi déconcertant soit-il, lui apparut à la fois loufoque et en heureux contraste avec le luxe mirobolant du palais. Elle aussi se sentait bizarre, dans sa robe hors de prix. Sous le chef-d'œuvre de haute couture, il n'y avait qu'Aislin O'Reilly, une simple fille d'Irlande dont le mariage le plus chic auquel elle ait été invitée s'était tenu dans un hôtel de Dublin.

Un homme d'un certain âge, chauve et replet, les attendait devant la porte qui menait au jardin, saluant chaque invité.

— C'est le père de Cristina ? chuchota Aislin.

— Non. Il s'agit de Riccardo.

— Je pensais que le père de Cristina donnait la réception…

— C'est le cas, mais Riccardo ne peut pas s'empêcher de s'imposer. Il aime être aux commandes en toute occasion.

— Et tu veux faire affaire avec un homme comme lui ?

— Non, je veux faire affaire avec son fils.

Il serra sa main pour lui signifier que leur petit aparté était terminé : on les menait vers Riccardo.

Celui-ci les salua et embrassa Aislin à la sicilienne, sur les joues, avant de se saisir de sa main pour examiner la bague qu'elle portait au doigt.

— Vous êtes fiancée, nota-t-il avec un fort accent italien, avant de tourner son regard porcin vers Dante. Félicitations !

Aislin sourit poliment, parfaitement consciente au ton de sa voix qu'il doutait déjà de l'authenticité de leur relation.

— Merci, répondit Dante sans se laisser démonter.

Tirant un mouchoir en soie de sa manche, Riccardo épongea son front perlé de sueur et leur adressa un sourire carnassier. Il semblait sur le point d'ajouter quelque chose lorsqu'une femme de petite taille, la cinquantaine et les cheveux courts, se joignit à eux. Riccardo sembla s'adoucir.

— Mimi, mon épouse, annonça-t-il, avant de s'adresser à elle en italien.

Mimi posa son regard pétillant sur Aislin et l'embrassa sur les joues.

— *Non parlo inglese*, expliqua-t-elle en guise d'excuse.

— *Non parlo siciliano*..., répliqua Aislin avec un sourire.

Si elle-même ne faisait aucune différence entre l'italien et le sicilien, elle savait que les insulaires étaient fiers de leur langue et avait délibérément fait la distinction.

Après quelques amabilités, ils quittèrent les d'Amore pour se mêler aux invités.

— Ne me laisse pas seule, murmura Aislin en serrant la main de Dante.

— Ne t'inquiète pas, je ne te quitte pas.

Dans l'heure qui suivit, elle fut présentée à une foule d'inconnus, tous curieux de la connaître. On échangeait les noms, on s'embrassait et on se jaugeait en sirotant champagne et jus de fruits qui coulaient à flots. Les serveurs valsaient entre les invités tels des équilibristes, leurs plateaux tenus en hauteur, prêts à accomplir la mission capitale que s'était donnée la haute société, cet après-midi-là : atteindre une ivresse feutrée la plus luxueuse possible. Chaque fois que Dante annonçait ses fiançailles, un choc mal dissimulé se peignait sur le visage de leurs interlocuteurs. Katrina, une jeune femme à la beauté froide, lui jeta un regard où dansaient mille poignards. Aislin ne s'était pas fait une amie... Tout le monde tenait à regarder la bague, et l'on poussait des roucoulements ravis devant l'opulence du joyau. Dante et Aislin passaient d'un couple à l'autre, laissant derrière eux une traînée de murmures et de regards en coin. On jugeait la fiancée, et les avis n'étaient pas tous favorables. Dante s'assurait qu'Aislin ne s'éloigne jamais de lui, lui offrant une protection bienvenue dans le panier de crabes de la haute société. Au bout d'un moment, les invités, qui s'étaient tous salués, s'agrégèrent en petits groupes, et l'interrogatoire débuta véritablement.

— Comment vous êtes-vous rencontrés ? demanda une grande blonde vaporeuse au regard doux nommée Sabine, un bambin accroché à la jambe.

Le mari de Sabine, un magnat des médias français, s'était excusé et les avait laissés pour aller fumer. Sabine semblait douce, et Aislin baissa un peu sa garde.

— Je suis rentrée par effraction dans la maison de son enfance et je l'ai agressé avec une pomme de douche...

Sabine rit, certaine qu'elle plaisantait.

— En voilà une belle entrée en matière !

— Elle a su capter mon attention, ajouta Dante en souriant.

— Et que faisiez-vous là-bas ? demanda Sabine.

— Ah ! c'est là que ça se complique…

Aislin prit une petite gorgée de champagne et ajouta :

— Nous avons une sœur en commun.

Les sourcils de Sabine firent un bond.

Dante écouta Aislin raconter, avec une verve enjouée, les circonstances de leur rencontre. Véritable tour de force, elle s'en sortit de manière que chacun soit convaincu qu'ils étaient fatalement destinés à tomber amoureux de l'autre. S'il n'avait pas connu la vérité, sa prestation l'aurait convaincu.

Sabine se tourna vers lui.

— Et vous avez rencontré cette Orla ?

— Pas encore, répondit Dante avec sourire, sans ajouter qu'il n'avait aucune intention de le faire.

L'estomac noué, il repensa à la semi-réponse qu'il avait donnée à Aislin concernant l'anniversaire de Finn. Il aurait dû lui opposer une fin de non-recevoir ferme, mais n'avait su comment. Après ce week-end, il reprendrait le cours de sa vie et oublierait tout de cette sœur inconnue, qu'il aurait assez largement payée pour ne pas se sentir coupable.

Il oublierait Aislin, aussi. Si elle se trouvait dans le besoin, elle pourrait toujours revendre la bague. Le joyau valait plus que ce qu'il avait donné à Orla. Elles s'en sortiraient.

Ce week-end, pourtant, Dante comptait bien profiter de chaque seconde passée avec Aislin. La promesse de ne pas la toucher n'avait pas tenu bien longtemps ; pourquoi se priver du plaisir intense qu'ils avaient ressenti ?

Aislin conversait maintenant à bâtons rompus avec Sabine au sujet de l'histoire médiévale italienne. Dante connaissait Sabine depuis de nombreuses années. Il avait dirigé Aislin vers elle parce qu'il savait que de toutes les invitées elle serait la plus susceptible de prendre la jeune irlandaise sous son aile, au lieu de la traiter en rivale. Les autres, aimables en apparence, auraient affûté leurs armes, guettant le moindre signe de faiblesse pour attaquer…

Aislin n'avait rien de sournois en elle. En revanche, elle avait du tempérament, et brûlait d'un véritable feu intérieur en harmonie parfaire avec ses cheveux cuivrés.

Le son puissant d'un gong sonna la fin du cocktail et le début du dîner. Dante poussa un discret soupir de soulagement. Dans quelques heures, il s'excuserait auprès des invités et ramènerait Aislin dans leur chambre. Enfin !

Le dîner fut servi dans une somptueuse salle de banquet. La centaine d'invités prit place autour de la grande table, où furent servis des mets délicieux, rivalisant de délicatesse, en parfait accord avec la magnificence du palais. Le nombre d'invités doublerait le lendemain, jour du mariage. Grâce à Dante, Aislin faisait partie de la liste privilégiée conviée pour tout le week-end de réjouissances.

Un serveur apparut derrière elle et lui présenta le cocktail de jus de fruits frais qu'elle avait commandé. Lorsque les verres de vins avaient été remplis, Dante avait discrètement insisté pour qu'elle commande autre chose. La bière n'étant pas au menu, Aislin avait demandé un cocktail. Le résultat était divin, frais et doux à la fois.

Dante et elle passaient un moment agréable, il semblait bien plus détendu que d'ordinaire. Faire l'amour avait changé la dynamique de leur relation. Le désir s'était révélé au grand jour : il n'y avait plus rien à cacher. Sous les apparences banales de leur conversation courait une séduction sous-jacente, rappel permanent de la faim qui tiraillait leurs corps. Une promesse électrisait l'air.

Combien de plats avait-on servis ? Cinq ? Six ? Elle avait perdu le compte. Aislin prit une longue gorgée et reposa son verre d'une main tremblante. Il fallait qu'elle se calme. Ce dîner prendrait bientôt fin.

Le dessert arriva enfin, mais Aislin y toucha à peine.

— Ça ne te ressemble pas de ne pas finir ton dessert, murmura Dante à son oreille.

Aislin le regarda, cherchant sans succès une repartie spirituelle. Mais seule la vérité sortit de sa bouche :

— C'est ta faute...

Il se pencha un peu plus, et son souffle caressa sa peau.

— Ma faute ? Quelque chose d'autre te fait donc envie ?

Elle se tourna légèrement vers lui. Le bout de son nez frôlait sa joue, et il fallut une maîtrise parfaite à Aislin pour ne pas l'embrasser. Les cuisses serrées, elle sentit la chaleur irradier à nouveau dans son ventre.

— Le dîner vous convient ?

En un clin d'œil, Aislin fut ramenée à la réalité. Rouge comme une pivoine, elle se tourna vers Riccardo d'Amore, visiblement conscient de sa gêne. Il ne les avait pas quittés des yeux du dîner, et Aislin songea qu'il avait toutes les preuves de l'authenticité de leur relation.

— Tout est délicieux mais tellement abondant que je ne peux plus rien avaler !

Dante observa Aislin d'un air amusé. Le visage rond de Riccardo s'était détendu.

— Ah ! vous aimez ? Tant mieux. Je me demandais, en vous voyant laisser une partie du dessert... Mais peut-être que l'amour vous coupe l'appétit...

Il se plaça entre eux, presque taquin, son ventre rond les forçant à se séparer. Dante sentit l'irritation poindre : au lieu de se réjouir des insinuations de Riccardo, qui montraient qu'il progressait et ne payait pas Aislin une fortune pour rien, il était forcé de se mordre la langue pour ne pas congédier le Sicilien et reprendre leur jeu de séduction.

— Il faut croire, car tout est un régal, s'enthousiasma Aislin, faussement candide. Et les cocktails ! Vous en avez goûté ?

— Non.

— Tenez, goûtez le mien, je n'ai pas utilisé la paille.

Visiblement sous le charme, Riccardo se saisit du verre d'Aislin pour aspirer une longue gorgée du cocktail, son visage rond exprimant une joie enfantine.

— *Molto bella !* Alors donc, vous et Dante avez une sœur en commun ?

Dante sentit son sang se glacer. Sous sa bonhomie de façade, Riccardo ne perdait pas le nord.

Sans se laisser désarçonner, Aislin hocha fièrement la tête et sortit son téléphone de son sac.

— Elle s'appelle Orla, vous voulez voir une photo ? Tenez.

Riccardo y jeta un regard poli et se tourna vers Dante.

— Elle tient de votre père.

Malgré son sourire, l'attaque était directe. Par-delà la tombe, la conduite amorale de Salvatore Moncada poursuivait son fils. Dante hocha la tête, crispé. Imperturbable, Aislin continuait à faire défiler les photos.

— Ça, c'est Finn, le bébé d'Orla. C'est un ange.

Riccardo sourit.

— Un magnifique garçon.

— Je ne vous le fais pas dire ! approuva Aislin. Malgré sa paralysie cérébrale, il profite de tout ce que la vie peut lui offrir. Il est très courageux. Malheureusement, Dante a manqué les trois premières années de sa vie, il n'y peut rien, il ne savait rien d'eux jusqu'à récemment, mais tout cela est en train de changer. Il leur offre une maison et compte bien les aider du mieux possible. Il fera un oncle fantastique.

— Et un papa merveilleux ? demanda Riccardo après une légère pause.

— Un jour, bien sûr ! répliqua Aislin sans laisser à Dante le temps de répondre. Nous voulons profiter de notre mariage d'abord, avant de penser aux enfants.

Dans sa bouche, tout semblait naturel. Réel. Dante aurait dû être fier des talents d'actrice de sa partenaire, mais il se sentait de plus en plus mal à l'aise.

— Et le mariage est pour quand ? demanda Riccardo.

— Nous ne sommes fiancés que depuis une semaine, répondit Aislin en chuchotant, comme pour souligner l'importance de ce qu'elle révélait. Et j'ai toujours rêvé d'un grand mariage en blanc, ce qui implique d'énormes préparatifs... J'imagine que vous savez de quoi je parle, ce week-end a dû prendre des mois à mettre sur pied !

Aislin avait conclu son petit laïus par un regard admiratif, créditant Riccardo du mérite de toute l'organisation.

— Un énorme travail, *sì*, confirma-t-il, fier comme un paon.

— Il faudra que vous me donniez des conseils.

— Avec grand plaisir.

Aislin lui décocha un sourire radieux, et Riccardo reporta son attention vers Dante.

— Je suis impressionné, dit-il en revenant à l'italien. Lorsque vous vous serez lassé d'elle, envoyez-la-moi. J'ai un neveu qui l'adorerait. Il est temps qu'il se range.

— Aislin n'est pas un meuble à revendre, répondit Dante, la mâchoire crispée.

Agrippé à son verre, il mobilisa tout son sang-froid pour ne pas envoyer son poing dans la figure de son interlocuteur.

Riccardo lui jeta un regard pénétrant, doublé d'un rictus.

— Ravi de vous l'entendre dire. En effet, cette charmante personne semble différente de vos précédentes conquêtes. Prenez-en soin.

Il se leva, embrassa Aislin sur le front et fit demi-tour pour rejoindre sa place.

Dante vida son verre d'un trait, luttant contre la colère mêlée de regret qui s'emparait de lui. Le voyant agité, Aislin posa la main sur sa cuisse. Il était aussi tendu que la nuit précédente.

— Qu'est-ce qu'il t'a dit ? murmura-t-elle.

Dante évacua la question d'un sourire.

— Rien d'important.

— Alors pourquoi est-ce que tu sembles sur le point de faire un massacre ? Il y a un problème ? Je ne lui ai pas plu ?

Dante n'eut pas le temps de répondre, car Katrina venait d'apparaître, et elle glissa d'un ton venimeux :

— Et voici l'autre couple modèle… La vie est belle ? Vous vous en sortez, Aislin ? C'est tellement difficile de s'imposer dans ce genre de soirées lorsqu'on ne fait pas partie du sérail…

Ce fut Dante qui répondit :

— Veux-tu quelque chose de précis, Katrina ?

— Mais non, je suis simplement inquiète pour ta fiancée, fit Katrina d'un ton dont la perfidie démentait les paroles.

Sans se démonter, Aislin répondit :

— J'ai été très bien accueillie.

— C'est l'hospitalité sicilienne, ça. Personne ne dira quoi que ce soit en face de vous.

— Non, on aura plutôt le droit à des remarques

mesquines dans le dos, fit Dante, avec un mépris parfaitement affiché.

Il se leva et prit Aislin par la main.

— Retourne voir ton mari, Katrina, et laisse Aislin en dehors de tes petits jeux. *Buona notte*.

11

Aislin attendit qu'ils soient de retour dans le couloir désert qui menait à leur chambre pour demander :

— Qu'est-ce que c'était que ce petit numéro ?

Dante gardait la mâchoire serrée.

— La spécialité de Katrina : les jeux de manipulation…

— C'est une de tes anciennes conquêtes ?

— Non.

— Elle aimerait le devenir ?

Il déverrouilla la porte de leur chambre.

— Oui.

Aislin se sentit nauséeuse.

— C'est pour ça qu'elle me déteste ?

Dante soupira en refermant la porte derrière eux.

— Elle déteste toutes celles qui pourraient lui faire de l'ombre. Katrina était actrice. Elle a épousé un producteur italien de plus de trente ans qu'elle, en espérant que ça la ferait percer dans le métier, mais elle n'a aucun talent. Elle s'ennuie dans un mariage sans amour et multiplie les conquêtes pour se sentir exister. C'est une prédatrice. Voilà le monde dans lequel je vis, *dolcezza*. Un monde rempli d'égoïstes qui ne pensent qu'à leur notoriété.

Dante détestait voir Aislin exposée au feu des regards et des opinions nauséabondes qu'il avait, lui, l'habitude d'affronter. Il retira sa cravate et sa veste pour les jeter sur le bras d'un fauteuil, dans le coin de la pièce.

Ce qu'avait dit Riccardo sur ses anciennes conquêtes était vrai. Elles étaient uniformes parce qu'il les choisissait ainsi, sorties du même moule, dénuées de scrupule et de bonté. Il ne les fréquentait pas pour leur conversation, ni pour leur intelligence.

Katrina était l'une d'elles. Si elle n'avait pas été mariée, il l'aurait mise dans son lit, comme les autres.

Dante s'approcha d'Aislin et prit son visage entre ses mains. Elle était l'opposé exact de Katrina et des conquêtes de son passé, belle à l'intérieur comme à l'extérieur. Il prit ses lèvres pour un baiser passionné.

C'était exactement ce qu'il lui fallait. Son parfum, ses bras noués autour de sa taille, ses lèvres entrouvertes et accueillantes, concouraient à effacer le souvenir toxique des paroles de Riccardo et de Katrina. Dante enfouit les mains dans les cheveux d'Aislin, luttant pour ne pas la renverser directement sur le lit.

Cette fois-ci, il prendrait son temps. Étendant la main, il défit le chignon souple qui maintenant ses cheveux en place. Les boucles cuivrées de la jeune femme retombèrent en désordre sur ses épaules, et il y enfouit le nez, embrassant la base de sa nuque. Elle sentait la framboise. Une voix dans sa tête murmura qu'il ne pourrait plus jamais goûter à ce fruit sans l'associer à Aislin, à la couleur de ses lèvres et au parfum de ses cheveux. Elle se pressait maintenant contre lui, invitante et câline.

La prenant par la main, il la conduisit jusqu'au lit et la fit s'asseoir sur le matelas, avant de s'agenouiller devant elle, de retirer sa chemise et de la faire tomber au sol. Les yeux écarquillés, elle posa une main tremblante sur son torse. Dante ferma les yeux, savourant le contact.

Aislin pouvait sentir son cœur battre contre sa paume. Elle refoula les larmes qui lui montaient aux yeux. Il battait pour elle, sous la peau bronzée de son torse aux pectoraux dessinés, au-dessus de ses abdominaux parfaits. Dante était beau comme un dieu.

Lentement, elle fit courir les doigts sur lui, traçant une carte imaginaire sur sa peau, respirant son odeur musquée mêlée d'eau de toilette. Sa main descendit, timide, jusqu'à la ceinture de son pantalon. Elle releva les yeux vers lui et, troublée par la force du désir qui brûlait dans ses prunelles, tira sur la ceinture…

Une semaine auparavant, Aislin était étrangère à la notion de désir. L'union et l'intimité ne voulaient rien dire à ses yeux. Dante avait fait basculer son monde. Sa réputation ne l'effrayait plus. Même la petite voix dans sa tête se taisait. S'ils n'avaient que ce week-end à vivre ensemble, ils en savoureraient chaque seconde.

— Je veux te voir, lâcha Dante d'une voix rauque.

Sans le quitter des yeux, elle déboutonna sa robe, se redressant légèrement pour faire passer le tissu par-dessus sa tête. Le chef-d'œuvre de haute couture tomba sans cérémonie sur le parquet. Aislin ne se souciait que de Dante. Le cœur battant, il la dévorait des yeux. Si elle avait eu peur de lui montrer son corps au début, ce regard réparait tout. Passant une main dans son dos, elle dénoua l'attache de son soutien-gorge pour libérer ses seins gonflés de leur carcan. Lentement, elle se redressa pour faire glisser sa culotte le long de ses cuisses.

Pour la première fois de sa vie, Dante avait peur de toucher une femme, peur de perdre le contrôle à l'instant où il poserait les doigts sur elle. Chaque centimètre carré de son corps était tendu vers Aislin, dans un effort frustré et douloureux. Nue, elle était encore plus belle que ce qu'il avait pu imaginer. Sa peau d'un blanc laiteux contrastait violemment avec le feu cuivré de son pubis. Ses seins gonflés, et la couleur framboise de ses tétons durcis étaient à se damner...

Bellissima.

Lentement, il s'approcha d'elle et posa un genou sur le lit, puis il la poussa doucement pour qu'elle s'allonge. Au-dessus d'elle, il attendit un long moment, perdu dans la contemplation de son visage, avant d'abaisser les lèvres jusqu'aux siennes.

La digue céda à nouveau, et un instant plus tard leurs corps se mêlaient. Dante fit courir les lèvres sur son corps, embrassant sa peau, goûtant ses tétons dressés. Aislin se cabra lorsque sa langue passa sur ses bourgeons roses, mais ce n'était rien comparé au tremblement qui la saisit en le sentant descendre plus bas, entre ses cuisses. Joueur, il tournait autour de son bouton sensible sans jamais s'y arrêter, accumulant la frustration avant d'accorder sa délivrance. Elle se sentait fondre sous ses caresses. Mais il ne fallait pas s'abandonner au plaisir : elle aussi voulait l'explorer et elle ondula sous lui, échappant à son emprise. Un instant plus tard, c'était lui qu'elle plaquait sur le matelas, c'était sa peau qu'elle embrassait. Dante sentit le plaisir qu'elle y prenait et, pour la première fois de sa vie, eut l'impression que c'était à lui qu'on faisait l'amour, et non l'inverse. Aislin était passionnée. Lorsqu'il se fut enfin protégé et que son sexe dressé entra en elle, sa dernière pensée cohérente fut qu'ils étaient vraiment faits l'un pour l'autre.

Aislin ne pensait plus, réduite à la jouissance pure de ses terminaisons nerveuses. Dante avait enfoui le visage dans son cou et la possédait, son corps tendu mêlé au sien. Le plaisir submergeait tout, incomparable, plus fort que tout ce qu'elle avait connu jusqu'ici. Elle qui pensait que leur première fois était inégalable… Quand Dante augmenta son allure, Aislin épousa son rythme pour intensifier le plaisir. Des mots incohérents lui échappaient, implorant plus, toujours plus, jusqu'à ce qu'elle se cabre et atteigne enfin le pic de son plaisir. Abandonnée aux vagues de la jouissance, elle sentit Dante se libérer en elle à son tour, dans un cri animal. Cramponnée à son corps, elle se livra aux spasmes qui l'assaillaient, jusqu'à ce que son corps, comblé et repu, se détende enfin.

Il fallut un long moment avant qu'elle retrouve son souffle. Quand Dante releva la tête du creux de son épaule pour déposer un baiser d'une tendresse infinie sur ses lèvres, elle sentit son cœur gonfler de bonheur. Elle le suivit des yeux lorsqu'il s'écarta, caressant une dernière fois sa joue avant de se lever pour rejoindre la salle de bains. La gorge nouée, elle sentit ses yeux s'humidifier. Pourquoi ces larmes ? Elle cilla furieusement. Dante ne devait pas la voir dans cet état.

Ce qu'ils venaient de partager était indescriptible. De retour dans la chambre, Dante se recoucha à côté d'elle et la prit dans ses bras. Aislin dut se mordre la langue pour éviter de prononcer des mots qu'elle regretterait, le lendemain.

Dans l'obscurité complice, nue contre lui, il était difficile de ne pas lui dire qu'elle l'aimait…

Au petit matin, Aislin se glissa hors du lit et passa la chemise de Dante sur sa peau nue. Le tissu avait gardé son parfum. Elle se retourna pour le contempler, endormi paisiblement entre les draps, avant de se diriger vers la machine à café pour s'en servir une tasse. Attrapant son téléphone, elle sortit sur le balcon, laissant Dante à son sommeil. Il l'avait mérité.

La nuit avait été courte : Aislin aurait dû être épuisée, elle aussi, mais elle se sentait pleine d'énergie. Et inquiète.

Elle avala une gorgée de son café et posa les bras sur la balustrade, contemplant l'aube qui pointait à l'horizon. Quelques oiseaux lançaient leurs premiers chants depuis la cime des arbres. Il était tôt. La mer toute proche était calme, comme assoupie.

Si seulement elle pouvait atteindre une telle sérénité… Elle savait ce qu'elle faisait, la nuit précédente, lorsqu'elle s'était offerte à Dante. Ce qu'elle ressentait n'était rien de plus qu'un effet de ses hormones.

Mais tu n'as jamais ressenti cela avec Patrick…, chuchota une petite voix dans sa tête.

Aislin chassa cette pensée de son esprit. Comparé à Dante, Patrick paraissait dérisoire, et la petite fille ingénue qui avait succombé à ses avances n'existait plus.

Dante avait réveillé la femme qui sommeillait en elle. Et contrairement à ce qui s'était passé entre elle et Patrick, elle s'était livrée à Dante les yeux ouverts, pleinement consciente de la portée de ses actes. Dante n'avait pas d'emprise sur elle.

Elle posa sa tasse et composa le numéro de sa sœur sur son téléphone portable. Orla serait déjà réveillée, pour Finn.

— Qu'est-ce que tu fais debout à une heure pareille ? demanda sa voix à l'autre bout du fil.

C'était bon d'entendre Orla. Sa famille lui manquait.

— Je bois mon café sur un balcon, face à la Méditerranée.

— J'espère qu'il pleut ! fit sa sœur en riant. Comme ici !

— Il n'y a pas un nuage dans le ciel. Comment va Finn ?

— Bien. Il ne t'a demandée que deux fois depuis son

réveil. Tu as parlé à Dante, à propos de sa fête d'anniversaire ?

Aislin sentit son cœur se serrer en entendant la voix pleine d'espoir de sa sœur. Tant de gens avaient laissé tomber la pauvre Orla ! Leur mère, son père, le père de Finn... Malgré tous ceux qui lui avaient fait défaut, elle espérait encore se rapprocher d'un frère qu'elle n'avait jamais rencontré. Aislin aurait tout fait pour la protéger. La gorge nouée, elle confirma qu'il ferait tout son possible pour y être.

Il fallait qu'elle lui fasse confiance. Il faisait partie de leurs vies, désormais. Elle savait qu'il ne les abandonnerait pas, contrairement à ce qu'avaient fait tant d'autres.

— Tu reviens toujours lundi ? demanda Orla.

— Si je peux trouver un vol...

Elle n'avait même pas consulté les horaires. Quel que soit le vol qu'elle prenne, elle passerait sa dernière nuit avec Dante, ce dimanche. Tout allait si vite...

Le bruit de la porte-fenêtre qui s'ouvrait la fit se retourner. Tandis qu'Orla, à l'autre bout du fil, parlait de la voiture adaptée qu'elle pensait acheter pour transporter Finn plus facilement, Dante rejoignit Aislin et déposa un baiser tiède sur ses cheveux.

— Oh ! et tu as déjà choisi le modèle ? enchaîna-t-elle, le cœur battant.

Elle n'entendit rien de la réponse. Dante venait de plaquer les hanches contre ses fesses, et il était déjà dur. Aislin tenta de se concentrer sur la conversation, mais c'était une bataille perdue d'avance. L'une des larges mains de Dante était passée sous sa chemise et venait de trouver sa poitrine. L'autre avait saisi ses cheveux, renversant doucement sa tête en avant pour offrir sa nuque à ses baisers.

Le brasier brûlait de nouveau. Elle sentit une main descendre jusqu'à son sexe. Elle était déjà prête à l'accueillir lorsqu'il glissa un doigt en elle et se mordit la lèvre pour ne pas crier.

Dante venait d'enlever son boxer. Son sexe dressé épousait parfaitement le sillon de ses fesses. Aislin sentit son ventre s'enflammer. Le bruit de plastique d'un préservatif déchiré lui parvint.

— Il… Il faut que je raccroche, bégaya-t-elle. Bisous !

Derrière elle, Dante venait de lui saisir les hanches.

Leur étreinte fut rapide et violente, et l'orgasme qui la ravagea la laissa comblée, agrippée à la balustrade, les jambes flageolantes. Après avoir joui, Dante l'embrassa doucement.

— Qu'est-ce que tu me fais, *dolcezza* ? chuchota-t-il contre ses lèvres.

Aislin rit faiblement.

— Qu'est-ce que tu me fais à moi, tu veux dire !

Le rire de Dante fut aussi haché que celui d'Aislin.

— Je n'ai aucune idée de la manière dont je vais passer cette journée entière sans te faire l'amour partout où je le pourrai !

Et elle, comment pourrait-elle passer le reste de sa vie sans sa présence et son corps ?

12

Dante suivait le mince cordon de route qui menait à la cathédrale. D'ordinaire, il aimait conduire. Lorsqu'il s'agissait des trajets quotidiens, son agenda chargé ne lui permettait pas de se passer de chauffeur, mais pour ce week-end placé sous le signe de la détente il avait décidé de prendre le volant. Et il commençait à regretter sa décision. Comment se concentrer sur la route lorsque Aislin occupait le siège passager, ravissante dans sa robe d'été bleue qui lui dénudait les épaules ?

Sa présence était intoxicante. Lorsqu'au matin ils avaient rejoint les invités au petit déjeuner, il avait dû se répéter qu'il lui tenait la main par pure stratégie. Il se mentait à lui-même : glisser les doigts entre les siens semblait la chose la plus naturelle du monde... Quand ils étaient remontés dans leur chambre, elle lui avait demandé de la laisser tranquille au moins une heure pour se préparer avant le mariage. Il savait précisément ce que « laisser tranquille » signifiait. Après ce qui s'était passé sur le balcon, ils avaient pris une douche brûlante, et les choses avaient été si fortes qu'ils avaient failli faire l'amour sans protection.

Il avait tué le temps en s'exerçant au billard dans la salle de jeu, en compagnie du jeune frère d'Alessio,

Guido, adolescent maussade d'une quinzaine d'années. Ils faisaient la paire : le jeune homme boudeur aurait préféré traîner avec sa bande d'amis, et le trentenaire frustré aurait tué pour retrouver sa belle irlandaise et la déshabiller de nouveau. Il avait fini par remonter dans leur chambre, mais alors qu'il franchissait le seuil, Aislin avait déboulé de la salle de bains, tout juste prête.

À sa vue, elle avait levé le doigt en guise d'avertissement.

— Ne me touche pas, ou je te frappe à coups de fer à friser ! J'ai mis une heure à arranger mes cheveux.

Sa coiffure retombait en boucles parfaites sur ses épaules. Elle avait raison de le tenir à distance. Sinon, il l'aurait attirée à lui en moins de temps qu'il n'en aurait fallu pour le dire. Et ils savaient tous deux ce qui aurait suivi. Il avait déjà gâché l'une de ses tenues, et la robe de substitution était encore en chemin depuis Palerme... Pas question de recommencer, donc.

Dante compta qu'il avait cinq ou six heures à tenir avant de pouvoir lui faire l'amour de nouveau. Il y avait une fenêtre de trois heures entre le déjeuner, après le mariage, et la réception du soir, ce qui devrait amplement leur laisser le temps...

Bon sang, était-il réellement en train de planifier leur prochaine étreinte ?

— Parle-moi. Distrais-moi, lui ordonna-t-il en luttant pour garder le regard fixé sur la route.

— Quoi ? Pourquoi ?

— Parce que, *dolcezza*, mon érection peut potentiellement nous coûter la vie. Il faut que je me concentre sur la conduite, et tu ne m'aides pas. Parle-moi d'histoire médiévale, ça devrait me calmer.

Aislin pouffa.

— Dans l'état où tu es, je n'en suis pas si sûre !

— Très drôle. Dis-moi quelque chose que je ne sais pas à propos de la Sicile.

— Tu sais comment la Sicile a rejoint la couronne d'Aragon ?

— L'époque de la domination espagnole ? Raconte-moi.

Dante passa le reste du trajet à écouter Aislin narrer les épisodes de cette période méconnue, qu'elle transmettait avec tout le piquant dont il était désormais familier.

— Puisque tu ne veux pas enseigner, tu as pensé à devenir historienne ? demanda-t-il. Tu pourrais travailler dans un musée, éduquer le public, faire des conférences…

— Mais ça me tiendrait éloignée de chez moi, fit-elle remarquer. Il n'y a pas de musée là où j'habite, il faudrait que je déménage, que je quitte Orla et Finn.

— Tu leur manqueras probablement beaucoup, mais Orla aura les moyens de compter sur une assistance professionnelle, plutôt que de se reposer sur toi.

— Ce sont eux qui me manqueraient trop, trancha-t-elle simplement.

— Alors emmène-les avec toi. Il faut que tu vives ta vie, Aislin. Tu l'as mise entre parenthèses assez longtemps.

Il gara la voiture de sport devant la cathédrale et sortit du véhicule pour ouvrir la portière passager. Alors qu'il tendait la main à Aislin, un visage attira son attention.

Il étouffa un juron.

Aislin sortit de la voiture et suivit son regard. Un couple marchait vers eux. L'homme, très âgé, s'aidait d'une canne, ses cheveux ébouriffés rappelant le célèbre portrait d'Albert Einstein. À côté de lui, une femme plus jeune, fine et vêtue d'une robe argentée moulante, lui donnait le bras. Ils devaient être grand-père et petite-fille, pensa-t-elle.

Elle reporta son regard sur Dante et vit le mépris qui

s'était peint sur son visage. Il fixait la femme. Aislin sentit son estomac se nouer. Katrina n'était peut-être pas l'une de ses conquêtes, mais il y en avait d'autres.

— Qui est-ce ? demanda-t-elle d'une voix qui se voulait neutre.

— Ma mère.

— Comment ?

— Cette femme est ma mère.

Les apercevant, celle-ci agita frénétiquement le bras. Dante leva à peine la main pour lui répondre.

— Ta mère ? Tu plaisantes !

Elle ne ressemblait en rien à une femme dont le fils pourrait avoir l'âge de Dante.

— On dirait ta sœur...

— Prends bien soin de lui dire, et elle t'appréciera autant qu'elle aime son chirurgien plastique.

— Il doit lui coûter cher. Son visage est magnifique !

Aislin baissa la voix alors que le couple s'approchait, ralenti par l'allure du vieil homme, et demanda :

— Et lui, c'est ton grand-père ?

— Probablement son futur ex-mari, murmura Dante.

Aislin allait pouffer, mais se retint face au dégoût qu'exprimait le visage de Dante. Dans toutes leurs conversations, il n'avait que rarement mentionné sa mère. Aislin savait qu'elle était partie en Italie lorsqu'il n'était encore qu'un enfant. Sans lui... Elle saisit sa main pour lui donner du courage.

Alors qu'Immacolata les rejoignait, bien droite sur des talons deux fois plus hauts que ceux d'Aislin, la curiosité de la jeune femme s'intensifia. Immacolata avait les cheveux du même noir de jais que son fils, ce qui aurait été impossible sans une coloration. De près, elle paraissait plus âgée, mais toujours loin d'avoir un fils adulte.

Belle et élégante, elle était dotée d'yeux bleus pétillants qui semblaient à la recherche d'un mauvais tour à jouer.

— Dante ! s'écria-t-elle en lâchant le bras du vieil homme pour venir embrasser son fils.

— Mère, répondit Dante froidement. Tu nous présentes ?

— Voici Guiseppe, un bon ami de Riccardo et un meilleur encore pour ta mère. Sa femme nous a quittés, hélas ! ajouta-t-elle en se signant théâtralement. Guiseppe, voici Dante.

Immacolata ne l'avait pas présenté comme son fils depuis ses dix-huit ans. On aurait posé trop de questions sur son âge.

Dante accepta l'accolade du vieil homme, si fragile qu'on aurait pu craindre qu'il s'envole à la moindre bourrasque.

— Tu l'aides à se reconstruire après le deuil de sa femme ? murmura-t-il, perfide, à l'oreille de sa mère.

— Je fais de mon mieux, répliqua-t-elle, avec une modestie qui l'aurait fait rire si elle n'émanait de celle qui l'avait mis au monde. Il est presque aussi riche que toi… Mais dis-moi plutôt qui est cette magnifique jeune femme.

— Aislin, répondit Dante. Aislin, ma mère, Immacolata.

Immacolata tressaillit à l'évocation de sa maternité, ce qui procura à Dante un plaisir pervers. Enveloppée dans le nuage capiteux de son parfum, Aislin lui assura qu'elle était ravie de la rencontrer. Remarquant la bague qu'elle portait, Immacolata tourna des yeux accusateurs vers Dante.

— Cette bague superbe vient de toi ?

— Oui.

— Tu vas l'épouser ? Tu ne m'en as rien dit.

— Primo, nos fiançailles sont récentes, et deuzio, ma chère maman, tu n'as pas jugé utile de me prévenir lorsque tu as épousé tes précédents maris…

Comme une foule grandissante se massait devant l'église, Dante en profita pour couper court à la conversation et tendit la main vers Aislin pour qu'ils rejoignent l'assemblée.

Après avoir trouvé leurs places et alors qu'ils attendaient l'arrivée de la mariée, Aislin se pencha vers lui et murmura :

— Drôle de rencontre... Alors ta mère va se marier de nouveau ?

— On ne l'appelle pas la Veuve noire pour rien, répliqua-t-il, acerbe. Celui qu'elle est en train de quitter va voir sa fortune lui échapper, comme tous ceux qui l'ont précédé, mon père inclus...

L'orgue joua les premières notes de la marche nuptiale. La mariée entrait. L'assistance se leva dans un bruit de chaises. Quand Cristina, tout sourire, eut remonté la nef, le prêtre commença la cérémonie.

Penchée vers Dante, Aislin chuchota :

— Quel âge avais-tu lorsqu'elle est partie ?

— Sept ans.

— Tu crois qu'elle est partie lorsqu'elle a appris la grossesse de ma mère ?

— Je ne sais pas pourquoi elle est partie.

Le cœur d'Aislin se serra.

— Tu n'as jamais demandé d'explication ?

— Non. Elle est partie. C'est tout.

— Est-ce qu'il faut que je m'inquiète de sa réaction, lorsqu'elle apprendra que je suis la demi-sœur d'Orla ?

— Elle sera probablement curieuse, rien de plus.

Il ferma les yeux et ajouta :

— L'honnêteté m'oblige à dire que ma mère n'est pas cruelle. Elle ne rejetterait pas la faute de ta mère sur toi.

— La faute de ma mère ? s'indigna Aislin, luttant pour

étouffer sa voix. Elle avait dix-neuf ans quand ton père l'a séduite !

Dante soupira.

— Désolé, je ne savais pas qu'elle était si jeune.

Aislin resta silencieuse un moment, avant de reprendre :

— À vrai dire, à ce que nous a dit ma mère, elle savait que ton père était marié lorsqu'ils se sont rencontrés.

Dante posa une question qui lui brûlait les lèvres depuis longtemps.

— Tu sais comment ils se sont connus ?

— Elle était en vacances avec des amies, en Sicile. Ton père connaissait le propriétaire de l'hôtel où elles logeaient. Apparemment, il a vu ma mère en train de bronzer à la piscine, et... voilà. C'était censé être une histoire de vacances, sans lendemain, mais ils ne se sont pas protégés. Lorsque la grossesse a été révélée, ils se sont mis d'accord pour une participation financière de ton père, et rien de plus. Ça leur convenait à tous deux. La pauvre Orla a toujours cherché à connaître son père, mais elle n'en a jamais eu le droit.

Le prêtre invita l'assemblée à se lever pour un chant. Chacun massacra les paroles en latin avec un enthousiasme feint. Aislin, elle, aimait chanter, quelle que soit la langue. Les messes du dimanche avaient été une part importante de sa jeunesse. En Irlande, on ne plaisantait pas avec la religion. Non loin d'eux, Immacolata chantait, la main sur le cœur.

— Tu as revu ta mère, après son départ ? demanda-t-elle après qu'ils se furent tous rassis.

— Un peu. Elle a déménagé à Florence. J'y allais les week-ends, au début, ou pour les vacances.

Aislin repensa à son père. N'ayant jamais vécu avec lui, son absence ne lui avait jamais réellement pesé.

— Elle a dû te manquer.

Dante haussa les épaules.

— Mon père m'aurait plus manqué qu'elle, s'il était parti.

Elle pressa sa main avec compassion. Dante était sous le choc de la mort de son père et de révélations importantes, il ne fallait pas qu'elle l'oublie.

— Tu crois qu'elle savait que ton père te manquerait plus qu'elle, et que c'est pour ça qu'elle a choisi de partir ? Pour te... protéger, en quelque sorte ?

— Je crois qu'elle ne pensait à personne d'autre qu'à elle-même. Les mères sont censées tout sacrifier à leurs enfants. La mienne, depuis toujours, ne pense qu'à ses manucures.

Avec un sourire, Aislin nota :

— La mienne n'était pas non plus du genre à se sacrifier, même si les manucures étaient le dernier de ses soucis.

Dante lui rendit son sourire. C'était Aislin qui avait eu l'instinct maternel à la place de Sinead, elle qui avait protégé sa sœur et son neveu. Leur noyau familial était la chose la plus importante à ses yeux.

Un souvenir enfoui lui revint en mémoire, vieux de dix ans. Il était cloué au lit par une grippe sévère, à peine capable de se lever. Lorsque sa mère avait fini par l'apprendre, elle était venue prendre de ses nouvelles, sans dépasser le seuil de sa chambre, un masque collé au visage. Même fiévreux, il avait été pris d'un accès de colère face à la distance qu'elle lui imposait encore.

Au moins était-elle restée. Sans jamais l'approcher, elle avait passé cinq jours chez lui, attendant qu'il soit remis pour s'envoler rejoindre son mari du moment. C'était déjà ça. Malgré ses manières maladroites, elle se souciait tout de même de lui. Si un accident l'avait laissé dans le coma, elle aurait rejoint son chevet – aucun risque de contagion – et serait probablement restée jusqu'à ce que tout danger soit écarté. Après tout, lorsque son père avait eu sa crise cardiaque, elle avait tout quitté pour rejoindre Dante sans délai. Était-elle au courant de l'existence d'Orla ? Avait-elle conspiré avec son père pour garder le secret ?

Sa famille avait été empoisonnée par les mensonges. L'amour et la fidélité étaient de bien belles promesses, creuses comme des coquilles de noix. La seule garantie qu'apportait le mariage, c'était celle d'être déçu.

Aislin avait du mal à distinguer l'heureux couple, mais les voix d'Alessio et de Cristina résonnaient clairement, répercutées par les voûtes de la cathédrale. La solennité du moment la toucha. Un nœud se forma dans sa gorge lorsqu'elle repensa à Dante, si pur dans son sommeil lorsqu'elle l'avait observé, au lever du jour. Il n'avait toujours pas lâché sa main. Une semaine plus tôt, elle aurait ri à l'idée d'être émue par un couple s'unissant pour la vie. Mais il y avait de la beauté dans la confiance mutuelle d'Alessio et de Cristina, dans l'amour qu'ils se déclaraient en présence de leurs familles et amis. Aislin détourna discrètement la tête, les yeux mouillés. Apprendrait-elle un jour que Dante avait rencontré quelqu'un, qu'il s'était surpris lui-même en tombant amoureux et que la date du mariage approchait ? Cette pensée la traversa comme un coup de poignard, et elle dut réprimer une bouffée d'angoisse.

Elle était trop sentimentale. Assister à un mariage déclenchait ce genre d'émotions, c'était tout naturel. Demain, elle ne s'en souviendrait plus. Après-demain, Dante aussi ne serait plus qu'un souvenir.

— Tu crois qu'ils tiendront toute une vie ? dit-elle alors que l'assemblée sortait sous les flashs des photographes.

— On ne plaisante pas avec le mariage, dans leurs familles. Même s'ils finissent par se haïr, ils resteront ensemble.

— Tous les mariages ne se terminent pas dans la haine, observa Aislin, une pointe d'espoir dans la voix.

— Non, il y a aussi la mort ou le divorce, rétorqua Dante.

Le photographe officiel les interrompit, organisant la foule pour la traditionnelle séance photo. Aislin se composa un sourire éclatant et rejoignit son poste à côté de Dante, qui plaça le bras autour de sa taille et l'attira à lui. Alors qu'ils souriaient au photographe, Aislin comprit que ce cliché constituerait la seule preuve du temps qu'ils avaient passé ensemble.

13

— Tu peux venir m'aider à me boutonner, s'il te plaît ?

Dante posa le rasoir sur le bord du lavabo et sortit de la salle de bains.

Lorsqu'elle avait découvert la robe de remplacement envoyée par le styliste, le visage d'Aislin s'était illuminé.

— J'étais à deux doigts de la choisir la première fois que je l'ai vue, avait-elle murmuré.

— C'est ce que j'ai compris. Qu'est-ce qui t'a retenue ?

— Je pensais que j'aurais l'air ridicule. Elle est trop... trop belle.

— Tu n'as jamais l'air ridicule. Jamais.

Et puis, comme six heures s'étaient écoulées depuis la dernière fois qu'ils avaient fait l'amour, il l'avait entraînée vers le lit. Mais, cette fois, en épargnant la robe.

Se perdre dans le corps accueillant d'Ailsin avait suffi à dissiper l'amertume qui l'avait saisi lors du mariage. Dante se sentit durcir rien qu'à repenser à leur jouissance.

Captant son regard dans le reflet du grand miroir sur pied, Aislin prit un air sévère et l'admonesta :

— Cette fois, occupe-toi des boutons, et de rien d'autre.

Dante lui adressa un petit salut militaire et se mit au travail. Après un instant, il recula d'un pas pour l'admirer.

— Tu es superbe.

Les joues d'Aislin s'empourprèrent, et elle murmura :

— Toi aussi.

— Je suis ravi d'avoir froissé ta première robe.

— Moi aussi…

La robe qu'elle portait, dénudant ses épaules, était lacée dans le dos et soulignait sa poitrine avec un décolleté couleur crème, rebrodé d'or. Parfaitement adaptée à sa taille comme à sa silhouette, la tenue flattait ses formes sans vulgarité et retombait avec délicatesse à quelques centimètres au-dessus de ses chevilles. Dans le colis, le styliste avait ajouté une paire de sandales dorées à hauts talons, simples et élégantes.

Aislin avait noué ses cheveux un chignon lâche, dont quelques mèches s'échappaient pour venir caresser ses épaules. Comme la nuit précédente, Dante perdait ses moyens devant le naturel de sa beauté.

— Allons-y, avant que je déchire celle-ci…

Aislin enroula les bras autour de sa nuque et pressa les lèvres contre les siennes.

Etouffant un grognement rauque, Dante se força à tourner les talons. Aislin lui attrapa le bras. Elle se sentait légère comme une bulle de champagne. Ensemble, ils prirent la direction de la salle de bal, où la réception du soir se tiendrait bientôt. C'était peut-être leur dernière soirée ensemble, mais ni l'un ni l'autre ne semblait vouloir y penser. Aislin, surtout, refusait de s'attacher aux commentaires cyniques qu'il avait eus à propos du mariage, durant la cérémonie. La soirée était festive et devait le rester. C'était aussi leur dernière chance de convaincre Riccardo d'Amore qu'ils formaient un couple idéal.

Aislin refusait de penser au lendemain…

Alors qu'ils pénétraient dans la salle de banquet, un

homme fendit la foule pour venir à leur rencontre. Aislin s'immobilisa. Il était aussi grand que Dante et presque aussi beau. Son regard était… déstabilisant.

— Qui est-ce ?

Elle venait à peine de murmurer la question lorsque l'inconnu se planta devant Dante et plaqua deux baisers sonores sur ses joues, doublés d'une chaleureuse accolade. Les deux hommes échangèrent quelques amabilités en italien, puis l'homme salua Aislin et s'excusa avec un sourire, prenant rapidement congé.

— Qui est-ce ? répéta-t-elle.

Dante haussa les sourcils.

— Tonino Valente, pourquoi ?

— Il y a quelque chose… C'est étrange, j'ai l'impression de le connaître.

Où avait-elle pu le croiser auparavant ?

— Le *palazzo* lui appartient. Riccardo prend beaucoup d'initiatives depuis le début du mariage. Tonino est venu pour veiller au grain.

— Comment vous connaissez-vous ?

— Nos familles étaient amies. Son père avait une chaîne d'hôtels… Je ne serais pas surpris que ce soit dans l'un de ces hôtels que mon père ait rencontré ta mère, d'ailleurs.

Subitement, Aislin réalisa à qui Tonino lui faisait penser. Elle se couvrit la bouche pour étouffer un cri de surprise.

— Aislin ? s'inquiéta Dante.

— Il me rappelle Finn.

— Le fils d'Orla ?

Elle hocha la tête.

— Orla a passé du temps en Sicile, six mois avant son accident. Elle voulait rencontrer ton père, mais n'en a pas eu la force. C'est tout ce qu'elle m'a dit de son voyage, mais un mois plus tard j'ai découvert qu'elle était enceinte. Elle a toujours refusé de divulguer le nom du père. Je pensais que c'était l'un de ses collègues de bureau, ou quelqu'un de ce genre… Bon sang, comment ai-je pu être aussi stupide ! Les dates correspondent…

Aislin attrapa la main de Dante et la porta à sa poitrine pour la serrer.

— Tu ne peux rien dire à personne. Il est possible que je fasse fausse route, c'est probable même, alors promets-moi de te taire. Orla me tuerait si elle savait.

Dante resta muet.

— Je t'en prie, le supplia-t-elle. Ne lui dis rien, et ne dis rien non plus à Tonino. Mon imagination me joue des tours. J'aurais dû garder ça pour moi.

En effet, pensa Dante, le visage sombre. Si elle n'apprenait pas à se contrôler en public, son imagination galopante finirait par poser problème. Que Tonino Valente puisse être le père de Finn était parfaitement ridicule. Mais les élucubrations d'Aislin n'étaient pas la raison principale de son changement d'humeur. Il avait vu le regard qu'elle avait adressé à Tonino. Lorsqu'elle s'était enquise de son identité, Dante avait senti sa gorge se nouer.

Il était… jaloux. Jamais de sa vie il n'avait été jaloux de qui que ce soit. Mais si ce n'était pas de la jalousie, comment expliquer le soulagement qui l'avait saisi lorsqu'elle avait expliqué pourquoi elle regardait Tonino avec une telle intensité ? Il ne connaissait Aislin que depuis une semaine, n'était son amant que depuis quelques jours et avait failli, à cause d'elle, envoyer son poing dans la figure d'un de ses plus vieux amis !

Aislin ne le lâchait pas des yeux.

— Dante, je t'en prie, promets-moi que tu ne diras rien.

La promesse n'était pas difficile à faire : il n'avait de toute façon pas l'intention de rencontrer Orla. L'élan de culpabilité qui le traversa de nouveau était aussi ridicule que les spéculations de la jeune femme.

Il n'avait jamais eu l'intention de rencontrer la fille cachée de son père, ni son fils. Il était resté évasif quant à l'invitation adressée pour l'anniversaire de Finn.

Dante détestait l'idée d'intégrer une nouvelle cellule familiale, encore moins aux côtés d'une sœur cachée qui, sans nul doute, mentait tout aussi bien que son père. Voilà qui expliquait les sentiments irrationnels qu'il éprouvait : fréquenter Aislin, c'était accepter dans sa vie la présence de leur sœur commune, incarnation des mensonges de son père.

Aislin n'avait rien à voir avec eux, bien sûr. Dante aimait sa compagnie. Il luttait pour garder les mains dans ses poches en sa présence, mais l'intensité de son désir était probablement provoquée par le caractère éphémère de leur histoire. Il n'y avait pas de quoi s'inquiéter. Il retrouva un semblant de calme. Il profiterait du temps passé avec elle et puis lui dirait au revoir, sans plus y penser.

Aussi fantastique que soit Aislin, elle représentait tout ce dont il ne voulait pas. Elle avait mis de côté sa vie et sa jeunesse, la plus belle période de son existence, pour s'occuper de sa sœur et de son neveu. La famille représentait tout pour elle alors que pour lui c'était un fil à la patte.

Ses sentiments pour elle seraient vite oubliés.

Aislin chassa Tonino Valente de son esprit et se concentra sur la réception. La salle de bal était féerique, avec sa fontaine de champagne, son gigantesque bar à cocktails, ses dizaines de serveurs armés de plateaux d'argent, qui circulaient discrètement entre les invités. Le tout mis en musique par l'un des DJ les plus en vogue, naturellement. La soirée trouvait son tempo, et Aislin se surprit à s'amuser, discutant avec Sabine et son mari. Par intermittence, d'autres invités les rejoignaient, formant un cercle animé où le rire dominait. Pour la première fois, Aislin se sentait incluse et bien entourée : même la présence de Katrina qui rôdait dans la salle ne la dérangeait pas.

Dante était la seule ombre au tableau. Il participait aux échanges et animait les conversations, mais Aislin se rendait bien compte que quelque chose le dérangeait.

Elle reprenait son souffle après une danse endiablée lorsque Riccardo d'Amore fendit la foule à leur rencontre.

Riccardo se tourna vers Dante et demanda, dans leur langue :

— Vous êtes libre, lundi ?

— Ça dépend pour quoi.

— J'ai repensé au contrat que vous vous vouliez signer avec Alessio. Je me suis peut-être impliqué trop hâtivement. Alessio est un bon garçon, il a la tête sur les épaules.

C'était la phrase la plus proche d'une excuse qu'entendrait Dante. Riccardo n'admettait jamais ses erreurs.

— Que dois-je en conclure ? demanda prudemment Dante.

— Que j'ai eu tort de m'interposer. J'ai parlé à Alessio, il est toujours convaincu que votre proposition est la meilleure. Les contrats sont en cours de rédaction. Sa lune de miel débute lundi après-midi, mais il peut sacrifier quelques minutes pour les signer, avant son départ. Si cela vous intéresse toujours, bien sûr.

Masquant l'euphorie qui le saisissait face à l'aboutissement victorieux de sa stratégie, Dante fit mine de considérer ses options.

— J'ai des réunions toute la journée, lundi, mais j'aurai mon avocat avec moi. Si Alessio peut venir avec le contrat et son équipe juridique vers onze heures, je m'arrangerai pour dégager du temps.

Dante avait sa fierté, lui aussi. Il voulait conclure mais ne tenait pas à présenter le flanc à Riccardo. Un peu de suspense était la moindre des revanches.

— Vous tenez toujours à ce que la transaction aboutisse, n'est-ce pas ? demanda Riccardo, la voix un peu blanche.

— Si le contrat peut me parvenir à l'heure dite, oui.

— Alessio sera là. Où serez-vous ?

— Dans mes bureaux de Madrid. Je m'envole dès demain soir.

Il n'avait pas laissé de place au doute : c'était à prendre ou à laisser.

Riccardo se saisit de son mouchoir et épongea son front éternellement trempé de sueur.

— Nous y serons.

Dante s'autorisa enfin un sourire et tendit la main au patriarche.

— Alors, c'est entendu.

— Affaire conclue !

Lorsque Aislin ouvrit les yeux, le lendemain, elle avait le ventre noué. Le bras de Dante endormi à côté d'elle reposait sur sa poitrine. Son humeur s'était améliorée après sa discussion avec Riccardo d'Amore. Il avait rejoint Aislin sur la piste et ni l'un ni l'autre ne s'était plaint de la foule qui les forçait à danser étroitement enlacés. Ils n'avaient que peu dormi. Aislin ne voulait pas sombrer dans le sommeil, désireuse de profiter de leurs dernières heures ensemble. À l'aube, enfin, comblés, ils s'étaient abandonnés aux bras de Morphée.

Elle cilla furieusement pour repousser les larmes qui

lui montaient aux yeux. Le nœud dans son estomac était douloureux. Dante bougea légèrement et se lova contre elle.

Il ne fallait pas qu'elle pleure. Il leur restait quelques heures ensemble, après tout.

Et peut-être...

Ouvrant les yeux, Dante couvrit son corps du sien et vint déposer un baiser sur ses lèvres. Peut-être n'était-il pas prêt à dire adieu non plus...

Le petit déjeuner fut servi dans la salle de réception. Les invités, après cette longue journée passée à festoyer avec les jeunes mariés, avaient un peu perdu de leur superbe. Sur la plupart des tables, l'aspirine avait remplacé le champagne. Seuls les enfants, épargnés par la fatigue de la fête, couraient entre les jambes des serveurs.

Aislin et Dante étaient moins expansifs, eux aussi, mais pour des raisons bien différentes. Dante lui avait adressé plusieurs sourires où pointait une once de regret. Le petit déjeuner s'éternisa : ni l'un ni l'autre ne voulait quitter la table. Elle avait du mal à le regarder. Lorsque leurs yeux se croisaient, elle devait lutter contre les larmes.

Était-il réellement possible qu'en l'espace d'une semaine elle soit passée de la méfiance absolue à la déchirure presque physique qu'elle ressentait à l'idée de se séparer de lui ? Était-il possible qu'elle ne noue plus jamais les bras autour de son cou ?

Il n'avait rien à voir avec ce qu'elle avait imaginé de lui.

Dante repoussait sa chaise en arrière pour se lever lorsque Riccardo d'Amore et sa femme s'arrêtèrent à leur table.

— Bonjour ! claironna le vieil homme en se postant devant eux, apparemment épargné par le mal de crâne qui avait saisi la salle entière.

— Bonjour, répondit Aislin, en se forçant à l'amabilité.

— Nous aimerions vous inviter à dîner.

— Dante et moi ?

— *Sì*. Cela nous ferait plaisir. Mercredi ?

Elle pouvait rester jusqu'à mercredi, bien sûr. C'était totalement faisable. Orla pourrait se débrouiller sans elle quelques jours de plus. Et Dante et elle profiteraient certainement de ces heures gagnées... Souriant sans effort cette fois, elle répondit :

— Je n'ai rien de prévu pour mercredi. Tu as quelque chose, Dante ?

Il fit non de la tête.

— Alors le rendez-vous est pris !

Riccardo traduisit pour sa femme, qui leur adressa un sourire ravi.

De retour dans leur chambre, Aislin fit ses valises, le cœur léger. Quatre nuits de plus avec Dante. C'était... inespéré ! Elle appellerait Orla dans quelques minutes pour la prévenir.

— Veux-tu que l'argent restant soit transféré à Orla ? demanda Dante derrière elle.

— S'il te plaît, oui !

Elle se retourna pour se jeter à son cou et ajouta :

— Le plan s'est déroulé à la perfection !

Elle attendait un baiser mais Dante ne fit pas mine de l'enlacer en retour, et se contenta d'un sobre commentaire.

— Je suis content que Riccardo soit revenu à la raison. Il s'en félicitera.

— Eh bien, je suis ravie que tout soit réglé comme tu le désirais !

Dante lui adressa un sourire timide et se dégagea de son étreinte.

— Je transfère l'argent.

Il recula pour prendre son téléphone dans sa veste.

— Parfait. J'appelle Orla pour la prévenir, et lui dire que je ne serai pas de retour avant jeudi.

— Jeudi ?

— Le dîner des d'Amore est mercredi, lui rappela-t-elle.

Sans quitter son téléphone des yeux, Dante répondit :

— Il n'y aura pas de dîner.

Le cœur d'Aislin chuta dans sa poitrine.

— Mais... Ils s'attendent à notre présence. Un refus pourrait contrarier Riccardo, voire le faire revenir sur sa décision !

Dante haussa les épaules en tapotant sur son téléphone.

— Le contrat sera signé demain. Une fois que c'est signé, c'est signé.

— Alors, tu lui mentais quand tu as accepté ?

— C'est toi qui as accepté ce dîner, je n'ai rien dit.

Elle se rapprocha, mais Dante gardait toujours les yeux rivés à son téléphone.

— Tu as dit que tu étais libre.

Aislin refusait de prêter attention à la petite voix qui lui disait de renoncer. Dante n'avait jamais caché le dédain qu'il éprouvait pour Riccardo. On pouvait raisonnablement comprendre qu'il refuse le dîner.

— Aucune importance, fit Dante. Je lui ferai savoir que nous annulons après la signature.

— Y aller ne me dérange pas, tenta Aislin une dernière fois. Il va falloir que tu travailles avec lui, et...

— Non. Je travaillerai avec son fils.

— Mais il sera furieux.

— Je ferai ça en douceur. Ce n'était pas ma compagnie que les d'Amore recherchaient, d'ailleurs, mais la tienne.

— Je peux rester quelques jours de plus, Dante. C'est la moindre des choses...

Il grimaça.

— Je pars pour Madrid ce soir, pour une série de réunions qui va durer deux jours.

— Je ne suis jamais allée à Madrid…

— C'est une ville magnifique, je te recommande de la visiter un jour.

— Dante… On pourrait passer quelques jours de plus ensemble…

Elle brûlait ses dernières cartouches et savait déjà que ce serait en vain.

— Ce serait fantastique, si j'avais le temps. Je ne l'ai pas.

Fantastique ?

— Est-ce que j'ai fait quelque chose qui t'a mis en colère ?

— Non. Tu as parfaitement joué le jeu, et je te remercie de ton efficacité… L'argent vient d'être transféré. Je te réserve ton vol retour pour l'Irlande, cet après-midi. Je t'aurais volontiers prêté mon jet, mais comme je l'ai dit, je dois partir à Madrid. Une voiture t'attendra à l'aéroport pour te ramener chez toi.

Il releva enfin les yeux de son téléphone. Son regard était vide. Aislin sentit son sang se glacer.

— Tes affaires sont prêtes ? Alors allons-y.

14

Au volant de sa voiture, Dante franchit la lourde grille de fer forgé et quitta le *palazzo*. Il s'engagea droit sur la route de l'aéroport. Il déposerait Aislin, rentrerait chez lui et organiserait son voyage à Madrid. La semaine à venir s'annonçait chargée. Maintenant que le contrat avec Alessio était de nouveau sur la table, il allait devoir bouleverser son agenda pour dégager du temps. Il y aurait beaucoup de travail à abattre.

Le téléphone d'Aislin sonna, brisant le silence de l'habitacle. Ils n'avaient pas échangé un mot depuis qu'ils avaient démarré.

Alors qu'elle prenait congé des autres invités, Dante avait senti affleurer sous ses sourires le spectre d'une mélancolie douloureuse. Il l'avait blessée…

Elle s'était montrée prompte à accepter le dîner avec Riccardo, presque enthousiaste à vrai dire, mais Dante lui en avait assez imposé comme ça. Il était temps de se dire au revoir. Leur tâche était accomplie. Sous la douche, avant le petit déjeuner, il s'était répété qu'il n'y avait aucune raison de jouer les prolongations. Il avait passé de très bons moments avec elle, mais c'était terminé, comme ils en avaient décidé dès le départ.

Le téléphone d'Aislin continua à sonner mais elle ne fit pas mine de décrocher.

— Tu ne réponds pas ? demanda-t-il.

— C'est Orla.

— Pourquoi ne pas la prendre ?

— Parce que je sais ce qu'elle va me demander et que je n'ai pas de réponse à lui donner.

— Qu'est-ce qu'elle veut, à ton avis ?

— Je sais ce qu'elle veut. Elle veut savoir si elle pourra te rencontrer avant l'anniversaire de Finn.

Les phalanges de Dante se crispèrent sur le volant. L'aéroport se dessinait à l'horizon.

Il appuya sur l'accélérateur. Dans quelques minutes, elle serait sortie de sa vie. Il n'aurait plus jamais à repenser aux O'Reilly.

Pas un mot de plus ne fut prononcé jusqu'au dépose-minute.

— Une hôtesse t'attend au terminal. Elle a un panneau à ton nom, tu ne peux pas la manquer. Elle s'occupera de tout...

Aislin tourna lentement son regard meurtri vers Dante. Elle cilla, et le voile qui assombrissait son regard disparut.

— Sors ton téléphone, reprit-elle brusquement. Je vais te donner le numéro d'Orla, tu pourras l'appeler quand les résultats du test ADN tomberont.

— Aislin...

— Il faudra aussi que tu me donnes ton numéro, que je lui transmette. Même si tu ne peux pas la rencontrer avant l'anniversaire, il serait bon que vous ayez une conversation.

Dante poussa un long soupir et se laissa aller contre l'appui-tête.

— Non.

— Non ? Tu ne veux pas me donner ton…

Il avait espéré la quitter sans en arriver à cette conversation.

— Je ne rencontrerai pas Orla.

Confuse, elle bégaya :

— Mais… Mais… Pourquoi ? C'est ta sœur. Tu ne peux pas…

— Orla n'est pas ma sœur.

Le sang de Dante battait à ses tempes.

— Dante, tu ne vas pas recommencer…

— Non, *dolcezza*, tu te trompes. Le test prouvera que nous partagerons le même ADN, mais ça ne fait pas d'elle ma sœur. Je sais que ce n'est pas ce que tu espérais, mais Orla reste une étrangère à mes yeux, et je ne souhaite pas la faire entrer dans ma vie.

— Il faudra bien que tu lui parles à l'anniversaire de Finn…

— Je n'irai pas.

— Mais tu as dit…

— Je t'ai dit qu'on en reparlerait. Je n'ai rien promis.

— Dante… Je t'en prie, fit Aislin, suppliante. Donne-leur une chance.

— Non !

Sa colère éclata sans prévenir. Il était furieux de devoir se justifier, furieux des sentiments qu'elle déclenchait en lui, furieux de sentir au fond de lui-même le besoin de la prendre dans ses bras, même à quelques secondes de leur séparation définitive, et plus furieux encore de voir les beaux yeux d'Aislin s'écarquiller sous le choc. Il était pris au piège de l'habitacle comme un lion dans une cage. Rageur, il frappa vainement le volant et se prit le visage dans les mains. Tout ce qu'il avait cherché à contenir dans l'espoir de se débarrasser d'Aislin avant qu'il explose remontait à la surface.

— Il ne s'agit pas de chance ! Je ne veux pas d'eux dans ma vie. Je hais les familles et tous les mensonges qui vont avec ! Je les vomis ! Qu'est-ce qu'Orla veut ? Mon argent ? Elle a des millions d'euros, grâce à moi ! Elle a passé les vingt-sept premières années de sa vie sans me connaître, alors pourquoi maintenant ? Mon père… Qu'il brûle en enfer ! J'ai passé ma vie à réparer ses erreurs. Je lui ai donné un toit après qu'il a eu détruit tout ce que mes grands-parents, et leurs parents avant eux, avaient passé leurs vies à construire. J'ai toujours été là quand il avait besoin de moi. Je l'aimais, et tout ce qui me reste de lui maintenant, ce sont ses mensonges ! Et ne me parle pas de ma mère, tellement égocentrique qu'elle se lasse de tout, y compris de son propre fils ! Voilà ce que c'est que ma famille. Un concentré de malheurs ! Des époux qui se trompent, des fratries qui se haïssent, des parents hypocrites et moralisateurs, tous à prétendre que leur vie est parfaite alors que sous la surface tout est pourri ! Je n'en veux pas. Je ne veux plus rien de tout cela. Ta sœur est une dissimulatrice, comme mon père. Elle refuse de révéler qui est le père de Finn. Des mensonges, toujours plus de mensonges…

Aislin s'était recroquevillée dans son siège, effrayée par cette subite éruption de rage. Pourtant, elle trouva le courage de se pencher vers lui à présent, fouettée au sang par les accusations qu'il formulait contre Orla.

— Si tu la connaissais, tu saurais qu'elle garde le secret pour une bonne raison. Je n'en doute pas une seconde.

— Et je dois lui faire confiance, moi aussi ? Pourquoi ? Parce que tu te portes garante d'elle ?

— Le temps que nous avons passé ensemble ce week-end ne te suffit pas pour me faire confiance ?

— Je ne fais confiance à personne.

Aislin hocha la tête, dépitée. Tant de cynisme de la part de Dante, après tout ce qu'ils avaient partagé… Il aurait pu la gifler sans lui faire aussi mal. Il s'était bien amusé, mais maintenant que le contrat était gagné, il se débarrassait d'elle, et de sa famille avec.

— Tu sais que tu n'es pas le seul à avoir souffert, pas le seul qu'on ait abandonné, Dante ? Ça arrive à tout le monde. Ma mère a quitté le pays quand j'avais dix-neuf ans, et je ne pense pas qu'elle reviendra un jour. Elle est partie en me laissant Orla à charge après son accident, et puisqu'on parle d'Orla, je te rappelle qu'elle aussi doit passer sa vie entière sans avoir connu son père, et avec une mère qui n'est même pas venue lui rendre visite alors qu'elle luttait contre la mort. Quant à moi, mon ex m'a trompée pendant que je passais mes nuits à m'arracher les cheveux à l'hôpital. Honnêtement, j'ai cru que je ne pourrais plus jamais faire confiance à qui que ce soit de ma vie. J'étais si proche de…

Elle pointa vers lui un doigt accusateur.

— Si proche de te faire confiance, reprit-elle d'un ton dur. Au début, je pensais que tu n'étais qu'un riche imbécile et j'aurais dû en rester là, au lieu de chercher à te connaître. Quand je pense que j'ai cru que tu étais quelqu'un de bien… Tu es le pire de tous, Dante. Me laisser croire que tu viendrais à l'anniversaire d'un enfant malade !

— Tu avais envie d'y croire. C'est ta faute.

— Arrête de te dédouaner !

Toute l'anxiété et la douleur accumulées en elle explosèrent dans l'habitacle :

— Tu n'es qu'un menteur ! Rien de plus ! Je n'arrive

pas à croire que j'ai été aussi aveugle, aussi sotte ! Orla et Finn sont convaincus que tu vas faire partie de leur vie, que quelque chose de bien leur arrive enfin… C'est toi qui leur as donné ces faux espoirs, personne d'autre. Tu m'as fait mentir, et maintenant c'est à moi de briser leurs rêves. Je vais devoir les faire souffrir, par ta faute ! Tu as fait croire à Riccardo que tu n'en avais que pour la famille, alors que tu préférerais te couper une main plutôt que de créer des liens avec qui que soit. Et c'est Orla que tu traites de menteuse ? Tu es le plus gros menteur d'entre nous, Dante. Tu n'es qu'un salaud égoïste qui utilise son argent pour évacuer ses problèmes. Une fausse fiancée ? Pas de problème, tu sors ton chéquier ! Une sœur qui débarque dans ta vie ? Même chose ! Un neveu malade ? On rajoutera un zéro, ça devrait faire l'affaire. Tu n'as que de l'argent à offrir, et finalement c'est au moins ça. Car tu n'es même pas digne de les connaître !

Deux coups frappés à la vitre de la voiture les firent sursauter. Dante l'ouvrit et un gardien en uniforme se baissa pour lui dire quelques mots. On leur demandait de déplacer le véhicule.

— Ne t'en fais pas, je m'en vais, dit Aislin. Profite bien de ta vie.

Elle arracha la bague de fiançailles de son doigt et la jeta sur le tableau de bord, avant de sortir en claquant violemment la portière derrière elle.

Le rugissement du moteur résonna comme une ultime insulte. Il fallut que l'hôtesse lui demande où était sa valise pour qu'elle se rende compte qu'elle l'avait oubliée dans le coffre.

L'avion quitta en douceur le tarmac. À bord, Aislin gardait les yeux fixés sur son magazine. Elle n'accorderait pas un regard de plus à la Sicile. Ni à l'homme qu'elle laissait derrière elle.

Elle n'y penserait plus jamais.

Dans quelques heures, elle rejoindrait les deux personnes qu'elle aimait le plus au monde. Elle reprendrait sa vie là où elle l'avait laissée et peut-être tenterait-elle de se concentrer un peu plus sur ses propres désirs. Elle ferait quelque chose de son existence. Et ne repenserait plus jamais à la Sicile.

Sa mère était déjà assise dans un coin du restaurant, un verre de vin blanc à la main, lorsque Dante entra. Elle se leva et le prit dans ses bras.

— Quelle plaisante surprise ! commença-t-elle après qu'ils se furent assis. Ta belle irlandaise ne se joint pas à nous ?

— Aislin est repartie en Irlande.

La mère de Dante lui jeta un regard aigu.

— Un problème entre vous ?

— C'est terminé entre nous, répondit Dante, avec un sourire forcé. Tu as regardé la carte ?

Un serveur vint prendre les commandes. Dès qu'il fut parti, Immacolata se pencha vers son fils.

— Qu'est-ce qui s'est passé avec ton Irlandaise ?

Dante feignit une lasse indifférence.

— Rien. Nous avons juste décidé que le mariage était prématuré.

— Dommage. Je l'appréciais. Et toi aussi.

— Mère...

Il n'avait jamais discuté de sa vie amoureuse avec qui que ce soit et ne comptait certainement pas commencer aujourd'hui. Aislin était la dernière personne dont il avait envie de parler.

— Très bien, tu ne veux pas parler d'elle. De quoi veux-tu que nous discutions ? J'imagine que tu m'as demandé de venir ici pour une raison précise. C'est la première fois que tu m'invites à dîner.

Dante lui jeta un regard décontenancé. Depuis ses vingt ans, il avait toujours payé la note pour sa mère au restaurant.

— Vraiment ? demanda-t-il avant de se rappeler que c'était toujours elle qui le sollicitait, jamais lui qui proposait.

Immacolata agita la main pour balayer ce détail importun.

— Ça ne fait rien. Que t'arrive-t-il ? Si je devais deviner, je dirais que tu es ici pour parler de ta sœur.

L'estomac de Dante se tordit de nouveau. Il inspira longuement. Huit jours avaient passé depuis qu'Aislin avait claqué la portière de sa voiture, et il ne réussissait toujours pas à se concentrer sur son travail. Il ressassait leurs conversations, particulièrement celles qui concernaient son père. Il en devenait malade.

Des réponses. Il lui fallait des réponses, et sa mère était la seule personne sur terre à pouvoir lui en fournir.

— C'est à cause d'elle que tu as quitté mon père ?

Immacolata fronça les sourcils, avant de hocher la tête.

— Je l'ai quitté quand j'ai appris qu'il avait mis une autre femme enceinte, mais ça n'était pas la véritable raison. Je voulais partir depuis des années, il m'a juste fourni l'excuse que j'attendais.

Le serveur apporta son verre de vin à Dante, qui en but une longue gorgée.

— Pourquoi avais-tu besoin d'une excuse ?

— Pour moi. Cette femme n'était pas la première avec

laquelle il me trompait. C'était juste la première fois que les conséquences étaient si… concrètes.

Dante prit une nouvelle gorgée pour se donner du courage et posa enfin la question qui lui brûlait les lèvres.

— Pourquoi ne m'as-tu pas emmené ?

Les yeux d'Immacolata s'adoucirent. Elle posa les coudes sur la table et prit les mains de son fils dans les siennes.

— Je savais que je ne pourrais jamais t'enlever à ton père. C'était un mari effroyable mais il a toujours été un père extraordinaire pour toi. Tu l'adorais. Lorsque tu tombais et que tu te faisais mal, c'était toujours vers lui que tu te précipitais. Lorsque tu avais des cauchemars, c'est lui que tu venais réveiller. Les gens ont pensé que j'étais une mère indigne en te laissant derrière moi, mais je t'aurais fait plus de mal que de bien en exigeant ta garde.

Dante prit un instant pour rassembler ses esprits. Il était vrai qu'il s'était toujours instinctivement dirigé vers son père, lorsqu'il avait peur, ou mal. D'aussi loin qu'il puisse s'en souvenir, le lien qu'ils partageaient semblait indestructible.

— Pourquoi ne m'as-tu pas parlé d'Orla ? Pourquoi tous ces secrets ?

Immacolata soupira, et reprit son verre.

— C'était le choix de ton père, j'ai dû le respecter. La mère de la petite ne voulait pas de lui dans leur vie. Il aurait pu se battre pour la garde, mais il a décidé de suivre le choix de la mère. Il pensait, et j'étais d'accord avec lui, que tu en avais déjà assez à digérer avec mon départ pour t'infliger la nouvelle d'une petite sœur. Surtout si tu ne devais jamais la rencontrer… Sur le moment, ça semblait la chose la plus raisonnable à faire. Pour toi.

— Pourquoi ne m'en a-t-il pas parlé, une fois que j'ai été assez adulte pour comprendre ?

— Je ne sais pas. Je pense, mais peut-être que je me trompe, qu'il avait peur que tu le détestes. Tu es la seule personne qu'il ait jamais réellement aimée, tu sais. Sans toi, sans la charge de ton éducation, je pense que ses problèmes de jeu l'auraient englouti.

On leur apporta les plats, et pour la première fois de leur vie ils entamèrent une conversation à propos du passé, de leurs espoirs, de la quête éternelle qui poussait sa mère à collectionner les conquêtes sans jamais trouver satisfaction. Petit à petit, Dante comprenait les choix qu'elle avait faits, et ceux de son père le concernant, toujours dans l'optique de son épanouissement. Les choses ne s'étaient pas toujours déroulées selon leurs souhaits, mais ils avaient fait de leur mieux. En arrivant aux cafés, il se sentait plus proche d'elle qu'il ne l'avait jamais été. Il demanda l'addition avec regret.

Prudemment, sa mère venait de poser la main sur la sienne. Il ne la retira pas.

— Je sais que j'ai fait beaucoup d'erreurs et que je n'ai pas été la meilleure des mères, mais… Je peux te donner un conseil ? Un conseil qui vient de mon expérience ?

Curieux, il hocha la tête.

— Je me suis mariée pour bien des raisons différentes, financières, le plus souvent, poursuivit Immacolata, mais j'ai toujours tenté d'aimer mes maris au mieux.

Dante se sentit sourire. Sa mère était une croqueuse de diamants, mais elle donnait leur chance aux hommes à qui elle faisait les poches.

— L'amour est rare, reprit Immacolata. Lorsque tu le trouves, il faut t'y accrocher de toutes tes forces, et parfois, même, ça ne suffit pas. Ton Irlandaise… Je ne sais pas ce qu'il s'est passé entre vous, mais je vous ai observés au mariage, et il était évident que vous vous aimiez, quelles que soient les histoires que tu te racontes.

— Je ne suis pas amoureux d'elle.

Il avait nié sans réfléchir, comme il le faisait depuis le départ d'Aislin. Bien sûr, il avait dû combattre le désir de l'appeler, mais ça ne voulait pas dire grand-chose. Le fait qu'il se réveille chaque matin avec le visage d'Aislin en tête et une douleur au creux de la poitrine ne voulait probablement rien dire non plus. Ils avaient partagé quelques nuits intenses qui s'étaient achevées sur une affreuse dispute. Et puis elle était partie.

Sa mère le dévisagea. Était-ce de la pitié, qu'il lisait dans ses yeux ?

— Ça n'a jamais été de l'amour, reprit-il. C'était une passade. C'est tout. C'est terminé.

Immacolata ne répondit rien, mais Dante n'eut aucun mal à interpréter son regard. Il était tout à fait conscient de se mentir à lui-même.

15

La petite maison ouvrière était vieillotte, mais bien tenue. À travers le rideau de pluie typiquement irlandais, Dante nota le soin apporté au jardin qui bordait la bâtisse.

Il y avait maintenant cinq jours qu'il avait parlé à sa mère et obtenu des réponses aux questions qui le minaient. Cinq jours de tempête intérieure et de haine de soi.

Il s'était comporté comme un imbécile. Il était tout ce dont Aislin l'avait accusé, et pire. Les jours passant, la petite fissure au creux de son cœur s'était agrandie, se muant en un gouffre béant qui avalait tout.

La discussion franche menée avec sa mère et la paix qu'il avait choisi de faire avec le fantôme de son père auraient dû l'apaiser, mais comment trouver le repos lorsque l'image d'Aislin lui apparaissait chaque fois qu'il fermait les yeux ?

Il fallait qu'il la voie.

Même si elle lui claquait la porte au nez, il ne pouvait rester sans rien tenter. Les quelques jours qu'ils avaient partagés avaient laissé leur marque : il n'envisageait plus sa vie sans elle… Et la première étape, c'était de se mettre à genoux pour implorer son pardon.

Tout d'elle lui manquait, jusqu'à la pointe d'accent irlandais qui pimentait ses paroles.

Il l'aimait, il devait bien l'admettre. Aislin ensoleillait tout, où qu'elle aille, et son sourire lumineux lui était devenu aussi nécessaire que l'air qu'il respirait.

S'il devait passer le reste de sa vie sans son sourire, il faudrait au moins qu'il aperçoive son visage une dernière fois. Au moins se serait-il battu pour elle.

Si elle le rejetait, il faudrait qu'il s'en accommode. Mais que cela plaise ou non à Aislin, Dante comptait désormais faire partie de sa famille : il avait fini par en comprendre l'importance, sans doute trop tard. Il voulait rencontrer sa sœur et son neveu. Il voulait faire partie de leur vie.

Si Aislin était prête à leur sacrifier sa vie, c'était qu'il s'agissait d'êtres exceptionnels.

Un visage apparut, fugitivement, à la fenêtre. Dante s'immobilisa. Quelques instants plus tard, la porte d'entrée s'ouvrait.

Une femme brune apparut à la porte. Elle ne l'invita pas à entrer, se contentant de le dévisager.

Les jambes lourdes, les épaules trempées par le déluge qui s'abattait sur la région, Dante fit son premier pas en direction de sa sœur. Planter son regard dans les yeux verts de la jeune femme était déconcertant, comme s'il regardait son propre reflet.

— Je savais que tu viendrais, lança-t-elle simplement lorsqu'il se fut planté devant elle.

Sa voix était plus grave que celle d'Aislin, mais teintée du même accent.

— Pourquoi ?

Lui-même ne savait pas ce qu'il ferait en se levant, ce matin-là...

Elle lui sourit.

— Parce que tu es mon frère.

Elle noua les bras autour de son cou et l'attira pour une

étreinte chaleureuse, à laquelle Dante répondit, accueillant dans ses bras l'étrangère qui n'en était pas une. Son cœur se serra douloureusement, avant de s'ouvrir, rempli d'une émotion nouvelle.

C'était sa sœur. Son sang. Sa famille.

Orla déposa un baiser sur sa joue et lui ouvrit la porte en grand.

Finn, lui dit-elle alors qu'elle préparait du café dans la plus petite cuisine que Dante ait jamais vu, dormait encore. Elle le réveillerait un peu plus tard.

Comme si de rien n'était, Dante demanda où était Aislin.

— À Dublin. Elle est partie pour un entretien.

Une pointe d'anxiété passa dans la voix d'Orla lorsqu'elle demanda :

— Tu la verras la prochaine fois. Car il y aura bien une prochaine fois, n'est-ce pas ?

— Oui. Je suis désolé de vous avoir laissé penser le contraire. J'avais besoin qu'on me remette les idées en place. Si l'invitation tient toujours, je serai ravi de venir à l'anniversaire de Finn.

— Bien sûr que ça tient toujours ! Je suis sûre qu'Aislin sera heureuse de te revoir.

— Comment va-t-elle ?

Aussi douloureux soit-il de savoir qu'elle le méprisait, il devait s'assurer que tout allait bien.

— Bien ! Elle a une foule de projets pour le futur. Elle m'a convaincue de déménager à Dublin. Il y aura plus de structures pour s'occuper de Finn, et Aislin, de son côté, aura plus de chances de trouver un travail en rapport avec son diplôme. Je ne te remercierai jamais assez d'avoir rendu tout cela possible. Tu as changé nos vies.

Quelques instants plus tard, Orla porta Finn depuis

l'étage jusqu'à la chaise roulante qui l'attendait en bas de l'escalier.

— Il ne peut pas marcher ? demanda Dante.

— Un peu, mais il se fatigue vite, ses muscles ne sont pas assez développés. À Dublin, nous aurons accès à de meilleurs traitements. Il aura toutes les chances de son côté pour mener la vie la plus normale possible.

Son sourire semblait forcé, comme si Orla s'était répété continuellement ces mots tel un mantra. Cette fois, l'espoir allait se concrétiser.

— Aislin t'aide beaucoup ?

Le regard d'Orla s'adoucit.

— Sans elle, ni moi ni lui ne serions là. Je suis heureuse qu'elle reprenne enfin le cours de sa vie. Elle a tout abandonné pour nous ; désormais, c'est à moi de la soutenir.

Quelques heures plus tard, Dante embrassait sa sœur et son neveu, tiraillé entre des émotions contradictoires. Le lien du sang qui l'unissait à Finn et Orla était puissant et lui apportait une joie extraordinaire, mais son cœur était empli d'un désespoir tenace et amer.

Aislin le haïssait.

Elle avait tracé les plans d'une vie nouvelle dont il était écarté pour toujours. Ses sentiments pour lui avaient disparu, et il en était l'unique responsable.

La pluie persistante détrempait tout : son visage, sa veste, et l'écrin de la bague de fiançailles qu'il avait dans sa poche.

Aislin ouvrit la porte d'entrée et entra silencieusement dans la maison.

— Qu'est-ce que c'est que ces manières de voleuse ? demanda une voix derrière elle.

Elle sursauta, avant de rire en reconnaissant Orla.

— J'essayais juste de rester discrète au cas où tu dormirais !

— Tu crois vraiment que je peux dormir alors que je te sais sur la route sous une pluie diluvienne ?

C'était par ce même genre d'intempérie qu'Orla avait eu son accident.

Aislin venait de passer la journée à trois heures de route de la maison, en rendez-vous avec un éditeur spécialisé dans les publications d'historiens. Même si elle n'était pas sûre que l'emploi lui corresponde, elle avait été heureuse de sortir quelques heures et de lever le nez de ses livres d'étude.

Chaque fois qu'elle regardait les épais volumes, elle repensait à Dante, qui en feuilletait un lorsqu'elle avait descendu l'escalier de la vieille maison, la première fois.

Il avait fait suivre sa valise jusqu'en Irlande, le lendemain de son départ.

Bon sang, elle pensait encore à lui !

Aislin retira ses bottes et se força à sourire.

— Tu veux un thé ? demanda-t-elle à Orla. J'en prendrais bien un pour me réchauffer.

Quels que soient les ravages qu'avait subis son cœur, sa sœur ne devait rien savoir. Elle avait déjà eu du mal à accepter l'argent de Dante sans connaître les détails de sa semaine passée aux côtés du milliardaire. Et raconter ce qui s'était réellement passé, c'était retourner le couteau dans la plaie. D'ailleurs, Orla avait eu sa part de chagrin, quand Aislin lui avait dit que Dante ne tenait pas à les rencontrer. Sa sœur avait souri faiblement, mais il était évident que ce refus la faisait souffrir.

Ce soir, pourtant, Orla avait l'air heureuse.

— Il y a quelque chose que je ne sais pas ? demanda Aislin en se dirigeant vers la petite cuisine.

— Je te l'aurais bien dit plus tôt, mais je n'étais pas sûre de ta réaction, je préférais que tu rentres avant de t'en parler.

Aislin remplit la bouilloire.

— Me parler de quoi ?

— On a reçu la visite de quelqu'un.

— Ah bon ? Et de qui ?

— Dante.

La bouilloire tomba dans un grand fracas métallique. Aislin se retourna.

— Il est venu ?

Elle replaça la bouilloire sous le robinet.

— Oui !

La voix d'Orla était pleine de joie.

— Raconte-moi.

— Il s'est excusé pour son refus de nous voir. Il avait besoin de réfléchir, je pense, ce qui est compréhensible. Je connais son existence depuis des années, mais lui ne savait rien de moi, ça a dû être une sacrée nouvelle à digérer ! Il est resté des heures, finalement. Je sais que pour toi ce n'est qu'un égoïste, et qu'on devrait se réjouir de le savoir loin de nos vies, mais il s'est excusé pour tout, vraiment. Je l'aime beaucoup, je crois.

Aislin se saisit d'une tasse. Trop occupée à raconter la visite de Dante, Orla ne voyait pas sa sœur trembler comme une feuille.

— Ravie qu'il ait montré une autre facette de sa personnalité, réussit-elle à dire à travers sa gorge nouée. Et Finn ? Dante lui a plu ?

— Il l'a adoré, tu veux dire ! Dante lui a promis un nouveau fauteuil pour son anniversaire. Je lui ai dit que nous comptions en acheter un après le déménagement, mais il a insisté. Il sera là pour l'anniversaire du petit.

— Parfait.

— Il a demandé de tes nouvelles, aussi. Ah ! et j'ai oublié de te dire, Dante va louer une maison pour nous à Dublin, jusqu'à ce qu'on puisse déménager dans la nôtre ! Il va tout arranger. Nous devrions être partis d'ici à la fin de la semaine.

— Aussi tôt ?

— C'est génial, non ?

Aislin ouvrit la porte du réfrigérateur et attrapa une brique de lait, puis versa l'eau dans la théière avant de commenter :

— Il est rapide...

Si rapide qu'il avait changé la haine qu'elle lui portait en amour profond, et ce en moins d'une semaine.

Soudain rattrapée par le chagrin, elle leva des yeux pleins de larmes vers Orla. Sa sœur avait le même regard que Dante...

— Aislin ?

Aislin porta une main à son front, le cœur battant. La tête lui tournait.

Elle était amoureuse de lui. Terriblement amoureuse. Chaque nuit, elle se couchait en priant pour aller mieux le lendemain, mais rien n'y faisait. À son réveil, la douleur était toujours là, têtue. Elle avait perdu l'appétit, buvait des litres de thé et ne tolérait plus le café, qui lui rappelait Dante. Chaque petit détail était prétexte à un souvenir, à une déchirure de plus dans son cœur blessé. Regarder sa propre sœur était maintenant difficile : chacun de ses traits lui rappelait le visage de l'homme qu'elle aimait. C'était un enfer sans fin.

Soudain, Aislin s'écroula sur les tommettes de la

cuisine, comme au ralenti. Comme Orla se jetait au sol pour la prendre dans ses bras, elle enfouit le visage dans son cou et pleura, enfin, tout son soûl. Orla lui caressa les cheveux, faisant tout son possible pour la réconforter, jusqu'à ce qu'elle épuise le torrent de larmes qui dévalaient le long de ses joues.

— Aislin...

Orla entra dans la chambre. Aislin se retourna dans son lit et frotta ses yeux rougis par le sommeil. Le soleil inondait la chambre à travers la fenêtre.

Elle avait pleuré des heures, avoué son amour pour Dante, raconté toute l'histoire à sa sœur. Elle ne supportait plus le poids du secret. Orla l'avait mise au lit, et elle s'était endormie, terrassée, à l'instant où sa tête avait touché l'oreiller.

— Quelle heure est-il ? demanda-t-elle d'une voix pâteuse.

— Dix heures.

Son sommeil n'avait pas été réparateur. Elle se sentait toujours affreusement mal. Avec un soupir, elle se redressa. Orla vint s'asseoir sur le bord du lit et lui tendit une lettre.

— Arrivée pour toi ce matin...

Aislin se saisit de la missive. Seul son nom figurait sur l'enveloppe. Celle-ci semblait contenir un objet lourd. Elle la déchira et un diamant en forme de poire, monté sur or rose, en tomba. Orla poussa un cri. Aislin, quant à elle, fixait la bague d'un œil affolé, comme si elle représentait un danger.

— Il y a un mot avec ? demanda Orla d'une voix étranglée.

Aislin eut du mal à comprendre sa sœur tant elle était

bouleversée. Elle s'efforça de respirer et sortit la note d'une main tremblante.

— Lis-la, demanda sa sœur.

— C'est que... ça me fait peur, murmura Aislin.

— Vas-y. Mieux vaut savoir...

Prenant une profonde inspiration, Aislin rassembla son courage et lut :

— « Ma chère Aislin, la bague est à toi, fais-en ce que tu en veux. Je suis navré de t'avoir fait du mal, d'avoir profité de ta confiance. Je suis désolé de n'être qu'un imbécile têtu, auquel il ne faut pas se fier. En fait, je suis désolé pour tout. J'espère qu'un jour tu pourras trouver le courage de me pardonner. Merci de t'occuper si bien de notre sœur et de notre neveu. Vis ta vie pour toi, à présent : je serai toujours là pour partager leur fardeau et je te jure que plus jamais je ne les blesserai. Quoi que tu décides de faire de ta vie, je te la souhaite heureuse. Tu mérites le bonheur plus que quiconque. Avec mon amour éternel, Dante. »

Il fallut à Aislin une douzaine de lectures pour que les mots s'imprègnent en elle. « Mon amour éternel... »

Elle se leva d'un bond et fouilla fébrilement sa table de chevet.

— Que fais-tu ? demanda Orla, sidérée par sa précipitation.

— Je cherche mon passeport.

— Oh ! Tu veux que je réserve un vol pour la Sicile pendant que tu t'habilles ?

Le sourire d'Orla allait d'une oreille à l'autre.

Dante installa le dernier carton dans le camion avec l'aide de ses hommes. L'un d'eux se mit au volant, et le camion quitta les lieux. Dante en avait terminé avec les affaires de son père et retourna dans le bureau vide. Un chagrin doux-amer s'empara de lui. Il était revenu d'Irlande le matin même, sachant qu'il avait encore une tâche primordiale à accomplir. La plus dure de sa vie… C'était à présent terminé.

L'arôme de cigare et de bourbon flottait encore dans la pièce, quoique très faible à présent. Dante huma une dernière fois l'odeur de son père.

— Je t'aime, papa, murmura-t-il.

Puis il éteignit et sortit de la pièce en la fermant soigneusement, sachant qu'il n'y remettrait plus les pieds.

Qu'allait-il faire de la maison, il n'en savait rien mais au moins il s'était délesté d'un grand poids.

Les membres lourds, il rejoignit sa chambre d'enfant, encore décorée de vieux posters de football. Au-dehors s'étendait le grand jardin où son père et lui avaient souvent joué au foot. Et au rugby. Et au golf. À eux deux, ils avaient brisé un nombre incalculable de fenêtres !

Sa mère avait raison, Salvatore avait été pour lui un père merveilleux. Un soudain accès de chagrin le terrassa, et il s'affaissa sur le lit, se couvrant le visage des mains, incapable de retenir plus longtemps ses larmes. Chaque fibre de lui-même déplorait l'absence de son père. Il lui manquait horriblement… Mais il pleurait aussi pour celle qu'il avait rejetée. Quel fou aveugle il avait été !

Aislin allait poursuivre le cours de sa vie, une vie dont faisaient partie sa sœur et son neveu, mais dont il serait exclu. Il devait l'accepter, puisqu'il avait été incapable de lui tendre la main avant de quitter l'Irlande après sa visite à Orla, incapable de lui dire à quel point il était navré. Il n'y avait pas que la bague qui appartenait à Aislin : son cœur aussi. Et c'était bien sa faute si à présent elle le méprisait.

Soudain, le tintement de la sonnette dissipa le brouillard de son esprit.

Il prit une profonde inspiration. Il ne voulait voir personne. Pas ce soir. Ce soir, il voulait être seul avec sa peine. Mais la sonnette reprit, insistante. Puis ce fut une voix :

— Dante ?

Il se figea.

Dante ne pouvait être qu'ici, il fallait qu'il y soit ! Elle avait retourné toute la Sicile à sa recherche, d'abord à Palerme, mais aucun membre de son personnel n'avait voulu lui dire où il était. Alors elle s'était rendue à la maison des bois, pour la trouver fermée à clé, entourée d'échafaudages. Elle était donc retournée à Palerme, et Ciro, enfin, avait cédé à ses supplications : il lui avait dit d'essayer la villa au bord de la mer.

— Aislin ?

Elle se retourna vivement au son de sa voix. Il descendait l'escalier et la regardait comme s'il voyait un fantôme.

Pendant un long moment, elle ne put parler, seulement le boire des yeux. Elle s'imprégnait de lui. Il semblait… sauvage, tel un animal indompté, avec ses cheveux en bataille, sa barbe dont il n'avait pas pris soin depuis des jours, ses yeux rougis. Plus mince aussi. Il s'arrêta au bas de l'escalier. Alors elle s'avança, le cœur battant, le souffle court, priant de ne pas avoir pas mal interprété sa lettre.

Et si c'était le cas ? Oh ! de toute façon, qu'avait-elle à perdre ? Rien ne serait pire que la torture de ces derniers jours. Mais au moment de parler, elle s'aperçut qu'elle n'avait plus de voix. Elle avait beau s'éclaircir la voix, rien ne sortait.

Il fit à son tour un pas vers elle, hésitant.

— Pourquoi es-tu ici ? dit-il enfin.

Elle retrouva un filet de voix pour répondre :

— J'ai eu ta lettre. Et…

Elle s'interrompit pour prendre la plus grande inspiration de sa vie avant de poursuivre :

— Tu disais me souhaiter d'être heureuse, quoi que je fasse de ma vie. Eh bien, si je veux pouvoir l'être… Le temps que j'ai passé avec toi a été le plus heureux de ma vie, Dante.

— Que dis-tu ? murmura-t-il.

Une larme coula sur la joue d'Aislin.

— Il semblerait que depuis que j'ai quitté la Sicile, je ne sache plus comment on fait pour être heureuse. C'est toi qui m'apportes le bonheur.

Dans les yeux verts qui n'avaient pas quitté les siens, elle vit la vie revenir.

— Dante, reprit-elle, je suis désolée de toutes les choses cruelles que je t'ai dites…

— Non !

Cette fois, il s'était précipité vers elle, et les mains qu'elle aimait tant, qui lui avaient tant manqué, se posèrent en coupe autour de son visage.

— Ne t'excuse surtout pas d'avoir dit la vérité, continua Dante. Je me suis conduit de manière abominable.

Il plongea les mains dans les cheveux roux qu'il adorait toucher, comme pour se convaincre qu'elle était vraiment là, qu'il n'était pas en train d'halluciner. Elle était bien là, belle, douce et solidement réelle. Il pressa le front contre le sien, rassuré.

— J'étais terrifié, Aislin, terrifié de ce que je ressentais pour toi. C'était trop, cela me dépassait. Alors je me suis conduit comme un imbécile, en me persuadant que tu étais tout ce dont je ne voulais pas, alors que c'est tout le contraire.

Il vit les yeux d'Aislin se mouiller. Son menton tremblait. Il l'embrassa doucement.

— Oh ! Dante...

— Je te connais depuis si peu de temps... Et pourtant, il me semble que tu es dans mon cœur depuis toujours.

— Tu es dans mon cœur aussi, murmura-t-elle en écho.

— C'est vrai ? Je croyais... que tu me haïssais.

Il la regardait comme s'il ne parvenait pas à y croire.

Elle plaça une main sur sa joue et effleura ses lèvres.

— C'est ce que je me suis dit, que je te haïssais car c'était pour moi la seule manière de gérer toute une vie sans toi... Mais à vrai dire, sans ta présence, je suis perdue. J'ai bien tenté de sourire, de faire des projets d'avenir, mais ce n'étaient que des mensonges. J'en avais perdu le sommeil et l'appétit. Le temps passé ensemble m'a transformée. Tu m'as transformée. Le seul avenir que veut mon cœur, c'est celui que nous partagerons.

Soudain, Dante s'autorisa à y croire. Lui aussi avait droit à un avenir heureux. Prenant sa bouche au goût de framboise, il la serra à l'étouffer. Leur baiser dura, dura... et quand il dut enfin le rompre, il se perdit dans sa chevelure, emplissant ses poumons de son merveilleux parfum.

— Je t'aime, murmura-t-il.

Elle se réfugia au creux de son cou.

— Moi aussi, je t'aime.

Ces quelques mots étaient les plus doux qu'il ait jamais entendus. Le poids qui enserrait sa poitrine se dissipa soudain. Son cœur battait à tout rompre mais pour la première fois depuis des semaines, il respira vraiment, et jamais l'air ne lui avait paru si enivrant.

Quand il regarda de nouveau le beau visage qui lui avait

tant manqué, il s'imprégna du sourire d'Aislin. C'était le soleil dont il avait besoin. Et il se jura solennellement que plus jamais il ne laisserait ce soleil s'obscurcir.

JULIA JAMES

Alliances de désir

Traduction française de
ANNE-LAURE PRIEUR

AZUR
HARLEQUIN

Titre original :
TYCOON'S RING OF CONVENIENCE

Ce roman a déjà été publié en 2019.

1

La femme dans le miroir était sublime avec ses traits fins, ses yeux d'un gris lumineux rehaussé par un maquillage chic, ses lèvres dessinées dans une teinte subtile. Ses cheveux blond pâle étaient coiffés en un chignon élégant. Des perles luisaient à ses oreilles et autour de sa gorge. Diana fixa son reflet quelques instants, puis se leva et se dirigea vers la porte dans sa longue robe de soirée. Il était l'heure d'y aller. Nikos n'aimait pas qu'on le fasse attendre.

Prends ce que tu veux et paies-en le prix.

Ce vieux proverbe espagnol résonnait dans sa tête, comme pour la narguer.

Elle déglutit. Eh bien, elle avait pris ce qu'elle voulait. Et le prix à payer se révélait plus lourd que tout ce qu'elle avait anticipé…

Six mois plus tôt

— Vous réalisez, Diana, qu'au vu de votre situation financière vous n'avez d'autre choix que de vendre.

Diana serra les poings sans répondre.

— Le prix est à accorder à l'état des lieux, bien sûr, continua le notaire de la famille St Clair. Mais soyez assurée que vous toucherez de quoi vivre tout à fait décemment. J'appelle de ce pas l'agent immobilier.

Gerald Langley lui adressa un sourire qui se voulait encourageant.

— Pourquoi ne pas prendre quelques vacances ? Ces derniers temps ont été difficiles pour vous. L'accident de votre père, puis son lent déclin jusqu'à l'issue inévitable...

Les traits de Diana se durcirent. *Qu'il économise sa salive.*

— Je ne vendrai pas, assena-t-elle avec autorité.

Gerald fronça les sourcils.

— Diana, s'il vous plaît, regardez la réalité en face, demanda-t-il avec impatience. Vos actions et divers investissements vous procurent peut-être un revenu suffisant pour couvrir les frais de maintenance de Greymont. Mais l'ampleur des travaux d'urgence listés dans l'estimation réalisée à la mort de votre père dépasse toutes les prédictions. Le règlement des droits de succession ne vous donne plus les moyens de financer de tels travaux. Sans parler de la décoration intérieure... Il ne reste guère d'œuvres d'art à vendre, vous le savez. Votre grand-père a écoulé l'essentiel de la collection pour couvrir ses propres droits de succession, et votre père le reste afin de régler les siens.

Il poussa un soupir.

— À moins de gagner à la loterie, votre ultime option est d'épouser un milliardaire, conclut-il avec une note de condescendance.

Après quelques secondes d'un silence éloquent, il revint à sa proposition initiale.

— Comme je le disais, il me suffit de contacter l'agent immobilier et...

Diana l'interrompit en se levant.

— Ne vous donnez pas cette peine, Gerald.

Elle prit son sac à main et se dirigea vers la porte. Derrière elle, le notaire se leva à son tour.

— Diana, que faites-vous ? La discussion n'est pas terminée...

La main sur la poignée, Diana se retourna. Elle le fixa sans ciller. Mais cette façade impassible cachait un violent conflit intérieur. Jamais elle ne consentirait à perdre son domaine bien-aimé. Jamais ! Le vendre serait trahir des siècles de générations St Clair. Trahir son père qui, pour elle, avait sacrifié son propre bonheur. Greymont comptait plus que tout à ses yeux. Le domaine lui avait apporté la sécurité et la stabilité dont elle avait tant eu besoin, enfant, après l'abandon de sa mère. Tous les moyens étaient bons pour garder Greymont.

Tous.

— Au contraire, Gerald. La discussion est close, répliqua-t-elle sèchement. Et pour répondre à votre question... C'est évident non ?

Elle marqua une pause.

— Je vais me trouver un milliardaire à épouser.

Nikos Tramontes s'étira les épaules sur le balcon de sa luxueuse villa de la Côte d'Azur. Dans la piscine à ses pieds nageait indolemment Nadya, sa maîtresse. Il y avait eu un temps où il aimait la regarder. Nadya Serensky était une femme sublime, comptant parmi les mannequins les plus en vue du moment. Être son partenaire exclusif prouvait au monde entier que la fortune qu'il avait acquise était de celles à même d'attirer les célébrités de son calibre.

Mais, deux ans plus tard, il commençait à se lasser de ses charmes. Ils formaient pourtant un couple parfait, assurait-elle. Elle avec sa flamboyante crinière rousse, et lui dont le mètre quatre-vingt-dix et le physique ténébreux envoûtaient la gent féminine, autant que la beauté de Nadya faisait tourner la tête des hommes... Elle insinuait même avec de plus en plus d'insistance qu'ils devraient se marier.

Non, leur relation touchait à sa fin. Du reste, il n'avait aucun intérêt à épouser Nadya. Que lui apporterait-elle qu'il ne possédait déjà ? Sa beauté et son statut ne lui suffisaient plus. Il devait passer à l'étape supérieure. Nadya avait été sa maîtresse trophée, une façon de célébrer son entrée dans la ploutocratie mondiale. À présent, c'était une « épouse trophée » dont il avait besoin. Une femme qui le conduise à son objectif ultime.

Son humeur s'assombrit, comme chaque fois qu'il ressassait le passé. Il avait acquis une fortune colossale et tous les avantages qui allaient avec : une villa au très huppé Cap Pierre, un train de vie luxueux, des célébrités toutes plus belles les unes que les autres qui se succédaient dans son lit... Mais tout cela ne constituait que le premier pas de sa métamorphose, celle du bâtard indésirable qu'il était aux yeux de ses parents. Ces derniers l'avaient conçu dans l'insouciance d'une liaison adultère, puis fait adopter dès sa naissance, coupant tout lien avec lui. Eh bien, il n'avait pas dit son dernier mot. Il leur prouverait qu'il était capable d'acquérir par ses propres moyens ce qu'ils lui avaient dénié.

Son immense fortune le plaçait sur un pied d'égalité avec son volage de père, célèbre magnat grec du transport maritime. Son pouvoir d'achat égalait désormais celui de l'homme qui l'avait renié. Quant à son mariage, avait-il résolu, il le propulserait au sein de l'élite sociale à laquelle appartenait sa mère, une aristocrate française, en lui permettant d'évoluer dans les mêmes cercles.

Abruptement, il rentra dans la villa. Ces souvenirs étaient toxiques. Ils ne servaient qu'à le rendre amer.

Dans la piscine, Nadya s'aperçut que Nikos ne la regardait plus. Avec une moue dépitée, elle sortit de l'eau et s'enveloppa d'un châle, non sans fusiller du regard le balcon vide.

Diana réprima un bâillement tandis que l'intervenant discourait sans fin. Elle n'y connaissait rien en marchés des capitaux ni en politique fiscale. Si elle était à cette réception, donnée par une grande firme de La City dans l'un des plus anciens édifices de Londres, c'était uniquement pour y accompagner une vieille connaissance, Toby Masterson. Un excellent parti.

Toby, récent héritier d'une banque d'affaires, était extrêmement riche. Financer la restauration de Greymont ne lui poserait aucun problème. Le second avantage était qu'elle ne tomberait jamais amoureuse de lui. L'amour était une chose dangereuse. Il ruinait le bonheur des gens et gâchait des vies.

Ses yeux gris se voilèrent. L'amour avait certainement ruiné le bonheur de son père, lorsque sa mère l'avait quitté pour un milliardaire australien. À dix ans, Diana avait retenu la leçon : aimer, c'était s'exposer au danger de ne pas être aimé en retour. Que cet amour aille à la mère qui l'avait abandonnée sans un regard en arrière, ou à l'homme qui lui briserait le cœur en rejetant ses sentiments, comme sa mère avait brisé le cœur de son père.

Cet abandon avait rendu ce dernier très protecteur envers sa fille. Elle avait déjà perdu sa mère. Hors de question pour lui de la laisser perdre le domaine qu'elle aimait tant, son Greymont adoré. Face aux aléas de la vie, Greymont était son refuge, sûr et réconfortant. Une pointe de culpabilité s'insinua en Diana. C'était pour cette raison que son père avait sacrifié son bonheur en renonçant à se remarier, et en évitant ainsi d'avoir un fils qui aurait hérité de Greymont à sa place.

Mais, si elle-même souhaitait transmettre le domaine à ses enfants un jour, elle devait se marier. Et, si elle n'était pas prête à tomber amoureuse, rien ne l'empêchait de choisir un homme compatible, résolu comme elle à préserver Greymont. Un homme avec qui elle s'entende bien, à même de rendre leur vie à deux sinon agréable, du moins supportable.

Hélas, le temps jouait contre elle. Sa situation financière était catastrophique. Elle avait besoin d'un riche mari, et vite ! Autrement dit, elle ne pouvait se permettre de faire la fine bouche.

Ses yeux se posèrent sur Toby. Son cœur sombra. Toby Masterson était un homme avenant et débonnaire, mais tellement ennuyeux ! Si elle s'interdisait de tomber amoureuse, elle tenait au moins à ce que le devoir conjugal ne lui soit pas odieux. Un frisson la parcourut à la pensée du corps replet de Toby sur elle, de son visage bouffi contre le sien… C'était cruel, mais elle savait déjà que ses étreintes maladroites confineraient au supplice.

Suis-je capable d'endurer cela, année après année ?

Elle détourna vivement les yeux, qu'elle promena sur l'océan de dîneurs en smokings et robes de soirée. Soudain, l'un d'eux se détacha de la foule anonyme, assis à une table un peu à l'écart. Un homme dont le regard ombrageux était fixé sur elle.

Nikos se laissa aller contre le dossier de son siège, un verre de brandy à la main, indifférent au discours de l'intervenant. Marchés des capitaux et politiques financières n'avaient aucun secret pour lui. C'était sa vie privée qui accaparait ses pensées.

Qui choisir comme épouse trophée ? Maintenant qu'il avait acquis une fortune rivalisant avec celle de son père, il avait besoin d'une femme qui lui ouvre les portes de l'élite sociale dont était issue sa mère. Son succès éclatant prouverait à ces parents indignes que leur fils bâtard n'avait nullement besoin d'eux pour réussir.

Un détail, cependant, le travaillait. Un mariage était censé être pour la vie. Était-ce vraiment ce qu'il souhaitait dans ce cas de figure ? Sa liaison avec Nadya avait duré deux ans avant que l'ennui ne s'installe. Combien de temps tiendrait-il dans un simple mariage de convenance ? Dès qu'il aurait obtenu ce qu'il attendait de sa femme, une place dans son monde, il se passerait volontiers d'elle.

Une chose était sûre : il ne serait pas question d'amour dans cette union. Nadya et lui n'étaient pas amoureux, seulement utiles l'un à l'autre. Les parents payés pour l'élever ne l'avaient jamais aimé non plus. Ils n'étaient pas méchants, juste indifférents. D'ailleurs, il n'avait plus aucun contact avec eux. Quant à ses parents biologiques... Sa bouche se tordit de dégoût. Avaient-ils considéré leur sordide liaison comme une histoire d'amour ?

Il chassa cette pensée et revint à la question de sa future femme. D'abord, il lui faudrait rompre avec Nadya, actuellement à New York pour un défilé. Il s'y prendrait avec tact, en la remerciant pour ces deux années passées à ses côtés. Un cadeau somptueux — ses émeraudes préférées — devrait adoucir le choc. Nul doute qu'elle lui trouverait rapidement un remplaçant.

Tout comme lui de son côté.

Il but une gorgée de brandy. Il était à Londres pour affaires, et à cette réception pour se faire de nouvelles relations. Il laissa donc son regard errer sur les dîneurs, identifiant ceux qu'il convenait d'approcher. L'un d'eux capta son attention. Une dîneuse, plus exactement, assise à quelques tables de là.

Il l'observa attentivement. Elle était d'une beauté extraordinaire, à l'opposé de l'extravagante flamboyance de Nadya. Des cheveux noués en un chignon banane, d'un blond aussi pâle que son teint. Des yeux clairs. Des traits délicats. Une bouche parfaite soulignée d'une touche de gloss. Une beauté froide, distante... Une image lui vint immédiatement à l'esprit.

Celle d'une princesse de glace, qu'on ne touchait qu'avec les yeux.

La toucher. C'était exactement ce que Nikos mourait d'envie de faire. Soulever doucement ce visage d'albâtre. Caresser des doigts le satin de sa peau. Promener sensuellement son pouce sur ses lèvres charnues. Allumer une étincelle dans ces yeux clairs dénués d'expression. Sentir l'armure de glace fondre à son contact.

L'impulsion était si forte que sa main se crispa sur son verre. Sa décision était prise. Il avait besoin d'une épouse, mais rien ne l'obligeait à la choisir maintenant. Il était resté deux ans avec Nadya. Pourquoi ne pas profiter d'une liaison plus brève avant de sauter le pas du mariage ? D'autant qu'il semblait avoir trouvé la candidate idéale pour cela...

Au prix d'un effort, Diana reporta son attention sur l'orateur. Ce dernier terminait justement son discours.

— Pas trop tôt, chuchota Toby avec un regard d'excuse. Désolé de t'infliger cela.

Diana sourit poliment. Dans son esprit flottait toujours le visage du mystérieux inconnu. Un teint bronzé, des cheveux noirs balayant un large front, des pommettes saillantes, un nez effilé et des lèvres sculptées qui la troublaient malgré elle...

Mais moins que ses yeux de jais posés sur elle.

Les battements de son cœur s'accélérèrent, comme si on lui avait injecté une dose d'adrénaline. Cela la déstabilisa. Elle était habituée à ce que les hommes l'admirent, mais pas à ce que son corps réagisse ainsi. Son regard se raccrocha désespérément à Toby. Ce bon vieux Toby... Si tristement quelconque à côté de l'homme qui la fixait. Elle avait mauvaise conscience, tout à coup. Envisageait-elle vraiment de l'épouser simplement parce qu'il était riche ?

Elle s'en voulait de penser ainsi. Le regard du séduisant inconnu lui avait fait prendre conscience qu'il lui était impossible d'épouser un homme comme Toby. Mais alors, qui ? Qui sauverait Greymont pour elle ? Dénicher le mari idéal se révélait plus compliqué que prévu. Et le temps pressait.

Les discours terminés, l'atmosphère dans la salle s'allégea et les dîneurs se levèrent de table pour se mélanger. Nikos, en plein échange avec une connaissance de La City, aborda l'air de rien le sujet de la femme qui l'avait tant intrigué. La princesse de glace.

Il la désigna d'un geste du menton.

— Et la blonde, qui est-ce ? s'enquit-il, laconique.

— Je ne la connais pas personnellement, mais l'homme qu'elle accompagne est Toby Masterson, répondit son hôte. Masterson Dubrett, la banque d'affaires. Veux-tu que je te présente ?

— Pourquoi pas ?

Rien dans cette brève description n'indiquait que la jolie blonde et son partenaire fussent intimement liés. Une impression rapidement confirmée.

— Toby Masterson, Nikos Tramontes, de Tramontes Financials. Une firme englobant des secteurs très diversifiés. Certains pourraient vous intéresser, et vice versa.

Nikos s'engagea quelques minutes dans une discussion d'affaires avec Toby Masterson, avant de se tourner vers son invitée.

Celle-ci ne le regardait pas. Délibérément. Cela lui plut. Les femmes qui se jetaient à ses pieds l'ennuyaient. Nadya s'était fait désirer, consciente d'être l'une des plus belles femmes au monde, courtisée par de nombreux hommes. Mais la princesse de glace ne semblait pas jouer à ce petit jeu. Elle était naturellement réservée, ce qui aiguisa encore son intérêt.

Il interrogea des yeux Toby Masterson, qui fit les présentations attendues.

— Diana, voici Nikos Tramontes.

Entraînée malgré elle dans la conversation, elle posa sur lui un regard vide d'expression.

— Enchantée, monsieur Tramontes, dit-elle d'un ton détaché.

Elle parlait avec l'intonation caractéristique de la haute société anglaise. Un sourire de pure courtoisie incurva brièvement ses lèvres. Il le lui rendit.

— Tout le plaisir est pour moi, mademoiselle... ?

Il se tourna vers Masterson.

— St Clair, compléta ce dernier.

— Mademoiselle St Clair, termina Nikos en reportant son regard sur sa princesse de glace.

Il crut voir ses yeux gris se voiler, comme si elle cherchait à se protéger de son intérêt. Tant mieux. C'était la preuve qu'en dépit de son attitude glaciale il ne la laissait pas indifférente. Satisfait, il reprit sa discussion avec Toby Masterson à propos de l'UE, des dernières manœuvres de Bruxelles et de l'état de l'économie grecque.

— Souffrez-vous d'un quelconque impact ? demanda Masterson.

— Non, répondit Nikos. Je suis d'origine grecque, mais mon siège se trouve à Monaco. J'ai une villa à Cap Pierre.

Il se tourna vers Diana St Clair.

— Et vous, Mademoiselle St Clair ? Appréciez-vous le sud de la France ?

C'était une question directe. Elle n'avait d'autre choix que de répondre en établissant un contact visuel.

— Je vais rarement à l'étranger, dit-elle avec une réticence palpable.

Elle saisit son verre de liqueur qu'elle porta à ses lèvres, comme pour se donner une raison de ne pas développer davantage. Il nota avec satisfaction le léger tremblement de sa main lorsqu'elle le reposa. L'armure de glace n'était peut-être pas si solide qu'elle le donnait à croire, tout compte fait.

— Rien d'étonnant à cela, intervint Toby Masterson d'un ton enjoué. Les St Clair possèdent un splendide domaine ancestral à la campagne. Greymont, dans le Hampshire. Une demeure historique du XVIIIe siècle…

Tiens, tiens, songea Nikos. Son intérêt pour la jeune femme redoubla.

— Greymont, vous dites ?

Son regard ne quittait pas Diana St Clair. Pour la

première fois, un éclair d'émotion traversa ses yeux gris. Une émotion intense. Cela le conforta dans son idée. Derrière la façade impénétrable se cachait certainement une femme très différente, capable de passion.

— Oui, murmura-t-elle.

Il y avait une note de tristesse dans sa voix, à peine perceptible.

Nikos se promit de mener l'enquête sur Diana St Clair de Greymont, dans le Hampshire. Quel genre de domaine était Greymont ? Quelle était l'histoire de la famille St Clair ? Diana, la princesse de glace, représentait un défi stimulant pour le séducteur qu'il était. Mais pouvait-elle être plus qu'une simple maîtresse d'un soir ? Avait-elle davantage à lui apporter ?

Son enquête répondrait à ces questions. En attendant, la jeune femme avait éveillé sa libido. Et, malgré son apparente froideur, elle non plus n'était pas insensible à ses charmes. Il en était convaincu.

Il prit congé de Masterson en proposant un éventuel rendez-vous d'affaires à une date indéterminée et ce fut d'excellente humeur qu'il quitta la salle de réception. La princesse de glace deviendrait sienne. Cela ne faisait aucun doute. Restait à déterminer en quels termes.

2

Diana poussa un soupir de soulagement dans le taxi. Enfin à l'abri. Loin de Nikos Tramontes et de cette étrange emprise qu'il avait sur elle. Tout cela la troublait profondément. Elle avait fait de son mieux pour le tenir à distance. Mais un homme aussi séduisant devait avoir l'habitude de parvenir à ses fins avec les femmes.

Eh bien, pas avec elle. Elle n'avait aucune intention de le revoir. Du reste, elle avait des préoccupations plus urgentes. Épouser Toby était au-dessus de ses forces, elle s'y était résignée. Alors comment sauver son précieux domaine ? Quelle solution lui restait-il ?

Son anxiété redoubla au cours des deux jours suivants. La banque avait rejeté sa demande de prêt. Quant aux sociétés de vente aux enchères, elles lui avaient confirmé qu'il ne restait rien à vendre à Greymont d'une valeur suffisante. Peu après, elle reçut un appel de Toby.

— C'est à Covent Garden, Diana. Je sais que tu adores l'opéra !

La note plaintive dans la voix de Toby eut raison de ses réticences. La moindre des choses était de l'éconduire en douceur, pensa-t-elle. Le cœur lourd, elle accepta son invitation à une représentation de *Don Carlo* de Verdi en compagnie de quelques-unes de ses connaissances.

Lorsqu'elle arriva à l'opéra, elle regretta aussitôt sa décision.

— Tu te souviens de Nikos Tramontes ? lança Toby. C'est lui qui nous invite ce soir.

Diana dissimula son désarroi derrière un sourire mécanique. Ses soucis personnels étaient parvenus à le chasser de son esprit. Et voilà qu'il se tenait devant elle, plus attirant que jamais !

On lui présenta ensuite le second couple présent. Diana reconnut l'homme qui avait conduit Nikos Tramontes à leur table lors de la réception. Sa femme l'accompagnait. Lorsque les trois hommes se mirent à parler affaires, celle-ci en profita pour prendre Diana à part.

— Mon Dieu, souffla-t-elle avec un regard ouvertement appréciateur dans la direction de Nikos. Cet homme est à se damner ! Rien d'étonnant à ce qu'il ait séduit Nadya Serensky. Sa fortune doit aussi y est être pour quelque chose...

Diana la regarda sans comprendre.

— Nadya Serensky, vous savez, le top model ? Une rousse sublime, précisa Louise Melmott. Ils forment un couple très glamour.

Cette nouvelle rassura Diana. L'intérêt qu'elle avait cru percevoir de la part de Nikos Tramontes n'était donc que le fruit de son imagination. Elle avait réagi de manière totalement démesurée. Sans doute parce qu'aucun autre homme ne lui avait jamais fait un tel effet, se persuada-t-elle en sirotant son champagne dans la *Crush Room*. N'était-ce pas ce à quoi elle s'était entraînée toute sa vie — rester indifférente à la gent masculine ?

Les hommes avec qui elle était sortie étaient séduisants, mais tous l'avaient laissée de marbre. La plupart avaient dû se contenter d'un simple baiser. Une seule fois, à l'université, elle avait tenté de développer une vraie relation, sans passion excessive. Cela lui convenait à merveille. Hélas, pas à son petit ami qui, rebuté par sa réserve, avait fini par la quitter pour une autre femme. Elle ne s'en était guère affligée. Au contraire, cette expérience l'avait confortée dans son opinion. Ouvrir son cœur était trop dangereux. Mieux valait opter pour le célibat.

Hélas, ce n'était pas ainsi qu'elle allait se dénicher un riche mari.

Avec un soupir, elle relégua ces pensées dans un coin de son esprit. Demain, elle rentrait à Greymont, où elle étudierait pour la énième fois les derniers devis en date des travaux indispensables à réaliser. Mais, dans l'immédiat, elle allait profiter de cette soirée à Covent Garden, sans plus se soucier de rien. Pas même de la présence du très troublant Nikos Tramontes. S'il s'affichait au bras d'un mannequin, il ne risquait pas de s'intéresser à elle, n'est-ce pas ?

L'excitation la gagna comme ils se dirigeaient vers leur loge. Tandis que les musiciens de l'orchestre accordaient leurs instruments, des spectateurs élégamment vêtus s'installaient à leurs places. Les moins nantis, eux, se retrouvaient serrés comme des sardines dans le poulailler. Le regard de Diana se voila. Le monde la voyait certainement comme une personne privilégiée — et elle l'était. Mais posséder Greymont impliquait de lourdes responsabilités. La première d'entre elles étant de l'empêcher de tomber en ruines...

Ça suffit, se tança-t-elle. Assez pensé à Greymont. Elle était là pour profiter de la soirée.

— Permettez.

La voix grave de Nikos Tramontes la fit tressaillir. Il tira son fauteuil pour elle, et elle s'assit dans un froissement de soie, tandis que lui-même prenait place derrière elle. Louise Melmott s'installa dans le fauteuil d'à côté à l'avant de la loge.

Nikos posa les yeux sur le profil altier de la femme dont il s'était ingénieusement assuré la présence ce soir. S'il s'était d'emblée intéressé à elle, une enquête plus poussée l'incitait à présent à manifester ouvertement cet intérêt. Diana St Clair, semblait-il, possédait plus que la seule beauté glacée qui l'avait tant fasciné. Le milieu auquel elle appartenait correspondait parfaitement à son objectif. Le plus grand atout de Diana St Clair était le domaine ancestral du xviiie siècle dont elle avait hérité, preuve de son solide ancrage dans l'élite de la société anglaise.

Une famille ancienne, donc, sans titres, mais autrefois dotée d'armoiries et de tout le panache héraldique qui allait avec. Une famille possédant des terres, une position, avec des siècles de mariages entre familles issues du même milieu ou de l'aristocratie derrière elle. Cela représentait un réseau complexe de relations et de parentés qui s'étalait à travers toute la haute société du pays, la cimentait, la rendant impénétrable de l'extérieur. Sauf par un seul moyen...

Le mariage.

Diana St Clair deviendrait-elle sa femme trophée ?

Il se laissa aller contre le dossier de son fauteuil. La perspective était séduisante. Aussi séduisante que Diana elle-même.

Transportée par la musique grandiose de Verdi, Diana en oublia presque un temps la présence de Nikos Tramontes, assis si proche d'elle. Lors du premier interlude, elle se retrouva entraînée avec les autres vers la *Crush Room*, où était servi le premier plat de leur souper. Louise Melmott, qui connaissait l'opéra et ses libertés vis-à-vis de l'histoire, menait la conversation.

— Le vrai Don Carlo d'Espagne était sans doute fou, commenta-t-elle gaiement. Et rien ne prouve qu'il était amoureux de la femme du roi, son père.

— On comprend aisément pourquoi Verdi a réécrit l'histoire, observa Diana. Une histoire d'amour contrariée est plus romantique, pour un opéra.

Elle faisait de son mieux pour se comporter en bonne invitée, d'autant que Toby ne s'intéressait guère à l'opéra. Il était important qu'elle manifeste son propre enthousiasme.

— Élisabeth de Valois était la femme d'un autre. L'adultère n'a rien de romantique.

Nikos Tramontes s'était exprimé d'une voix cassante. Diana le considéra avec surprise.

— L'opéra n'est pas fait pour être réaliste. Et ne peut-on avoir pitié de cette pauvre reine, prisonnière d'un mariage sans amour, qui pensait épouser le fils du roi et non le roi lui-même ?

Les yeux sombres de Nikos se posèrent sur elle.

— Le faut-il ?

Était-ce un sarcasme ? Les joues de Diana se colorèrent. Sa remarque se voulait légère, rien de plus. La discussion changea de direction, mais Diana restait piquée au vif. Comme si on l'accusait de défendre l'adultère. Elle sentait le regard de Nikos Tramontes peser sur elle. Il émanait de lui une aura ombrageuse, tout à coup, en décalage total avec l'attitude calme et courtoise qu'il avait affichée jusque-là.

Au fond, peu importait. Elle ne risquait pas de le revoir après ce soir, n'est-ce pas ?

Mais lui semblait en avoir décidé autrement. À la fin de la représentation, elle prit congé de Toby, en ayant soin de l'informer qu'elle rentrait dans le Hampshire dès le lendemain. Lorsqu'elle quitta l'opéra, Nikos, comme par magie, se matérialisa à ses côtés. À sa grande contrariété. Sa voiture attendait devant l'édifice.

— Permettez-moi de vous raccompagner, offrit-il d'une voix suave.

Diana se raidit.

— Merci, mais je préfère rentrer en taxi.

— Vous n'en trouverez aucun à proximité et il commence à pleuvoir…

Déjà, il ouvrait la portière arrière à son attention. Diana s'en agaça, mais comment refuser sans faire une scène ? À contrecœur, elle monta et donna au chauffeur le nom de l'hôtel où elle et son père avaient pris l'habitude de descendre lors de leurs rares passages à la capitale.

Dans l'espace confiné de l'habitacle, séparé du chauffeur par une vitre, la proximité de Nikos Tramontes était encore plus troublante que dans la loge de l'opéra. Ses longues jambes s'étendaient jusque sous le siège de devant.

— Je suis heureux que la soirée vous ait plu, commença-t-il. Peut-être accepteriez-vous de m'accompagner à une autre représentation, un de ces soirs ? À moins que vous n'ayez déjà vu toute la saison ?

Cette invitation mit Diana mal à l'aise. Il cherchait donc bien à la séduire, malgré sa relation avec Nadya Serensky. Son espoir d'une attirance purement unilatérale s'évanouit.

— Je crains que non, dit-elle en secouant la tête.

— Vous n'avez pas vu toute la saison ?

Elle s'obligea à le regarder en face. Son visage était à demi mangé par les ombres, la seule lumière provenant des vitrines et des réverbères qui défilaient derrière les vitres.

— Ce n'est pas ce que je voulais dire, corrigea-t-elle fermement.

Nikos arqua un sourcil.

— Masterson ?

— Non, mais...

— Mais ?

Diana prit une inspiration.

— Je passe très peu de temps à Londres, monsieur Tramontes, expliqua-t-elle d'une voix posée. Toute nouvelle invitation est donc inutile... Quel que soit le but recherché.

Elle s'en tint là. Quelle hypocrisie de sa part de désapprouver haut et fort l'adultère dans l'intrigue de *Don Carlo* pour ensuite l'inviter à sortir ! Lui-même ne semblait pas si réfractaire à l'idée d'aller voir ailleurs, songea-t-elle, acerbe.

Il se laissa aller contre le siège en cuir, un sourire sardonique aux lèvres. Il était si proche qu'elle pouvait sentir l'odeur de son après-rasage.

— Et quel est mon but, d'après vous ? murmura-t-il, une lueur moqueuse dans le regard.

Diana pinça les lèvres.

— Peu m'importe, monsieur Tramontes. Comme je le disais, je n'ai guère d'opportunités d'aller à l'opéra. Avec qui que ce soit.

— Vous rentrez dans le Hampshire ?

Elle hocha la tête.

— Oui. Pour une durée indéterminée. J'ignore quand je reviendrai à Londres, ajouta-t-elle, soucieuse de bien lui faire comprendre sa position.

Il parut accepter sa réponse.

— Je comprends, dit-il avec nonchalance.

Le soulagement envahit Diana. Il battait en retraite. Tant mieux. Sa seule proximité physique suffisait à la mettre dans tous ses états ! C'était déstabilisant, cette façon dont son cœur s'emballait en sa présence...

Enfin, la voiture s'arrêta devant l'hôtel où elle logeait. Le portier s'approcha pour ouvrir sa portière, et elle descendit en dissimulant au mieux son empressement.

— Bonne nuit, monsieur Tramontes. Merci de m'avoir raccompagnée, dit-elle avant de tourner les talons.

De son siège, Nikos regarda la jeune femme disparaître à l'intérieur de l'hôtel. Un de ces hôtels désuets, mais huppés, que la bonne société provinciale privilégiait lors de ses inévitables visites à Londres. Nul doute que la famille St Clair y descendait depuis des générations.

Tandis que la voiture repartait en direction de son propre hôtel, bien plus prisé et luxueux, il revint sur leur échange. Avait-elle décliné son invitation à cause de Nadya ? Il avait entendu Louise Melmott prononcer son nom dans la soirée. Tant mieux. Cela signifiait que Diana St Clair avait certains standards. Si elle tolérait l'adultère dans *Don Carlo*, elle ne semblait pas en faire autant dans la vraie vie. C'était un critère essentiel pour lui. Sa femme ne devait en aucun cas être de la même étoffe que sa mère !

Sa femme...

Envisageait-il vraiment Diana St Clair dans ce rôle ? Et si oui, comment la persuader d'accepter ? Qu'est-ce qui pourrait la faire plier ?

Un rictus étira ses lèvres comme la voiture se mêlait à la circulation londonienne.

Quel que soit le moyen, il le trouverait.

Greymont était absolument splendide. Surtout par beau temps. Dans la lumière du soleil, on voyait moins les murs qui s'effritaient et laissaient filtrer l'humidité. Derrière le parapet, la toiture en plomb à changer devenait invisible. Une vague d'émotion submergea Diana. Comment Gerald pouvait-il la pousser à vendre Greymont ? Le domaine était tout pour elle. Les St Clair vivaient ici depuis trois cents ans. Hors de question pour elle de s'en séparer ! Il revenait à chaque génération de le léguer à la génération suivante.

Diana se rembrunit. C'était à elle que son père l'avait confié. Il s'était privé du bonheur que pouvait lui apporter un second mariage dans le seul but de faire d'elle l'héritière de Greymont. Elle avait déjà perdu sa mère. Il s'était assuré qu'elle ne perde pas en plus sa maison. Alors y renoncer maintenant ? La vendre à de parfaits inconnus ? Non, impossible. Ce serait trahir sa confiance. Elle était prête à tout pour ne pas en arriver là.

Absolument tout.

En entrant dans le vestibule, elle admira une fois de plus le majestueux escalier qui s'élançait vers les étages supérieurs. Les fines moulures des alcôves et les fresques délicates des plafonds, toutes en attente de restauration. La cheminée de marbre blanc, aujourd'hui striée d'ébréchures. Quelques ultimes portraits de famille, œuvres d'artistes tombés dans l'oubli, ornaient encore les murs le long de l'escalier, familiers et rassurants.

Dans sa chambre, elle ouvrit la fenêtre à guillotine donnant sur les jardins et le parc au-delà. Il y régnait un indéniable laisser-aller. Mais, à ses yeux, les vastes pelouses, la fontaine ornementale, désormais privée de jets d'eau, les pergolas et les allées menant au saut-de-loup qui séparait les jardins du parc, demeuraient aussi ravissantes qu'elles l'avaient toujours été. Aussi précieuses et irremplaçables.

Un farouche instinct protecteur l'envahit. Inspirant profondément, elle prit un grand bol d'air frais, puis referma la fenêtre. La guillotine, nota-t-elle, se montrait récalcitrante et la peinture s'écaillait. Des dégâts dus aux infiltrations, sans doute. Elle remarqua également une nouvelle tache d'humidité au plafond.

Son cœur se serra. Durant la maladie de son père, même l'entretien quotidien avait été négligé. Alors des travaux plus importants... Ils auraient occasionné trop de bruit, trop de poussière. Cela l'aurait dérangé. Mais l'inspection qu'elle avait fait réaliser après sa mort avait révélé des problèmes d'une étendue bien plus considérable que tous deux ne l'avaient imaginé.

Le toit à réparer, des dizaines de fenêtres à guillotine à remplacer, les parquets rongés par la pourriture, les cheminées menaçant de s'écrouler, les infiltrations d'eau, l'électricité et la plomberie à refaire, un nouveau chauffage central à installer... La liste continuait à l'infini. À cela s'ajoutaient les travaux de décoration, des plafonds à repeindre aux tapisseries à repriser, en passant par les rideaux et les tissus d'ameublement à préserver.

Toujours plus à faire...

Sans parler des travaux extérieurs ! Les murs qui ployaient, les tuiles qui s'abîmaient, les pavés à resceller, les jardins à entretenir... C'était sans fin !

Les épaules de Diana s'affaissèrent. Il y avait tant à faire, et tout cela coûtait si cher ! Avec un soupir, elle commença à défaire sa valise. Le personnel avait été réduit au minimum. Il restait les Hudson, une ou deux femmes de ménage du village, ainsi qu'un jardinier et son assistant. Une chance que son père ait mené une vie tranquille, même si cela avait contribué à l'insatisfaction de sa femme. Après son départ, il s'était encore davantage isolé.

Diana, elle, appréciait cette existence paisible. Elle aimait l'aider à écrire l'histoire de la famille St Clair en jouant le rôle de sa secrétaire, triant sa correspondance avec leurs innombrables parents. Souvent, elle l'accompagnait dans sa promenade quotidienne à travers le parc. Sa mère partie, c'était elle, la châtelaine de Greymont.

Ils fréquentaient alors exclusivement des familles de la région semblables à la leur, tels leurs voisins, Sir John Bartlett et son épouse, les plus proches amis de son père. Aujourd'hui, Diana se montrait plus active. Elle rendait visite à d'anciens camarades d'école et d'université qui, les uns après les autres, se mariaient et fondaient une famille. Régulièrement, elle les revoyait à Londres. Mais faire la fête n'était pas son truc. Elle préférait sortir dîner, aller au théâtre et à l'opéra, avec des amies ou quelques chevaliers servants triés sur le volet. Ces derniers acceptaient que l'amour ne l'intéresse pas et que tous les hommes la laissent indifférente.

Sauf un.

Agacée, elle chassa Nikos Tramontes de son esprit. Cette attirance pour lui était ridicule ! Elle ne le reverrait jamais et, franchement, elle avait des préoccupations plus urgentes à régler.

L'estomac noué, elle descendit dans la bibliothèque et s'installa au bureau de son père. En son absence, le courrier s'était accumulé. Avec un soupir résigné, elle ouvrit la première enveloppe. Aucune bonne nouvelle ne l'attendait dans cette pile, elle le savait déjà. Plutôt de nouveaux devis exorbitants pour d'autres travaux indispensables…

L'angoisse lui serra la gorge. Elle devait à tout prix trouver l'argent nécessaire. Mais pas en épousant Toby Masterson. Non, elle ne pouvait se résoudre à passer le reste de sa vie avec lui. Lui aussi méritait mieux, songea-t-elle avec mauvaise conscience. C'était injuste de sa part de ne voir en lui qu'une possible solution à ses problèmes.

À cette pensée, un autre visage s'imposa à elle. Un visage aux traits marquants, dont les yeux de jais faisaient battre son cœur un peu plus vite…

Ça suffit, se sermonna-t-elle. Nikos Tramontes était en couple avec ce top model. Et, même s'il ne l'avait pas été, les hommes comme lui ne cherchaient qu'une parenthèse agréable. Quelqu'un avec qui se divertir lors de leurs passages à Londres. Quel intérêt à cela ?

Pour elle, aucun.

Nikos roulait prudemment le long de l'allée bordée de châtaigniers en contournant de son mieux les nombreux nids-de-poule. Bientôt, Greymont apparut devant lui. Avec sa façade en stuc blanc, son corps principal flanqué de deux ailes symétriques, le domaine semblait tendre les bras au visiteur. Légèrement surélevé, il était entouré d'immenses jardins qui se fondaient avec les terres cultivées alentours, le tout encadré de bois. Le domaine de la haute société provinciale anglaise par excellence.

Un douloureux souvenir l'assaillit. Celui d'un autre domaine semblable, dans un autre pays. Un château au cœur de la Normandie, en pierre de Caen claire, orné de tourelles dans le style français. Nikos s'était garé dans la cour, avait été reçu. Mais certainement pas à bras ouverts.

« Tu dois partir. Mon mari rentre bientôt. Il ne faut pas qu'il te trouve ici. »

Il n'y avait eu aucune étreinte, aucune chaleur dans la voix de l'élégante femme d'âge mûr qui s'était avancée vers lui en robe haute couture. Seulement du rejet.

« C'est tout ce que tu as à me dire ? »

Face à sa question, sa mère avait pincé les lèvres.

« Tu dois partir », avait-elle répété sans donner de réponse.

Il avait balayé des yeux la pièce, somptueuse avec son délicat mobilier Louis XV et ses inestimables paysages du XVIIe siècle aux murs. C'était cela qu'elle avait choisi. Cela qui comptait pour elle. Elle n'avait pas hésité à payer le prix pour continuer à en jouir. Ce prix, c'était lui.

L'amertume qui l'avait envahi alors menaçait de refaire surface. Au prix d'un effort considérable, il se ressaisit et arrêta la voiture afin d'examiner les lieux à son aise.

Oui, ce qu'il voyait lui plaisait. Greymont, le domaine ancestral des St Clair, servirait son but à la perfection. Mais posséder un tel lieu ne suffisait pas. Avec sa fortune, il pouvait sans peine en acquérir un semblable. Un sourire flotta sur ses lèvres. Oh ! il savait exactement comment parvenir à ses fins. Il avait découvert le point faible de Diana St Clair. Ce qu'elle désirait le plus au monde. Et il venait le lui offrir sur un plateau.

Les yeux fixés sur son objectif, il redémarra.

3

— Monsieur Tramontes ?

Diana considéra son majordome avec stupeur. Que diable faisait Nikos Tramontes à Greymont ?

Des papillons dans le ventre, elle se rendit dans la bibliothèque, où elle trouva son visiteur surprise occupé à examiner les livres reliés cuir dans l'une des étagères. Lorsqu'il se retourna à son entrée, le cœur de Diana fit un salto dans sa poitrine.

Cela faisait une semaine qu'elle était revenue de Londres. Mais revoir cet homme à la stature imposante la ramena instantanément à cette soirée à Covent Garden. En costume anthracite et chemise blanche immaculée rehaussée d'une cravate bleu marine, il était aussi séduisant qu'il l'avait été en smoking.

Son pouls s'accéléra quand il s'avança vers elle, à son grand dam.

— Mademoiselle St Clair, salua-t-il, bras tendu.

Encore interdite, elle tendit sa main, qu'il serra brièvement.

— Navré de me présenter ici à l'improviste, continua-t-il. Mais j'aimerais discuter avec vous d'une affaire qui pourrait nous profiter à tous les deux.

Mécaniquement, elle prit place sur le canapé en cuir.

élimé près de la cheminée et l'invita d'un geste à s'asseoir. Il s'installa dans le fauteuil de son père, ce dont elle s'offusqua secrètement. Elle sonna Hudson afin que le café leur soit servi, puis se tourna vers son visiteur.

— Je ne vois vraiment pas, monsieur Tramontes, de quel genre d'affaire il pourrait s'agir.

Il n'allait tout de même pas chercher à la séduire de nouveau ? *Faites que non*, pria-t-elle en son for intérieur.

Nikos sourit et croisa les jambes comme s'il était le seigneur des lieux. Cela la mit hors d'elle. Par chance, Hudson réapparut à cet instant précis. Le plus calmement possible, Diana servit le café et demanda à Nikos Tramontes comment il prenait le sien.

— Noir, sans sucre, répondit-il laconiquement.

Sa tasse à la main, il regarda autour de lui avant de reporter son attention sur Diana.

— C'est une maison exceptionnelle que vous avez là, mademoiselle St Clair. Je comprends que vous refusiez de vendre.

Diana tressaillit, outrée. Comment osait-il ? Ses affaires ne le regardaient pas !

Un sourire caustique joua sur les lèvres de Nikos.

— Cela n'a pas été difficile de retracer les circonstances de votre héritage. Et puis, je ne suis pas aveugle, vous savez. Je ne m'y connais guère en manoirs anglais, mais une allée pleine de nids-de-poule, une maçonnerie qui s'effondre, des jardins en grand besoin d'attention…

Il but une gorgée de café et reposa sa tasse sur la table où son père avait l'habitude d'étaler son journal.

— Voilà qui explique votre intérêt pour Toby Masterson, reprit-il en la regardant droit dans les yeux. Évidemment, un homme à la tête d'une banque d'affaires…

Diana voyait de plus en plus rouge. Sa voix se fit glaciale.

— Monsieur Tramontes, je ne crois pas que…

Il l’interrompit d’un geste péremptoire de la main.

— Écoutez-moi.

Nikos étudia la jeune femme. Elle était vêtue de façon décontractée, d’un pull et d’un pantalon de bonne coupe formant un dégradé de verts, avec ses cheveux retenus par une simple barrette. Elle ne portait ni bijoux ni maquillage, un style à mille lieues de l’élégance glacée affichée en soirée. Mais sa beauté saisissante lui faisait toujours autant effet. Un impact encore accentué par son indignation à peine dissimulée.

— Je comprends votre situation, assura-t-il.

La compassion dans sa voix mit Diana sur ses gardes. Elle en avait totalement oublié son café.

— Et j’ai peut-être la solution.

Ses yeux de jais ne la quittaient pas. Diana s’obligea à soutenir son regard, en adoptant une attitude aussi détachée que possible.

Devant son silence, il continua.

— Cette solution, mademoiselle St Clair, va vous être familière. Nombre de vos aïeuls l’ont adoptée par le passé. Par chance, de nos, jours, elle a pris un caractère moins… irréversible.

Nikos se tut et se mit à siroter son café en prenant tout son temps. La jeune femme avait repris contenance. Il n’en attendait pas moins d’elle. Lorsqu’il aurait joué cartes sur table, soit elle le mettrait à la porte… soit elle accepterait son marché.

— Vous souhaitez conserver votre propriété familiale, reprit-il enfin. Quoi de plus normal ? Toutefois, seules des finances considérables vous le permettront. Le règlement des droits de succession a dû porter un coup aux vôtres, n’est-ce pas ? Qui plus est, l’entretien d’un édifice historique classé coûte cher. Trop, avancerai-je, pour vous permettre d'y faire face sans quitter votre zone de confort.

Diana St Clair resta de marbre, son expression impénétrable. Cela ne le dérangeait pas. Au contraire, cette attitude rehaussait sa beauté sculpturale. Le contraste entre sa froide impassibilité et les violents coups de sang de Nadya jouait en faveur de Diana. Elle était l'exact opposé de son ancienne maîtresse, et pas seulement côté tempérament. Elle avait aussi tellement plus à lui apporter !

— Je sais que vous avez envisagé, et éliminé, Toby Masterson comme possible solution à votre problème. Permettez-moi de vous proposer un autre candidat...

Il marqua une pause, ménageant son effet.

— Moi, acheva-t-il, les yeux rivés aux siens.

Le choc se peignit sur les traits de la jeune femme.

— Avez-vous perdu la tête ? s'exclama-t-elle.

— Pas le moins du monde. Voici ce que je propose.

Il pinça les lèvres.

— Avant toute chose, je tiens à préciser que ma relation avec Nadya Serensky est de l'histoire ancienne. Elle est le genre de femme que je désirais il y a deux ans. Aujourd'hui, je recherche quelqu'un de différent. Quelqu'un comme vous, mademoiselle St Clair. Vous correspondez parfaitement à mes critères. Et je crois satisfaire les vôtres.

Diana n'en croyait pas ses oreilles. Elle ouvrit la bouche pour protester, mais rien ne vint. Que répondre à des propos aussi extravagants ? Elle continua à l'écouter, incrédule, tandis qu'il développait tranquillement son idée, comme s'il parlait de la pluie et du beau temps.

— Ce que je veux aujourd'hui, à ce stade de ma vie, c'est une épouse. Nadya n'en avait pas l'étoffe. Vous, en revanche...

Ses yeux de jais la transpercèrent de part en part. Il semblait à Diana qu'il lisait en elle comme en un livre ouvert.

— Vous seriez idéale pour le rôle, termina-t-il. Et le bénéfice serait mutuel.

Diana resta muette, troublée par l'étrange émotion qu'elle sentait s'insinuer en elle.

— Chacun apporterait à l'autre ce qu'il désire, poursuivit Nikos. Je veux faire partie de ce monde auquel vous appartenez, celui des héritiers de grands domaines ancestraux comme celui-ci. Bien sûr, je pourrais en acheter un moi-même. Mais je resterais un étranger. Un parvenu.

Une note d'amertume s'était glissée dans sa voix.

— Ce n'est pas mon objectif. Je tiens à épouser une femme issue de ce monde, qui m'en ouvrira les portes. C'est grâce à un tel mariage que j'y serai accepté. Quant à ce que vous y gagnerez...

Son expression changea.

— J'ai largement les moyens de rendre à cet endroit la splendeur qu'il mérite. Vous voyez, conclut-il avec un sourire en coin. Nous sommes faits l'un pour l'autre.

— Vous n'êtes pas sérieux ! Nous nous sommes vus deux fois en tout et pour tout ! Vous êtes un parfait inconnu pour moi, et moi pour vous.

Il haussa les épaules.

— Il est facile d'y remédier. Nos fiançailles peuvent durer aussi longtemps qu'il vous faudra pour apprendre à me connaître. Comprenez bien, ajouta-t-il, que je ne suggère pas que nous passions notre vie ensemble. Deux ans devraient suffire, peut-être moins. Rien ne nous empêche, contrairement à vos ancêtres, de dissoudre ce mariage dès que nous aurons obtenu satisfaction. Chacun reprendra alors sa vie de son côté.

Il saisit sa tasse, qu'il termina d'une traite avant de la reposer. Son regard happa le sien.

— Alors ? Votre réponse ?

Diana déglutit. Mille émotions contradictoires tourbillonnaient en elle. Elle devait être en train de rêver. Cela ne pouvait pas être réel ! Un parfait inconnu ou presque lui suggérait de l'épouser...

Pour sauver Greymont.

Exactement l'idée qu'elle avait exposée à Gerald Langley. Elle avait sérieusement envisagé d'épouser Toby, avant de reculer à la perspective de passer le restant de ses jours avec lui. Mais Nikos Tramontes n'exigeait que deux ans. Qu'étaient deux petites années dans une vie ?

Elle plissa des yeux méfiants.

— Pas plus de deux ans, dites-vous ?

Nikos acquiesça, sans rien trahir de son triomphe. Si elle posait la question, c'était le signe que sa proposition l'intéressait.

— Cela me semble suffisant, vous ne croyez pas ?

Pour lui, sans aucun doute. Et pas seulement parce que, passé cette période, il aurait cimenté sa position sociale acquise grâce à leur mariage. Sa liaison avec Nadya lui avait appris qu'au bout de deux ans il se lassait de sa partenaire. D'ici là, partager sa vie et son lit avec Diana St Clair lui convenait parfaitement.

Une fois de plus, il admira sa beauté diaphane. Elle était pâle, encore sous le choc de sa proposition, mais ne semblait plus scandalisée. Un nouvel élan de triomphe le traversa. Elle était assurément tentée.

— Eh bien ? la pressa-t-il.

— J'ai besoin de temps, répondit faiblement Diana. Je ne peux pas me décider comme cela...

Elle avait l'impression d'avoir été emportée par une tornade, loin, très loin de la réalité.

— Bien sûr, dit Nikos d'un ton conciliant.

Il se leva. Du haut de son mètre quatre-vingt-dix, il la dominait largement, l'écrasait presque.

— Réfléchissez-y. Je m'envole demain pour Zürich mais serai de retour au Royaume-Uni le week-end prochain. Vous me donnerez votre réponse à ce moment-là. En attendant, si vous avez la moindre question, n'hésitez pas à me contacter par mail ou par texto.

Il sortit une carte qu'il posa sur le bureau de son père. Un sourire éclaira soudain ses traits.

— Ne soyez pas choquée, Diana. Un mariage de convenance entre nous fonctionnerait à merveille. Cela se faisait beaucoup autrefois. Et cela se fait toujours, même si les gens refusent de l'admettre.

Elle le suivit des yeux comme il quittait la pièce. Elle entendit son pas vif dans le couloir, puis la porte d'entrée s'ouvrir et se refermer. Peu après lui parvint le bruit d'une voiture qui démarrait. Son cœur battait la chamade. Et pas seulement à cause de la bombe qu'il venait de lâcher dans sa vie.

Quand il sourit et m'appelle par mon prénom...

Une sonnette d'alarme retentit en elle. Nikos Tramontes, le premier parmi tous les hommes qu'elle avait rencontrés, semblait posséder le pouvoir de lui faire perdre ses moyens. Sa masculinité la troublait, l'éveillait à sa propre féminité. Elle ignorait pourquoi elle réagissait ainsi. Il y avait quelque chose de dangereux dans ce qu'il lui faisait ressentir. Pourtant...

Nikos Tramontes avait fait irruption dans sa vie et incarnait à présent son meilleur espoir d'obtenir ce qu'elle désirait : les moyens de sauver Greymont. Le plus simplement du monde. Certes, il était un parfait inconnu. Mais, comme il l'avait souligné, ils auraient tout le temps d'apprendre à se connaître durant leurs fiançailles. Et c'était un fait que ce genre de mariage était monnaie courante parmi ses ancêtres. Au moins, le leur serait bref, un ou deux ans maximum. Pas l'engagement à vie que représentait un mariage avec Toby. Si seulement Nikos avait pu ressembler à ce dernier… Elle se serait sentie plus tranquille. Elle n'aimait pas la façon dont son pouls s'accélérait chaque fois qu'elle pensait à Nikos Tramontes.

Résolument, elle bâillonna ses craintes. Inutile de s'inquiéter. Ce que Nikos lui proposait n'était qu'un mariage sur le papier destiné à tromper l'opinion publique. Une union provisoire, purement pragmatique, qui introduirait Nikos dans son monde tout en permettant à Diana de préserver son héritage. Rien de plus. Rien qui ne justifie cette inexplicable ébullition dans ses veines.

C'était uniquement parce qu'elle possédait Greymont, un statut social, et des relations qu'il convoitait, qu'il s'intéressait à elle. Oh ! bien sûr, il la voudrait à son bras, l'exhiberait en public tel un ornement. C'était inévitable. En privé, leur relation serait cordiale, mais guère différente d'un partenariat d'affaires, se rassura-t-elle. Ils seraient… associés. Oui, le terme était bien choisi.

Était-elle prête à aller jusque-là ? À accepter l'offre de Nikos Tramontes pour sauver Greymont ?

Cette question continuait à la tarauder lors de la visite de l'architecte, puis des différentes sociétés chargées d'effectuer les restaurations selon les strictes régulations s'appliquant aux édifices classés. Des régulations qui rendaient ces travaux d'autant plus complexes et coûteux. Plus les jours passaient, plus l'idée de saisir la chance que lui offrait Nikos s'imposait dans son esprit…

Nikos se mit à l'aise dans son fauteuil de première classe et accepta la coupe de champagne que lui servait l'hôtesse. Il était d'excellente humeur. Choisir Diana St Clair comme moyen d'atteindre son objectif avait été une décision impulsive, mais il faisait confiance à son instinct. Cela lui avait toujours réussi en affaires. Certes, un mariage était une tout autre histoire, mais…

Non, sa liaison avec Nadya s'était révélée un succès, elle aussi. Elle leur avait profité à tous les deux. Il n'y avait aucune raison qu'il n'en aille pas de même avec Diana St Clair. Outre les moyens de restaurer son domaine, elle gagnerait un mari attentionné, et un amant plus dévoué encore. Que demander de plus ?

L'amour ?

En aucun cas. Il ne l'avait jamais connu et s'en passait volontiers. Diana St Clair aussi, de toute évidence. Sans quoi, elle l'aurait jeté dehors après avoir entendu sa proposition. Mais elle ne l'avait pas fait. Elle céderait, il en était convaincu. Ce qu'il lui offrait était idéal pour elle, et pas seulement d'un point de vue financier. Sur le plan personnel aussi. Oh ! la princesse de glace ignorait encore s'être frottée à plus fort qu'elle. Mais le moment venu, et il viendrait, elle s'abandonnerait tout entière au plaisir sensuel qu'il était résolu à lui prodiguer. Ce serait son présent pour elle : lui apprendre à accepter le désir et l'admiration que lui vouaient les hommes. Cette flamme fugitive qu'il avait entrevue dans ses yeux lors de leur première rencontre, il l'attiserait en un feu ardent. Il ne la presserait pas, non. Il lui donnerait tout le temps de s'habituer à lui. Mais en fin de compte…

Il but une gorgée de champagne, un sourire confiant aux lèvres. En fin de compte, elle fondrait et se liquéfierait entre ses bras.

Diana écarquilla les yeux devant le chèque, encore étourdie par le parfum capiteux du bouquet de lys qui l'accompagnait. Un mot était glissé dans les fleurs :

En signe de ma bonne foi.

L'air lui manquait. Le montant du chèque était faramineux. Un quart de million de livres sterling !

La gorge nouée, elle se dirigea vers son bureau, la fragrance envoûtante des lys toujours dans ses narines.

En suis-je capable ? Suis-je prête à épouser Nikos Tramontes ?

Le chèque dans sa main exigeait une réponse. L'accepter ou le refuser. Accepter ou refuser l'homme qui l'avait signé…

La sonnerie du téléphone la fit tressaillir. C'était l'architecte qui appelait pour s'enquérir, avec tact, si une date avait été fixée pour les travaux. Travaux qui ne pouvaient commencer sans la contribution financière de Nikos. La main de Diana se crispa sur le combiné. Une violente émotion l'étreignait. Impossible de repousser sa décision plus longtemps. Si elle ne s'attelait pas très vite à la restauration de Greymont, le domaine tomberait en ruines et elle n'aurait plus d'autre choix que de le vendre.

Elle ne pouvait pas être la St Clair responsable de la perte de Greymont, ni trahir son père qui avait tant sacrifié pour elle. Elle s'y refusait !

L'offre de Nikos Tramontes était un cadeau du ciel. Que pouvait-elle espérer de plus avantageux ? Rien d'autre ne sauverait Greymont.

Son cœur battait à cent à l'heure devant l'énormité de ce qu'elle s'apprêtait à faire. Elle expira lentement, très lentement, avant d'articuler sa réponse à l'architecte :

— Vous avez mon feu vert. Les travaux peuvent commencer.

4

Le mariage avait lieu dans la salle de bal d'un hôtel historique et huppé de Londres, au style Art déco intemporel. Une foule d'invités s'y pressait. Parmi eux, les connaissances professionnelles de Nikos, auxquelles se mêlait la haute société anglaise à laquelle il souhaitait accéder en épousant Diana, composée de vieilles fortunes fondées sur des siècles de propriété terrienne, transmise de génération en génération. Des gens qui fréquentaient les mêmes écoles, se mariaient entre eux, et continueraient à le faire. Ils formaient un cercle très fermé, réservé à ceux qui y étaient nés. Ou ceux qui, comme Nikos Tramontes, s'y mariaient.

Diana se réjouissait qu'autant d'entre eux aient accepté son invitation. Au moins, elle remplissait sa part du contrat. Son nouveau mari voulait une femme de la haute société ? Il l'aurait, en contrepartie de son financement des travaux désormais bien engagés à Greymont.

Depuis trois mois qu'ils étaient fiancés, la restauration du domaine était sa principale préoccupation. Mais elle avait tout de même pris le temps de retrouver Nikos chaque fois qu'il passait à Londres. Ils avaient notamment donné une somptueuse réception de fiançailles dans sa nouvelle maison du très chic quartier de Knightsbridge.

Le fait que ses affaires l'obligent sans cesse à voyager lui convenait parfaitement.

Nikos avait néanmoins tenu sa promesse et s'était donné beaucoup de mal afin qu'elle s'habitue à lui. À son nouveau statut de fiancée. Il l'avait invitée à dîner, emmenée au théâtre et à l'opéra. Ensemble, ils avaient rencontré certaines de ses relations d'affaires ainsi que des amis de Diana. Il n'était plus un parfait inconnu. Même si sa virilité lui faisait toujours autant d'effet, elle se sentait désormais beaucoup plus à l'aise en sa compagnie. Ses manières étaient courtoises, sa conversation intelligente. Rien chez lui ne lui faisait regretter de l'avoir épousé pour sauver Greymont.

Leurs fiançailles se révélaient d'ailleurs beaucoup plus sereines qu'elle ne l'avait craint. Elle qui redoutait que son puissant magnétisme sexuel ne pose problème était à présent rassurée. Il semblait totalement inconscient de son effet sur elle, ce dont elle lui était reconnaissante. Quelle honte si cet homme qui s'était engagé dans un mariage de convenance se retrouvait encombré d'une fiancée qui frémissait dès qu'il la touchait !

Non que cela fût arrivé. Excepté quelques gestes de pure convention sociale contre lesquels elle s'efforçait de s'immuniser, comme lui prendre le bras ou la guider d'une main dans le dos en public, il n'avait jamais posé un doigt sur elle. Il ne l'avait même jamais embrassée sur la joue. Dire que tous ses amis attribuaient leurs soudaines fiançailles à un coup de foudre… Quelle ironie ! Par bonté d'âme, elle s'était gardée de détromper Toby Masterson lorsqu'il avait soupiré d'un air déçu :

— J'ai tout de suite vu que tu t'étais éprise de lui…

Comme les autres, il lui avait transmis tous ses vœux de

bonheur. La seule voix discordante était celle de Gerald, le notaire de la famille St Clair.

— Diana, êtes-vous sûre de ce que vous faites ? s'était-il enquis avec inquiétude.

— Sûre et certaine, avait-elle répondu catégoriquement.

Prends ce que tu veux et paies-en le prix, disait le proverbe. Le prix à payer n'était que deux années de sa vie. Deux petites années au bras de Nikos Tramontes, le temps d'un mariage de convenance arrangé dans la plus grande civilité. Elle n'avait rien à redire à cela.

C'est ainsi qu'ils se retrouvaient à recevoir leurs invités en tant que mari et femme. Diana souriait en énonçant les politesses attendues, et continua à sourire durant toute la réception.

Ce n'est qu'une fois dans la voiture vintage qui les emmenait à l'aéroport qu'elle fut submergée par la sensation de sortir de scène après avoir accompli un morceau de bravoure. Enfin, elle avait le droit de se relaxer.

— Soulagée que ce soit terminé ? s'enquit Nikos.

— Oui. Et que tout se soit passé à la perfection.

Il lui sourit.

— Tu as été parfaite, toi aussi.

— Merci, dit-elle, acceptant le compliment.

Elle commençait à s'habituer à ses sourires. Et, avec le temps, elle finirait par s'habituer au fait qu'il était son mari. Leur mariage avait beau être un mariage arrangé, pourquoi ne s'entendraient-ils pas ? Plus elle passerait de temps avec lui, plus les choses deviendraient faciles. Quant à leur lune de miel, c'était également un voyage d'affaires. Ils se rendaient dans le Golfe, où Nikos avait une négociation en cours.

— La journée a été éprouvante, continua-t-elle en

retirant ses escarpins à petits talons assortis à sa tenue de rechange.

Des chaussures déjà plus confortables que les sandales à talons aiguilles qu'elle avait portées toute la journée, avec sa robe de mariée années trente en satin ivoire près du corps.

— Mais tout s'est déroulé à merveille, n'est-ce pas ? Et les travaux à Greymont progressent à vue d'œil. Je ne sais comment te remercier.

— C'était ma part du marché, rappela Nikos.

La fatigue commençait à se faire sentir. Diana était sur le pied de guerre depuis son réveil dans la suite nuptiale, où elle était passée entre les mains de toute une armée de coiffeurs et de maquilleurs. Enfin, elle pouvait relâcher la pression. Peut-être était-ce la raison de ce soudain accès d'émotion.

— Greymont est si important pour moi... C'est toute ma vie, murmura-t-elle, la gorge nouée.

Une ombre passa dans les yeux de Nikos. Ou était-ce son imagination ? Il ne répondit pas, se contentant de sourire avant de sortir son portable pour vérifier ses mails. Diana ne s'en formalisa pas. Nikos était un homme d'affaires. L'économie mondiale tournait vingt-quatre heures sur vingt-quatre, sept jours sur sept. Elle ne s'arrêtait pas pour une lune de miel.

Le temps semblait en revanche suspendu dans le somptueux hôtel où ils allaient séjourner. La suite où les conduisit un majordome attitré lui arracha un cri d'admiration. Les murs avaient l'air en or, tout comme l'essentiel du mobilier, et le sol de marbre était splendide. Une vaste baie vitrée offrait un panorama absolument époustouflant. Chaque surface était occupée par énorme bouquet de roses rouges, dont le parfum embaumait l'air.

— Mon Dieu...

Impressionnée, elle se laissa aller contre Nikos, dont l'imposante carrure lui apporta un soutien réconfortant. Mais, déjà, il l'entraînait vers le majordome, qui ouvrait une bouteille de champagne millésimée à leur intention.

— Est-ce que cela te donne des idées de décoration pour Greymont ?

Une lueur amusée éclairait ses yeux sombres. Des papillons s'envolèrent dans le ventre de Diana. Elle avait beau s'habituer à ses sourires, ce sourire-là était trop complice. Trop intime. Il n'avait pas sa place dans un mariage comme le leur. Une telle intimité ne faisait pas partie des termes et conditions.

— C'est très bien pour ici, concéda-t-elle.

Nikos congédia le majordome et leva sa coupe de champagne. Diana en fit autant avec la sienne.

— Eh bien, buvons à notre mariage, madame Tramontes.

— Volontiers, répliqua-t-elle gaiement.

Cela lui faisait drôle de l'entendre l'appeler ainsi. Plusieurs personnes en avaient fait autant à la réception de mariage. Mais ce n'était que maintenant, dans la bouche de Nikos, que ces mots devenaient réels. Et ils l'étaient, d'un point de vue strictement légal. En dehors de cela, leur union était simplement... pratique.

Oui, voilà. Pratique pour tous les deux. Un partenariat qui leur profitait à l'un comme à l'autre, fondé sur une bonne entente.

Ils entrechoquèrent leurs coupes.

— À nous...

L'intonation profonde de Nikos fit courir un frisson le long de son échine. N'y décelait-elle pas un certain sous-entendu ? Non, elle devait se tromper. Nikos était un homme incroyablement séduisant, capable de troubler n'importe quelle femme sans même le vouloir. Peut-être n'était-elle pas totalement habituée à sa compagnie, tout compte fait. Mais les quelques jours à venir y remédieraient.

— À nous, lança-t-elle à son tour avant d'avaler une gorgée de champagne.

Ensemble, ils sortirent sur le balcon admirer la vue sur les jardins de l'hôtel, ses piscines bleu azur et les eaux scintillantes du Golfe au-delà. Diana soupira d'aise et s'appuya contre la rambarde. Nikos vint se poster à côté d'elle. Pas trop près, juste ce qu'il fallait pour qu'elle se sente à l'aise.

Son humeur était au beau fixe. Le mariage avait été splendide. La meilleure introduction possible dans ce monde que sa femme considérait comme allant de soi. La bile lui monta à la gorge au souvenir de la façon dont il avait été chassé de ce château en Normandie. Indésirable. Rejeté. Lui n'avait pas démarré d'un si bon pied dans la vie... Ses lèvres se pincèrent. Eh bien, il n'avait pas eu besoin de l'approbation de sa mère pour obtenir ce dont elle l'avait spolié. Tout comme il était devenu aussi riche que l'homme qui l'avait renié.

Il chassa ces pensées amères. Elles n'avaient plus leur place dans sa vie, ni le pouvoir de le hanter.

Son regard se posa sur la femme à ses côtés. Sa bonne humeur revint aussitôt. Pendant trois longs mois, trois mois interminables, il avait réprimé son désir. La femme qu'il avait choisi d'épouser n'était pas de celles que l'on brusquait. C'est avec un soin méticuleux qu'il devait faire fondre sa princesse de glace. Ce moment était sa récompense. Bientôt, il récolterait les fruits de sa patience.

Mais pas encore. Elle devait d'abord être pleinement

à l'aise avec lui. Les premiers jours de leur lune de miel devraient y contribuer. Cette ultime étape exigerait de lui un plus grand sang-froid que jamais. Mais le jeu en vaudrait la chandelle lorsqu'elle s'abandonnerait à la passion qui, son instinct le lui soufflait, ne demandait qu'à s'embraser entre eux.

Il s'obligea à revenir au présent. D'ici là, la patience était de mise.

— Où veux-tu aller déjeuner ? demanda-t-il avec un sourire nonchalant. Avec le décalage horaire, tu as peut-être l'impression d'être en début de matinée. Mais ici, le soleil est déjà haut.

Diana lui rendit son sourire, naturellement. Malgré leur proximité physique, elle n'éprouvait aucune nervosité. Lui aussi était plus décontracté, elle le sentait. Ce n'était peut-être pas une lune de miel traditionnelle, mais une atmosphère de vacances flottait dans l'air, et elle aimait la sensation de détente qu'elle installait entre eux. Elle aimait être juste là, avec lui.

— Peu importe, répondit-elle. Comme tu préfères. À propos...

Sa voix changea de ton.

— Ne te sens pas forcé de toujours me tenir compagnie pendant notre séjour. Je sais que tu as des rendez-vous d'affaires. Dans un hôtel comme celui-là, ce sera un plaisir de rester ici à paresser. Et si l'envie me prend d'une activité plus dynamique, rien ne m'empêche d'aller explorer les souks alentour. Promis, je saurai m'occuper toute seule.

Elle avait dit cela très posément. C'était important pour elle de montrer qu'elle comprenait les termes implicites de leur union. Il lui sembla pourtant que Nikos la regardait d'un drôle d'air.

— C'est vrai, j'ai plusieurs rendez-vous. Mais je suis

encore capable de consacrer du temps à ma femme lors de notre lune de miel, dit-il avec une certaine sécheresse.

Déroutée, Diana s'efforça d'alléger l'atmosphère.

— Eh bien, déjeuner ensemble serait agréable, lança-t-elle gaiement. Que dirais-tu d'aller manger au bord de la piscine ? Cette eau me fait de l'œil...

— Prenons nos maillots de bain. Et veille à mettre assez de crème solaire, ajouta-t-il. Ta peau pâle risque de brûler sous ces latitudes.

Ils prirent la bouteille de champagne et descendirent ensemble. En effet, à peine avaient-ils mis un pied dehors qu'une chaleur torride enveloppa Diana. Aveuglée par la forte lumière, elle sortit ses lunettes de soleil. Nikos en fit autant. Le cœur de Diana fit un salto dans sa poitrine. Tous deux avaient passé une tenue plus décontractée : elle, une robe d'été légère, lui, un polo et un pantalon de toile clair. Mais, avec ses lunettes de soleil, il devenait carrément sexy. Il irradiait de sex-appeal !

Elle détourna les yeux, effarée d'avoir de telles pensées, tandis qu'ils s'attablaient à l'ombre.

— C'est vraiment magnifique, commenta-t-elle en regardant autour d'elle. Excessif, mais magnifique.

Nikos lui tendit un menu en riant.

— N'hésite pas à en toucher un mot au prince quand nous le rencontrerons demain.

Diana ouvrit des yeux ronds.

— Un prince ?

— Pas le prince au pouvoir, mais l'un de ses neveux, qui participe au développement local, expliqua Nikos. Je m'intéresse à plusieurs de ses entreprises. Mais il doit procéder avec prudence. Plusieurs de ses cousins s'opposent à lui. Quoi qu'il en soit, nous sommes invités demain après-midi au palais pour le thé.

— Pour le thé ? répéta Diana, incrédule.

— Oui. Apparemment, la sœur du cheikh Kamal, la princesse Fatima, adore le « tea time » anglais et ne manque jamais une occasion de s'y adonner.

— Pour une princesse arabe, c'est sans doute aussi exotique qu'un banquet dans le désert pour nous...

Elle fronça les sourcils.

— Tu vas devoir me guider, question étiquette. Je ne suis pas très au fait du protocole royal au Moyen-Orient.

— Nous aurons un briefing demain matin au palais, l'informa Nikos. Mais j'ai entièrement confiance en toi, Diana.

Il retira ses lunettes de soleil. Son expression était on ne peut plus sérieuse.

— C'est grâce à toi, tu sais, que nous sommes invités au palais. Si j'étais venu seul, on ne m'accorderait qu'une brève entrevue professionnelle. Avec toi, cela devient une visite sociale, ce qui change la donne dans un pays comme celui-ci. Cela va m'ouvrir des portes.

— Contente de t'être utile, Nikos. C'est normal que je remplisse ma part du marché. J'espère ne rien faire qui choque le cheikh ou sa sœur, ajouta Diana d'un ton plus léger.

— Tu seras parfaite, assura Nikos. C'est naturel, chez toi, de te comporter comme il faut dans n'importe quelle situation sociale.

Elle eut une moue critique.

— Je n'ai aucun mérite. J'ai toujours mené une existence privilégiée. Les gens comme toi qui, sans bénéficier de tels avantages, se sont hissés là où ils en sont par la seule force de leur détermination... Ces gens-là forcent le respect. Moi et mes pairs ne sommes là que par accident. Nous ne sommes pas responsables de notre naissance.

Les yeux de Nikos se voilèrent. Elle percevait une distance, tout à coup, comme s'il se retirait derrière un masque. Au fond, que savait-elle de lui ? Il n'avait jamais évoqué ses origines, si ce n'est à travers quelques vagues remarques à propos de la Grèce. Les seules informations qu'elle était parvenue à réunir étaient qu'il avait grandi en France, parlait couramment la langue et avait fait des études d'économie à un moment donné.

Quant à sa relation avec Nadya Serensky… Elle n'en savait pas plus que ce qu'il lui en avait dit. À peine quelques semaines après leur rupture, Nadya avait épousé une célébrité de Hollywood et menait désormais la grande vie à Los Angeles. Un soulagement pour Diana, qui n'avait plus à s'en vouloir de lui avoir volé Nikos.

De son côté, Diana ne s'était pas davantage confiée. Nikos ne lui avait posé aucune question et elle avait fait preuve de la même discrétion. Après tout, leur mariage n'était guère plus qu'un partenariat d'affaires. Quel besoin avaient-ils d'en savoir plus ? Tout ce qui importait était qu'ils soient en bons termes.

Le déjeuner se déroula de manière agréable. Comme chaque fois qu'ils étaient ensemble, la conversation se fit naturellement. Rien de personnel dans leur échange : ils parlèrent surtout du Golfe, et Nikos compléta ses connaissances sur le sujet, avant d'évoquer d'autres parties du monde qu'en tant qu'homme d'affaires il avait eu l'occasion de visiter.

Après le café, ils allèrent se changer dans une large cabine privée au bord de la piscine. Diana en émergea dans un maillot de bain une pièce turquoise, un paréo bleu autour de la taille. Elle commençait à se mettre de la crème solaire sur son transat quand Nikos la rejoignit.

Parti se changer ailleurs, il laissa tomber son sac sur le transat d'à côté.

Diana en resta bouche bée. *Seigneur.* Depuis leur rencontre, elle devinait son physique d'athlète sous ses costumes de créateurs. Mais l'imaginer était une chose. Le voir en était une autre. Du muscle, rien que du muscle. Des pectoraux et des abdominaux sculptés à la perfection. Impossible d'en détourner les yeux. Elle aurait dû garder ses lunettes de soleil sur le nez...

Par chance, il ne semblait pas avoir remarqué qu'elle le fixait. Il s'installa sur son transat, puis se redressa pour s'emparer d'un magazine sur la table basse. Diana continuait à le regarder, hypnotisée par la contraction de ses tablettes de chocolat. Vivement, elle reprit son étalage de crème solaire d'un air absorbé.

Nikos, sur son transat, sourit intérieurement. La jeune femme feignait mal l'indifférence devant lui torse nu, en simple caleçon de bain bleu marine. Il avait eu raison de suivre son instinct en prenant son temps. Il voulait que sa princesse de glace se relaxe en sa présence, s'habitue à lui, jusqu'à baisser sa garde. Il fit donc mine de ne pas avoir remarqué son trouble et se plongea dans son magazine.

Plusieurs fois, leur farniente fut interrompu par leur majordome personnel soucieux de savoir s'ils avaient besoin de quelque chose. Ils commandèrent de l'eau minérale, puis un café glacé ainsi qu'une assiette de fruits frais découpés. En fin d'après-midi, alors que la chaleur devenait plus supportable, Nikos posa son magazine et sourit à Diana.

— Il est temps de bouger un peu. Que dirais-tu d'aller faire trempette ?

— Bonne idée, approuva Diana. Je risque de piquer du nez sinon.

Il lui tendit une main, qu'elle accepta. La refuser aurait éveillé ses soupçons. Il la tira debout comme si elle ne pesait pas plus qu'une plume, avant de se diriger vers la piscine. Le soleil sombrait derrière l'hôtel et parait l'eau de reflets d'or. À cette heure-là, le bassin était relativement vide. Nikos s'approcha du bord de la zone profonde et exécuta un plongeon parfait. Diana regarda, envoûtée, son corps musclé fendre l'eau, avaler la longueur en quelques secondes, puis effectuer une pirouette sous l'eau pour revenir vers elle. Il refit surface, ses cheveux noirs plaqués contre son visage.

— Allez, viens ! L'eau est délicieuse !

À son grand soulagement, il était déjà reparti lorsqu'elle laissa tomber son paréo. Elle entra dans l'eau et plongea sous la surface afin de se mouiller la tête. C'était si rafraîchissant malgré la température ambiante... Cela procurait un bien fou ! Elle se mit à faire des longueurs à la brasse, laissant ses longs cheveux ondoyer dans son sillon. Nikos, lui, s'était lancé dans une nage libre dynamique qu'elle reconnaissait au puissant mouvement de ses bras dans l'eau. Après avoir atteint le nombre de longueurs qu'elle s'était fixé, elle s'arrêta au bord de la piscine. Nikos l'imita.

— On en reste là ? lança-t-il.

Ils sortirent de l'eau, enfilèrent les peignoirs apportés par leur majordome et regagnèrent l'hôtel. Les cheveux de Diana, enroulés dans un turban, dégoulinaient d'eau. Se préparer pour le dîner lui prendrait du temps. Mais Nikos ne chercha pas à la presser et utilisa la salle de bains de la chambre secondaire, sans doute prévue pour un enfant ou un domestique personnel. Diana put donc accaparer la suite nuptiale et sa salle de bains attenante, reconnaissante à Nikos du tact avec lequel il s'était tacitement approprié la seconde chambre.

Elle reparut une heure plus tard, prête pour une nouvelle démonstration d'opulence. Celle-ci se présenta sous la forme d'un somptueux banquet nuptial, servi dans une alcôve privée surplombant le golfe Persique, à l'écart de la grande salle du restaurant.

À en juger par les autres dîneurs, une tenue correcte était exigée. Diana se félicita d'être venue vêtue d'une longue robe de soie eau de Nil au délicat corsage plissé, dont la jupe virevoltait autour de ses jambes tandis qu'elle marchait au bras de Nikos — un autre contact auquel elle s'efforçait de s'habituer. Son visage s'éclaira à la vue de leur table.

— Mon Dieu, c'est magnifique ! s'exclama-t-elle.

Excessif, une fois de plus, mais splendide. D'énormes bouquets flanquaient l'alcôve, dont le sol était parsemé de pétales de roses. D'autres couvraient la table, sur laquelle trônait un autre bouquet entouré de bougies. Les serviettes, pliées en forme de cygnes, rappelaient la sculpture de glace ornementale sur la desserte, représentant deux cygnes dont les longs cous graciles formaient un cœur au-dessus d'une sélection de fruits frais et d'une bouteille de champagne dans un seau.

Diana murmura un chaleureux « shukran » aux serveurs qui les installaient, consciente des regards curieux des autres dîneurs dans leur direction. Nikos avait opté pour un menu dégustation, la spécialité du restaurant. De minuscules portions de concoctions toutes plus exquises les unes que les autres se succédèrent à leur table.

— Encore ? souffla la jeune femme devant un énième mets soumis à leurs papilles.

— Goûte, lui conseilla Nikos. Ou le chef risque de débarquer avec ses couteaux, outré qu'on ose insulter son génie.

Elle rit et avala une nouvelle bouchée. Toutes ces saveurs mystérieuses mettaient son palais en fête. Les paupières closes, elle émit un murmure d'appréciation. En face d'elle, Nikos la dévorait des yeux. Ce petit gémissement… Cette expression d'intense plaisir sur son visage… Il se ressaisit. D'abord, la visite au palais. Ensuite…

Ensuite débuterait la *vraie* lune de miel. Et il avait hâte d'y être.

5

— Votre Altesse.

Diana inclina la tête selon l'angle de rigueur devant le cheikh Kamal, puis devant sa sœur, la princesse Fatima, assise à ses côtés.

Le cheikh était un homme extrêmement séduisant, cela sautait aux yeux : un physique ténébreux, un nez aquilin, des yeux sombres et perçants auxquels rien ne semblait échapper... Mais ses manières envers ses invités étaient des plus affables, tout comme celles de sa sœur.

Après leur leçon de la matinée par l'un des dignitaires du palais, Diana était certaine de ne pas commettre d'impair. Sa tenue, une robe à manches longues et col fermé descendant jusqu'aux chevilles, assortie d'un voile lâche couvrant ses cheveux, était à l'évidence le bon choix. Les présentations officielles se déroulaient sans accroc. Diana s'autorisa à se détendre, encouragée par l'accueil chaleureux de leurs hôtes illustres.

Le thé leur fut servi à l'anglaise selon les standards les plus raffinés. Diana ne tarit pas d'éloges, et Fatima gloussa, ravie.

— Nous avons fait venir un chef pâtissier de Londres ce matin, avec tous les ingrédients nécessaires pour préparer des scones à votre arrivée.

Ses yeux noirs pétillèrent.

— Maintenant, dites-moi, vous qui êtes anglaise... Quel est l'ordre correct ? La confiture d'abord, puis la crème, ou l'inverse ?

Diana partit d'un grand rire.

— Oh ! c'est un débat sans fin, Votre Altesse. Dans le Devon, c'est d'une certaine façon. En Cornouailles, d'une autre... Personne n'est d'accord. Moi, je commence par la confiture.

— Moi aussi ! s'exclama gaiement la princesse.

Elle lui adressa un sourire chaleureux.

— J'espère, ma chère, que nous prendrons le thé ensemble lors de ma prochaine visite à Londres ?

— J'en serais honorée, répondit Diana.

Nikos sourit.

— Si la princesse est d'accord, nous serions enchantés de lui offrir le thé à Greymont, intervint-il.

Les doigts de Diana se crispèrent sur sa délicate tasse en porcelaine. Cela la contrariait qu'il se permette d'inviter chez elle la sœur de l'homme dont il attendait le feu vert pour développer ses affaires dans le Golfe. Greymont était sa propriété. C'était à elle de choisir qui elle y invitait.

Mais ses propos parurent faire mouche, car les yeux de la princesse pétillèrent.

— J'adore les vieux manoirs anglais ! s'exclama-t-elle avec enthousiasme.

— À tel point, intervint le cheikh, que je lui en ai acheté un l'année dernière.

— C'est vrai. Mon frère est très généreux, admit Fatima.

Cette remarque glaça Diana. Si elle n'avait pas épousé Nikos, qui sait si Greymont ne lui aurait pas été arraché pour le simple amusement d'une princesse orientale ? Voilà qui lui rappelait ce qu'elle faisait ici, dans ce palais royal du golfe Persique, assise à côté d'un mari qui ne l'était que d'un point de vue légal, à faire la conversation à une altesse arabe. Celle-ci parlait avec entrain de sa nouvelle propriété, interrogeant Diana sur la meilleure façon de la diriger ou de la meubler dans un style authentique. Diana répondit de son mieux et émit plusieurs suggestions qui plurent à la princesse.

À leurs côtés, Nikos et le cheikh poursuivaient une discussion bien différente sur le développement économique de l'État. Bientôt, la dernière tasse de thé et le dernier scone avalés, la princesse se leva.

— Laissons les hommes à leurs affaires barbantes, lança-t-elle à Diana.

Le cheikh et Nikos se levèrent à leur tour, imités par Diana que la princesse entraîna dans ses appartements. Là, elle retira son voile et invita Diana à faire de même.

— Ma chère, votre mari est à se damner !

Une lueur malicieuse s'alluma dans son regard.

— Je vais demander à mon frère de vous prêter son nid d'amour dans le désert, promit-elle dans un gloussement. Rassurez-vous, c'est un endroit tout à fait respectable. Mon arrière-grand-père l'a fait construire pour son épouse favorite afin de l'éloigner de la jalousie de ses autres épouses plus âgées.

— Oh ! il ne faut pas, protesta Diana, dépitée.

— Exigez de votre mari qu'il vous déclare son amour chaque matin. Et, plus important encore, chaque nuit, ajouta Fatima avec un clin d'œil entendu.

Diana ne savait que répondre. Par chance, la princesse interpréta son silence comme une marque d'embarras.

— Ah, vous les Anglais, vous êtes si prudes... Mais vous êtes une jeune mariée. Vous avez le droit de rougir.

Elle prit le bras de son invitée.

— Venez. J'ai hâte de vous montrer ma garde-robe !

Elle l'entraîna dans une chambre qui laissa Diana sans voix. Elle se serait crue dans un musée ! Le long des murs s'alignaient des mannequins sur des piédestaux, chacun revêtu d'une tenue haute couture d'une valeur inestimable. Diana se laissa guider, fascinée, parmi cette impressionnante collection, pour le plus grand plaisir de la princesse.

— Ah, celle-ci sera mon cadeau de mariage pour vous, décréta soudain Fatima.

Au grand dam de Diana. La princesse tapa des mains et un domestique se précipita pour recevoir ses instructions dans un arabe volubile. Diana se montra réticente. Une telle robe devait coûter une fortune ! Comment pourrait-elle l'accepter ? Mais la princesse n'était pas de celles à qui l'on disait non.

— Refuser serait un affront, déclara-t-elle dans une démonstration d'autorité royale.

Diana inclina la tête.

— C'est trop d'honneur, Votre Altesse, capitula-t-elle.

— Vous, au moins, lui rendrez justice, continua la princesse. La couleur ne me va pas du tout. Elle me donne un teint cireux. Mais avec votre blondeur, ce jaune pâle est idéal. Je la fais livrer à votre hôtel sans délai.

Elle ajouta avec un sourire espiègle :

— Veillez à la porter au nid d'amour.

Diana se mit à prier pour que Fatima oublie cette idée de nid d'amour dans le désert. C'était le dernier endroit où elle souhaitait se retrouver avec Nikos. Docilement, elle la suivit dans une autre pièce richement décorée, ouverte sur un balcon surplombant un splendide bassin ornemental au cœur d'une cour entourée de piliers. La princesse s'installa sur un divan de soie et fit signe à Diana de l'imiter.

— L'heure du thé, annonça-t-elle. Mais à notre façon, cette fois.

Le thé à la menthe qu'on leur servit se révéla très rafraîchissant. Leur conversation revint aux manoirs historiques anglais, et Diana devint intarissable, évoquant avec enthousiasme les importants travaux de restauration entrepris à Greymont.

— Vous aimez profondément votre domaine, n'est-ce pas ? observa Fatima.

— C'est ce qui compte le plus au monde pour moi, admit Diana sans réserve.

La princesse la considéra avec curiosité.

— Pas votre mari ? Vous l'aimez plus que tout, non ? Si vous deviez choisir entre votre maison et votre mari, le choix serait vite fait, je pense.

Diana déglutit, incertaine de la réponse à donner. Par chance, un domestique s'approcha et murmura quelques mots à l'oreille de la princesse. Celle-ci se leva aussitôt.

— Nous sommes appelées, annonça-t-elle.

Un autre domestique apparut dans la seconde pour les aider à remettre leur voile. Puis Diana regagna avec Fatima la salle qu'elles avaient quittée afin de prendre congé du cheikh aux côtés de Nikos.

Dans la limousine qui les ramenait à l'hôtel, elle se tourna vers lui :

— Comment s'est passée l'entrevue ? J'espère que le cheikh s'est montré aussi cordial avec toi que sa sœur avec moi.

Nikos se laissa aller contre le siège en cuir.

— Très bien. Comme je m'y attendais d'une visite sociale, dit-il avec une satisfaction manifeste. J'ai obtenu un accord de principe du cheikh et la permission de m'adresser aux ministres compétents. Exactement ce que j'espérais.

Il adressa à Diana un sourire qui se joua de ses défenses.

— Tu as été parfaite. Merci. Et je ne parle pas du protocole, mais de la touche personnelle. La princesse semble t'avoir beaucoup appréciée...

Diana l'interrompit, des papillons dans le ventre face à ce sourire et à tous ces compliments.

— Nikos, la princesse Fatima m'a fait cadeau d'une de ses robes haute couture. Elle vaut une fortune, mais elle a insisté. Je n'ai pas pu refuser. Que suis-je censée faire maintenant ?

— Lui rendre la pareille, répondit aussitôt Nikos. Pas d'un point de vue financier, ce serait une insulte. Leur fortune dépasse largement la mienne. Non, je veux parler de quelque chose de plus personnel.

Diana réfléchit un instant. Une idée lui vint à l'esprit.

— Je sais ! Je vais lui trouver une robe ancienne, une pièce historique. Pas une robe destinée à être portée. Peut-être pourrait-elle l'exposer dans son manoir anglais ?

— Excellente idée.

Il l'enveloppa d'un regard approbateur. Si seulement il voulait bien arrêter de la regarder ainsi !

— Tu as aussi impressionné le cheikh, continua-t-il. Il m'a cité un poète perse, selon lequel une épouse aussi ravissante qu'intelligente serait la plus belle perle que puisse posséder un homme. Il a raison. Tu es une perle, Diana. À tout point de vue.

L'espace d'une interminable seconde, l'air manqua à Diana. Elle eut un petit rire forcé.

— Contente d'avoir pu t'être utile. Et merci de m'avoir donné l'occasion de visiter un véritable palais oriental, ajouta-t-elle avec un entrain exagéré. Et de rencontrer un prince et une princesse pour de vrai ! Je me suis crue en plein conte de fées !

Elle se mit à lister les détails architecturaux les plus impressionnants du palais, passant délibérément sous silence le nid d'amour mentionné par Fatima. Avec un peu de chance, cette histoire lui sortirait de la tête. Un tel endroit n'avait aucune utilité dans un mariage comme le leur. Absolument aucune.

— Que dirais-tu de dîner ici ce soir ?

Ils venaient de regagner leur suite, et Diana sauta sur la proposition de Nikos.

— Oui, faisons cela. La journée a été stressante. Un repas léger me fera le plus grand bien.

Elle fit pivoter sa tête d'un côté, puis de l'autre, en se frottant la nuque.

— Besoin d'un massage ? proposa Nikos en riant.

Ses larges mains se posèrent sur son cou. Lentement, il se mit à le masser du bout des doigts. C'était un geste innocent, qui ne dura que quelques minutes, mais Diana se figea. Le poids de ses mains sur sa nuque, la douce pression de ses doigts contre sa peau, son souffle tiède balayant les mèches échappées de son chignon… Sa respiration se suspendit.

— Ça va mieux ? murmura-t-il contre son oreille.

Il se tenait juste derrière elle, incroyablement proche. *Trop proche*. Pourtant, une délicieuse sensation de délassement s'insinuait entre ses muscles tendus. C'est tout juste si elle ne poussa pas un soupir d'aise en succombant aux mouvements séducteurs de ses doigts sur son cou.

Séducteurs ? Elle fronça les sourcils. D'où diable lui venait cette impression ? Avait-elle perdu la tête ?

Elle se dégagea d'entre ses mains et lui fit face, un sourire aux lèvres.

— Merci, dit-elle avec légèreté. Cela m'a fait un bien fou. Je vais me changer, maintenant.

Elle battit en retraite dans sa chambre. Elle avait besoin d'être seule un moment.

Qu'est-ce qui lui prenait de se mettre dans un tel état pour un simple massage ? Cela ne voulait rien dire ! Nikos n'avait en aucun cas cherché à la séduire. Elle devait se reprendre, et vite.

Plus facile à dire qu'à faire. Même une douche brûlante ne parvint pas à la calmer. Au contraire, nue sous le jet, elle se sentait étrangement agitée, pleinement consciente de son corps de femme. La sensation était aussi inédite que troublante. Elle se passa du gel douche sur les bras, les cuisses, le ventre, les seins… Il y avait quelque chose de sensuel dans ce geste. Comme si d'autres mains que les siennes l'exécutaient.

L'espace d'une seconde, elle eut la vision de Nikos debout derrière elle dans l'étroite cabine embuée, avec l'eau qui ruisselait sur eux deux. Ses larges mains couraient sur son corps, la frottaient, la caressaient… Puis il la faisait pivoter sur ses talons, enroulait un bras autour de sa taille et l'attirait à lui…

Elle tourna le robinet, furieuse contre elle-même. Bon sang, à quoi pensait-elle ? Elle avait beau avoir épousé Nikos, il n'était son mari que sur le papier. Elle n'avait aucun droit de penser à lui comme elle venait de le faire. Sortant de la douche, elle s'essuya avec vigueur, sans une once de sensualité et le dos tourné à son reflet dans la glace, avant de se rhabiller prestement.

De l'amitié, c'est tout ce qu'il pouvait y avoir entre eux.

Par chance, Nikos semblait partager cet avis. C'est dans une atmosphère conviviale qu'ils dînèrent sur la terrasse, tous deux en tenue décontractée : elle, dans une robe en coton toute simple, un châle de dentelle drapé sur les épaules. Lui, en polo et pantalon de toile clair, des sandales en cuir aux pieds. Ils optèrent également pour un menu moins sophistiqué que la veille. Poisson grillé pour elle, steak pour lui, suivis par une glace. Tout en mangeant, ils revinrent sur les événements de la journée. Puis Diana questionna Nikos sur son emploi du temps du lendemain.

— Si tu dois voir tes ministres, j'en profiterai pour paresser au bord de la piscine ou aller explorer le souk. Peut-être les deux.

Il lui sourit, ses traits adoucis par la lumière tamisée. En cet instant, il projetait une image beaucoup moins redoutable qu'à son habitude.

— Tu es une épouse très complaisante, tu sais, observa Nikos. Combien d'autres jeunes mariées se montreraient si tolérantes ?

Elle s'esclaffa.

— Je suis tout de même capable de m'occuper seule une journée, Nikos. Et puis, je ne suis pas une vraie jeune mariée.

Était-ce le reflet de la lampe ou ses yeux avaient-ils pris un éclat étrange ?

— Ce mariage grandiose m'a pourtant paru bien réel, répliqua-t-il avec une pointe d'amusement.

Elle fit la grimace.

— Oh ! tu vois ce que je veux dire.

— Pas sûr…

— Mais si, voyons !

Seigneur, elle ne devait pas se laisser entraîner sur ce terrain-là. Comme plus tôt sous la douche. Affectant la désinvolture, elle soutint son regard, où brillait toujours une lueur malicieuse. Heureusement, il tourna bientôt la tête pour ouvrir la bouteille de vin. Comme il allait remplir son verre, elle posa une main dessus.

— Je ne préfère pas, expliqua-t-elle. J'ai déjà la tête qui tourne.

Elle n'avait pas envie d'une nouvelle discussion sur la nature de leur mariage. Une discussion par ailleurs inutile. Ce mariage leur était profitable à tous les deux, point. Il n'y avait rien à ajouter.

Nikos accepta son refus.

— Oui, la journée a été longue.

— Et comment, renchérit-elle avec légèreté.

Légère, c'est ainsi que leur relation devait rester ces deux prochaines années. Amicale. Pragmatique aussi, se rappela-t-elle résolument.

Un bâillement lui échappa, sans qu'elle puisse le réprimer.

— Bon, je crois que je vais aller me coucher, dit-elle en commençant à se lever.

Il l'imita aussitôt et l'aida à reculer sa chaise. Il paraissait immense à côté d'elle, tout à coup.

— Bonne nuit, Diana. Profite bien de ton lit nuptial.

Cette intonation, c'était toujours de l'amusement, se persuada Diana. De quoi pourrait-il s'agir d'autre ?

Elle répondit sur le même ton :

— J'y compte bien. Je me demande si on l'a de nouveau parsemé de pétales de roses...

Nikos arqua un sourcil.

— Veux-tu que j'aille vérifier ?

— Ça ira, merci. Je les balaierai moi-même de ma

blanche main, plaisanta-t-elle, non sans une touche de fermeté.

Elle s'empressa de se réfugier dans sa chambre. Une ou deux taquineries étaient inoffensives, mais pas lorsqu'elles tournaient autour du lit nuptial. Ou de quoi que ce soit à connotation sexuelle. Pas dans un mariage de convenance comme celui qui l'unissait à Nikos. Ce genre de sous-entendus n'y avait pas place. Et elle veillerait à ce que cela persiste.

La journée du lendemain se passa agréablement pour Diana. Pendant que Nikos enchaînait les rendez-vous d'affaires, elle partit explorer les souks environnants, déjeuna à l'hôtel et paressa tout l'après-midi au bord de la piscine.

Nikos rentra en début de soirée, juste au moment où elle regagnait leur suite.

— Comment se sont passés tes rendez-vous ? s'enquit-elle.

— Très bien. La journée a été productive, répondit-il, d'excellente humeur.

Il descendit faire quelques longueurs dans la piscine. À son retour, Diana était prête. Ils avaient convenu d'essayer le restaurant italien de l'hôtel, moins sophistiqué que celui du premier soir. Elle portait donc une robe de cocktail bleu pâle toute simple, des chaussures à petits talons et un maquillage minimaliste. Nikos, en chemise déboutonnée au col et sans cravate, semblait particulièrement détendu. Il était à tomber, mais elle s'interdisait d'y penser, préférant évoquer ses aventures dans les souks de la ville.

— Tu as déniché des trésors ?

— Un tapis ! Je n'ai pas pu résister, admit-elle. Il sera

parfait pour la bibliothèque de Greymont. L'actuel est rongé par les mites. Je l'ai fait expédier directement là-bas.

Elle fit la moue.

— Je parie que je me suis fait arnaquer sur le prix. Le marchandage n'a jamais été mon fort. Mais il semblait de bonne qualité. Et moins cher qu'à Londres, c'est certain !

— Une matinée efficace, à ce que je vois.

Nikos exultait. Non seulement son rendez-vous avec l'un des ministres clés du cheikh avait été un succès, mais Diana semblait beaucoup plus détendue avec lui, ce soir. Sa stratégie fonctionnait. Bientôt, elle baisserait sa garde et accepterait l'inévitable, vaincue par leur désir mutuel.

Sa princesse de glace en proie au feu du désir. Sienne enfin.

Et, grâce au prince et à la princesse, il disposait à présent du décor idéal.

— Efficace, oui, s'esclaffa Diana. En récompense, je me suis offert un après-midi oisif au bord de la piscine.

— C'est vrai que tu commences à bronzer. Cela te va bien.

Il n'y avait rien de provoquant dans le regard qu'il promena sur elle. Alors d'où venait ce courant électrique qui la traversa ?

— C'est gentil de le remarquer, plaisanta-t-elle. Mais je compte bien continuer à me tartiner de tonnes de crème solaire.

Il sourit.

— Pense à faire tes réserves pour demain, dans le désert.

— Le désert ?

Avait-il prévu une sortie ? Une expédition dans les dunes, peut-être ?

— Oui, j'ai reçu un communiqué du palais. Apparemment, la princesse a demandé à son frère de bien vouloir nous prêter son… « nid d'amour » dans le désert. C'est ainsi qu'elle l'a décrit. L'endroit idéal pour une lune de miel, semble-t-il.

Le désarroi se peignit sur les traits de Diana.

— Nikos, nous ne pouvons pas accepter !

Elle avait délibérément omis d'en parler, avec l'espoir que la princesse oublie sa promesse. Peine perdue.

— Au contraire. Ce serait une grave offense de refuser, rétorqua Nikos avec autorité. C'est un grand honneur qu'ils nous font, et la preuve de l'estime que te porte la princesse.

— Refuser serait un affront, murmura Diana, faisant écho aux mots de Fatima lors de leur visite.

— Exactement.

L'expression de Nikos s'adoucit.

— Vois-le comme une aventure dont tu pourras te vanter dans les dîners mondains.

— Je suppose, soupira Diana.

Sa belle humeur s'était envolée. Elle se sentait hypocrite envers la princesse Fatima, qui lui organisait de si bon cœur une belle escapade romantique. Hélas, ce genre d'attention était la dernière chose dont deux personnes mariées par convenance avaient besoin. Mais ce n'était pas la seule raison de son désarroi. Se retrouver isolée au milieu du désert, en tête à tête avec Nikos…

Vivement, elle se ressaisit. Il n'y avait aucune échappatoire possible. Autant l'accepter. Et puis, ce serait l'occasion pour elle de parfaire son travail d'immunisation et de surmonter ce trouble ridicule qu'il provoquait en elle.

C'est ce qu'elle se répéta le lendemain dans le luxueux SUV qui les emmenait dans le désert, quittant bientôt la route pour se lancer à l'assaut des hautes dunes du célèbre Rub al-Khali. Plus ils s'éloignaient de la côte, plus la chaleur devenait suffocante malgré l'air conditionné. Diana dévorait des yeux le paysage, de plus en plus rocailleux à mesure qu'ils avançaient. La piste sinuait entre de profondes vallées, traversait des oasis, laissant entrevoir de rares habitations et le miroitement plus rare encore d'eaux sablonneuses. À part quelques chameaux qui déambulaient ici et là le long de la piste, certains reliés par une chaîne, d'autres paissant librement, on ne distinguait aucun signe de vie.

Ils étaient partis tôt le matin, à l'heure où il faisait le plus frais, mais il était près de midi lorsqu'ils arrivèrent enfin à destination. De loin, Diana avait cru à un affleurement de rochers. Elle découvrait à présent un petit édifice cubique couleur sable, haut de deux étages, se fondant dans le désert. Seule une clôture délimitant le périmètre indiquait le caractère spécial de l'endroit, ainsi que les gardes qui se mirent au garde-à-vous lorsqu'ils en franchirent les grilles de métal. Un double portail s'ouvrit ensuite pour leur donner accès à une cour extérieure, où une armée de domestiques les attendaient, prêts à les accueillir.

Diana descendit de voiture à la suite de Nikos. Une chaleur torride l'enveloppa aussitôt et des gouttes de sueur perlèrent le long de son dos. Elle sortit ses lunettes de soleil, aveuglée par la lumière après des heures passées à l'abri derrière des vitres teintées.

— Dépêchons-nous d'entrer, murmura Nikos.

Un bras autour de sa taille, il l'entraîna à l'intérieur, vers une large porte richement sculptée qui s'ouvrit comme par magie. Devant ses yeux apparurent alors la cour intérieure et le palais lui-même.

Le fameux nid d'amour.

6

— Mon Dieu, c'est magnifique ! s'exclama Diana.

La cour intérieure était un jardin de toute beauté, une oasis inattendue avec ses fontaines, ses bassins de pierre, ses filets d'eau serpentant parmi la végétation. Des colonnes autour desquelles s'enroulaient des plantes grimpantes ceignaient le tout, formant autant de tonnelles ombragées où des bancs invitaient le visiteur à s'asseoir.

Les domestiques les conduisirent ensuite à l'intérieur du palais miniature. Diana s'extasia devant les arches chantournées et les colonnes de marbre incrustées de pierreries tandis qu'ils montaient à l'étage où se situaient les appartements royaux. Ils ne comptaient qu'une seule chambre, gigantesque. Par chance, le salon était meublé de plusieurs divans tapissés de soie qui, espérait-elle, régleraient la question de qui dormait où. Comment elle surmonterait cette épreuve, c'était une autre histoire. Mais il le faudrait bien.

Dans l'immédiat, elle avait surtout besoin d'une salle de bains pour se rafraîchir, et se réjouit d'en découvrir une de style occidental. Malgré tout, elle prit garde en se douchant d'utiliser un minimum d'eau, consciente qu'ils se trouvaient en plein désert. Une fois séchée, elle enfila une fine robe à fleurs descendant à mi-mollet, puis drapa un foulard en mousseline de soie sur ses cheveux et ses épaules nues.

Elle trouva Nikos, lui aussi douché et changé, qui l'attendait devant une colonnade surplombée d'élégantes arches donnant sur un balcon immense. Le déjeuner y était déjà servi. Tous deux se mirent à table, assistés par des domestiques dont la présence discrète se remarquait à peine. Diana, de son côté, s'était résignée à cette situation. Un séjour en tête à tête dans un nid d'amour oriental était totalement inapproprié, mais puisqu'ils n'avaient pas le choix... Autant profiter au maximum de cet honneur qu'on leur faisait.

Le repas fut très agréable. Ils étaient à l'aise l'un avec l'autre, désormais, et la conversation était devenue parfaitement fluide. Ils évoquèrent le voyage de la matinée, avant d'aborder des sujets plus intellectuels comme la géopolitique de la région et son impact sur l'économie mondiale. Nikos était un homme cultivé, Diana en avait eu de multiples démonstrations. Elle trouvait stimulant de discuter de telles questions avec lui. À vrai dire, il était beaucoup plus intéressant que la plupart de ses amis et connaissances. Il possédait une vision du monde dont ces derniers étaient dépourvus, doublée d'une grande ouverture d'esprit et d'une intelligence incisive. Elle ne s'ennuyait jamais en sa compagnie.

Souvent, quand elle discutait avec d'autres personnes lors d'événements mondains, elle se contentait d'énoncer des banalités, socialement acceptables et appropriées à l'occasion. Tout cela était très mécanique. L'exercice requérait si peu d'efforts intellectuels qu'elle aurait pu le faire en dormant. Échanger des points de vue, des arguments avec Nikos était tout l'inverse, et elle appréciait ces moments de défi.

Ils s'entendaient étonnamment bien.

Cette pensée se logea dans son esprit et refusa d'en partir. Mais Nikos ramena bientôt la conversation à eux.

— Que veux-tu faire, cet après-midi ? demanda-t-il d'un ton nonchalant.

— Une promenade à dos de chameau ? suggéra-t-elle.

Il hocha la tête.

— Un incontournable, en effet. Mais pas en plein après-midi, il fait trop chaud. Une autre fois. Il y a une piscine, si tu veux...

Il s'étira les longues jambes.

— Pour ma part, je ne serais pas contre un peu d'exercice après la longue route de ce matin. Il y a aussi une salle de gym, ici.

— Eh bien, profites-en, l'encouragea Diana avec un sourire.

Elle étouffa un bâillement.

— Nous avons décollé tôt, ce matin, et ce succulent repas m'a achevée. Une sieste ne me ferait pas de mal.

De fait, elle dormit paisiblement pour ne se réveiller qu'en fin d'après-midi, fraîche et reposée. Le palais, construit bien avant l'époque de l'air conditionné, utilisait une technique arabe ancienne consistant à maximiser les courants d'air ascendants par le biais de fenêtres à claire-voie et d'arcades intelligemment situées qui créaient un effet rafraîchissant.

À son réveil, on lui servit un délicieux thé à la menthe accompagné d'une sélection de délicates pâtisseries. Puis elle alla se changer et, en maillot de bain et paréo, se fit conduire à la piscine. Celle-ci se situait dans les jardins s'étendant à l'arrière du palais, à l'exact opposé de l'entrée par laquelle ils étaient arrivés, entourée de hauts murs de pierre et cachée derrière des palmiers pour une parfaite intimité.

La chaleur commençait à s'estomper et la fraîcheur de l'eau acheva de la mettre à l'aise. C'était agréable de nager ainsi, avec ses longs cheveux ondoyant dans son sillage. Une sensation de totale plénitude l'envahit. Cette expérience était vraiment magique. Jamais elle n'en revivrait de semblable, songea Diana.

— C'est donc ici que tu te cachais ?

La voix de Nikos s'insinua dans ses pensées et elle leva la tête. De là où elle se tenait, il paraissait plus imposant encore. Sa séance d'exercice avait été intensive, semblait-il. Ses muscles étaient contractés et son T-shirt, trempé de sueur.

Bientôt, ce fut plus que ses épaules, ses biceps et ses quadriceps qu'elle put admirer. Sous ses yeux, il retira son T-shirt qu'il jeta de côté et se débarrassa de ses baskets. Quelques secondes plus tard, il plongeait sous l'eau, avant de réapparaître à côté d'elle et secouer ses cheveux mouillés, un large sourire aux lèvres.

— Waouh ! Ça fait un bien fou !

Il se tourna vers elle.

— Apparemment, la température baisse une fois le soleil couché. Un peu de fraîcheur sera la bienvenue. À propos...

Il haussa un sourcil, de cette façon bien à lui qui le caractérisait.

— Que dirais-tu d'aller observer les étoiles, plus tard ? Il y a un télescope ultra-sophistiqué sur le toit, m'a-t-on dit. Même sans cela, le spectacle doit valoir le coup d'œil.

Tout en parlant, Nikos songeait à son ancienne maîtresse. Jamais il n'aurait eu l'idée de proposer une telle chose à Nadya. Elle aurait écarquillé les yeux comme s'il avait perdu la tête, avant de l'entraîner dans un night-club à la mode où elle aurait pu être vue et admirée. Il fronça les sourcils. N'avait-il vraiment jamais remarqué à quel point les centres d'intérêt de Nadya étaient limités ? Oh ! sur les podiums, son professionnalisme n'avait aucun égal. Mais dès qu'il abordait un autre sujet, qu'il s'agisse d'astronomie ou de géopolitique, elle décrochait aussitôt en prenant un air blasé.

À l'inverse, le regard de Diana s'éclairait. La jeune femme écoutait, se concentrait, répondait, manifestant son approbation ou présentant au contraire un contre-argument pertinent. Elle prenait part au débat, offrait une perspective différente, défendait ses positions sans pour autant se fermer à d'autres points de vue.

Comme il s'y attendait, elle se montra tout aussi ouverte à l'idée d'observer le ciel nocturne.

— Oh ! oui ! Faisons cela ! s'exclama-t-elle avec enthousiasme.

— Parfait.

Nikos chassa de son esprit le souvenir de ses deux ans avec Nadya. Ils n'avaient plus aucune importance maintenant qu'il était avec Diana.

Diana, la femme qui lui ouvrait la porte d'une nouvelle vie avec son milieu irréprochable, son domaine familial grandiose, ses racines dans la haute société anglaise à laquelle il avait désormais accès grâce à leur mariage. Une femme d'une beauté diaphane, raffinée, qu'il s'apprêtait à faire sienne de la plus intime des façons...

Bientôt. Très bientôt.

D'une flexion des muscles, il plongea et disparut sous l'eau. Il nagea vigoureusement jusqu'à l'extrémité de la piscine, puis enchaîna avec plusieurs allers et retours avant de refaire surface.

Diana l'observait avec admiration.

— C'est incroyable, la façon dont tu contrôles ta respiration, lança-t-elle lorsqu'il la rejoignit.

Son visage se fendit d'un large sourire.

— Simple question d'entraînement. Et de capacité pulmonaire.

Les yeux de Diana s'égarèrent vers son large torse, ses pectoraux ciselés, son plexus solaire dur comme l'acier. Elle s'empressa de regarder ailleurs. Saliver devant le corps quasi nu de Nikos n'était pas un comportement approprié.

Elle sortit de l'eau et s'enveloppa d'une serviette.

— Je rentre, annonça-t-elle. J'ai besoin d'une douche. Quel est le programme de la soirée ?

Sa voix était légère, son ton détaché. C'était l'attitude qu'elle devait garder. En toutes circonstances.

— Apéritif sur la terrasse. Prends ton temps. Nous ne sommes pas pressés.

Une chance car, à l'intérieur, un bataillon entier de domestiques l'attendait afin de la préparer pour la soirée. D'abord, elle résista, avant de capituler. Après tout, elle ne passerait plus jamais de lune de miel dans une retraite royale au cœur du désert arabe. Alors pourquoi ne pas profiter pleinement de ce qu'on lui offrait avec tant d'insistance ?

Sur un chaleureux « shukran », elle s'abandonna aux bons soins de ses bienfaitrices.

Nikos attendait sur la terrasse, appuyé contre une balustrade de grès rouge, chaude encore sous sa paume alors que le soleil disparaissait à l'horizon. À l'est, les couleurs du jour s'estompaient. Bientôt, elles céderaient la place à un ciel sombre sans nuages piqueté de millions d'étoiles. Le spectacle ce soir serait sans nul doute éblouissant.

Pensivement, il sirotait son verre, une boisson fraîche à la menthe typiquement orientale. Dans un seau de glace, une bouteille de champagne attendait Diana. Il revoyait la jeune femme, dans la piscine, incapable de masquer son admiration devant son corps, qui semblait tout à fait à son goût. Un frisson d'anticipation le parcourut. Enfin... Enfin, il avait conquis sa princesse de glace ! Il lui avait fallu du temps pour en arriver là, mais le dégel était engagé. Un sourire caustique flotta sur ses lèvres. Par une telle chaleur, en plein désert, comment aurait-il pu en être autrement ?

Dans cette retraite isolée de tout, elle fondrait pour de bon.

Il remercia mentalement le cheikh, et plus encore le romantisme de sa sœur. L'endroit était idéal. L'hôtel avait peut-être été conçu de manière à évoquer les *Mille et Une Nuits*, mais ce palais en était l'inspiration ! Nikos appréciait son authenticité, et Diana aussi, il le savait. Ces lieux possédaient une histoire, un héritage culturel. Des générations s'y étaient succédé, imprimant dans les murs l'écho de leur présence. Un peu comme à Greymont. Cette similitude était de bon augure, pensa-t-il.

Un bruit de pas le fit se retourner. Toute considération historique déserta aussitôt son esprit. Une seule pensée l'accaparait — Diana. La jeune femme était...

Sensationnelle.

Elle s'avança vers lui, lentement. Sans doute parce qu'elle portait des talons vertigineux et une tenue extrêmement serrée. La robe haute couture offerte par la princesse, devina-t-il. Le moins qu'on puisse dire était qu'elle l'avait bien choisie. L'exquise robe de soirée épousait la silhouette de Diana telle une seconde peau. Il n'y avait rien d'indécent dans sa coupe. Elle semblait simplement ne faire plus qu'une avec la jeune femme. Le tissu jaune pâle chatoyait dans la lumière déclinante, embrasé par le reflet du soleil sur les dunes. Chacun de ses pas faisait tinter les délicates broderies de perles le long du corsage et des ourlets, et une courte traîne bruissait sur le sol en marbre derrière elle.

Nikos suivait chacun de ses mouvements, hypnotisé. Elle s'arrêta à sa hauteur.

— La princesse l'a fait livrer ici, finalement.

Fatima, bien sûr, avait tenu parole, au grand désarroi de Diana. Mais quel plaisir de porter une telle tenue, qui surclassait de loin toute sa garde-robe ! Elle en avait le vertige !

Nikos la détailla de haut en bas.

— Tu es époustouflante, murmura-t-il.

Impossible de détourner les yeux d'elle. L'extravagante robe haute couture n'avait besoin d'aucun accessoire. Les broderies de perles faisaient office de bijoux. L'unique ajout consistait en un mince bandeau du même tissu, brodé de perles lui aussi, entremêlé à la coiffure sophistiquée de Diana. Son maquillage était discret, parfait pour elle : un soupçon de khôl autour des yeux, des cils légèrement surlignés, une touche de gloss sur les lèvres, pour un effet à la fois sensuel et exotique.

— Absolument superbe, ajouta-t-il, cherchant sa main.

Ses ongles luisaient du même éclat nacré que sa bouche. Doucement, il la porta à ses lèvres.

— Tu l'as toujours été, bien sûr. Mais, ce soir, tu surpasses les étoiles elles-mêmes.

Leurs regards se happèrent. Quelque chose passa entre eux. Quelque chose que Diana était impuissante à repousser. Et elle n'en avait aucune envie. Elle se tenait là, immobile, tandis que Nikos la dévorait des yeux.

Prise d'un accès de timidité, elle dégagea sa main et secoua la tête.

— C'est la robe, assura-t-elle. C'est une œuvre d'art en soi.

Nikos s'esclaffa.

— Alors portons-lui un toast. Elle le mérite.

Il adressa un signe à un domestique, qui attendait dans l'ombre d'ouvrir la bouteille de champagne. Peu après, il tendait une flûte à Diana et levait la sienne.

— À ta robe !

Il fit une pause, un sourire en coin. Ce n'était pas la robe qu'il regardait mais Diana.

— Et à toi, Diana, ma sublime épouse.

Elle leva les yeux, son propre verre figé dans sa main. Il y avait une telle intensité dans son regard, une telle éloquence...

Soudain, surgie de nulle part, une profonde lassitude la submergea. Elle n'avait jamais demandé à venir ici, dans ce nid d'amour royal au cœur du désert dédié aux plaisirs de la chair. Elle s'y trouvait pourtant, en compagnie de cet homme qui, seul entre tous, avait le pouvoir de l'envoûter par la seule force de sa masculinité. Le sauveur de Greymont, dont elle n'était qu'une épouse d'apparat, interprétant le rôle qu'il lui faisait jouer à ses côtés. Mais elle n'avait pas envie d'y penser en cet instant.

Ni à cela ni au toit de Greymont à réparer, à la maçonnerie à restaurer, au système électrique à changer, et à toutes les factures que ces travaux impliquaient.

Comment ne rester qu'une associée pour Nikos, une passerelle vers les hautes sphères auxquelles il aspirait ? Comment continuer à parler de mariage de convenance ou de simple partenariat ? C'était impossible ! Pas ici, dans sa précieuse robe de créateur, un verre de champagne à la main, cernée de toute part par un océan de dunes...

Seule avec Nikos.

Elle leva son verre à son tour.

— À toi, Nikos, dit-elle doucement. Car, sans toi, je ne serais pas ici. Je ne serais pas en train de vivre cette expérience magique...

Quelque chose vacilla dans le tréfonds de ses yeux de jais. L'ombre d'une flamme incandescente.

— Magique, oui, ma délicieuse épouse.

Un frisson traversa Diana. Elle se contenta de sourire en le dévorant des yeux. Il portait un pantalon de smoking, mais ni veste ni cravate. Sa chemise de soie était déboutonnée au col, ses manchettes retournées et attachées à l'aide de boutons, exposant ses poignets bronzés. Il affichait une élégance et une décontraction qui le rendaient plus sexy encore. Sa mâchoire était rasée de frais et ses cheveux noirs dansaient sur sa nuque, sur son front, surlignant ces yeux ténébreux frangés de longs cils sombres qui semblaient lui envoyer un message en cet instant...

Un message qu'elle n'avait plus envie d'ignorer.

Une vive émotion l'envahit. Ils étaient si loin de la réalité, ici, totalement immergés dans ce lieu de conte de fées, isolé, intime, à mille lieues de tout ce qui faisait sa vie.

Nikos et moi, rien que tous les deux. Seuls au monde.

Son pouls s'accéléra. L'air lui manquait, tout à coup. Quelque chose se passait en elle, sans qu'elle sache exactement quoi.

Elle but une gorgée de champagne, et l'effervescence de l'alcool se répandit dans ses veines. Elle se sentait légère, légère... Comme dans une bulle.

Soudain, elle prit conscience de la présence de domestiques autour d'eux, occupés à disposer sur la table mille et un mets dans des plats dorés. Ils s'inclinèrent, puis s'éclipsèrent aussi furtivement qu'ils étaient apparus.

— Comment font-ils cela ? souffla Diana en se servant dans l'un des plats.

Elle ignorait ce qu'elle mangeait, mais c'était divin et fondait dans la bouche.

— Je les soupçonne de frotter une lampe magique, plaisanta Nikos.

Diana éclata de rire. Il sourit, de ce sourire destiné à elle seule, et leva son verre une nouvelle fois.

— À une expérience inoubliable, dit-il en désignant du menton le décor autour d'eux.

— Je m'en souviendrai toute ma vie, c'est certain, approuva-t-elle.

Ses yeux s'égarèrent vers le ciel.

— Oh ! regarde, les étoiles !

— Il y en aura beaucoup plus tout à l'heure, commenta Nikos. Pour l'instant, contentons-nous de regarder la nuit tomber.

Elle se plaça à côté de lui, en ayant soin de ne pas s'appuyer contre la balustrade par peur de froisser sa robe. Elle ne voulait pas gâcher l'œuvre des domestiques, qui l'avaient véritablement métamorphosée. Tout avait commencé par un bain aux huiles aromatiques, puis différentes étapes s'étaient succédé, jusqu'à ce qu'elle émerge sur la terrasse avec l'impression d'être dans un rêve.

Peut-être était-ce le cas… Comment tout cela pouvait-il être réel ? Elle, contemplant le crépuscule aux côtés de Nikos dans un silence paisible, seulement troublé par les bruits étranges de quelque animal nocturne allant et venant dans le désert. C'était une parenthèse magique, coupée de tout ce qui lui était familier. Un monde à part où seuls elle et Nikos existaient.

Ses yeux glissèrent vers lui. Dieu ce qu'il était sexy ! Tout en lui exsudait une sensualité magnétique. Un frisson brûlant la traversa. Chaque fibre de son corps frémissait, comme en état d'alerte. Elle inhala son odeur, musquée et mâtinée d'épices, la version masculine de cette fragrance dont on l'avait parfumée aussi. Le mélange enivrait ses sens et resserrait le nœud dans son ventre. Il était si proche d'elle ! Il lui suffirait de se pencher un peu pour que leurs bras se touchent. Alors il enroulerait le sien autour d'elle et l'attirerait doucement à lui...

Quelque part au fond d'elle s'éveilla une autre émotion. Une mise en garde qu'elle savait devoir écouter. Mais Diana fit la sourde oreille. Elle resterait là, blottie au creux du bras protecteur de Nikos, loin, très loin du monde extérieur.

Ils sirotèrent leur champagne en silence, jusqu'à ce que la nuit les enveloppe entièrement et que les dunes ne soient plus qu'un ondoiement de masses informes, plus sombres que la nuit elle-même. Dans le ciel, les étoiles s'illuminaient une à une comme autant de fenêtres sur une invisible fournaise au-delà. Derrière eux, on avait allumé des torches le long de la terrasse, ainsi que plusieurs braseros contre la fraîcheur nocturne, et la lueur vacillante des flammes dansait dans les ombres autour d'eux.

Diana se retourna et remarqua de la lumière venant du passage voûté, d'où s'échappait aussi le fumet épicé si caractéristique de la cuisine orientale.

— Prête à aller dîner ? lança Nikos, un sourire aux lèvres.

Diana acquiesça, affamée tout à coup. Le déjeuner semblait si loin... Aussi loin que la réalité de sa vie quotidienne. Tout cela devait être un rêve. Elle, en robe digne d'une princesse, sa traîne ondoyant derrière elle, accrochée au bras de Nikos, son prince du désert aux cheveux et aux yeux d'ébène...

Des domestiques tout sourire les guidèrent vers une autre pièce, une salle à manger. Diana poussa une exclamation émerveillée. L'intérieur était entièrement en bois, décoré d'un pavage qui luisait à la lueur de dizaines de chandelles dans des candélabres fixés aux murs et aux piliers, la seule lumière éclairant la table dressée pour deux, avec ses assiettes en or, ses plats en or... Tout semblait en or. Pour parfaire l'atmosphère, l'air embaumait une fragrance entêtante d'encens diffusée par d'invisibles brûleurs.

— *Jamil jaddaan.* C'est magnifique ! s'exclama Diana.

Les domestiques s'inclinèrent en souriant, avant de tirer deux imposantes chaises en bois sculpté à leur intention. Diana prit place à table tandis que Nikos s'asseyait en face d'elle.

Le repas fut divin : une succession de plats orientaux délicieusement odorants, essentiellement à base de viandes cuites au charbon de bois. Certaines qu'elle connaissait, comme l'agneau, d'autres, telles que la chèvre et le chameau, qu'elle découvrait. Toutes étaient plus tendres que du velours, servies avec du riz assaisonné aux noix, aux dattes et aux raisins secs. Le subtil mélange sucré-salé était savoureux.

Inquiète pour sa robe, Diana s'était fait apporter un châle qu'elle enroula autour de ses épaules. Une précaution indispensable, au vu de sa valeur.

— Je ne supporterais pas de la tacher, expliqua-t-elle.

Cette seule pensée la faisait frémir.

— Elle serait impossible à ravoir. Ou alors, pour un

prix exorbitant ! Je me demande quand j'aurai l'occasion de la porter de nouveau...

— Quand nous recevrons à Greymont, répondit aussitôt Nikos. Une fois les travaux terminés, nous donnerons un grand bal et tu en seras la princesse.

Une image se dessina dans l'esprit de Diana. Greymont envahi d'invités, et elle descendant le grand escalier au bras de Nikos. Mari et femme, côte à côte. Comme si leur mariage était réel. L'espace d'une seconde, elle eut envie que ce soit le cas. Une envie si violente qu'elle en trembla.

L'idée était séduisante. Elle s'insinuait en elle, l'étourdissait aussi sûrement que le parfum d'encens, les bulles du champagne et la profonde sensualité du vin. Repue, amollie par la douce lueur des chandelles reflétée à l'infini dans la vaisselle d'or, Diana peinait à combattre ce scénario de conte de fées. Pour ne rien arranger, Nikos la fixait, ses traits adoucis par la lumière tamisée. Dans ses yeux se lisait un message vieux comme le monde.

— Diana.

Sa voix n'était guère plus qu'un murmure. Il posa son verre, toute son attention rivée sur elle. Et elle restait là, immobile, captive de son regard de braise.

— Diana...

Nikos contemplait la jeune femme, si belle dans l'écrin que formait la pièce autour d'eux. Un bijou rare, précieux, qui ne brillait que pour lui.

Il se leva, oublieux des domestiques déjà en train de reculer sa chaise, et tendit une main à Diana. Lentement, très lentement, elle se leva à son tour. Sans qu'elle s'en aperçoive, son châle glissa au sol. Un domestique se pencha pour le ramasser et, telle une ombre, le drapa gracieusement sur ses épaules.

Sans un mot, elle prit la main de Nikos, qui se referma

sur la sienne, chaude et décisive. Elle avait le vertige, tout à coup, gagnée par une délicieuse excitation. Les yeux de Nikos souriaient, son regard aussi chaud que sa main.

— Allons voir les étoiles, murmura-t-il d'une voix suave.

Toujours sans un mot, elle acquiesça. La tête lui tournait, et cela n'avait rien à voir avec l'alcool qu'elle avait consommé. La main dans celle de Nikos, elle se laissa entraîner vers l'extrémité de la terrasse, où une volée de marches conduisait au toit. Au sommet de l'escalier, elle laissa échapper une exclamation. Une unique torche, positionnée très bas, éclairait le haut des marches. Au-delà régnait une obscurité de velours, percée seulement par la forêt d'étoiles incandescentes au-dessus de leurs têtes.

Elle leva la main.

— Elles ont l'air si proches ! C'est presque comme si je pouvais les toucher !

Nikos saisit sa main et la guida prudemment, à cause de ses hauts talons, vers un vaste tapis au centre du toit, comme une pièce en plein air. Une pièce dont le plafond serait la voûte céleste, s'étendant jusqu'à l'horizon dessiné par les courbes des dunes.

Diana renversa la tête en arrière et regarda autour d'elle, émerveillée. Elle avait vaguement conscience de s'appuyer contre Nikos, contre son corps solide comme le roc derrière elle. Lui aussi avait les yeux levés vers le ciel. Bientôt, il se mit à nommer les constellations visibles sous ces latitudes, le doigt tendu afin de les lui désigner.

— C'est le plus beau spectacle que j'aie vu de toute ma vie !

Elle poussa un soupir, muette d'admiration.

— Veux-tu que je fasse installer le télescope ? demanda Nikos.

— Non, pas ce soir. Je suis déjà dépassée !

Elle se tourna vers lui.

— Oh ! Nikos, cette vue est absolument magique !

— C'est vrai. Et nous en profiterions encore mieux allongés...

Il indiqua quelque chose qu'elle n'avait pas encore remarqué. Une fois sa vue ajustée à l'obscurité, elle distingua l'énorme divan au milieu du toit, sans doute installé là précisément pour inviter à admirer les étoiles. Son cou l'élançait à force garder la tête en arrière et ses pieds souffraient le martyre dans ses talons aiguilles. Avec gratitude, elle se laissa guider vers le divan, où elle enleva ses chaussures avant de s'étendre contre une pile de coussins de soie.

— Oui, c'est mieux, approuva-t-elle.

Elle sentit le divan s'affaisser légèrement lorsque Nikos s'y installa à son tour. Peut-être n'était-ce pas très judicieux, elle et lui, allongés côte à côte sous le ciel nocturne, seuls dans le désert... Elle chassa cette pensée. Ce qu'elle vivait était une expérience unique dont elle devait profiter au maximum. Ils étaient là pour admirer les étoiles, rien d'autre.

Et c'est ce qu'ils firent, dans un silence paisible. Les mots étaient devenus superflus. Mais malgré le coussin confortable sous sa tête, sa coiffure élaborée l'empêchait d'être vraiment à l'aise. Alors qu'elle changeait de position, la voix veloutée de Nikos résonna dans le noir.

— Qu'y a-t-il ?

— Mon chignon... Il n'est pas vraiment compatible avec la position horizontale.

Elle se redressa sur un coude, tâtonnant de sa main libre dans ses cheveux à la recherche des épingles.

— Laisse-moi t'aider, proposa Nikos.

Il s'assit et fit pivoter ses épaules de manière à avoir

accès à sa tête. Diana se laissa faire, sans qu'elle ne s'en explique la raison. Sans doute parce que c'était plus facile pour lui, dans sa position, que pour elle... Oui, c'était sûrement cela, se persuada-t-elle. Elle pencha la tête en avant, gagnée par une langueur sensuelle tandis que Nikos démêlait peu à peu le complexe entrelacs de torsades. Ses gestes étaient précautionneux, ses doigts plus légers que des papillons dans ses cheveux. À chaque nouvelle épingle retirée, elle les sentait se relâcher un peu plus, et tout le reste de son être suivait. Son sang commençait à frémir dans ses veines...

— Oh oui, ça fait du bien, soupira-t-elle.

— Vraiment ?

La tension de son cuir chevelu s'atténua au fur et à mesure que les longues mèches tombaient sur ses épaules. Bientôt, plus rien ne les retint que le bandeau brodé de perles. Et, lorsque lui aussi s'envola, sa longue chevelure cascada enfin librement dans son dos. Le tapis devait être jonché d'épingles, songea-t-elle distraitement, à travers le langoureux brouillard qui l'enveloppait peu à peu.

Les doigts de Nikos continuaient à travailler dans ses cheveux, lissant les mèches malmenées, massant doucement son cuir chevelu, juste au-dessus de la nuque. D'instinct, elle pencha un peu plus la tête avec un petit soupir d'aise. Le rire grave de Nikos s'éleva derrière elle. Avec un tressaillement, elle sentit ses doigts s'approcher de ses oreilles, son pouce en effleurer un lobe. Un million de frissons la traversa de part en part. C'était si bon...

Le brouillard en elle s'épaississait. Dans le ciel, les étoiles brillaient de mille feux, mais ses paupières s'étaient fermées. Un gémissement lui échappa comme la main de Nikos glissait vers sa gorge. Il se mit à la caresser à cet endroit, avant de lui tourner le visage. Les yeux de

Diana s'ouvrirent, happés par deux puits sans fond dans lesquels luisait une invitation explicite.

Une invitation qu'elle n'avait plus la force — ni la volonté — de refuser.

Elle prononça son nom. Juste cela. Son nom, dans un souffle. Qui pouvait l'entendre à part lui et le désert ? Le désert et la nuit. La nuit et les étoiles. Les étoiles et Nikos.

Nikos qui, seul entre tous, possédait un pouvoir unique. Celui de l'envoûter. De la tenter et l'inciter à faire ce qu'elle faisait à présent. C'était inévitable, lui semblait-il. Ici, maintenant, sur ce divan de soie sous le ciel étoilé, où plus rien n'existait qu'eux deux, la nuit et leur désir mutuel.

J'ai envie de lui. Si fort... Si fort !

Sa main vola vers sa tempe, effleura les mèches de jais, glissa le long de la pommette jusqu'à l'angle rugueux de la mâchoire. Les yeux mi-clos toujours, comme dans un rêve, elle sentit ses seins se durcir, à l'étroit dans sa précieuse robe. Une robe d'une valeur inestimable, cadeau d'une princesse à qui ils devaient d'être dans ce nid d'amour ce soir. À qui ils devaient ce moment précis.

Ce n'était pas ce genre de mariage entre eux, elle le savait. Mais, en cet instant, cela lui était égal. Seul comptait ce qui se passait là, maintenant, sous ce ciel étoilé. Un irrésistible désir l'envahit. Et elle n'avait aucune envie d'y résister. Pas sous le regard intense de cet homme, dont la bouche s'abaissait vers la sienne.

Ce fut un baiser sensuel, infiniment doux. Un baiser qui attisa encore son désir. Un nouveau gémissement lui échappa. Son cou s'arqua de lui-même et ses cheveux cascadèrent dans son dos. Le pouls dans le creux de sa gorge s'accéléra. D'instinct, elle glissa une main sur la nuque de Nikos tout en se rallongeant sur les coussins, l'entraînant dans le mouvement.

Leur baiser se fit plus profond. Elle sentait le corsage de sa robe comprimer ses seins, leurs pointes tendues sous le fin tissu. Mais Nikos continuait à l'embrasser, comme s'il ne comptait jamais s'arrêter. Jamais elle n'avait connu désir si intense, sinon lors de brefs éclairs chaque fois qu'elle regardait l'homme qu'elle avait épousé. Elle n'était pas censée le regarder de cette façon, bien sûr, ni avoir le genre de pensées qui la traversaient dans ces moments-là. Encore moins le désirer...

Sauf ce soir.

Cette nuit seulement, il pouvait être sien. Ici, où le reste du monde avait cessé d'exister, où seules les étoiles brûlaient pour l'éternité. Cette éternité, elle y goûterait pour la première et dernière fois dans les bras de Nikos, le seul homme capable d'éveiller ses sens et sa féminité. De lui faire ressentir ce que les autres femmes ressentaient. Jamais elle n'avait éprouvé un tel désir. Jamais !

Jusqu'à ce soir. Désormais, elle connaissait son pouvoir. Il l'excitait et l'inspirait, l'emportait dans un puissant raz-de-marée vers des horizons nouveaux qu'elle avait toujours crus hors de sa portée. Mais elle y était, à présent. Prête à explorer ce nouveau monde avec lui... avec Nikos. Un monde dédié aux plaisirs des sens.

Le désir enflait en elle. Son sang était en surchauffe, son souffle saccadé. Ses doigts s'enfoncèrent dans les boucles noires de Nikos en même temps que son corps se tournait à la rencontre du sien, attiré comme un aimant. La seule caresse de ses lèvres sur les siennes la faisait dériver dans un océan de félicité. Lentement mais sûrement, elles taquinaient ses sens, cherchaient une réponse plus profonde, semaient le chaos en elle. Diana se sentait basculer, perdre tout contrôle... Et elle s'abandonna au flot de sensations qui inondait son corps, son esprit, l'essence même de son être.

De leur propre volonté, ses lèvres s'entrouvrirent. Un gémissement rauque lui échappa — de soulagement, de plaisir, d'extase. Elle savourait pleinement ce que Nikos avait à lui offrir et lui prodiguait avec une telle maestria qu'elle en perdait tout repère.

Tout en l'embrassant, il murmurait son nom, tandis que ses mains moulaient ses courbes à travers son corsage. Son corps se cambra, réclamant ses caresses. Elle avait besoin de sentir ses mains sur ses seins frémissants. Et, lorsqu'il exauça son souhait, un nouvel éclair de désir la déchira. Puis un autre. Et un autre encore, chaque nouvelle décharge plus puissante, plus impérieuse que la précédente.

C'était de la folie, mais elle avait besoin de cela. Le reste n'avait plus d'importance. Vaincue, elle donnait libre cours à ce désir toujours plus fort en elle, décuplé par les voluptueuses frictions de leurs corps qui se cherchaient.

Soudain, la bouche de Nikos se détacha de la sienne. Dans une plainte, elle tenta de le retenir, mue par ce besoin irrépressible qui l'avait conduite à ce moment précis. Mais il résista et, d'un geste leste qui la prit par surprise, la retourna sur le ventre, le visage pressé contre les coussins. Elle fit mine de se redresser.

— Ne bouge pas.

Le grondement rauque dans sa voix la cloua sur place. Cet ordre, c'était pour son bénéfice à elle qu'il le donnait, elle le devinait confusément. Et elle ne tarda pas à comprendre pourquoi.

Déjà, ses doigts voletaient dans son dos, décrochant avec minutie la myriade d'agrafes à l'arrière de sa robe. L'opération n'en finissait plus. Diana rongeait son frein, en proie à une frustration grandissante. Mais Nikos prenait son temps, ouvrant les agrafes une à une, exposant peu à peu la ligne gracieuse de sa colonne vertébrale. Les doigts de Diana se crispèrent sur les coussins. Sa température interne montait, montait, jusqu'au point de non-retour...

Enfin, le tissu s'écarta de chaque côté et deux mains brûlantes s'insinuèrent en dessous. Ce contact attisa son impatience. Elle voulait plus. Plus de lui, plus de ses caresses. Répondant à sa prière muette, il imprima les lèvres sur son dos, s'attardant sur le relief de chaque vertèbre. De multiples ondes de plaisir fusèrent en elle. Tandis que sa bouche descendait le long de son échine, ses doigts achevaient d'écarter sa robe. Puis il souleva Diana de manière à jeter le vêtement de côté, avant de la rallonger sur le divan en la tournant vers lui.

Elle était entièrement nue. Pendant un long moment, Nikos se contenta de la dévorer des yeux. Il ne pouvait qu'admirer l'extraordinaire beauté de son corps. Elle était exactement telle qu'il l'avait imaginée, et plus encore. Tellement plus ! Son regard glissa sur la silhouette tout en courbes, la taille de guêpe, la rondeur appétissante des seins dénudés pour lui seul. Entre la parenthèse des hanches, niché au creux des longues jambes fuselées, se dessinait un V profond...

Il se redressa brusquement, sous le regard avide de Diana. Se débarrasser de ses vêtements lui prit beaucoup moins de temps que la libérer des siens. La robe haute couture avait rempli sa mission : elle lui avait fait prendre conscience de sa propre beauté, à ses yeux comme à ceux de Nikos. Elle n'était plus nécessaire. Plus rien ne l'était. Ils avaient tout ce qu'ils pouvaient souhaiter. Un divan de soie. Le ciel nocturne. La chaleur du désert. Le silence et l'obscurité. Les étoiles pour seuls témoins.

Ils savaient, l'un comme l'autre.

Diana était tout ce que Nikos désirait, depuis la seconde où il avait posé les yeux sur elle. Sur cette femme sublime, si différente de toutes celles qu'il avait connues, et qui avait tant à lui apporter... Mais ce qu'elle s'apprêtait à lui offrir à présent était le plus précieux cadeau qu'elle puisse lui faire. Celui qu'il attendait depuis des mois.

Elle-même.

Elle était sienne enfin. Envolée, la princesse de glace ! Son self-control avait payé. La jeune femme se pâmait dans ses bras, s'embrasait sous ses baisers et ses caresses. Avec un sentiment de liberté totale, il s'étendit à ses côtés et écarta une mèche blonde de son front. Dans ses yeux, il le savait, se reflétait tout ce qu'elle avait besoin de savoir.

Lentement, il approcha ses lèvres des siennes.

— Maintenant, notre nuit de noces peut commencer.

7

Le soleil se levait, enflait au-dessus des dunes et blanchissait le ciel, éteignant les étoiles une à une. Une ligne rose et or éclairait l'horizon tandis que l'infini au-dessus se teintait d'azur.

Dans les bras de Nikos, Diana dormait paisiblement. Sa tête reposait sur son torse, ce mur de muscles capable de soutenir son poids comme si elle n'était qu'une plume tombée sur lui. Son bras, enroulé autour de sa taille tel un étau, la maintenait fermement contre lui, même dans son sommeil. Elle adorait cette sensation.

Leur nuit de noces avait été plus incandescente que les étoiles au-dessus d'eux. Leurs deux corps s'étaient mus à l'unisson, emportés par le désir et la passion, par un besoin insatiable l'un de l'autre. Elle avait crié, encore et encore, chaque note plus aiguë que la précédente chaque fois que l'extase la déchirait en deux, corps d'un côté et âme de l'autre, avant de les rassembler à nouveau, par ce même feu qui unissait son corps à celui de Nikos, comme s'ils ne faisaient plus qu'un. Ils s'étaient agrippés l'un à l'autre, leurs membres si emmêlés qu'il était impossible de les séparer.

Le soleil était haut dans le ciel, à présent, baignant leurs deux corps nus, à peine recouverts par le drap de soie du divan. Diana remua. Une douce chaleur inondait ses jambes, sans qu'elle sache pourquoi. Elle ouvrit les yeux et cilla, éblouie par la lumière du jour. Nikos aussi remua à ses côtés. D'instinct, son bras se resserra autour d'elle. Mais il ne se réveilla pas.

Diana se dégagea avec précaution. Son corps était rigide, ankylosé. Mais il fallait bien se lever. Lentement, très lentement, elle se redressa. Il n'y avait pas un muscle en elle qui ne soit pas endolori. Ses yeux se promenèrent autour d'elle. Elle n'allait quand même pas rester nue au milieu du toit ! Vivement, elle ramassa son châle qu'elle enroula autour d'elle, embarrassée.

Mon Dieu... Qu'avait-elle fait ?

Oh ! elle le savait très bien. Il lui suffisait de regarder vers le divan, où Nikos dormait toujours, nu comme un ver. Ce dont elle ne se priva pas. Le spectacle de son corps viril envoya une décharge électrique dans chaque cellule de son corps. Tout son être reprenait vie. Elle n'avait jamais imaginé que le sexe puisse être ainsi. Mais elle savait, à présent. Nikos l'avait propulsée dans un monde dont elle n'avait jamais soupçonné l'existence. Cette découverte lui donnait le vertige. Mais elle avait un prix.

L'estomac de Diana se noua. Seigneur, elle n'aurait jamais dû céder à la tentation. Comment avait-elle pu ? Ce n'était pas pour cela qu'elle avait épousé Nikos, ni que lui avait fait d'elle sa femme. Telle était la sordide réalité de leur mariage. Pieds nus, elle se hâta de rentrer à l'intérieur et fila à la salle de bains. Peut-être une bonne douche chasserait-elle la folie de ce qu'elle avait fait ?

Mais lorsqu'elle en sortit, enroulée dans une serviette moelleuse, elle trouva Nikos qui l'attendait en simple peignoir. Sans un mot, il s'avança vers elle et la serra contre lui. Ses bras puissants l'enveloppaient tel un manteau.

Impossible de s'en libérer. Et elle n'en avait aucune envie. Ni maintenant ni jamais. Pas un instant elle n'aurait cru penser cela un jour... Jusqu'à la nuit dernière.

Lorsqu'il la lâcha enfin, un sourire radieux éclairait ses traits.

— Le petit déjeuner est servi.

Il s'empara du peignoir de soie étalé sur le lit délaissé et le lui drapa autour des épaules avant de faire tomber sa serviette.

— Tu dois te couvrir, où nous ne déjeunerons jamais...

L'expression sur son visage était plus qu'éloquente.

Un bras autour d'elle, il l'entraîna dehors, et elle le suivit docilement. Elle l'aurait suivi au bout du monde, en cet instant.

Sur la terrasse, la table était mise pour deux à l'ombre d'un auvent. Ils s'y installèrent l'un en face de l'autre. Au-delà de la piscine extérieure et de la haie de palmiers qui l'entourait s'étendait le désert à perte de vue. Le monde entier se résumait à cet endroit. À cet homme.

Nikos leva son verre de jus d'orange, un grand sourire aux lèvres.

— À nous, Diana.

À nous ? Le cœur de Diana se serra. Il n'y avait pas de « nous ». Leur mariage n'était qu'une coquille vide, contracté uniquement pour ce que chacun apportait à l'autre. Il n'avait aucun avenir en dehors de ce refuge perdu dans le désert. Mais ici...

Elle leva son verre dans un élan d'audace.

Ici, ils pouvaient être tout ce qu'ils voulaient. Et elle comptait bien en profiter jusqu'à la dernière seconde.

— Prête ? lança Nikos en vérifiant que sa ceinture était bien attachée.

Il fit un signe au chauffeur.

— Bien. En route !

Dans un vrombissement de moteur, le 4x4 s'élança presque à la verticale à l'assaut de l'immense dune devant eux. Diana poussa un cri et se couvrit les yeux. Mais le chauffeur savait ce qu'il faisait. Habilement, il les conduisit tout en haut, avant de plonger de l'autre côté. Puis de nouveau, il reprit son élan, gravit la dune suivante pour s'immobiliser en équilibre instable au sommet. La seconde d'après, ils basculaient et dévalaient la pente dans un nuage de sable. Nikos espérait que Diana, malgré les apparences, passait un bon moment. Enfin, le chauffeur immobilisa le 4x4 dans un dérapage spectaculaire et se tourna vers eux, tout sourire.

— Mon Dieu ! s'exclama Diana, riant et tremblant à la fois. J'ai eu la peur de ma vie !

— Moi aussi, admit Nikos.

Il se tourna vers le chauffeur, qu'il questionna sur la manière d'exécuter ces dangereuses manœuvres, dont la maîtrise était la base même du « dune-bashing ». Diana posa une main sur son bras.

— Tu ne vas quand même pas t'y essayer toi-même ? s'exclama-t-elle, effarée.

— Inquiète pour moi ? répliqua-t-il avec un sourire espiègle. C'est ce que j'appelle une épouse dévouée...

C'était dit sur le ton de la plaisanterie, mais Diana eut l'impression de recevoir un couteau en plein cœur. Une épouse dévouée ? Comme si elle avait le droit d'agir de la sorte... Mais elle ne voulait pas y penser. Pas ici, dans ce cocon isolé du monde.

Nikos annonça qu'il avait une faim de loup. En effet,

le petit déjeuner était loin derrière eux. Plus tôt dans la matinée, ils s'étaient lancés une première fois à la conquête du désert, à dos de chameaux. Diana avait vécu une expérience inoubliable. Perchée sur le sien, elle s'était laissé bercer par sa démarche lente et chaloupée, le visage au vent sous son chapeau à larges bords tandis qu'autour d'elle le désert scintillait à l'infini sous le soleil torride du Golfe.

C'était un autre monde, primitif et intemporel. Coupé de la réalité. Un monde auquel elle s'abandonnait tout entière, autant qu'à l'homme à ses côtés. Un sentiment de pure exaltation se répandit en elle. Elle profitait du moment, de cette parenthèse hors du temps qui lui était offerte sans qu'elle ait rien demandé, et qu'elle acceptait comme un cadeau du ciel. Ce temps auprès de Nikos, l'homme qui l'avait réconciliée avec sa féminité, était précieux. Le désir, la passion qui l'unissaient à lui… Tout cela était bien réel, ici. Et c'était tout ce qui comptait.

L'ici et maintenant. Elle et Nikos, seuls dans le désert.

Le 4x4 avait regagné la piste rocailleuse et ne tarda pas à les déposer devant un dais érigé au-dessus de tapis étalés à même le sable. Ils se virent proposer des serviettes humides afin de se rafraîchir le visage et essuyer la poussière de leurs mains. Quelques minutes plus tard, ils savouraient une sélection de plats épicés dont le délicieux arôme stimula leur appétit. Et pas seulement pour ce qu'ils mangeaient.

Les yeux de Diana glissèrent vers l'homme en face d'elle. Les battements de son cœur s'accélérèrent, comme chaque fois. Nikos surprit son regard et sourit, d'un sourire complice qui fit affluer le sang à ses joues. Il ne dit rien, se contentant de l'encourager à goûter un autre plat.

Autour d'eux, des domestiques leur servaient des

boissons fraîches dans de grands pichets en argent, retiraient les plats, en apportaient de nouveaux, préparés sans fin, semblait-il, dans le poste de cuisine en plein air installé non loin.

Repue enfin, Diana avait les paupières lourdes. C'était l'heure de la digestion, et la chaleur n'aidait pas.

— J'ai envie de dormir, murmura-t-elle.

— Alors dors.

Nikos fit signe aux domestiques de débarrasser les reliefs du repas, puis aida Diana à s'allonger sur les coussins et posa sa tête sur ses genoux. Doucement, il se mit à lui caresser les cheveux, plus pâles que jamais, éclaircis par le soleil. Son visage délicat, à l'inverse, avait pris des couleurs. Un élan de désir le traversa. *Pas maintenant*, se tança-t-il. Ils attendraient d'être en privé.

Un sourire joua sur ses lèvres. La consommation de leur mariage avait répondu à toutes ses attentes, et même au-delà ! Cette première nuit avait été magique. Il la sentait encore se liquéfier dans ses bras, comme elle l'avait fait sous les étoiles. Il revoyait la révélation dans ses yeux face à l'intensité des sensations qu'il libérait en elle. Il avait usé de toute son expérience et de toute sa maestria, sûr de ce qui assouvirait au mieux le désir qui la consumait telle une flamme. Un désir qu'il avait lui-même allumé, en dépit de la conviction absolue de la jeune femme que les hommes ne l'intéressaient pas sexuellement.

Son sourire se teinta de satisfaction. Le moins qu'on puisse dire était qu'elle avait changé d'avis. Désormais, cette flamme brûlerait pour lui seul, aussi longtemps qu'il la désirerait. Puis viendrait un jour où il se réveillerait avec la certitude que leur temps ensemble tirait à sa fin. D'ici là...

Elle était toute à lui.

Ses paupières s'alourdirent. Ce serait agréable de s'allonger là, Diana étendue auprès de lui, la tête sur ses genoux, un bras posé à travers ses jambes. Agréable et délicieusement intime. Cesserait-il vraiment un jour de la désirer ? La question resta en suspens au-dessus du désert, sans réponse.

Nikos ferma les yeux et, à son tour, succomba au sommeil.

— Mauvaise nouvelle...

Le regret perçait dans la voix de Nikos.

— Je crains que notre idylle dans le désert ne soit terminée.

Diana leva les yeux de sa tasse. Ils prenaient le petit déjeuner dans la cour intérieure, ce matin, cet écrin de verdure où régnait une fraîcheur bienvenue.

Nikos rangea son téléphone.

— C'était le bureau du ministre du Développement. Il y a une réunion cet après-midi avec le ministre et plusieurs autres huiles. Je dois y assister.

Diana cilla, sonnée. Le monde au-delà du désert lui avait paru à des années-lumière. Et pourtant, le voilà qui s'immisçait dans leur bulle et les rappelait à la réalité. Elle ne savait même plus depuis combien de temps ils étaient là. Les jours s'étaient étirés, indolents, dédiés au plaisir et à la passion. Un conte des *Mille et Une Nuits* devenu réalité...

Et dont la page se tournait sans préavis.

Un vide s'ouvrit dans sa poitrine. Elle se sentait engourdie. Hébétée. Nikos, lui, était déjà debout.

— J'ai besoin de mon ordinateur portable. J'ai quelques détails à vérifier. Finis ton petit déjeuner, nous ne sommes pas pressés. Ils nous envoient un hélicoptère pour nous ramener en ville.

L'hélicoptère, lorsqu'il se posa non loin du palais, fit à Diana l'effet d'une énorme guêpe importune. Elle vivait cela comme une invasion. Soudain, le XXIe siècle déboulait dans sa capsule hors du temps pour reprendre ses droits. Nikos l'aida à monter à bord, et l'appareil décolla dans un vrombissement assourdissant, projetant son ombre ridée sur les dunes tandis qu'il filait vers la côte.

De retour à leur hôtel, Nikos ne s'attarda que quelques minutes. Le temps de prendre une douche, se changer et attraper son attaché-case, et il était reparti. Seule dans leur suite nuptiale, Diana se sentait démunie, en proie à une sensation de déracinement.

Le changement avait été incroyablement brutal. De la solitude absolue du désert et tout ce qu'elle avait engendré, elle passait au fourmillement vertigineux du monde moderne, avec son lot de contraintes et d'exigences. Ici, le temps existait. Les gens aussi. D'autres priorités régnaient en maîtres. D'autres réalités, auxquelles elle ne pouvait se soustraire. Elle n'avait aucune envie de les affronter, mais quel autre choix avait-elle ?

Elle se mit à arpenter la pièce d'un pas nerveux. Une angoisse sourde bouillonnait en elle. Elle avait un mauvais pressentiment...

Comme si un danger la guettait, tapi dans l'ombre.

8

Nikos claqua la portière d'un geste rageur. La réunion s'était mal passée. Une fois de plus, cette fichue politique intérieure lui mettait des bâtons dans les roues. Le cousin du cheikh Kamal, le prince Farouk, opposé à toute forme de développement, faisait pression sur le ministre afin de contrer Nikos, malgré le soutien que lui apportait le cheikh. Le ministre s'était montré navré, courtois mais inflexible. Il y aurait des difficultés, des délais. C'était malheureux, mais telle était la situation.

Il poussa un soupir de frustration. Le cheikh Kamal, intelligent et visionnaire, finirait par damer le pion à son cousin, il n'en doutait pas une seconde. D'ici là, il devrait faire preuve de patience. Ce n'était pas sa qualité première. Toute sa vie, il était toujours parvenu à ses fins. Ce qu'il désirait, il l'obtenait. La richesse, une maîtresse trophée… Et maintenant, une épouse aussi belle qu'utile.

Son humeur s'allégea aussitôt. Après tout, il y avait un côté positif à ce revers dans ses affaires. Cela lui donnait plus de temps avec Diana. Un éclair d'anticipation le traversa. Elle l'attendait dans leur suite, sa princesse de glace qui n'en était plus une. Il avait éveillé en elle la femme ardente et passionnée de ses désirs, comme aucun autre homme n'avait su le faire. Et sa sensualité sans réserve l'avait subjugué. Oh ! Nadya avait été une femme pleine de fougue, elle aussi, avide et impétueuse. C'était ce qu'il aimait chez ses conquêtes — leur passion. Mais avec Diana…

Il fronça les sourcils. Avec Diana, cela avait été plus que de la passion, cette union torride sous les étoiles. Était-ce parce qu'il avait dû patienter si longtemps avant de la faire sienne ? Était-ce la raison pour laquelle ces quelques jours dans le désert lui avaient paru si uniques ? Si différents de tous les autres ? Parce qu'elle était *sa* princesse de glace, intouchable avant de fondre dans *ses* bras et dans ceux d'aucun autre ? Il ne s'expliquait pas pourquoi ces nuits passées avec elle l'avaient à ce point bouleversé.

Bien sûr, il y avait le triomphe de l'avoir conquise après des mois de patience. Une patience récompensée de la plus spectaculaire des façons. Mais c'était plus que cela. Plus que du simple désir ou de la passion. Une profonde complicité s'était nouée entre eux. Elle était là, dans leurs fous rires tandis qu'ils tentaient de garder l'équilibre sur leurs chameaux. Dans leur émerveillement partagé face à la majesté des étoiles. Dans tous ces moments passés dans les bras l'un de l'autre au bord de la piscine.

Ils parlaient, aussi. Des affaires internationales ou de la pluie et du beau temps. Des discussions tantôt stimulantes, tantôt légères et détendues. Et ils sautaient des unes aux autres sans le moindre effort. Il appréciait la compagnie de Diana. Il aimait la serrer contre lui ou partager des choses avec elle. *Et c'est réciproque*, réalisa-t-il. Elle était heureuse avec lui, autant qu'il l'était avec elle. Ils aimaient passer du temps l'un avec l'autre, pour le simple plaisir d'être ensemble.

C'était nouveau pour lui. Cela ne lui avait jamais importé, jusque-là, dans son rapport aux femmes. Soudain, ses relations avec Nadya et toutes ses précédentes maîtresses lui apparaissaient comme tristement superficielles. Il n'avait été question que de sexe, rien de plus. Nadya avait été une vitrine de son succès, destinée à prouver qu'il était capable de séduire les femmes les plus courtisées au monde. Diana était censée être l'étape suivante.

La femme trophée.

La voyait-il toujours ainsi ? Ou la femme qu'il avait faite sienne sous la voûte céleste représentait-elle plus que cela pour lui ? Et s'il ne s'en lassait jamais ? Cette pensée s'attarda un instant dans son esprit. Cela ne lui était jamais arrivé, avec aucune autre femme. Quelle que soit la réponse à cette question, tout ce qu'il désirait, dans l'immédiat, c'était retrouver ce qu'il avait eu dans le désert — Diana dans ses bras, gémissant de plaisir.

De retour à l'hôtel, il se hâta vers la suite nuptiale. Vers Diana. Sa femme. Une étrange émotion le submergea. Plus puissante encore que son désir pour elle. Une émotion qu'il ne reconnaissait pas, dont il n'avait aucune expérience. Puis les portes de l'ascenseur s'ouvrirent, et la sensation se dissipa. D'un geste impatient, il fit glisser sa carte dans la serrure magnétique et entra dans la suite.

Diana était concentrée sur sa tablette, assise dans un fauteuil près de la porte-fenêtre donnant sur le balcon. Un plateau à café était posé sur la table non loin. Elle tressaillit et leva la tête à son entrée.

— Déjà ? s'exclama-t-elle.

Nikos ne prêta aucune attention à son expression paniquée. Son imagination, sans doute. Il marcha droit vers elle tout retirant sa cravate.

— Enfin, devrais-tu dire. Fichue réunion !

Diana le regarda d'un air alarmé.

— Ça ne s'est pas bien passé ?

— On me met sur la touche, tout cela à cause d'une lutte de pouvoir au sein de la famille royale, expliqua-t-il avec humeur.

— Oh ! je suis désolée...

Diana semblait sincère, quoique distraite. Il secoua la tête.

— Ce n'est pas si grave. Kamal est un homme intelligent, il finira par prendre le dessus. Mais je vais devoir me montrer patient.

Une lueur s'alluma dans ses yeux de jais.

— Ce qui me donne plus de temps libre pour profiter de notre lune de miel. Que dirais-tu de rattraper le temps perdu ce matin ?

Sans attendre sa réponse, il la tira debout et l'enlaça étroitement. C'était si bon de l'avoir là, dans ses bras, son corps de liane pressé contre le sien. Elle leva le visage, les lèvres entrouvertes, prête à recevoir ses baisers qu'elle lui rendrait avec toute la fougue acquise lors de leur idylle dans le désert. *Sa* Diana, si belle. Sienne corps et âme.

— J'ai envie de toi, susurra-t-il, la voix enrouée de désir. Maintenant.

Il approcha sa bouche de la sienne. Mais quelque chose clochait. Son corps s'était crispé entre ses bras et semblait fuir le contact.

— Nikos...

Sa voix aussi sonnait faux. Il releva la tête, sans pour autant relâcher son étreinte.

— Qu'y a-t-il ?

La jeune femme plaqua les deux mains contre ses épaules pour reculer.

— Nikos, on ne peut pas !

Un pli soucieux creuse le front de Nikos.

— Qu'y a-t-il ? répéta-t-il. Quelque chose ne va pas ?

Sans répondre, elle se libéra de ses bras. Il la laissa faire et la regarda contourner la table, comme si elle cherchait à l'ériger en rempart contre lui.

— Il faut qu'on parle.

Le désarroi perçait dans son intonation, transparaissait sur son visage. L'inquiétude de Nikos redoubla.

— Que se passe-t-il ? demanda-t-il, la voix tendue.

Diana se mordit la lèvre. Elle était si tentée de changer d'avis ! De garder lâchement le silence et de lui tendre les bras. Il l'emporterait vers leur lit parsemé de pétales de roses, l'emmènerait au septième ciel une fois de plus. Mais si elle succombait…

Une violente émotion lui vrilla la poitrine. Si elle succombait, alors ce qu'elle s'efforçait de nier, de réprimer à tout prix depuis leur retraite dans le désert, éclaterait au grand jour. Et elle refusait que cela arrive. Toute sa vie, elle s'était protégée de ce genre d'attachement qui avait détruit son père. Il avait trop souffert pour qu'elle s'expose à son tour au même danger.

— Diana, bon sang, que se passe-t-il ?

Nikos avait parlé d'un ton cassant. Il voulait des réponses. Une explication. Quelque chose n'allait pas et il avait besoin de savoir quoi. Comment arranger les choses sinon ?

La jeune femme prit une grande inspiration.

— Nikos, ce qui s'est passé dans le désert… Cela n'aurait jamais dû arriver !

Nikos eut l'impression d'avoir reçu un coup de poing de nulle part. Il devait avoir mal entendu. Ce qu'elle racontait n'avait aucun sens. Absolument aucun !

— Comment peux-tu dire cela ?

— Et toi, comment peux-tu ne pas le voir ? répliqua-t-elle avec feu. Ce n'est pas ce genre de mariage entre nous ! Tu m'as épousée afin d'intégrer mon milieu, et moi pour sauver Greymont. Après quoi, nous devions être libres de reprendre nos vies chacun de son côté. Tu l'as dit toi-même. C'est l'accord que tu es venu me proposer...

Elle prit une autre inspiration.

— Et le seul auquel j'ai consenti.

Nikos la dévisagea avec incrédulité.

— Es-tu en train de me dire, articula-t-il lentement, que tu croyais que notre mariage serait chaste ?

Ce fut au tour de Diana de le regarder comme s'il parlait une langue inconnue.

— Évidemment ! s'exclama-t-elle. C'est ce dont nous avions convenu, dès le début !

Nikos laissa échapper un juron.

— Je n'en crois pas mes oreilles, siffla-t-il entre ses dents. Diana, comment as-tu pu penser cela ne serait-ce qu'une seconde ? Quand mon attitude t'a-t-elle donné la moindre raison de croire que nous resterions abstinents ?

La consternation se peignit sur les traits de Diana.

— J'avais toutes les raisons de le penser, rétorqua-t-elle. Nikos, tu n'as pas posé un seul doigt sur moi durant toutes nos fiançailles ! Ni même à notre arrivée ici !

— C'était par prévenance, Diana ! Je voulais te donner le temps d'apprendre à me connaître et de t'habituer à moi !

Il passa une main agitée dans ses cheveux.

— Je ne suis pas un rustre. Je n'allais pas me jeter sur toi à la seconde où nous avions signé l'acte de mariage.

Bon sang, elle n'avait sans doute même pas conscience de l'image qu'elle renvoyait ! Celle d'une princesse de glace, d'une femme que l'on ne touchait qu'avec les yeux. Ils étaient mariés, avaient vécu une nuit de noces torride sous les étoiles... Et elle parlait d'abstinence ! C'était bien la preuve qu'elle avait toujours considéré sa frigidité comme un état normal.

Le cerveau de Nikos tournait à cent à l'heure. Était-ce la raison de son brusque recul ? Une sorte de panique à retardement au contact de cette réalité oubliée lors de leur parenthèse idyllique dans le désert ? Oui, ce devait être cela. C'était la seule explication.

Il s'exhorta au calme. Le mieux était de se montrer raisonnable. Rassurant.

— C'est ce que nous avons fait, Diana. Nous avons appris à nous connaître, n'est-ce pas ? dit-il d'une voix radoucie. Depuis le mariage, nous avons passé plus de temps ensemble et nous nous entendons bien, tous les deux.

Il prit une inspiration. Il était vital qu'elle comprenne ce qui venait ensuite.

— Sans cette invitation du cheikh dans son palais privé, peut-être aurions-nous mis plus de temps à approfondir notre relation… Jusqu'à la conclusion que nous savons. Mais cette conclusion était inévitable, Diana. Elle l'a toujours été.

Il fit un pas vers elle. Il avait besoin de combler la distance entre eux. De faire en sorte que tout redevienne comme dans le désert. C'était la confusion qui lui faisait tenir ces propos insensés. Il devait avant tout dissiper sa panique.

— Cette flamme entre nous… Elle a toujours été là, Diana. Presque invisible au début, mais bien réelle. Je te désire depuis le premier jour. Et je sais que je ne te laissais pas indifférente non plus, même si tu n'en avais peut-être pas conscience.

Sa voix prit une intonation suave.

— Il a fallu le désert, Diana, pour attiser cette flamme en un brasier qui nous a consumés tous les deux.

Il contourna la table et lui saisit les épaules. Seigneur, elle avait l'air si désemparée ! Il n'avait qu'une envie, l'embrasser et réduire ses doutes en cendres dans le feu de leur désir mutuel.

— Pourquoi nier ce qui s'est passé ? Nous sommes mari et femme. Quel meilleur moyen de sceller notre union qu'en nous abandonnant à cette passion que nous ressentons l'un pour l'autre ?

De nouveau, il approcha sa bouche de la sienne. La jeune femme battit des cils. Le désarroi se lisait dans ses yeux, mais il l'ignora. Ses lèvres étaient tendres sous les siennes, douces comme du velours. D'une main sur sa nuque, il la maintint fermement contre lui pour un long et langoureux baiser. C'était un soulagement de l'avoir à nouveau dans ses bras. Ce baiser lui ferait oublier ses craintes et la ramènerait à lui, sans aucun doute. Il suffisait d'entendre ses petits gémissements qui trahissaient son excitation. Et il savait exactement par quelles caresses l'exacerber.

Sa main glissa sur son sein, dont la pointe se hérissa à son contact. Il se mit à la taquiner doucement, grisé par sa victoire, par son propre désir qui s'éveillait. Il avait triomphé de ses peurs. Une fois de plus, la glace qui menaçait de l'éloigner de lui en la coupant de ses sensations fondait sous le feu de ses mains. Jamais il ne la laisserait redevenir la princesse de glace. Dans ses bras, ses dernières craintes s'envoleraient pour de bon.

Il approfondit leur baiser, en pressant son bassin contre le sien afin de lui faire sentir son désir. Un nouveau gémissement échappa à la jeune femme. Soudain, il se mua en cri étouffé, et elle s'arracha à son étreinte.

— Nikos, non !

Il la libéra. Comment la retenir alors qu'elle le rejetait ?

Diana recula, trébuchant contre la table, une main levée devant elle comme un bouclier. De violentes émotions se bousculaient en elle. Des émotions dont elle devait à tout prix reprendre le contrôle. Il parlait de flamme entre eux comme si c'était une bonne chose ! Ne comprenait-il pas que c'était justement là que résidait le danger ? Exactement ce qu'elle avait redouté toute sa vie ! Peu importe ce qu'il lui en coûtait, elle devait garder ses distances.

— Ce n'est pas ce que je veux, assena-t-elle d'une voix qu'elle s'efforça d'affermir. Ce qui s'est passé dans le désert était une erreur.

Un silence de plomb tomba entre eux. Elle s'obligea néanmoins à continuer.

— Nikos, c'était censé n'être un mariage que sur le papier. Si j'avais su que tu voyais les choses autrement, je n'aurais jamais accepté ce marché.

Sa mâchoire lui faisait mal tant elle était crispée. La tension dans ses muscles était insupportable. Mais elle devait clarifier la situation une bonne fois pour toutes.

— Ce n'est pas pour cela que je t'ai épousé, conclut-elle en soutenant son regard.

Sa poitrine menaçait d'exploser sous le trop-plein d'émotions. Le silence s'éternisait, les éloignait un peu plus l'un de l'autre à chaque seconde qui passait. Et n'était-ce pas ce qu'elle voulait ? Mais dans les yeux de Nikos se lisait l'incompréhension. Autre chose aussi, plus sombre, qui lui glaçait le sang.

Lorsqu'il reprit la parole, sa voix était grinçante.

— Je te remercie pour ces clarifications sur notre mariage. Dans ces conditions, il est préférable que tu rentres au Royaume-Uni dès ce soir. Je me charge des préparatifs.

Sur ces mots, il tourna les talons. Avec un cri étouffé, elle fit un pas dans sa direction.

— Nikos ! S'il te plaît, ne fais pas ça. Je n'ai pas besoin de partir. Nous n'avons qu'à redevenir comme avant...

À peine prononçait-elle ces mots qu'elle comprit que c'était impossible.

Ils ne pourraient plus jamais être comme avant.

Le visage de Nikos s'était fermé. Comme une grille de fer qu'on lui claquait au nez.

— La discussion est close. Va faire tes valises.

Il appela la réception depuis le téléphone de la suite et donna les directives pour son départ.

— J'ai du travail, l'informa-t-il après avoir raccroché.

Son ton était aussi cassant qu'à l'égard de l'employé de la réception. Il se leva et alla récupérer son attaché-case là où il l'avait jeté un peu plus tôt, puis se dirigea vers sa chambre. La porte claqua derrière lui.

Autour de Diana, il n'y avait plus que le silence.

9

Nikos fixait sans le voir le ciel derrière le hublot de sa cabine en première classe. Une colère sourde courait dans ses veines et lui brouillait la vue. Direction l'Australie, à l'autre bout du monde. Aussi loin que possible de Diana.

Diana, qu'il avait épousée en toute bonne foi, sans rien dissimuler. Contrairement à elle. Non, sa princesse de glace, si belle, si attirante, depuis le début n'avait jamais eu la moindre intention de faire en sorte que leur mariage fonctionne.

Leur dernier échange tournait en boucle dans sa tête. Oh ! elle lui avait dit exactement ce qu'elle pensait de lui. Ce qu'elle voulait, et plus encore ce qu'elle ne voulait pas.

« Ce n'est pas pour cela que je t'ai épousé. »

Ses mots, si brutalement honnêtes, lui avaient révélé ce qui l'intéressait vraiment. Son argent, rien de plus, pour préserver ce à quoi elle tenait le plus au monde. À savoir son précieux domaine ancestral, et le train de vie qui allait avec. C'était tout ce qui comptait pour elle. Pas lui. Oh non, certainement pas.

Un souvenir amer remonta à la surface. Il se revoyait rouler en direction d'un élégant château en Normandie, rempli d'espoir. À ses vingt et un ans, un notaire l'avait convoqué à son étude afin de lui révéler l'identité de ses parents biologiques. À présent, il allait retrouver la mère qui l'avait abandonné à sa naissance. Il espérait obtenir une explication à son geste, découvrir quelque chose qui les réunisse. Il l'imaginait l'accueillant à bras ouverts, folle de joie de le revoir.

Une grimace déforma ses traits. Au lieu de quoi, il s'était heurté à un froid rejet. On l'avait renvoyé d'où il venait. Il n'était qu'une menace pour sa mère. Une menace au train de vie que lui conféraient son titre et son domaine ancestral. C'était tout ce qui comptait pour cette femme. La révélation avait été brutale.

Aussi brutale que celle que venait de lui infliger sa chère et tendre épouse.

Il chassa cette pensée. Elle ne faisait que raviver sa colère. Mais derrière la colère perçait une autre émotion. Une émotion qu'il s'interdisait de nommer. La reconnaître serait s'injecter un poison contre lequel il n'existait aucun antidote.

La mâchoire crispée, il ferma les yeux tandis que l'avion s'enfonçait dans le ciel nocturne.

Le taxi cahotait sur l'allée creusée d'ornières menant à Greymont. Remettre cette allée en état faisait partie des nombreux travaux restant à faire, en plus de toute la décoration intérieure. Mais l'essentiel du gros œuvre structural était quasi terminé, et la plomberie ainsi que le système électrique étaient en cours de rénovation.

Tout cela grâce à Nikos.

Cette pensée lui comprima la poitrine. Comment avait-elle pu se tromper à ce point ? La tête lourde, elle monta directement dans sa chambre et se laissa tomber sur son lit. Cette question la tourmentait depuis qu'elle avait franchi le seuil de l'hôtel pour se rendre à l'aéroport. Son billet était réglé, ses valises prêtes. Nikos était resté muré dans sa chambre, la porte fermée à clé. À l'évidence, il ne voulait plus rien avoir à faire avec elle.

Elle était partie tel un zombie, vidée de toute émotion. Ce n'est qu'une fois dans l'avion qu'elle s'était décidée à regarder en face la réalité de son mariage. Un mariage radicalement différent de ce que Nikos avait envisagé. C'était cela qu'elle ne supportait pas. Depuis le début, Nikos pensait que le sexe conjugal faisait partie de l'accord, et de la satisfaction mutuelle qu'ils étaient censés retirer de leur mariage. Depuis le début ! De son côté, elle avait obstinément fermé les yeux sur le désir qu'elle avait lu dans son regard dès le premier soir. Elle s'était persuadé qu'il se contentait de la jauger. Qu'il cherchait à déterminer si elle avait l'étoffe d'une bonne épouse, issue du bon milieu, dotée des bonnes relations.

Comment avait-elle pu être aussi aveugle ?

Une profonde amertume l'envahit. Oh ! c'était facile à deviner. Elle avait tout simplement choisi de croire que son unique rôle dans la vie de Nikos serait de l'introduire dans son monde. Dans ces conditions, elle pouvait sans crainte accepter son offre et son argent. Sauver Greymont en toute sécurité, sans se mettre elle-même en danger...

Elle s'enfonça le poing dans la bouche pour ne pas crier. De tous les hommes qu'elle avait rencontrés, Nikos était justement celui qui détenait le pouvoir qu'elle redoutait entre tous. Elle s'était jetée tout droit dans la gueule du loup !

Seigneur, qu'avait-elle fait ? Qu'avait-elle fait ?

La plus grande folie de toute sa vie, sans aucun doute. Elle l'avait compris à la seconde où elle s'était réveillée sur ce toit, dans les bras de cet homme auquel elle n'aurait jamais dû céder.

Prends ce que tu veux et paies-en le prix.

Eh bien, elle le payait, maintenant. Et le prix était colossal.

Les yeux noyés de larmes, elle enfouit la tête dans son oreiller.

Nikos était de retour à Londres. Il avait passé trois semaines en Australie, puis fait un détour par Shanghai avant de rentrer en Europe, où il était encore resté une semaine à Zürich. Il avait pris son temps pour rentrer, il le savait. Mais il ne pouvait repousser indéfiniment l'échéance.

De retour à Knightsbridge, son humeur s'assombrit. Il avait imaginé emmener Diana ici après leur lune de miel. Lui faire franchir le seuil dans ses bras, la porter jusqu'à leur chambre... Cela ne risquait plus d'arriver. Une nouvelle bouffée de colère l'envahit. Comme chaque fois qu'il pensait à la femme qu'il avait épousée.

Il décrocha son téléphone et composa son numéro. Messagerie. Tant mieux. Il n'avait aucune envie d'entendre sa voix. Son message fut bref et concis.

— Je suis à Londres. Ta présence est requise à une soirée où nous sommes invités. Sois là demain.

Il raccrocha. Diana s'était montrée limpide sur ce qu'elle pensait de lui et de leur mariage. Mais cela ne le concernait pas. Elle avait des obligations envers lui. Un devoir qu'il la payait pour accomplir. Que cela lui plaise ou non.

Diana se présenta à Knightsbridge en fin d'après-midi le lendemain. La gouvernante la reçut. M. Tramontes était encore à son bureau mais ne tarderait pas à rentrer. Installée dans l'une des chambres d'amis, elle commença à ranger ses vêtements dans l'armoire, parmi lesquels plusieurs robes de soirée. À l'entrée de Nikos, elle tressaillit.

— Nikos...

Sa voix était guindée, son visage très pâle. Mais son sang, lui, n'avait fait qu'un tour.

Nikos l'ignora et s'avança vers l'armoire. Il passa en revue les robes sur les cintres, en sélectionna une qu'il jeta sur le lit.

— Mets celle-là, intima-t-il. Nous partons dans une heure.

Et il quitta la chambre.

Diana demeura immobile, les jambes en coton. Elle avait redouté de venir à Londres et de revoir Nikos. Mais elle ne pouvait se terrer éternellement à Greymont. Elle devait lui parler et enterrer la hache de guerre. Ne pouvaient-ils au moins restaurer un semblant d'amitié ?

Comme si c'était possible...

La nervosité lui nouait les entrailles lorsqu'elle le rejoignit dans le salon, vêtue de la robe de soirée qu'il avait choisie pour elle. Il l'attendait, ténébreux à souhait en smoking noir. Le désir fusa dans ses veines. Elle dut faire appel à tout son sang-froid pour ne pas se jeter à son cou. Des souvenirs l'assaillirent, de leurs nuits ensemble, d'elle dans ses bras et de lui dans les siens...

Elle les chassa résolument. Elle n'avait pas le droit de le désirer. La moindre faiblesse de sa part signerait sa perte.

Il tourna la tête. Comme ses yeux se posaient sur elle, elle crut y entrevoir une flamme fugace. Cela ne dura qu'une fraction de seconde.

— Bien. Tout à fait approprié.

Sa voix était froide, distante. Son expression, fermée. Elle s'avança vers lui dans un bruissement de soie. Son chignon sophistiqué pesait sur sa nuque et le collier de perles à son cou lui glaçait la peau. À son auriculaire gauche miroitait sa chevalière, frappée du blason de la famille St Clair. Un rappel constant de la raison pour laquelle elle était devenue sa femme — préserver le domaine allant de pair avec ces armoiries.

Était-ce son imagination ou le regard de Nikos s'était-il voilé à la vue de la chevalière ?

Elle leva le menton, dans une vaine tentative pour se donner du courage.

— Nikos, il faut qu'on parle.

— Vraiment ? Que peux-tu bien avoir d'autre à me dire, Diana ?

Il y avait dans sa voix une dureté qu'elle ne lui avait jamais entendue avant. Une indifférence blessante. Distraitement, il ajusta ses boutons de manchette, sans la regarder.

Elle déglutit, la gorge serrée.

— Écoute, Nikos, notre mariage repose sur un malentendu. Je suis vraiment désolée de ne pas avoir compris… hum… ce que tu en attendais.

Elle n'osait pas croiser son regard. C'était au-dessus de ses forces. Au prix d'un pénible effort, elle reprit la parole.

— J'ai fait arrêter les travaux à Greymont.

Si elle crut voir un nerf tressauter sur sa joue, ce devait être une illusion d'optique, car rien dans sa contenance ne laissait supposer qu'il ait entendu ce qu'elle venait de dire.

Elle prit une nouvelle inspiration.

— J'ai fait établir une estimation des travaux réalisés jusque-là, auxquels s'ajoutent ceux en cours faisant l'objet d'un contrat. Tout le reste a été annulé. Le montant que je te dois s'élève donc à...

Elle fléchit malgré elle.

— Je ferai de mon mieux pour te rembourser, Nikos. Mais cela prendra du temps. Si j'avais été capable de réunir une telle somme, je l'aurais fait. Et si je vide mes comptes et vends mes actions, je perdrai les revenus nécessaires à la maintenance quotidienne. Cela a toujours été le problème. Quant aux Hudson, je ne peux pas les jeter à la rue... Mais je te dédommagerai, acheva-t-elle, le cœur battant. Même si cela doit me prendre une vie entière.

Pour la première fois, Nikos la regarda. Droit dans les yeux.

— Oui, Diana, tu me dédommageras. Cela va sans dire.

Quelque chose dans son intonation lui fit l'effet d'un coup de poing. Diana pâlit. Elle devait essayer encore, lui faire comprendre...

— Nikos, je suis désolée ! Je m'en veux que les choses se passent ainsi. J'ai été naïve, stupide même. Je croyais vraiment que tu ne voulais qu'un mariage légal...

— Ce que je veux, l'interrompit-il d'une voix tranchante, c'est que tu honores ta part du marché. C'est le seul moyen pour toi de me dédommager. Le seul que j'attends de toi.

Elle chancela, pâle comme un linge. Nikos s'en aperçut. Une violente émotion l'étreignit. Elle était si proche... Il lui suffisait d'un pas pour combler la distance entre eux et l'écraser contre lui. Mais elle était hors de portée désormais. Un gouffre infranchissable les séparait.

Sa voix se teinta de sarcasme.

— C'est ce pour quoi tu as signé, Diana. Pour jouer la parfaite épouse d'apparat, gracieuse et élégante à mon bras, irréprochable en toutes circonstances. Un trophée que tous les hommes m'envient. Ton rôle est de m'ouvrir les portes de la haute société, et c'est ce que tu vas faire, ma chaste et ravissante épouse...

Son expression se durcit.

— Dorénavant, ce sera ton devoir à plein temps. Si les travaux ont cessé à Greymont, cela te libérera pour mieux remplir tes fonctions ici, à mes côtés. Et elles commencent maintenant.

Il alla ouvrir la porte et attendit ostensiblement qu'elle la franchisse. Lorsqu'elle passa devant lui, il nota qu'elle faisait un écart. Sa posture était rigide, ses traits crispés. Aucune importance. Pourquoi cela devrait-il l'affecter ?

Au moment de quitter la maison, il se tourna vers elle.

— Je t'expliquerai dans la voiture qui sont nos hôtes et pourquoi ils sont importants pour moi.

Il parlait d'un ton sec, professionnel, comme s'il avait mené une discussion d'affaires. Diana évita son regard. Une boule lui montait à la gorge, l'étouffait. Il lui semblait qu'un cancer la rongeait de l'intérieur. Sans un mot, elle monta dans la voiture.

La villa de Regent Park brillait de mille feux. La salle de réception résonnait de rires et de conversations enjouées. Diana, elle, passait une soirée lugubre. Un sourire artificiel scotché aux lèvres, elle échangeait les banalités courtoises de rigueur à ce genre d'événement mondain. Nikos, comme il se devait, se tenait à ses côtés. Parfois, son bras frôlait le sien, et elle faisait de son mieux pour réprimer un mouvement de recul visible.

Il n'était plus l'homme qu'elle avait cru connaître. Il était devenu un étranger, qui la regardait sans la voir, lui parlait d'un ton impersonnel, en retrait derrière un masque impassible. Elle n'avait d'autre choix que de faire de même et de jouer son rôle, celui de Mme Nikos Tramontes, la parfaite épouse de bonne famille avec ses relations irréprochables et son splendide domaine ancestral. Un domaine que l'immense fortune de son mari lui avait permis de sauver.

Exactement le mariage qu'elle avait voulu.

Prends ce que tu veux et paies-en le prix.

Elle ne pouvait s'en prendre qu'à elle-même. Le souvenir de leurs nuits dans le désert la brûlait comme une marque au fer rouge. Elle avait goûté au fruit défendu, et c'est ce qui avait causé sa perte. Leur mariage n'était plus qu'une coquille vide, un supplice au quotidien. Tel était le prix à payer. Et elle n'avait d'autre choix que de l'endurer jour après jour.

Les semaines suivantes, Diana continua à jouer son rôle aux côtés de Nikos. Elle était Mme Tramontes, parfaite en toute occasion, qu'il s'agisse d'un déjeuner dans une prestigieuse villa au bord de la Tamise, d'un cocktail à Mayfair, d'un dîner dans l'un des meilleurs restaurants de Londres ou d'une soirée à l'opéra. Elle se tenait au bras de Nikos, gracieuse, souriante. Prise au piège de cette supercherie de mariage.

Nikos était perpétuellement de mauvaise humeur. Sa colère semblait ne jamais devoir s'apaiser. Chaque matin, il se réveillait avec la même rage qui l'avait possédé le jour où il avait renvoyé Diana — si attirante, et pourtant intouchable — à ce qui lui importait le plus : son prestigieux domaine et le train de vie privilégié qui allait avec.

À mesure que les semaines passaient, une sorte de chape s'était abattue sur lui. Il continuait à mener sa vie comme avant, mais uniquement pour sauver les apparences. À l'intérieur, il se sentait vidé de toute substance, insensible à tout. Une part de lui savait qu'il ferait mieux de libérer Diana. La garder prisonnière de ce mariage impossible confinait au supplice. Mais la laisser partir lui semblait une option plus douloureuse encore.

Ce n'était pas ainsi que les choses étaient censées se passer !

Ce mariage aurait dû lui apporter tout ce qu'il désirait. Tout ! Diana St Clair lui aurait garanti une place dans ce monde dont sa mère lui avait fermé les portes. Diana, l'épouse trophée, l'aurait propulsé dans les plus hautes sphères de la société. Et Diana, la princesse de glace, se serait embrasée de passion pour lui et lui seul.

Au lieu de quoi, elle l'avait brutalement rejeté.

Une nouvelle bouffée de colère l'envahit. Oh ! il l'avait, sa femme trophée, enchaînée à lui malgré elle. Mais cette victoire lui laissait un goût amer dans la bouche. Leur lune de miel dans le désert les avait rendus si proches… Et pas seulement sur le plan physique. Il avait cru qu'elle tenait à lui. Comment ne pas le penser après ce qu'ils étaient devenus l'un pour l'autre ? Ce jour-là, sur le chemin de l'hôtel suite à son entrevue désastreuse avec le ministre du Développement, il s'était surpris à se demander ce que Diana représentait pour lui. Peut-être plus qu'il ne l'avait initialement envisagé…

S'il avait su ce que lui réservait la suite des événements ! Comment avait-il pu être aussi idiot ? Croire qu'il avait fait fondre la princesse de glace… Diana St Clair avait un glaçon à la place du cœur ! Ce qui comptait pour elle était exactement ce qui importait pour sa mère. Son domaine ancestral. Son précieux train de vie. Pas lui. Diana, sa parfaite épouse, l'avait rejeté comme sa mère l'avait fait, pour les mêmes raisons. Cette vérité était la punition qu'il subissait jour après jour. Un poison qui le rongeait de l'intérieur.

Nikos le sentait dans ses veines, acide, invisible. Il n'avait pas touché à la coupe de champagne qu'il tenait. C'est à peine s'il prêtait attention aux propos de son interlocuteur, le P-DG français d'une banque d'affaires dont il assistait aujourd'hui à la réception à Paris. Malgré un possible contrat juteux à la clé, son esprit était ailleurs.

À cet instant, un homme s'avança vers eux. Français, de toute évidence. Plus âgé que lui de quelques années. Nikos fronça les sourcils. Son visage lui disait vaguement quelque chose. L'avait-il déjà rencontré ? L'homme attendit ostensiblement que le banquier ait fini de parler avant d'intervenir :

— M. Tramontes, puis-je vous voir en privé un instant ?

Il devait s'agir de quelqu'un d'éminent, car le banquier s'excusa dans un murmure avant de s'éloigner. Nikos se tourna vers l'inconnu.

— Nous connaissons-nous ? s'enquit-il poliment, un sourire engageant aux lèvres.

L'homme ne lui rendit pas son sourire.

— Non.

— Pardonnez-moi, mais votre visage m'est familier...

L'inconnu hocha la tête. Il saisit un étui d'argent dans la poche intérieure de sa veste et en sortit une carte qu'il tendit à Nikos.

— Voilà qui devrait dissiper le mystère.

Nikos jeta un coup d'œil à la carte... et se figea. Toute pensée concernant Diana déserta son esprit.

Sans crier gare, son passé venait de resurgir devant lui.

10

Diana coupait des roses dans le jardin, caressée par les rayons du soleil qui filtraient à travers les arbres entourant Greymont. Dans leurs branches, les oiseaux chantaient. Autour d'elle régnait une atmosphère paisible qui contrastait avec le chaos dans son cœur.

Combien de temps encore vais-je pouvoir supporter cela ?

Deux ans. C'était la durée fixée par Nikos lorsqu'elle avait signé ce maudit contrat, inconsciente, alors, du danger qui la guettait. Deux années interminables à subir cette odieuse existence, enchaînée à un mari en qui elle avait vu un cadeau du ciel, et qui la condamnait à présent à cet enfer. Son seul répit était le temps qu'elle passait ici lorsque Nikos partait en voyage d'affaires. Greymont était son sanctuaire, où elle courait se réfugier à la première occasion.

Ironie du sort, c'était justement à cause de Greymont qu'elle se retrouvait piégée dans ce mariage qui n'en avait que le nom. Tel était le prix à payer pour préserver son domaine familial. Et ce dernier était bel et bien sauf. Certes, la restauration avait été suspendue, mais les travaux les plus urgents avaient été accomplis. La maison était saine, structurellement. Le reste attendrait. Un jour, peut-être, lorsqu'elle serait libérée de Nikos…

Comme si c'était possible.

L'idée était comme un couteau enfoncé dans sa chair. Elle ne serait jamais libérée de lui. C'était trop tard.

Le cœur lourd, elle réunit les roses qu'elle avait coupées. Juste assez pour un bouquet destiné à égayer le petit salon. Au moment de quitter la roseraie, son attention fut attirée au loin, vers l'allée qui menait au manoir. Deux luxueuses berlines noires aux vitres teintées se dirigeaient vers le portail.

Diana fronça les sourcils. De qui pouvait-il s'agir ? Elle n'attendait personne.

Elle se hâta de rentrer, déposa ses fleurs dans l'eau sans les arranger, se lava rapidement les mains et traversa le vestibule afin d'accueillir elle-même ses visiteurs. À peine sortait-elle sur le perron que les deux voitures se garaient dans la cour. De la seconde jaillit une poignée d'hommes en costumes sombres, la mine sévère. Tous avaient le teint mat des hommes du Moyen-Orient, remarqua-t-elle.

L'un d'eux s'approcha d'elle.

— Mme Tramontes ?

Diana acquiesça d'un hochement de tête. C'était le signal qu'attendait un autre homme pour ouvrir la portière arrière de la première voiture. Une femme en descendit et congédia ses gardes du corps, qui inspectaient les lieux au cas où des tireurs d'élite se seraient tenus tapis sur le toit.

Un cri de surprise échappa à Diana.

— Votre Altesse ! s'exclama-t-elle, partagée entre stupeur et incrédulité.

— Ma chère madame Tramontes !

La princesse Fatima salua Diana avec chaleur. Derrière elle, une autre femme émergea de la voiture. Domestique ou chaperon, Diana n'aurait sur le dire. Quoi qu'il en soit, elle les devança toutes les deux, poussa la porte d'entrée, puis s'effaça afin de laisser entrer la princesse. Un peu dépassée, Diana leur emboîta le pas.

— J'espère que vous ne m'en voudrez pas de cette visite impromptue, s'excusa Fatima. Je n'ai pas pu résister à la tentation de venir prendre le thé !

Diana se ressaisit malgré le choc. Revoir la princesse ravivait tant de souvenirs...

— C'est un honneur de vous recevoir, Votre Altesse, assura-t-elle avec la courtoisie qui s'imposait. Hélas, vous me prenez au dépourvu. Je crains que mon hospitalité ne laisse à désirer.

La princesse agita une main désinvolte.

— C'est à moi de m'excuser. J'aurais dû annoncer mon arrivée.

Elle regardait autour d'elle, en admiration devant le grand escalier en marbre, les tableaux aux murs, l'immense cheminée du vestibule.

— Votre demeure est aussi belle que vous me l'aviez dépeinte ! s'exclama-t-elle, enchantée. J'ai hâte de la visiter !

— Avec plaisir, Votre Altesse, murmura Diana.

— Mais, d'abord, que diriez-vous de prendre le thé ?

Ignorant son tumulte intérieur, Diana conduisit la princesse dans le petit salon. N'était-ce pas son devoir de se comporter en parfaite hôtesse, quelles que soient les circonstances ? Elle donna l'ordre à Hudson de faire servir le thé, en lui soufflant de demander à Mme Hudson de préparer quelques scones.

Pendant ce temps, la princesse avait pris place sur un canapé. Sa compagne se tenait debout près de la fenêtre, comme pour monter la garde.

— Quel plaisir d'être ici, lança Fatima avec chaleur. Je vous en prie, rejoignez-moi.

Diana s'assit sur le canapé d'en face, les jambes

chancelantes. La princesse louait les charmes de Greymont dans un panégyrique enthousiaste lorsque Mme Hudson entra avec le plateau à thé.

— Des scones ! Quelle délicate attention !

Diana remercia la gouvernante, qui les avait préparés en un temps record. Fatima se délectait des pâtisseries tout en bavardant gaiement, au grand soulagement de Diana qui ne se sentait pas vraiment d'humeur à faire la conversation. La princesse évoqua les améliorations apportées au manoir anglais que lui avait offert son frère le cheikh et se répandit en compliments sur le cadeau de Diana, une robe en soie du XVIIIe siècle richement brodée avec paniers intégrés, qu'elle comptait exposer dans son salon privé.

La poitrine de Diana se serra. Elle se souvenait comme si c'était hier de sa discussion avec Nikos, à leur retour du palais, au sujet du cadeau qu'il convenait de faire à la princesse. Revoir Fatima lui faisait mal, car c'était elle qui avait rendu possible leur séjour dans le « nid d'amour » du cheikh. Avec elle remontaient à la surface des souvenirs indélébiles qui lui vrillaient le cœur...

La princesse perçut-elle son humeur morose ? Sans crier gare, elle donna une brève instruction à sa suivante, qui s'inclina et quitta la pièce. Alors seulement, Fatima se tourna vers Diana.

— Ma chère, qu'y a-t-il ? Quelque chose ne va pas...

Diana se raidit.

— Pas du tout, Votre Altesse, protesta-t-elle d'une voix aussi égale que possible.

Mais Fatima secoua la tête.

— Je vois dans votre regard une tristesse qui n'était pas lors de notre première rencontre. Qu'est-il arrivé ?

Ses yeux sombres ne quittaient pas les siens.

— Dites-moi, continua-t-elle, d'un ton qui oscillait entre encouragement et ordre. J'insiste.

Et, à sa grande mortification, Diana fondit en larmes.

Nikos se rembrunit à la lecture du nom sur la carte agrémentée d'un liséré d'or.

— Je n'ai rien à vous dire, grinça-t-il entre ses dents.

Il fit mine de s'en aller, mais l'autre le retint par le bras.

— Moi, si, décréta-t-il, non sans hauteur.

Quelque chose dans sa voix interpella Nikos et il s'arrêta. L'homme ne le quittait pas des yeux. Des yeux presque aussi sombres que les siens, frangés de longs cils — comme les siens.

— Notre mère souhaite te voir…

— Je n'ai pas de mère, le coupa Nikos avec hargne.

L'homme parut blessé. Cet homme n'était autre que son demi-frère, Antoine, le fils de la femme qui lui avait donné naissance avant de se débarrasser de lui en le confiant à des parents adoptifs. Lui, Nikos, était le fils indésirable. Le fils renié.

La mine de l'homme s'assombrit.

— Cela pourrait être vrai plus tôt que tu ne le penses.

Il regarda Nikos droit dans les yeux.

— Elle s'apprête à subir une opération extrêmement risquée. Elle pourrait ne pas survivre. C'est pour cette raison que j'ai accepté de te retrouver pour te conduire à elle.

— Vous plaisantez ? explosa Nikos dans un accès de rage.

La colère déformait ses traits.

— Elle m'a jeté dehors quand j'ai essayé de renouer le

contact. Elle est allée jusqu'à refuser d'admettre qu'elle était ma mère !

Son demi-frère vacilla. Non. Un étranger, c'est tout ce qu'il était pour lui.

— J'ai des révélations à te faire, insista-t-il. Elles concernent essentiellement mon père.

Un détail intrigua Nikos. Il relut le nom inscrit en lettres d'argent sur la carte que l'homme lui avait remise.

Comte du PLASSIS

S'il était le comte, alors cela voulait dire...

— Mon père est décédé il y a trois mois, confirma son demi-frère. Cela change tout. J'ai beaucoup de choses à te dire. Où pouvons-nous discuter en privé ?

Devant son hésitation, il serra les mâchoires.

— C'est capital.

Nikos fixa longuement ce visage, si comparable au sien. Il lui semblait qu'un étau d'acier comprimait sa poitrine. À contrecœur, il acquiesça.

Diana était consternée par son attitude, mais c'était plus fort qu'elle. Elle ne pouvait plus s'arrêter de pleurer. La princesse vint s'asseoir à côté d'elle et serra ses mains entre les siennes.

— Oh ! ma pauvre amie... Que se passe-t-il ?

Ses grands yeux sombres brillaient de compassion. Diana continua à donner libre cours à sa peine, jusqu'à ce qu'il ne lui reste plus aucune larme à verser. Elle s'empara d'un mouchoir dans la boîte sur la cheminée et s'essuya le visage en bredouillant des excuses.

— Je suis vraiment désolée...

Seigneur, que lui avait-il pris d'éclater en sanglots de la sorte devant la princesse ? Avait-elle perdu la tête ?

Mais Fatima ne semblait pas offensée. Au contraire, elle incita Diana à s'appuyer contre le dossier du canapé et lui servit elle-même une tasse de thé, que Diana accepta d'une main tremblante.

— Racontez-moi tout, l'encouragea la princesse. Dites-moi ce qui s'est passé entre vous et votre mari. Non, ne niez pas… Pour quelle autre raison une jeune mariée pleurerait-elle ainsi ?

Mais Diana était incapable de parler. Elle se contenta d'avaler son thé, presque d'une traite, avant de reposer sa tasse. Fatima continua à siroter le sien, avec une grâce toute princière, puis posa à son tour sa tasse sur la table basse.

— Ici, en Occident, commença-t-elle, la coutume veut que l'on se marie par amour. C'est ce qui se fait. Ce n'est pourtant pas toujours le cas, n'est-ce pas ?

Ses yeux ne quittaient pas ceux de Diana.

— Pardonnez-moi si mon discours vous paraît démodé, à vous autres Européens. Mais pour qui naît avec des responsabilités plus importantes que la quête de son propre bonheur, une telle coutume n'est pas toujours la plus appropriée.

Elle sourit en adressant un regard éloquent à son hôtesse.

— Peut-être ne sommes-nous pas si différentes, vous et moi. Un jour, je devrai me marier, au détriment de mes attentes personnelles. Peut-être comprenez-vous cela ? Peut-être même en avez-vous fait autant ?

Elle lui tapota gentiment la main.

— Je vous ai demandé, lors de votre visite, si votre mari ne comptait pas plus que tout pour vous. Mais peut-être…

La princesse regarda autour d'elle.

— Peut-être n'est-ce pas le cas ? Votre hésitation m'a donné des raisons de le penser.

Diana baissa les yeux sur ses genoux.

— Je voulais seulement sauver ma maison, murmura-t-elle. Elle compte énormément pour moi. Je croyais être prête à tout...

Elle releva la tête. La princesse était sans doute la seule personne capable de la comprendre.

— Même à un mariage de convenance. Et c'est ce que j'ai fait. Je me suis mariée pour préserver mon héritage et honorer le sacrifice de mon père.

Elle eut un sourire triste.

— Ma mère a quitté mon père quand j'étais enfant, mais il a fait le choix de ne jamais se remarier. Pour mon bien, expliqua-t-elle. En Angleterre, la tradition veut que ce soient les fils qui héritent du domaine familial, pas les filles. Sauf s'il n'y a pas de fils. Mon père savait à quel point j'aimais Greymont. C'était mon chez-moi, un lieu synonyme de stabilité et de continuité auquel je me suis raccrochée après l'abandon de ma mère. Il a renoncé à son propre bonheur au profit du mien.

Elle poussa un soupir.

— À la mort de mon père, quand j'ai découvert la somme nécessaire à la préservation des lieux, j'ai pris la décision de me marier pour des raisons strictement financières. Sans quoi, Greymont finirait par tomber en ruines. Vous savez ce que c'est, Votre Altesse. Vous aussi avez un domaine à entretenir.

La princesse hocha la tête.

— Vous avez donc épousé un homme séduisant et extrêmement riche, résuma-t-elle. C'est une décision sensée. Ce mariage vous profitait à tous les deux, n'est-ce pas ? Votre mari assurait l'avenir de votre propriété et vous, ma chère madame Tramontes, apportiez la beauté que tout homme se doit de chérir.

Elle arqua un sourcil interrogateur.

— Alors que s'est-il passé pour que les choses tournent mal ?

Diana froissa le mouchoir dans sa main, désemparée.

— Je croyais qu'il m'avait épousée par intérêt. Comme moi ! Parce que nous étions utiles l'un à l'autre. Pour moi, c'était la seule raison. Je pensais qu'elle serait suffisante, mais...

Sa voix se brisa dans un sanglot.

— Oh ! Votre Altesse ! Votre gentillesse et la générosité de votre frère ont porté leurs fruits. Mais elles ont aussi signé ma perte...

Elle se tut, incapable de lui avouer ce qui s'était passé dans le désert — dans ce conte des *Mille et Une Nuits* auquel elle s'était si imprudemment abandonnée.

Fatima prit ses mains dans les siennes en un geste réconfortant.

— Dites-moi pourquoi, dit-elle d'une voix bienveillante.

Celle non d'une princesse, mais d'une femme s'adressant à une autre femme, consciente des erreurs que commettait leur sexe, parfois jusqu'à ruiner leur vie. Il n'en fallut pas plus à Diana pour capituler. Entre deux hoquets, elle lui raconta tout.

Un silence enveloppa la pièce, seulement troublé par le chant des oiseaux et par le bruit d'une tondeuse au loin, au-delà de la roseraie.

Une compassion sincère se lisait sur le visage de la princesse lorsqu'elle murmura enfin :

— Ma pauvre amie, quelle tristesse. J'aimerais tellement pouvoir vous aider...

Le petit café était quasi désert. Nikos s'assit à une table sans toucher à sa bière. Son demi-frère l'imita.

— Mon père n'était pas quelqu'un de facile, commença Antoine. C'était un homme dur, autoritaire, beaucoup plus âgé que notre mère. Elle n'aurait jamais dû l'épouser… Mais elle était sa femme, et une comtesse se doit de remplir certains devoirs. Le premier d'entre eux était de produire un héritier.

La voix d'Antoine se teinta de dérision.

— Moi.

Son regard se voila.

— Ma mère m'aimait, sans aucun doute. Mais elle n'était pas autorisée à passer beaucoup de temps avec moi. J'ai été élevé par des nourrices, des gouvernantes, des tuteurs, puis envoyé en pensionnat. Ensuite sont venues l'université, l'académie militaire… Le parcours classique.

Il haussa les épaules d'un air désinvolte.

— Ma mère se sentait seule. Son existence lui semblait vide de sens. Lorsqu'elle a rencontré ton père…

Son regard soutint celui de Nikos.

— Malgré sa réputation d'homme volage, elle croyait avoir trouvé l'amour de sa vie. Leur aventure a donné lieu au désastre qu'a été ta conception. Il lui a tourné le dos et vous a rejetés tous les deux, et cette trahison l'a détruite. Comme si cela ne suffisait pas…

Sa voix se durcit.

— Mon père a ensuite brisé ce qui restait d'elle.

Il saisit son verre et avala une longue gorgée avant de poursuivre.

— Il l'a obligée à choisir. Elle était libre, lui a-t-il assuré, de s'envoler pour la Grèce et se jeter aux pieds de l'homme qui l'avait séduite par jeu. Libre aussi d'élever seule son fils illégitime, n'importe où dans le monde. Mais si tel était son choix, il ne serait pas sans conséquences.

Ses yeux ne quittaient pas Nikos.

Des yeux si semblables aux siens.

— Elle n'aurait alors plus le droit de me voir et je serais déchu de tout, sauf de mon titre. Mon père n'avait pas le pouvoir de m'enlever cela. Mais tout le reste serait vendu le jour de sa mort. Le château, les terres ancestrales... Toute la fortune de notre nom. Je me retrouverais à la rue, sans un sou.

Ses poings se crispèrent.

— Elle n'a pas pu se résoudre à me laisser à la merci de mon père. C'était me condamner à un titre vide de sens, qui me rappellerait chaque jour que ma mère m'avait abandonné.

Une ombre passa dans ses yeux.

— Elle estimait avoir plus de responsabilités envers moi qu'envers toi. Qu'il valait mieux que tu grandisses ailleurs, au sein d'une autre famille, sans jamais la connaître. Cela t'apporterait une forme de stabilité, aussi imparfaite soit-elle.

Nikos regarda son frère avaler une nouvelle gorgée de bière. Une émotion indéfinissable lui tordait les entrailles, surgie du tréfonds de son être.

Antoine reprit la parole.

— Quand tu es allée la voir, plus jeune, elle savait que rien n'avait changé. Bien sûr, j'étais alors un adulte, plus rien ne pouvait se dresser entre elle et moi. Mais la menace de mon déshéritement demeurait une épée de Damoclès au-dessus de nos têtes. Elle te savait à l'abri sur le plan financier. Ton père biologique avait prévu une large somme qui te reviendrait à tes dix-huit ans...

— Qu'il aille au diable ! gronda Nikos. Je n'ai jamais

touché à un seul centime de cet argent. Il m'a renié dès ma naissance !

Antoine secoua la tête.

— Nous n'avons pas eu de très bons pères, pas vrai ?

Il eut un geste de la main qui trahissait des millénaires d'aristocratie, accentués par l'éclat de la chevalière à son doigt.

— Mais notre mère est différente. Viens la voir, Nikos.

C'était la première fois qu'il l'appelait par son prénom.

— Elle souffre d'une grave maladie du cœur. L'opération nécessite l'intervention des meilleurs chirurgiens. Elle l'a repoussée pendant des années, dans l'attente que son mari décède. Maintenant que mon héritage est assuré, elle prend un risque… Celui de mourir avant d'avoir pu faire la paix avec toi, conclut Antoine avec une émotion palpable.

Il poussa un soupir.

— Je lui en voudrais aussi, à ta place. Quoi de plus normal ? Mais j'espère que tu trouveras en toi la force, sinon de lui pardonner, au moins de la comprendre. Et d'accepter l'amour qu'elle a pour toi malgré ce qu'elle t'a fait.

Nikos ferma les yeux, la gorge nouée. Au fond de lui, la colère et l'amertume cédaient déjà la place à la seule réponse possible. Il rouvrit les paupières et croisa le regard de son demi-frère.

— Où est-elle ?

Diana, debout sur le perron, suivait des yeux les deux berlines noires qui s'éloignaient au loin. Le hululement d'un hibou fendit le crépuscule enveloppant peu à peu le domaine. L'air du soir caressait agréablement sa peau, mais c'est à peine si Diana y prêtait attention.

La princesse s'en allait, non sans lui avoir fait un cadeau inestimable. Diana avait bien tenté de refuser.

— Votre Altesse, c'est de la folie ! Je ne peux pas accepter ! avait-elle protesté.

Fatima avait levé une main impérieuse.

— Refuser serait un affront.

De l'autre, elle lui avait gentiment effleuré l'épaule.

— S'il vous plaît, avait-elle ajouté d'une voix plus douce.

Diana avait capitulé, submergée par une reconnaissance sans bornes.

Lorsque les voitures eurent disparu à l'horizon, Diana rentra dans la maison et se dirigea droit vers son bureau, où elle sortit son chéquier. D'une main tremblante, elle remplit le chèque qu'elle rêvait de pouvoir signer depuis des mois. Le chèque qui la libérerait du seul l'homme dont elle ne serait jamais vraiment délivrée. Quelle que soit la somme qu'elle lui remboursait.

Nikos se laissa aller contre son siège dans l'avion qui le ramenait en Angleterre. Une intense émotion lui étreignait la poitrine.

Comme elle était fragile, cette femme, dans son lit d'hôpital... Si frêle et vulnérable. Difficile d'imaginer qu'elle ait pu donner naissance aux deux grands fils debout au pied de son lit. Celui qu'elle avait choisi, et l'enfant perdu que ce dernier lui avait ramené. Le fils qui l'avait haïe toute sa vie.

Et qui, soudain, n'en était plus capable.

Des larmes avaient roulé sur ses joues lorsqu'ils étaient entrés. Antoine s'était précipité vers elle, mais elle avait levé une main veineuse et fait signe d'approcher au fils qu'elle avait autrefois abandonné.

— Je suis désolée, avait-elle murmuré d'une voix à peine audible. Tellement désolée...

L'espace d'un instant, Nikos était resté cloué sur place. Il avait passé tant d'années à la mépriser et à la maudire... Puis, lentement, il s'était avancé vers le lit et, pour la première fois depuis qu'elle l'avait mis au monde, l'avait touchée. Il lui avait pris la main, d'abord inerte dans la sienne. Dans une convulsion qui avait agité son corps si frêle, elle avait soudain serré ses doigts, s'agrippant à lui avec l'énergie du désespoir. Un geste qui avait valu tous les mots du monde. Il s'était assis à côté du lit, ses mains autour de la sienne, submergé par une vive émotion, indéfinissable, presque insoutenable.

— Merci.

Sa voix était faible, son visage marqué par la maladie.

— Merci, mes fils chéris.

Nikos avait senti sa gorge se nouer. Antoine s'était assis à son tour, de l'autre côté du lit. Il avait pris l'autre main de sa mère et l'avait portée à ses lèvres.

— Maman...

Dans la voix de son demi-frère s'exprimait un océan d'amour. Et le mot s'était répercuté en lui comme un écho. Un mot impossible, qu'il n'avait jamais prononcé de toute son existence. Mais le mot avait soudain pris vie, s'était imposé à lui...

Maman.

C'est à cet instant qu'était entré le cardiologue.

— Messieurs, je regrette, mais il est temps de partir. Madame la comtesse est attendue en salle d'opération.

Une soudaine peur avait saisi Nikos. Sombre, primitive, une peur qui avait éclipsé tout le reste. *Faites qu'il ne soit pas trop tard*, s'était-il surpris à prier. Alors qu'il venait tout juste de se réconcilier avec sa mère, allait-il la perdre irrémédiablement ?

Cette peur, il l'éprouvait de nouveau en cet instant, alors que le jet survolait la Manche. Mais à propos d'une autre personne.

Mon Dieu, faites qu'il ne soit pas trop tard !

Ses retrouvailles avec sa mère lui avaient enseigné une leçon précieuse. Et c'était elle qui le poussait à présent à prendre le risque ultime. À voler vers Diana.

Mais, lorsqu'il alluma son ordinateur portable pour consulter sa boîte mail, la réalité le frappa de plein fouet. Il était bel et bien trop tard. Le premier mail venait de ses avocats. Sa femme demandait le divorce. Et la somme avancée pour la restauration de Greymont, la somme qu'elle lui devait, avait été intégralement remboursée. Jusqu'au dernier centime.

11

— Comment cela, il refuse ?

Diana fixa Gerald avec incrédulité. La situation était d'une ironie mordante. À la mort de son père, elle s'était assise sur ce même siège, dans ce même bureau, afin d'expliquer au notaire qu'elle préférait épouser un riche parti plutôt que vendre Greymont.

Eh bien, c'est ce qu'elle avait fait. Elle en payait maintenant le prix, dont l'argent n'était qu'une infime fraction. Elle était immensément reconnaissante à la princesse Fatima de lui avoir prêté la somme nécessaire, même si elle devait la rembourser toute sa vie. Non, le vrai coût était ailleurs, et autrement plus douloureux. Lui aussi la suivrait toute sa vie. Rompre les liens légaux qui l'unissaient à son mari n'y changerait rien. D'autres liens plus profonds l'enchaînaient à jamais à lui.

— M. Tramontes ne souhaite pas divorcer, répéta Gerald.

L'incrédulité de Diana se mua en consternation. Le notaire secoua la tête.

— Je vous avais prévenue, Diana. Ce mariage était une erreur. Quant à cet odieux contrat prénuptial qu'il vous a fait signer…

Elle l'interrompit net.

— Le contrat n'a rien à voir là-dedans. Je ne veux pas

un centime de lui. C'est justement pour cela que je lui ai remboursé l'intégralité des travaux conduits à Greymont. Il n'a aucune raison valable de s'opposer au divorce !

— Hélas, ma chère Diana, la loi l'y autorise, intervint Gerald avec son paternalisme habituel. Du reste, vous non plus n'avez aucune raison valable de demander le divorce. Il ne vous a pas été infidèle, ni n'a fait preuve de cruauté envers vous.

Diana pâlit. Qu'étaient ces atroces derniers mois où il l'avait forcée à payer son dû, sinon de la cruauté ? Oh ! il ne lui avait fait aucun mal physique. Et, aux yeux de tous, ils formaient le couple idéal. Elle, l'épouse d'apparat par excellence, ornement de choix à son bras, s'intégrait partout où il choisissait de l'exhiber, irréprochable en toutes circonstances. Comment pouvaient-ils deviner que, derrière cette façade parfaite, son cœur mourait à petit feu ? Que tout espoir d'être un jour libérée de son inextinguible colère s'éteignait peu à peu en elle ?

Tout cela parce qu'elle refusait le genre de mariage que lui-même avait pris pour argent comptant. Il ne lui était même pas venu à l'idée de ne pas consommer leur union. Ne comprenait-il donc pas pourquoi c'était impossible ? Elle ne voulait pas d'un tel mariage, sexe conjugal inclus. Et peu importait si le souvenir de leurs nuits brûlantes dans le désert, de leurs deux corps entremêlés, convulsant de plaisir, lui disait le contraire. Elle ne voulait pas se rappeler...

La voix pragmatique de Gerald la ramena au présent.

— Le fait est que, sans raison valable, vous n'avez d'autre choix que d'attendre de pouvoir vous passer de son consentement. C'est-à-dire cinq ans.

— Cinq ans ?

Diana était atterrée.

— Sauf si vous parvenez à le faire changer d'avis, continua le notaire. Il y a peut-être une possibilité. Votre mari s'est déclaré prêt à en discuter avec vous de vive voix.

— Je n'ai aucune envie de le revoir ! protesta Diana. C'est au-dessus de mes forces.

— Alors préparez-vous à cinq longues années d'attente avant que ne soit prononcée la dissolution de votre mariage, conclut Gerald, implacable.

Diana ferma les yeux, en proie à un tumultueux conflit intérieur. Le revoir serait un supplice. Mais si c'était l'unique moyen de le raisonner et mettre un terme à cette parodie de mariage...

Avec un soupir, elle rouvrit les yeux.

— Où et quand Nikos veut-il que l'on se voie ?

Le chauffeur en uniforme venu l'accueillir à l'aéroport Charles de Gaulle ne lui donna aucune information sur leur destination. Une chose était sûre : ils n'allaient pas à Paris mais plus à l'ouest, en Normandie sans doute. Quelle importance ? Nikos avait requis cette entrevue et elle n'était pas en position de refuser. La perspective de le revoir et de devoir plaider pour regagner sa liberté lui tordait les entrailles. Plus ils s'enfonçaient dans la campagne verdoyante, plus son appréhension grandissait.

Il était midi passé lorsqu'ils arrivèrent enfin, après un trajet qui parut durer une éternité. Diana fronça les sourcils devant le château normand en pierre de Caen, superbe avec ses tourelles et ses lignes gracieuses, flanqué de peupliers et de jardins à la française que traversait une rivière miroitant au soleil. L'endroit était spectaculaire, un vrai château de conte de fées. Mais Diana n'était guère d'humeur à l'apprécier. Que faisait-elle ici ? Nikos était-il le propriétaire des lieux ? Ou s'agissait-il d'un simple hôtel où il séjournait ?

Un homme sortit du château, grand aux cheveux noirs. L'espace d'une seconde, elle crut que c'était Nikos, et les battements de son cœur s'accélérèrent. Mais, très vite, elle réalisa son erreur.

— Bienvenue au château du Plassis, lança l'homme. Je suis Antoine du Plassis. Je vous en prie, entrez.

Elle le suivit mécaniquement. Une fraîcheur agréable régnait à l'intérieur. Il semblait à Diana que des siècles d'histoire imprégnaient les murs. Un sentiment familier et réconfortant. Cet endroit ressemblait un peu à Greymont, enraciné dans un autre pays.

— Nikos est-il ici ?

Sa voix rompit le silence. Antoine du Plassis lui lança un regard par-dessus son épaule.

— Bien sûr.

Il ouvrit une large double porte et s'effaça devant elle. Diana entra dans un splendide salon orné de riches dorures, avec une immense cheminée au style typiquement français. Mais c'est à peine si elle y prêta attention. Sur un canapé Louis XV recouvert de soie était assis Nikos. Le cœur de Diana fit une embardée. Il se leva à leur entrée et s'adressa en français à leur hôte, trop vite pour qu'elle comprenne le moindre mot. Du reste, elle était trop occupée à se retenir de le dévorer des yeux. Il semblait tendu, à cran, même. Antoine du Plassis vint se placer à côté de lui et Diana demeura bouche bée.

Le Français était un peu moins grand que Nikos, moins large d'épaules, moins athlétique, avec des traits moins saisissants, moins finement sculptés. Dans ses manières se reflétait une élégance naturelle très française, différente de celle de Nikos. Ses cheveux étaient un peu plus longs, moins sombres, tout comme ses yeux. Mais la ressemblance était frappante.

Le regard de Diana passa de l'un à l'autre.

— Je ne comprends pas...

— Antoine est mon demi-frère, expliqua Nikos. Le comte du Plassis.

Les mots se bousculaient dans l'esprit de Diana sans former la moindre information cohérente. Nikos avait un demi-frère dont elle ignorait l'existence ?

— Je vous laisse discuter en privé, déclara le comte.

Le timbre de sa voix était similaire à celui de Nikos, quoique teinté d'un fort accent français. Il inclina la tête et s'éclipsa de la pièce.

Sitôt la porte refermée, Diana se laissa choir dans un fauteuil. Elle se sentait faible, vidée de ses forces. Le contrecoup d'un trop-plein de tension et d'émotion, sans doute.

— Je ne comprends pas, répéta-t-elle.

Et elle ne parlait pas de son demi-frère. Pourquoi l'avait-il fait venir ici ? Dans quel but ? Son regard se posa sur Nikos. Le voir lui faisait mal. Et cela ne changerait jamais. Même si elle obtenait le divorce, penser à lui, se souvenir de lui, resterait toujours douloureux.

Debout près de la cheminée, Nikos lui fit face.

— Il faut qu'on parle de certaines choses que j'ai toujours passées sous silence. J'ai besoin que tu comprennes pourquoi je me suis conduit comme je l'ai fait ces derniers mois. Pourquoi je me suis montré si dur envers toi...

Diana pinça les lèvres. Elle était ici pour l'implorer de lui rendre sa liberté. Son accord était tout ce qu'elle voulait entendre.

— Inutile de t'expliquer, Nikos, dit-elle froidement. J'ai refusé de continuer à coucher avec toi, point. Ce n'était pas vraiment ce que tu avais prévu, n'est-ce pas ?

Un éclair de colère traversa ses yeux noirs. Sa franchise l'offensait ? Eh bien, tant pis ! C'était la vérité, que cela lui plaise ou non.

— Ce n'est pas la raison ! lança-t-il. Écoute-moi !

Son expression changea. La colère sur ses traits s'évanouit, chassée par un désarroi qui faisait étrangement écho au sien.

— S'il te plaît...

Il détourna les yeux et ses épaules s'affaissèrent. Jamais elle ne l'avait vu ainsi. Nikos était toujours si sûr de lui, toujours dans la maîtrise, dans le contrôle. Ces derniers mois, il avait exercé une volonté d'acier en la maintenant à distance, tout en la gardant enchaînée à lui. Était-ce parce qu'elle avait remboursé sa dette qu'il avait changé de la sorte ?

Non, il y avait plus. Quelque chose l'avait bouleversé. À le voir dans cet état, une étrange émotion lui comprima la poitrine. Une émotion familière... Quand l'avait-elle déjà ressentie avant ?

La réponse lui fit un choc.

Quand ma mère a quitté mon père et lui a brisé le cœur.

De la pitié ? Était-ce ce qu'elle éprouvait pour Nikos ? Après tout ce qu'il lui avait fait subir, elle avait de la peine pour lui ? Dans ses yeux se reflétait une profonde détresse. Elle n'avait pas envie de voir cela, encore moins de compatir. Elle était ici pour mettre un terme à leur mariage. Rien de ce qu'il pouvait dire ne la ferait changer d'avis.

— C'est à cause de toi, Diana, commença-t-il. Ta réaction à notre retour du désert m'a fait comprendre quel genre de personne tu étais vraiment. Une femme semblable à ma mère.

Il balaya des yeux le somptueux salon. Diana fronça les sourcils. Où voulait-il en venir ? Sa confusion était d'autant plus grande que, lorsqu'il lui avait proposé ce mariage arrangé, c'était dans le but affiché d'être introduit dans la haute société, avec ses terres et ses grands domaines ancestraux. Mais il possédait déjà tout cela par le biais de son demi-frère, le comte du Plassis. Alors pourquoi ?

Nikos reprit la parole, en articulant lentement, comme si chaque mot lui demandait un effort suprême.

— Ma mère est la comtesse du Plassis, la femme du père d'Antoine. Quant à mon père...

Son ton se fit glacial.

— C'est un magnat grec du transport maritime, célèbre pour ses nombreuses liaisons. Il préfère les femmes mariées, vois-tu. En cas d'« accident », le mari se charge de régler le problème. Ce que n'a pas manqué de faire le père d'Antoine.

Il changea de position, l'air agité.

— On m'a confié dès ma naissance à des parents adoptifs. Ils n'étaient pas méchants avec moi, juste indifférents. Ils m'ont envoyé en pensionnat, puis à l'université ici, en France. À vingt et un ans, j'ai été convoqué à Paris par un notaire, qui m'a révélé l'identité de mes parents.

Sa voix prit une intonation cassante.

— Une coquette somme préparée par mon père devait m'être allouée, à condition que je signe un document m'interdisant de lui demander de me reconnaître. J'ai déchiré le chèque. Je ne voulais rien devoir à un homme prêt à déshériter son propre fils. Puis je suis venu ici à la recherche de ma mère...

Un rictus tordit ses lèvres.

— Elle m'a chassé et interdit de la recontacter, avant de rentrer dans son château. Elle ne voulait pas de moi, l'enfant qu'elle avait déjà rejeté une première fois.

L'émotion dans son regard ébranla Diana. Cette même

émotion qu'elle avait si souvent vue dans les yeux de son père lorsqu'il pensait à la femme qui l'avait rejeté aussi.

— Je suis parti en me jurant de ne plus rien avoir à faire avec eux, reprit Nikos. J'ai changé de nom et résolu d'obtenir par mes propres moyens ce qu'ils m'avaient refusé. Le succès a été au rendez-vous. Comme mon père, tout ce que je touche se transforme en or. J'ai ainsi acquis une fortune colossale. Restait à me faire ma place dans le monde auquel ma mère appartenait. Un monde qui est aussi le tien, Diana.

Il posa sur elle un regard indéchiffrable.

— En t'épousant, je faisais d'une pierre deux coups. J'intégrais l'élite de la société et obtenais ce que je désirais depuis le premier regard. Toi. Et je croyais avoir réussi. Je croyais avoir vaincu la princesse de glace et libéré la femme passionnée qui me désirait aussi...

Sa voix retrouva la froideur qu'elle endurait depuis des mois.

— Seulement pour découvrir que tout ce que nous avions partagé ne signifiait rien pour toi. Absolument rien ! Je n'étais bon qu'à financer la restauration de Greymont. C'est tout ce qui comptait pour toi, ton domaine et ton train de vie privilégié. Exactement comme ma mère avec son château. Mon désir n'était pas le bienvenu, pas plus que je ne l'étais pour ma mère, moi, le fils illégitime dont l'existence même l'embarrassait.

Diana pâlit. Mais avant qu'elle n'ait eu le temps de protester, il continua :

— Tous ces mois, je t'en ai voulu d'être comme elle. De m'avoir rejeté, pour les mêmes raisons. J'étais en colère...

Une profonde amertume creusait ses traits, derrière laquelle perçait une autre émotion.

— J'ai besoin de savoir ! s'écria-t-il, la voix vibrante de

tension. Avais-je raison de t'en vouloir ? Es-tu vraiment aussi superficielle que ma mère, qui ne vit que pour cela ?

Il désigna la pièce de la main, condamnant par ce geste tout ce qu'elle représentait.

— Es-tu pareille, Diana ? Greymont est-il tout ce qui comptera jamais pour toi ?

Ses yeux étaient deux puits sans fond, dans lesquels Diana était aspirée malgré elle. Sa voix tremblait lorsqu'elle répondit :

— Tu le savais, Nikos. Tu savais que je t'épousais pour sauver Greymont...

— Mais est-ce vraiment tout ? la coupa-t-il. N'y a-t-il rien de plus précieux à tes yeux que l'argent et ton statut social ?

Diana eut l'impression d'avoir reçu une gifle. Dans ces mots résonnait l'écho de ceux de son père au sujet de sa mère. « Je n'étais pas assez riche pour elle. » La désolation sur son visage en prononçant cette évidence resterait à jamais gravée dans sa mémoire.

Elle se leva d'un bond, indignée. C'était injuste ! Elle ne se laisserait pas ainsi accuser sans se défendre !

— Nikos, je suis désolée que ta mère t'ait fait autant de mal. Je sais ce que c'est. Crois-moi, je le sais mieux que personne.

Son cœur cognait à tout rompre. Elle prit une inspiration hachée.

— Quand j'avais dix ans, ma mère nous a quittés, mon père et moi. Comme la tienne, Nikos, elle n'avait que faire de moi. Seule l'intéressait l'immense fortune du magnat australien avec qui elle est partie. Un homme du double de son âge et beaucoup plus riche que mon père !

Son regard balaya l'opulent salon autour d'elle.

— Elle a rompu tout contact. Du jour au lendemain,

j'ai cessé d'exister. Puisque je ne comptais pas pour elle, j'ai fait en sorte qu'elle ne compte plus pour moi non plus.

Nikos se tenait immobile, sous le choc. Il l'avait convoquée ici pour découvrir la vérité. Une vérité dont tant de choses dépendaient... Eh bien, il l'avait ! Comment avait-il pu se tromper à ce point ? Il s'était cru rejeté pour les mêmes raisons qu'il avait attribuées à sa mère. En réalité, elle aussi avait été rejetée par la femme qui aurait dû la chérir plus que tout au monde !

— Mon père est devenu toute ma vie, reprit Diana. Lui et Greymont étaient tout ce qui me restait.

Une douleur ancienne remonta à la surface. Par réflexe, elle serra ses bras autour d'elle.

— C'était pareil pour mon père. Greymont et moi sommes devenus sa seule raison de vivre. En voyant l'amour que je portais au domaine, et avec quel désespoir je m'y raccrochais, il s'est promis de veiller à ce que je ne le perde pas.

Elle regarda Nikos droit dans les yeux.

— Pour moi, il a renoncé à se remarier et à chercher le bonheur ailleurs. Il ne voulait pas prendre le risque d'avoir un fils qui hériterait à ma place de cette maison que j'aimais tant.

Un poids pesait sur sa poitrine, l'étouffait.

— C'est pour honorer ce sacrifice que je devais à tout prix sauver Greymont, conclut-elle. Échouer aurait été trahir sa confiance. C'est à mon tour, aujourd'hui, de préserver le domaine familial afin de le transmettre à mes descendants.

Ses yeux se promenèrent sur les meubles anciens, les tableaux aux murs, les somptueux jardins au-dehors. Ces lieux étaient si chargés d'histoire, si semblables à

Greymont… Elle serra les poings. Il était vital que Nikos comprenne. Pour lui comme pour elle.

— C'est une chose que ceux qui ne sont pas nés dans ce monde ne peuvent pas vraiment concevoir, poursuivit-elle. Mais demande à ton frère, Nikos. Serait-il prêt à se séparer de son héritage ? À être le comte du Plassis qui le perdrait et laisserait des étrangers en prendre possession ? La réalité est que ce genre d'endroit exige souvent de ses propriétaires un lourd tribut.

Nikos serra les dents. Oh ! il le savait. C'est lui qui en avait fait les frais, expédié dans une famille adoptive. Mais sa mère avait payé le prix, elle aussi, prisonnière d'un mariage malheureux pour préserver l'héritage de son fils. Son mari s'était montré sans pitié. Il l'avait punie de l'avoir rejeté en l'enchaînant à lui.

Exactement comme il l'avait fait avec Diana.

Une sueur froide coula entre ses omoplates. Non, il n'était pas comme lui. Impossible ! Un torrent de souvenirs l'assaillit. Diana dans ses bras sous le ciel étoilé du désert. Diana riant aux éclats, le visage radieux. Diana endormie contre lui, la tête sur son torse, ses cheveux caressant son épaule. Ces souvenirs confirmaient ce que chaque fibre de son être savait déjà.

Elle le désirait, autant que lui la désirait. Cette flamme entre eux était aussi réelle pour elle que pour lui. Comment pouvait-elle le nier ? Une « erreur », c'est ainsi qu'elle avait qualifié leur lune de miel dans le désert…

Mais Diana avait repris la parole.

— C'est pour cette raison je t'ai épousé, Nikos. Pour sauver Greymont. Uniquement pour cela.

— Un homme dont tu refuses d'endurer qu'il te touche, malgré ce que nous avons partagé dans le désert ? s'exclama Nikos.

— C'est justement à cause de cela ! s'écria Diana. Es-tu à ce point aveugle, Nikos ? Tu ne vois donc pas ?

Elle s'entoura de ses bras — un réflexe pour contenir son trop-plein d'émotion.

— Nikos, quand tu es venu à Greymont avec cette proposition de mariage, j'avais envie de l'accepter tout de suite ! Mais j'ai hésité parce que...

Elle détourna les yeux, incapable de le regarder en face.

— Parce que j'ai vu la façon dont tu me regardais à ce dîner, murmura-t-elle. Puis de nouveau à l'opéra, et sur le chemin de mon hôtel. J'y ai lu ce que j'ai lu dans le regard de nombreux autres hommes. Et j'ai su qu'il ne pouvait y avoir de place pour cela dans notre mariage.

Nikos blêmit, sans qu'elle s'en aperçoive.

— Mais ton offre tombait à point nommé, alors j'ai fait comme si de rien n'était. Ton attitude durant nos fiançailles m'a confortée dans ce que je voulais croire.

Elle eut un rire amer.

— En réalité, tu ne faisais que prendre ton mal en patience en attendant notre lune de miel.

Avec ces mots, une armée de souvenirs l'assaillit, chaque image, chaque sensation, plus fatale qu'un coup de poignard. Comment s'en libérer avec Nikos qui se tenait là devant elle, bien réel, si proche et pourtant inaccessible ? Nikos, l'homme qui l'avait fait souffrir plus qu'elle n'aurait jamais cru possible...

— Oh ! Nikos, tu me vois comme une princesse de glace. Mais c'était pour me protéger, tu comprends ? Un mariage chaste était ma seule sécurité !

Un silence suivit, seulement troublé par le tic-tac de l'horloge en chrysocale sur la cheminée.

Une sécurité ? Quelle idiote ! En épousant Nikos, le seul homme capable de l'embraser d'un seul regard, elle s'était elle-même jetée dans la gueule du loup. Aujourd'hui, elle connaissait les affres de ce qu'elle avait redouté toute sa vie.

— Je ne voulais rien éprouver, pour aucun homme, conclut-elle. Je devais me protéger. Et si ce qui est arrivé à mon père m'arrivait à moi aussi ? Ma mère ne l'aimait pas et lui a brisé le cœur !

Sa poitrine se serra. Elle avait besoin de partir, tout de suite. Tant pis si Nikos refusait le divorce et la faisait attendre. Dans un sanglot, elle tourna les talons. Mais deux bras puissants la retinrent. Deux bras qui l'enveloppèrent pour la presser contre une montagne de muscles. Lentement, Nikos l'obligea à se retourner.

— Diana...

Il cherchait ses mots, comme en équilibre sur une corde raide.

— Tes peurs t'ont hantée toute ta vie. Il est temps de t'en débarrasser.

— C'est impossible, Nikos, murmura-t-elle. Tu es bien placé pour le savoir. Ces nuits dans le désert... Tu ne comprenais pas pourquoi je les regrettais. Maintenant, tu sais. Comme je sais, à présent, pourquoi tu m'en voulais autant de te repousser. Parce que j'agissais comme ta mère, qui t'a cruellement rejeté.

— C'est faux.

Nikos vit l'incompréhension se peindre sur les traits de Diana.

— Antoine, mon demi-frère dont j'ignorais l'existence, est venu me trouver. Il m'a amené à son chevet.

Il lui raconta le sinistre chantage auquel sa mère avait été soumise, ainsi que le miracle de leur réconciliation.

— Je l'avais mal jugée. Et c'est en réalisant mon erreur que j'ai compris que je t'avais peut-être mal jugée aussi. Au fond, je l'espérais.

Son expression s'assombrit.

— Nous étions tous les deux prisonniers, Diana. Prisonniers de notre passé. Moi, de la haine que je vouais à la mère qui m'avait rejeté, sans savoir qu'elle cherchait seulement à protéger mon frère. Toi, des blessures infligées par le départ de ta mère et de ta culpabilité face au sacrifice de ton père. Il t'a transmis ses peurs, et j'aimerais t'en libérer.

— Mais ces peurs sont fondées ! s'exclama Diana. Notre situation actuelle en est la preuve ! Tu pensais que notre lune de miel dans le désert ne signifiait rien pour moi. C'est tout l'inverse !

Il était trop tard pour s'en protéger désormais. Le mal était fait. Il ne restait qu'une solution, imparfaite, mais indispensable.

— Accorde-moi le divorce, Nikos, implora-t-elle avec un soupir las. C'est tout ce que je suis venue chercher.

— Pour retrouver ta liberté ? termina Nikos. Être en sécurité, loin de moi ?

— Oui.

— Diana, et si tu pouvais être en sécurité *avec* moi ?

Une vive émotion étreignait Nikos. Cette même émotion qu'il avait lue dans les yeux de sa mère, si frêle dans son lit d'hôpital, dans l'attente de l'opération qui, peut-être, les séparerait à jamais. Elle recelait un danger, mais un danger qu'il lui fallait affronter. Son avenir en dépendait. Le sien et celui de Diana.

Le leur, ensemble.

— Diana... En sécurité *avec* moi, répéta-t-il en serrant ses mains dans les siennes. Pour toujours.

La jeune femme battit des cils, les yeux écarquillés. La peur, l'hésitation, voilaient son regard. Autre chose aussi, qui le poussa à continuer. Ces trois mots, il n'aurait jamais cru les prononcer un jour. Aujourd'hui, ils le définissaient et le complétaient, se bousculaient sur ses lèvres.

— Je t'aime, Diana.

Voilà, il l'avait dit. Il enveloppa la jeune femme dans ses bras, entendit ses sanglots étouffés comme elle s'agrippait à lui. Il la laissa pleurer contre son torse en lui caressant doucement les cheveux, sa joue contre la sienne.

— Oh ! Nikos... Tu le penses vraiment ?

— Bien sûr !

C'était la vérité. Une vérité qui avait éclos dans le désert, sous les étoiles. Dans les bras de Diana. Son rejet lui avait fait tant de mal ! Il s'était réfugié dans la colère, mais il n'avait plus à le faire, désormais. Il n'avait plus à dissimuler ce qu'il ressentait vraiment.

— Je t'aime, Diana, de tout mon cœur. S'il te plaît, n'aie pas peur et accepte mes sentiments. Cet amour, nous pouvons le vivre ensemble.

Diana leva les yeux vers lui, submergée par l'émotion. Enfin, elle était libre d'avouer ses sentiments ! Libre d'exprimer cette vérité qu'elle réprimait depuis des mois.

— Nikos, malgré tous mes efforts, je n'ai pas su me protéger. Je suis tombée amoureuse de toi. Mais c'était me condamner à avoir le cœur brisé ! Notre mariage, selon notre accord, ne devait pas durer plus de deux ans. Toi, tu tournerais la page et reprendrais le cours de ta vie pendant que, moi, je pleurerais pour le restant de mes jours un amour que je n'aurais jamais dû m'autoriser à éprouver.

— Cela n'arrivera pas, assura Nikos. Je t'aime, maintenant et pour toujours. Je l'ai enfin compris quand tu as demandé le divorce. Ma plus grande peur était que tu sois incapable de m'aimer en retour...

Elle le réduisit au silence d'un baiser, scellant leur amour de la plus éloquente des façons. Des larmes perlaient à ses cils lorsqu'elle murmura :

— Nikos, nous portons tous les deux en nous des blessures qui ont bien failli nous séparer. Mais l'amour les a guéries et a fini par nous réunir.

Nikos sourit, d'un sourire qui ne laissait aucun doute quant à la force de ses sentiments. Puis son expression changea, et le désir qu'elle lut dans ses yeux alluma un feu entre ses reins.

— Quelle chance que nous soyons déjà mari et femme, susurra-t-il d'un ton suggestif.

— Il n'est que midi ! s'exclama Diana avec un petit rire sensuel.

Ce rire, Nikos ne l'avait pas entendu depuis des mois. Depuis qu'ils avaient trouvé leur paradis dans le désert. Un paradis désormais enraciné dans leurs cœurs.

La jeune femme noua les bras autour de son cou et il la serra contre lui.

— Alors je propose que nous fassions l'amour tout l'après-midi, murmura-t-il, la voix rauque de désir.

Une toux discrète, mais audible, s'éleva derrière eux.

— Que diriez-vous de déjeuner d'abord ?

Antoine, comte du Plassis, se tenait debout sur le seuil du salon, un sourire amusé aux lèvres.

— Je suis ravi de vous voir réconciliés, comme mon frère l'espérait, continua-t-il d'un ton plus sérieux. Laissez-moi vous accueillir comme il se doit, ma chère madame Tramontes.

Il s'avança vers eux et, avec une élégance toute française, saisit la main de Diana qu'il porta à ses lèvres.

— Enchantée, madame, énonça-t-il avant de libérer sa main. Vous avez fait de mon frère le plus heureux des hommes. J'espère de tout cœur qu'il saura en retour faire de vous la plus heureuse des femmes.

Il désigna la porte d'un geste grandiloquent, le visage fendu d'un large sourire.

— À présent, si vous voulez bien me suivre… Nous sommes attendus dans la salle à manger pour un festin de roi. Ne risquons pas le courroux de mon chef. L'amour peut attendre… Le déjeuner, non.

Le cœur débordant d'amour, étroitement enlacés, Diana et Nikos suivirent leur hôte. Désormais, ils passeraient chacun de leurs jours — et de leurs nuits — l'un avec l'autre. L'un pour l'autre. Jusqu'à ce que la mort les sépare.

Épilogue

Diana, assise à sa coiffeuse, apportait la touche finale à son apparence. Elle tenait à être parfaite, pour Nikos, mais aussi pour sa mère, remise de son opération et arrivée un peu plus tôt avec Antoine afin d'assister à leur mariage le lendemain.

Leur *vrai* mariage, songea Diana, submergée par une vague d'amour et de gratitude. Il serait célébré dans la petite église de la paroisse, avec Antoine et la comtesse pour témoins et uniques invités. Cette union-là ne serait pas un simple mariage de convenance, froid et pragmatique, mais l'union de deux cœurs pour l'éternité.

Le mariage dont elle avait toujours rêvé.

Elle quitta sa chambre et s'engagea dans l'escalier, le cœur battant. Un tel bonheur était-il possible ? Elle s'apprêtait à épouser Nikos, l'amour de sa vie, ici, dans son domaine chéri... Leur domaine, et celui de leurs enfants après eux.

Tout en descendant les marches, elle admirait le résultat des travaux de restauration, désormais achevés. Greymont avait retrouvé sa splendeur d'antan. Elle et Nikos planifiaient même de l'ouvrir au public durant l'été. Comme son père serait fier de voir cela ! Et comme il se réjouirait de son bonheur ! Elle eut une pensée émue pour lui, avant de rejoindre Hudson qui l'attendait au pied de l'escalier.

À son entrée dans le salon, Nikos et son frère se levèrent aussitôt. Nikos vint lui prendre la main et, ensemble, ils s'avancèrent vers la vieille dame assise près de la cheminée. Malgré les rides de fatigue autour de ses yeux, le regard dont elle enveloppa son fils et Diana débordait d'amour. Diana se pencha pour l'embrasser et lui souhaiter la bienvenue à Greymont. C'était la première fois que la comtesse était assez en forme pour faire le voyage. Nikos et Antoine, elle le savait, la traitaient comme si elle était en porcelaine. Prendre soin d'elle les rapprochait, et elle s'en réjouissait. Les deux frères avaient tant d'années perdues à rattraper !

D'autres réjouissances l'attendaient. Greymont, en effet, ne resterait pas vide très longtemps après le retour de sa belle-mère et de son beau-frère en Normandie. La princesse Fatima avait d'ores et déjà prévu de leur rendre visite. Son prêt à Diana ayant été entièrement remboursé par Nikos, cette dernière avait rapidement deviné la réconciliation et tenait à voir cela de ses propres yeux. « Et prendre le thé ! », avait-elle ajouté gaiement.

Au printemps, ce serait au tour de Diana et Nikos de se rendre dans le Golfe. La princesse Fatima avait particulièrement insisté pour leur organiser une nouvelle escapade dans le nid d'amour de son frère.

— C'est là où vous êtes tombée amoureuse de votre mari. Refuser serait un affront, avait-elle rappelé à Diana, une lueur malicieuse dans le regard.

Nikos avait incliné la tête, un sourire complice aux lèvres.

— J'aime ma femme plus que ma vie. Il faudrait que

je sois fou pour refuser de l'emmener là où les étoiles elles-mêmes ont béni notre union.

La princesse avait poussé un soupir envieux devant tant de romantisme. Avant de reprendre un scone.